ARCHE

WILLIAM GAY

Roman

Ruhe nirgends

Aus dem Amerikanischen
von Joachim Körber

ARCHE

Fliegen gleich summen die Tage Minute für Minute heimwärts, dem Tode entgegen, und jeder Augenblick ist ein Fenster in die Gesamtheit aller Zeit.

– Thomas Wolfe, *Schau heimwärts, Engel* (1929)

Wenn man vor Höhen sich fürchtet und sich ängstigt auf dem Wege, wenn der Mandelbaum blüht und die Heuschrecke sich belädt und die Kaper aufbricht; denn der Mensch fährt dahin, wo er ewig bleibt, und die Klageleute gehen umher auf der Gasse.

– Der Prediger Salomo 12,5

Dieser erste Roman ist für meine erste Tochter,
LEE GAY WARREN, voll Liebe und Dankbarkeit und in der sicheren Gewissheit, dass sie in ihrem unerschütterlichen Glauben nie wankelmütig wurde.

Prolog: 1933

Thomas Hovington ging durch seinen Garten, als er eines Geräusches wegen den Sack Futter fallen ließ, den er trug, und wie gebannt verharrte. Es war ein eigentümlicher Laut, der aus den Eingeweiden der Erde zu kommen schien, von irgendwo unter seinen Füßen, ein dumpfes Wummern, das ihm bis in die Zähne ging und das Glas in den trüben Fenstern hinter ihm zum Klirren brachte. Ehe er eine Bewegung machen konnte, ertönte es wieder, irgendwo unter dem Bachlauf, als würden gewaltige Steine durch unterirdische Gewölbe rollen oder ein heftiger Sturm in den Hohlräumen der Welt toben, wo Blitze unsichtbar in dunklen und feuchten Grüften zuckten und Donnerhall die Erde erbeben ließ.

Er ging zur Veranda zurück, setzte sich unsicher auf die Kante und betrachtete den festen Boden, der ihm so selbstverständlich schien. Hovington war damals Mitte zwanzig, sein Rücken noch nicht ganz so krumm. Jüngst hatte er mit der Schwarzbrennerei angefangen, und jetzt plagten ihn vage religiöse Kindheitserinnerungen, wodurch er ständig nach Zeichen göttlicher Strafe Ausschau hielt. Dies konnte so ein Zeichen sein. Eine Warnung.

Falls das stimmte, durfte er sie keinesfalls fehlinterpretieren. Dann krachte es, als wäre eine ganze Wagenladung Dynamit explodiert; unmittelbar darauf wölbte sich das Erdreich des

Bachlaufs in die Höhe, wirbelten Steine durch die Luft. »Gottverdammich«, rief Hovington aus. Er hielt die Arme über den Kopf und fuhr panisch in die Höhe, während Gesteinstrümmer in einer anschwellenden Kakofonie auf das Dach regneten und unter der Quelle die Erde wie eine solide Wand in Form von fast automobilsgroßen Quadern emporstieg und wieder in sich zusammenfiel. Eine Wasserfontäne schoss in die Höhe.

Hovington kauerte auf der Veranda und betete und fluchte im Wechsel – ein verzweifelter Versuch, sich möglichst alle Optionen offenzuhalten. Eine Wolke aus Sand und Staub trübte das Wasser und löste sich allmählich auf; der Bach sah jetzt deutlich tiefer aus. Nach einer Weile sank der Wasserpegel wieder, und es wurde sehr still.

Er nahm allen Mut zusammen und wagte sich zwischen den Steinen hindurch zur Quelle. Fünfzig Meter von seinem Haus entfernt hatte sich die Erde aufgetan, klaffte ein Schacht mit zweieinhalb bis drei Metern Durchmesser. Noch immer hing eine Staubwolke zermalmten Felsgesteins darüber. Er roch so etwas wie Dynamit.

Schwefel stieg ihm in die Nase. Er sah in den Schacht. Glatter Stein verlief schwindelerregend und senkrecht in die Tiefe, wo er in der Schwärze verschwand. Er warf einen Stein hinunter und hörte ihn an den Wänden des Schlunds hinabrutschen, doch einen Aufschlag in der undurchdringlichen Dunkelheit hörte er nicht.

Hovington fertigte Pflöcke aus Kastanienholz an und errichtete einen anderthalb Meter hohen Zaun um das Loch herum. Zunächst herrschte Stille, doch nach wenigen Tagen hörte er ein Murmeln aus den Tiefen der Erde: Man musste die Ohren spitzen, aber an dem fernen Geräusch bestand kein Zweifel. Manche glaubten einen Bienenschwarm zu hören, andere hielten es für ein unterirdisches Gewässer. Für Hovington waren es Stimmen. Sie erzählten ihm gleichgültig von kommendem Unheil, und wenn er lange genug zuhörte, gelang es ihm, das Geräusch in einzelne Stimmen zu zerlegen, Punkt und Kontrapunkt, Frage und Antwort. Er fragte sich, was ein derart seltsames Volk zu bereden haben mochte und in welcher Sprache es sich artikulierte.

Nathan Winer, im County geboren und aufgewachsen, war Zimmermann von Beruf und betrieb nebenher ein wenig Landwirtschaft. Er hatte eine Frau und einen siebenjährigen Sohn, der ebenfalls Nathan hieß und schon jetzt ganz nach ihm kam.

»Lass im Leben alle anderen in Ruhe, dann lassen auch alle anderen dich in Ruhe«, pflegte er dem Jungen zu sagen.

Doch so sehr er alle anderen auch in Ruhe ließ, im Frühjahr 1932 blieb ihm doch nichts anderes übrig, er musste zu Hovington und nach Dallas Hardin suchen, einem Mann, der einfach bei Hovington eingezogen war und seine Schwarzbrennerei übernommen hatte, und dazu obendrein, munkelte man, Hovingtons Frau Pearl.

Im vergangenen Jahr hatte sich Hovingtons Gesundheitszustand so dramatisch verschlechtert, dass er das Bett hüten musste. Seine Wirbelsäule war so krumm, als hätte Gott der Allmächtige persönlich Metall aufgeheizt, bis man es biegen konnte, und es ganz nach seinem Gutdünken neu geformt. Die Krankheit, die ihn am Ende töten würde, schwärte schon in ihm. Er lag zusammengekauert am Fenster, wo er tagsüber über den Hof hinweg den wenigen Verkehr auf der Straße sehen konnte – und nachts, im Licht einer Lampe, das blasse Spiegelbild seines Gesichts vor einem trostlosen Hintergrund.

Das Haus hatte vier Zimmer. Das längliche vordere, wo neben Hovington – der mehr oder weniger dort lebte – auch seine Tochter auf einem Klappbett der Armee schlief, das am Tag als Sofa diente. Eine Küche. Ein Schlafzimmer, wo Hardin und Hovingtons Frau Pearl schliefen. Ein Zimmer, das als Stauraum für allen möglichen Plunder und als Vorratskammer für Bier- und Weinkisten diente, die Hardin angeschafft hatte.

Hardin kam mit einer Petroleumlampe zur Tür herein, als es gerade klopfte. Er stellte die Lampe auf dem Schränkchen der Nähmaschine ab und öffnete die Tür einen Spalt. Im Wind der regnerischen Nacht flackerte die Flamme, die in der Kugel tanzte und sich wand, ehe sie sich wieder beruhigte.

»Ich muss mit Ihnen reden, Hardin«, sagte Winer. Das Licht der Lampe spiegelte sich auf zwei Goldkronen.

»Dann stehen Sie nicht im Regen rum und kommen Sie rein.«

»Ich will hier draußen mit Ihnen reden.«

Hardin nahm den Hut von einem Nagel neben der Tür, trat auf den schlammigen Hof und schloss die Tür hinter sich. Er trotzte dem Regen ohne Mantel.

»Was muss denn unbedingt im strömenden Regen gesagt werden?«, fragte er.

»Ich will Ihnen was sagen«, sagte Winer. Er stand breitbeinig da, die Hände tief in den Manteltaschen, den Kopf ein wenig schief gelegt, das Gesicht versteinert und arrogant unter dem ruinierten Hut.

»Ich habe Ihren Whiskey auf meinem Grund und Boden gefunden und will dazu nur eins sagen: Von mir aus können Sie Whiskey brennen, bis Ihnen der Arsch darin absäuft, aber nicht auf meinem Land. Wenn der Sheriff die Destille findet, muss ich dafür geradestehen, nicht Sie.«

»Seh ich auch so«, sagte Hardin. »Haben Sie sie zerstört?«

»Darauf können Sie Gift nehmen. Und der Whiskey ist auch weg.«

»Also das hätt's jetzt wirklich nicht gebraucht.«

»Lecken Sie mich doch. Wenn das Scheißzeug nicht so hundsgemein schwer gewesen wäre, hätte ich es Ihnen in den Vorgarten gekippt. Ich weiß nicht, wer Sie sind oder woher Sie kommen. Und auch nicht, was Sie hier mit Hovington abziehen. Aber eines sage ich Ihnen. Legen Sie sich nicht mit mir an. Wenn ich so was noch mal auf meinem Grundstück sehen sollte, dann ist der Teufel los.«

Hardins Gesicht sah aus, als wäre die Haut plötzlich straffgezogen worden. »In meinem ganzen Leben hab ich mir noch nie von 'nem dreckbuddelnden Landei was vorschreiben lassen und will in meinem Alter auch nicht mehr damit anfangen.«

Winer packte Hardin am Kragen, zog ihn brutal zu sich, verpasste ihm eine Ohrfeige und stieß ihn rückwärts in den Dreck. Hardin lag da wie ein betrunkener Vogel und hatte die Beine gespreizt, als wären sie zu gebrechlich, sein Gewicht zu tragen; während er sich in eine sitzende Haltung aufrappelte, brachte er eine Pistole zum Vorschein. Winer sah, was er vorhatte, lief zu ihm, hielt das Messer in der linken Hand und ließ gerade die Klinge aufschnappen, als Hardin ihm ins linke Auge schoss. Winer kippte unvermittelt vornüber, als hätte man die Schnur, die ihn festhielt, plötzlich durchgeschnitten, und landete auf Hardin, eine bleischwere Last. Hardin stieß ihn fluchend weg und spürte, wie Winers Blut über ihn strömte. Als er sich von dem Leichnam befreit hatte, stand er auf und riss sich das blutgetränkte Hemd vom Leib.

Mit auf die Knie gestützten Händen beugte er sich in den

Regen und atmete schwer. Die Tür ging einen Spalt auf, gelbes Licht, in dessen Schein die Regentropfen wie Silber aussahen, fiel auf den Hof.

»Dallas?«, fragte Pearl.

Er hörte den Regen auf das Blechdach trommeln. Das Messer lag halb aufgeklappt und glänzend im Schlamm zu seinen Füßen. »Mach die Scheißtür zu«, sagte er. Das Licht erlosch. Er hob das Messer auf und wischte es an der Hose ab. Klappte es zu, steckte es ein, richtete sich auf und überlegte.

Fahles Licht vom weinenden Himmel. In diesem Licht Winers emporgerecktes Gesicht, das rechte Auge starr, das linke ein schwarzes Loch, die langen Haare wie ein Fächer im Schlamm; der Kopf hatte in der Erde einen Abdruck hinterlassen, der einer Schwiele glich. Licht spiegelte sich trübe auf einem Goldzahn in dem offenen Mund.

Hardin packte ihn an den Füßen, ein Bein unter jeder Achsel, und stapfte rückwärts durch den Hof zur Quelle. Winer war ein großer Mann, daher musste Hardin alle paar Minuten eine Verschnaufpause einlegen. Er verharrte zusammengekauert über den Füßen des Toten und hielt nach Autoscheinwerfern auf der Straße Ausschau. Dann richtete er sich auf, hob die Beine wieder an und sputete sich, bis er im Schutz der Büsche einen Stoßseufzer der Erleichterung von sich geben konnte. Bis zum Kalksteinrand der Grube kam er nur mühsam voran, von da an ging es jedoch schneller; es sah aus, als würde Winer auf dem unebenen Felsterrain mit dem Kopf nicken. Er schleifte ihn durch Geißblatt bis zum Rand der Grube, dort bückte er sich, durchsuchte die Taschen des Toten und steckte dessen kümmerliche Habseligkeiten ein. Eine Handvoll Kleingeld, eine billige Taschenuhr, die nicht tickte. Wenig für jemanden, der so lange gelebt hatte wie Winer.

»Verabschiede dich von dieser Welt«, sagte er zu Winer. »In der nächsten sieht's finster aus.«

Der Abgrund wirkte schwärzer als schwarz. Er glich einer stygischen Pforte zu einem Reich, aus dem Dunkelheit emporquoll, um auch diese Welt zu verschlingen. Er stieß den Leichnam mit dem Stiefel an, bis die Beine über den Rand ragten, der Oberkörper aus dem Gleichgewicht geriet und die Illusion aufrechter Haltung vermittelte; das verblüffte Gesicht betrachtete Hardin mit einem stechenden und einem blinden Auge und verschwand.

Erstes Buch: 1943

William Tell Oliver trat aus dem Wald auf ein Feld, wo einst Mormonen geackert hatten, inzwischen jedoch Sassafras und Zedern wuchsen; die schlanken Sassafrasschösslinge waren so dick wie sein Oberarm, aber nicht so dick, wie sein Oberarm früher einmal gewesen war, überlegte er, denn heute war er alt, das Fleisch sichtlich verkümmert. Doch er verdrängte diesen Gedanken rasch wieder und freute sich, dass er überhaupt noch lebte.

Oliver trug einen Mehlsack voll Ginseng auf der Schulter. Sein blaues Hemd war am Rücken dunkel verfärbt und klebte ihm schweißnass an den Schulterblättern. In dem dichten Sommerwald war es still gewesen, kein Lufthauch regte sich, aber hier, wo das unebene Feld mit seinen Sträuchern und Felsen bergab führte, wehte der Wind, verbog die Schösslinge und fegte quirlig wie Quecksilber durch das Laub.

Im Schatten der Baumwollpflanzen blieb er stehen, legte den Rucksack hin, schirmte die Augen ab und sah auf. Der leuchtend blaue Kobalthimmel verfärbte sich im Westen in fast unmerklichen Schattierungen hin zu einem stumpfen, metallischen Grau; man konnte sich gut vorstellen, dass das Meer unmittelbar vor einem Sturm diesen Farbton annahm. Unter ihm zogen mit schrillen, abgehackten Rufen ein paar Vögel vorüber, als könnten sie eine drohende Gefahr in dem Wetter erahnen, und er dachte, dass möglicherweise Regen in der Luft lag.

Da seine obere Gesichtshälfte im Schatten lag, spürte er die ganze Wärme der Sonne auf Kinn und Hals, wo die Haut verwittert aussah, von Sonnenstrahlen verbrannt und den unerbittlichen Jahren gegerbt, sodass sie die Beschaffenheit eines Materials besaß, dem die Wetterumschwünge längst nichts mehr anhaben konnten, als wäre sie durch den Evolutionsprozess des Lebens am Ende zu einer Art von imprägniertem, faltigem, schartigem und vernarbtem Leder geworden, das der Zeit wie auch den Elementen gleichermaßen trotzte und nur über Wangenknochen und Nasenrücken wie straff gespannt aussah, was dem Gesicht einen leicht indianischen Einschlag verlieh.

An einem schattigen Plätzchen bettete er sich zur Ruhe. Im Wald hatte er sich eine Pfeife angesteckt, damit die Stechmücken seinen Augen fernblieben, die er jetzt aus dem Mund nahm, auf einem Stein die Glut herausklopfte und sorgsam darauf achtete, dass jeder Funke erlosch, denn seit dem Frühling herrschte Dürre in Wald und Flur. Er war ein Mann, der stets größte Vorsicht walten ließ.

Unter ihm flimmerte Hovingtons Blechdach in der Sonne, strömte der glitzernde Bach unter der Straße hindurch, die einer unebenmäßig mäandernden Kratzwunde in einer grünen Welt glich. Still sitzend verschnaufte er, ein alter Mann mit grenzenloser Geduld, so gelassen und behäbig wie ein Stein. Die Gegend veränderte sich. Ein neues Gebäude aus Betonquadern erstrahlte grell geweißelt. Glänzende, frische Laternenpfähle säumten die Straße, eine Oberleitung führte direkt zu dem Haus.

Doch mit einer halb vergessenen Ader des zweiten Gesichts

keltischer Vorfahren erblickte er in den Konturen von Haus und Scheune, den Staffelungen von Hügeln und Hängen etwas Hintergründigeres, eine vage nichteuklidische Krümmung in sämtlichen Geraden, eine winzige Abweichung von der Norm, die diesen Ort von jedem anderen unterschied und zu etwas Geheiligtem oder Verfluchtem machte. Den Mormonen war er heilig gewesen, sie hatten ihre Kirche dort errichtet. Die Weißkutten hatten ihn durch ihre Massenmorde verflucht, deren letzte Spuren, die Reihen von Gräbern, ihre Nachkommen am liebsten ganz vom Wald überwuchert gesehen hätten.

Sein Leben lang hatte er Leute sagen hören, dass es dort nachts Lichter gab, Irrlichter nannten sie sie oder Totenfackeln. Unheimlich phosphoreszierende Kugelblitze, die über dem Geld aufstiegen, das die Mormonen dort vergraben haben sollten. Oliver bezweifelte, dass dort jemals Geld verscharrt worden war oder gar noch dort lag, lächelte jedoch, als ihm Lyle Hodges einfiel. Das Land gehörte Hodges, ehe Hovington es für die Steuerschulden kaufte, die darauf lasteten, und Oliver vermutete, dass Hodges das gesamte Grundstück mit Spitzhacke und Schaufel umgegraben hatte. Das war seine Berufung gewesen, sein Lebenszweck: Jeden Morgen zog er mit seinen Werkzeugen los, wenn es das Wetter zuließ, und arbeitete wie ein Land- oder Fabrikarbeiter, und nachts studierte er seine merkwürdigen selbst gezeichneten Karten und rätselhaften Markierungen und buddelte wie ein derangierter Archäologe, der nach Sinn und Ordnung vergangener Zeiten sucht, während seine Frau und sein Sohn versuchten, einem kargen Boden, der am Ende nur noch schwarz gebrannten Whiskey hervorbrachte, Feldfrüchte abzuringen. Noch heute hätte Oliver die bewachsenen Erdhügel des alten Mannes finden können, pockennarbige Krater, die an halb ausgehobene, in aller Hast zurückgelassene Gräber erinnerten. Hodges, dem sein Traum Kraft gab, arbeitete, bis er tot umfiel. Oliver ging davon aus, dass daran nichts falsch war, auch wenn seine eigenen Träume den Schicksalsschlägen nicht so gut standgehalten hatten.

Im linken oberen Quadranten seines Gesichtsfelds tauchte ein Auto auf, das auf der ausgedörrten Straße eine Wolke weißen Staubes wie Kielwasser hinter sich herzog. Als es näher kam, erkannte er, dass es sich um Streifenwagen handelte, und da rührte ihn die Vorahnung eines Dramas an, das Präludium einer Geschichte; er setzte sich und beobachtete die Szene.

Unter ihm lief ein Stummfilm: Das Auto hielt in Hovingtons (Hardins, dachte er) Vorgarten, ein Deputy namens Cooper stieg aus, blieb einen Moment auf die zeitlose Art und Weise stehen, die Gesetzeshüter an sich haben, und schlenderte dann mit einem halb arroganten und halb demütigen Habitus zur Veranda. Hardin kam heraus. Sie unterhielten sich einen Moment, wobei der Deputy aufgeregt mit den Händen fuchtelte und offenkundig wichtige Informationen weitergab, obwohl der alte Mann kein Wort verstehen konnte.

Was auch nicht nötig war. Hardin zog die Börse aus der Tasche und zählte Geldscheine in Coopers ausgestreckte Handfläche. Schau an, schau an, dachte Oliver, was wir da zu sehen bekommen. Oliver überraschte nichts mehr, und manchmal glaubte er, er hätte alles schon gesehen, aber dennoch verweilte er unter der Baumwollpflanze und sah weiter zu. Er holte eine flache Feldflasche aus der Tasche, spülte sich den Mund mit abgestandenem Wasser, spie aus und trank weiter. Geistesabwesend dachte er an die kühle Quelle hinter seinem Haus, wollte seinen Posten aber um nichts in der Welt verlassen.

Der Streifenwagen fuhr weg. Unmittelbar danach entbrannte hektische Aktivität in der Schlucht, als hätte man einen Stein in ein Wespennest geworfen: Hardin humpelte über den Hof zu einem schnieken schwarzen Packard, ließ ihn mit der Kurbel an, fuhr rückwärts zur Veranda, stieg bei laufendem Motor aus, während alle vier Türen offen standen, schloss den Kofferraum auf und klappte den Deckel hoch. Pearl kam mit einer Kiste voller Gläser aus dem Haus und verstaute sie im Auto. Hovingtons Tochter, deren langes, dunkles Haar im Rhythmus ihrer Bewegungen wogte, hastete mit einem Pappkarton heraus. Neben dem Schnurren des Packard im Leerlauf hörte Oliver die Verandatür fast ununterbrochen schlagen, daneben Stimmen: Hardin bellte Anweisungen.

Die Hintertür flog auf, zwei uniformierte Soldaten und eine Frau stolperten auf den Hof, überquerten ihn und näherten sich dem grünen Dickicht am Abgrund. Ein Soldat stolperte, fiel in die grünen Zweige und rappelte sich wieder auf, während das glockenhelle Lachen der Frau in Olivers Ohren drang wie ein Geschenk fragwürdiger Herkunft.

Als das Automobil beladen war, stiegen Hardin und das Mädchen ein; der Wagen fuhr in östlicher Richtung davon, weg von der Stadt.

Nach einer Weile bog der Wind das Riedgras in Olivers Richtung und trocknete den Schweiß auf seinem Gesicht zu einer salzigen Glasur, die auf seiner Haut erstarrte und spannte. Geschwinde Sturmwolken scheuchten Schatten über die Felder. An einem Engpass, in der Kluft zwischen zwei Hügeln, bildeten helle und dunkle Wolkenbänke abwechselnde Schichten wie Flüssigkeiten unterschiedlicher Färbung, die sich nicht vermischten. Es war kühl geworden, daher rappelte sich Oliver auf und griff nach dem handgeschnitzten Gehstock. Im Aufstehen erblickte er, einer Randerscheinung des aufziehenden

Sturms gleich, drei Autos, die auf der Straße dahinrasten: das des Sheriffs und zwei Streifenwagen der State Troopers von Tennessee. Als sie auf den Hof fuhren, heulte die Sirene kurz auf, dann stiegen sie aus und näherten sich dem Haus raschen Schrittes. In der Ferne grollte leiser Donner. Pearl kam heraus, lehnte sich mit verschränkten Armen an einen Verandapfosten und wartete mit stoischer Ergebenheit ab. Der alte Mann schüttelte den Kopf und grinste in sich hinein, dann drehte er sich zum Wald um.

Die Bäume waren in Bewegung, der Wind murmelte höhnisch in den raschelnden Zweigen. Über den peitschenden grünen Baumkronen dräute ein niedriger Himmel, unter dem die Atmosphäre Tiefe und Gewicht zu bekommen schien, eine Welt unter tosendem Wasser. Jetzt schritt er durch eine überhöhte Realität, die von dem Gefühl des Unheils, das die aufgewühlten Luftmassen vermittelten, durchdrungen schien. Stumm und ohne ersichtlichen Ursprung zuckten im unwirklichen Grün des Waldes beunruhigend phosphoreszierende Blitze; Oliver lief hastig, mit steifen und ruckartigen Bewegungen, eine groteske, aus einem alten Film auferstandene Gestalt.

Vorsichtig folgte er einem Trampelpfad von Baum zu Baum, kletterte zaghaft über einen Stacheldrahtzaun auf ein Feld voller Unkraut und passierte seinen Maisbehälter. Als er den Hof vor der Scheune betrat, sah er hinter der grauen, verwitterten Fassade des Hauses den Regen einsetzen; jenseits der hellen, staubigen Straße, wo sich eine pastellfarbene Wiese bis hin zum dunkleren Waldrand erstreckte, löste sich der Horizont in schrägen Regenschleiern auf, während die Grenze des Unkrauts, das der Wind niederdrückte, wie eine unheilvolle Vorahnung auf ihn zugerast kam.

Oliver trat hastig durch die Hintertür ein, als gerade die ersten Tropfen auf dem Blechdach sangen. Im Durcheinander des Zimmers herrschte Dunkelheit, Umrisse schälten sich langsam wie gütige Schutzgeister aus dem kühlen Ektoplasma der Schatten. Er leerte Ginseng aus dem Mehlsack in einen emaillierten Waschzuber, ging zum Herd und nahm eine Pfanne mit Bohnen aus dem Warmhaltefach. Etwas davon kippte er auf einen Teller, holte das Brot, das vom Frühstück übrig geblieben war, stellte den Teller auf den Heißwasserbehälter des Herds und füllte kalten Kaffee in einen irdenen Krug. Dann nahm er den Teller und trug ihn samt Kaffee durch die lange Küche ins Wohnzimmer, das eine Stufe tiefer lag, und durchquerte das Zimmer, wo eine ähnliche Dunkelheit wie in der Küche herrschte und unterschiedlichste Möbelstücke wie zufälliges Strandgut der Zeit herumstanden.

Er kickte die unverschlossene Tür auf und betrat die Veranda. Der Lärm schwoll an, auf dem ungedämmten Blech über der Veranda übertönte der prasselnde Regen jedes andere Geräusch; der Wind schüttelte die Bäume scheinbar völlig lautlos durch.

Er aß auf einer Schaukel, die an Ketten vom Verandabalken herabhing, stellte den Teller zu seinen Füßen ab, als er fertig war, trank bedächtig den Kaffee und ließ den Blick über den Hof zur Straße schweifen, die sich längst in Schlamm verwandelt hatte. Der Regen bildete eine Wand, tropfte vom Blechdach, das keine Regenrinne hatte, und wurde zu Gischt, die der Wind fortwehte. Der Donner grollte fast unmittelbar über ihm, ein paar vereinzelte Hagelkörner prasselten herunter und lagen wie weiße Perlen im Schlamm. Alle Bäume neigten sich unablässig, die ganze Welt, soweit er sie überblicken konnte, schien in Bewegung. Die von Spreu erfüllte Luft wirkte elektrisch aufgeladen und unwirklich.

Eine Zeit lang blieb Oliver sitzen und lauschte dem einschläfernden Regen; als er den Kaffee getrunken hatte, stellte er die Tasse auf den Teller. Feuchtigkeit färbte das Ende der Schaukel zum Hof hin dunkel, Spritzwasser durchnässte die Hose des alten Mannes, doch er bewegte sich nicht. Die Wut des Sturms ließ nach, der Regenguss flaute ab, der Wald jenseits der Felder wurde wieder klarer, als würde man ein Panorama durch nasses Glas sehen, als wäre die aufgewühlte Natur zwangsweise gebändigt und beruhigt worden. Er wurde müde. Schließlich schlief er ein, die vernarbten Hände mit den ausgeprägten Knöcheln auf den Knien, den Kopf an einer der straff gespannten Ketten. Von Zeit zu Zeit bebten seine Lider, wenn Träume ihren Lauf nahmen, Träume von seiner Jugend, feurige Träume von Heizöfen und Zügen, Träume von Mauern und Gittern und Zeit, die so sorgfältig eingeteilt war, wie ein Maurer ein Bauwerk aus Stein errichten mochte.

Am Spätnachmittag erwachte er; trüber Nieselregen lag bleischwer auf dem Dach, allerorten roch es frischer und kühler. Er nahm einen Beutel krausen Tabak zur Hand und stopfte seine Pfeife. Kaum hatte er sie mit einem Streichholz angezündet, rauchte er nachdenklich und ließ den behäbigen Nachmittag verrinnen. Es schien, als wäre er daran gewöhnt zu warten.

Den einzigen Hinweis, dass er jemals Farmer gewesen war, lieferte eine kreuz und quer auf dem Hof verteilte Ansammlung alter Gerätschaften, achtlos liegen gelassene Sensenblätter und Heuwender und archaische Gabeln, die vergessen vor sich hin rosteten. Es war Jahre her, und dennoch verspürte er immer noch eine gewisse Verbundenheit mit der Erde und dem Wechsel der Jahreszeiten. Der Regen hatte etwas Tröstliches, das wenige Gras auf dem Hof wies kreisrunde, verdorrte

Flecken auf, und selbst die Bäume sahen verkümmert und ausgetrocknet aus. Insgeheim vermutete er, dass sich die Götter längst aus Gleichgültigkeit oder Stümperhaftigkeit abgewendet hatten.

Zwischen vier und fünf Uhr kam der junge Winer vorbei, und Oliver saß immer noch draußen und sah ihn. Offen gesagt hatte er auf ihn gewartet. Manchmal bedrückte ihn die Einsamkeit, und mitunter vergingen Wochen, in denen er einzig und allein mit dem halbwüchsigen Nathan Winer ein Wort wechselte. Er war dem Jungen zugeneigt. Auch er hatte einst einen Sohn gehabt, und obwohl sein Junge mittlerweile die Lebensmitte erreicht haben würde, stellte er ihn sich stets in Winers Alter vor.

Als Winer auf Höhe des Hauses anlangte, sprach Oliver ihn an. »Junge, du solltest besser reinkommen, raus aus dem Sauwetter.«

Winer war nass bis auf die Haut, Hemd und Hose, beide zu groß, hingen schwer an ihm, das Haar klebte ihm am Schädel. Gehorsam bog er von der Straße ab und kam durch den Hof zur Veranda. An manchen Stellen war der Schlamm so tief, dass die Sohlen darin einsanken und er regelrecht an den Füßen des Jungen saugte.

»Komm hier runter, raus aus dem Regen.«

»Zu spät«, sagte Winer. »Nasser kann ich nicht mehr werden.« Aber er kam auf die Veranda und lehnte sich an einen Pfosten. Er strich das Haar aus dem Gesicht und wischte sich mit einem tropfnassen Ärmel die Augen ab. Er machte einen seltsam gehetzten Eindruck, als müsste er gleich weiter. »Ein wahrer Sturzbach, was?«

»Es hat wie aus Eimern geschüttet«, stimmte Oliver zu. »Hast du bei dem Wetter draußen gearbeitet?«

»Nein, wir waren drin, das Hühnerhaus ausmisten. Wir haben geschaufelt und Karren beladen.«

»Der alte Weiss hätte dich ruhig heimfahren können.«

»Daran hat er wohl nicht gedacht.«

»Hätte er zwei Meilen durch dieses Hundewetter laufen müssen, hätte er dran gedacht«, sagte der alte Mann. »Willst du was Trockenes anziehen?«

»Ich würde doch nur wieder nass werden. Macht mir sowieso nichts aus. Der Regen wird mich schon nicht aufweichen.«

»Trotzdem hätte er dran denken können. Wenn ich ein Auto hätte, würde ich dich heimfahren, aber ich hab nie eins gehabt.«

»Macht mir nichts aus zu laufen.«

»Schaden kann's einem sicher nicht. Ich bin mein Leben lang gelaufen. Jedenfalls bis jetzt. Soll ich dir einen Kaffee aufwärmen?«

»Ich muss weiter. Wird heute früh dunkel. Und abgekühlt hat's auch etwas.«

»Vielleicht kann man dann endlich wieder schlafen«, sagte Oliver. »Hier war's in letzter Zeit so heiß, dass ich nicht vor zwei oder drei Uhr morgens eingeschlafen bin.«

Der Junge richtete sich auf. »Begleiten Sie mich.«

»Ich sollte lieber hierbleiben.« Es sah aus, als würde Oliver die Füße des Jungen betrachten. Er erhob sich ungelenk aus der Schaukel. »Ich wollte dir schon lange was geben, wenn du nicht wütend wirst. Wirst du wütend?«

»Kaum.« Winer grinste.

Der alte Mann ging ins Haus zurück, Winer folgte ihm. »Vor ein oder zwei Jahren hab ich mir 'n Paar Schuhe per Post bestellt, aber die haben nicht gepasst. Und ich geh mal davon aus, dass meine Füße nicht mehr wachsen. Aber deine hab ich im Auge behalten und denk mir, die sind seit dem Frühjahr ein oder zwei Nummern größer geworden.«

Sie gingen an dem alten Ofen vorbei, den der alte Mann sommers wie winters heizte, durch das Wohnzimmer in den langen, schmalen Schuppen, der dem alten Mann als Schlafzimmer diente. In dem Raum mit der niedrigen Decke herrschte Dunkelheit, daher blieb Winer einen Moment unsicher stehen, bis sich seine Augen an das klösterliche Halbdunkel gewöhnt hatten, und beobachtete, wie Gegenstände zu greifbaren Umrissen gerannen und kurzlebige, halb vergängliche Formen zu verständlichen Silhouetten erstarrten: eine alte Kommode, deren angelaufener Spiegel Winer ein verzerrtes Vexierbild seiner selbst zeigte, ein altes, rostiges Metallbett, Kisten über Kisten bis unter die Decke, alte, lavendelfarbene und graue Sonntagskleider, die verblichen und formlos auf Bügeln hingen, ein schwacher Duft von Zitronenmelisse aus einer anderen Zeit oder einem anderen Leben. Oliver nahm ein offenbar nagelneues Paar schwarze Halbschuhe, das er gerade aus dem Karton und dem Seidenpapier ausgewickelt hatte wie ein heimlich vor der Zeit verborgenes Andenken, aus der untersten Schublade der Kommode.

»Hier«, sagte der alte Mann. Er gab Winer die Schuhe. »Halt sie mal an deine Sohlen.«

»Ich glaube, sie passen. Wie viel wollen Sie dafür?«

»Nichts.«

»Ich bezahl sie.«

»Nimm sie mit. Da drin nützen sie keinem was. Ich brauch sie sowieso nicht.«

»Ich würde sie lieber bezahlen.«

»Vielleicht kannst du ja an irgend'nem Samstag mal meinen Ginseng für mich verkaufen. Entweder sind meine Füße nicht mehr, was sie mal waren, oder die rücken die Stadt jedes Jahr ein Stück weiter nach Westen.«

Im Vergleich mit dem stickigen Zimmer wirkte die Luft draußen frisch und rein. Winer trat mit dem Schuhkarton unter dem Arm in den Regen hinaus. Er ging unter dem Birnbaum hindurch, vorbei an einer Halde aus Alteisenteilen, die wie mutiertes Obst aussahen, und weiter zur Straße. Oliver ließ sich auf die Schaukel sinken. Die straffe Kette quietschte. Er sah Winer nach, der hinter der Hecke verschwand und dann weiter unten an der Straße wieder auftauchte, wo die Hecke an einer Kurve eine Lücke aufwies und die Straße anstieg. Dort kreuzte die Straße den Bach; er sah die Holzbrücke im Dunst. Dann zog die Dämmerung fast unbemerkt mit dem Regen auf, sanfter Wind wehte kalt von Westen und bombardierte Oliver mit Nieselregen. Winer war im blauen Dunst verschwunden. Dunkelheit sammelte sich im Schatten des Birnbaums und näherte sich kriechend der Veranda; Oliver stand auf, ging ins Haus und zündete die Lampe an.

Neuerdings wartete Winers Mutter abends meist im Wohnzimmer auf ihn, wo sie reglos im Schaukelstuhl vor dem erloschenen Kamin saß. Heute Abend jedoch hatte sie die Lampe auf dem Kaminsims stehen und flickte ein Kleidungsstück, das durch wiederholtes Waschen brüchig und fast formlos geworden war; sie blickte nicht einmal auf, als er eintrat. Eine blässliche Frau unbestimmbaren Alters, deren Gesicht mit den hohen Wangenknochen irgendwie androgyn wirkte, vielleicht wie das einer Nonne oder eines asketischen Priesters bei einem unbekannten Ritual. In der Korona gelben Lichts wirkte sie unwirklich, ein Gespenst während einer nächtlichen Wache oder das verblasste Sepiabild eines Kalenders im Bestattungsinstitut.

Sein Zimmer war auf dem Dachboden, den er über eine Leiter erreichte; sie fragte ihn nicht einmal nach dem Karton. Er verstaute die Schuhe in einer Holzkiste, dann setzte er sich einen Moment ans Fußende des Betts und betrachtete sie. Er dachte sich, dass sie Oliver durchaus passen würden. Von einer seltsamen Niedergeschlagenheit erfüllt, klappte er den Deckel der Kiste zu.

Im Sommer war es in seinem Zimmer unerträglich, daher hatte Winer sich angewöhnt, stets dann zu schlafen, wenn die Hitze es zuließ. Heute Abend war das Fenster offen, die Temperatur daher erträglich. Der Wind hatte die Vorhänge heruntergeweht, sie lagen auf dem Boden, leblose und zerknüllte Schemen aus Gaze. Hereingewehte Nässe bildete feuchte Flecken auf dem Boden. Über ihm bildete der Giebel ein A; das Blech, das Dach und Decke in einem bildete, war von Nägeln durchbohrt, die den Dachbalken verfehlt hatten. Es fühlte sich kalt an. Hastig schlüpfte er in trockene Sachen und kletterte die Leiter wieder hinunter.

Es schien, als hätte sie schon vor langer Zeit ein Schweigegelübde abgelegt oder eine Störung entwickelt, Worte hervorzubringen. Auch er blieb stumm. Er wusste, irgendwann würde sie reden, die Ursache ihrer Wortkargheit überwinden, Wut oder schlicht und einfach Langeweile, weil jeder Tag wie der andere war.

Sie hatte seinen Teller in der Küche stehen lassen, einen anderen verkehrt herum daraufgelegt, er zündete die Küchenlampe an und setzte sich zum Essen hin. Er aß hastig, ohne das Essen auch nur zu schmecken, gedünstete Okra, grüne Bohnen und neue Kartoffeln, und wehrte dabei mit einer Hand Falter und Insekten ab, die das Licht anzog oder das windige Regenwetter hereintrieb. Eine Fliege summte im Hitzeflimmern über der Kugel, stürzte in die orangerote Flamme, krümmte sich und starb stumm und unter Qualen hinter dem heißen Glas.

Sie stand an der Tür und sah ihm beim Essen zu. »Hat er dich bezahlt?«

»Klar«, sagte er, »es ist Freitag. Er bezahlt immer freitags.« Er schob den Teller weg.

»Ich wart nur darauf, dass er versucht, dich zu betrügen. Du bist nur ein Junge und er in einer Position, die er ausnutzen kann.«

Das war ein alter Streit, den er nicht neu entfachen wollte. »Selbst wenn er das macht, geht's nur mich was an«, sagte er. Er stand auf, kramte das Geld aus der Tasche und hielt es ihr hin. Sie nahm es wortlos; er sah, wie es in der Tasche ihrer Schürze verschwand.

Als er anfing, für Weiss zu arbeiten, hatte sie sich wütend dagegen ausgesprochen: Kein Junge sollte Männerarbeit für den Lohn eines Jungen erledigen. Heute sagte sie nur noch, wenn er einen richtigen Vater hätte, der sich um ihn gekümmert hätte, wäre alles anders gekommen. Keine Verzweiflungsmaßnahmen. Jetzt sah sie ihn an, als wäre es irgendwie seine Schuld.

»Haut einfach so ab«, sagte sie mit der altbekannten Verbitterung. »Spaziert zur Tür raus und lässt nie mehr was von sich hören.«

Auch das war ein alter Streit, und wenn ihm diesmal Gegenargumente einfielen, behielt er sie für sich. Als er jünger und schneller gekränkt war, hatte er stets geantwortet: »Er ist nicht abgehauen.«

Sie gestikulierte halb theatralisch, halb dement. »Siehst du ihn denn irgendwo?«, brüllte sie. »Glaubst du, er steht hinter der Tür und spielt dir einen Streich?«

Er sah sie nur an mit Augen, die längst keine Kinderaugen mehr waren, und wusste nichts zu erwidern.

Als er zur Schlafenszeit wieder die Leiter hinaufkletterte, regnete es noch und war immer noch kühl. Er tastete vorsichtig in der Dunkelheit, fand ein Streichholzbriefchen, zündete eine Lampe an und durchsuchte die Bücher in einem Pappkarton unter dem Bett. Das Bettzeug war ein klein wenig klamm, fühlte sich jedoch nach der Hitze tagsüber angenehm an. Er legte sich hin, rückte die Lampe zurecht, las und bekam das kehlige Murmeln des Regens auf dem Blechdach gar nicht mit. Nach einer Weile hörte er sie die Leiter herauf- und verstohlen wie eine Ratte über den Dachboden schleichen.

»Was machst du da drin?«

»Lesen.«

»Es ist spät«, sagte sie. »Mach die Lampe aus. Petroleum ist teuer.«

»Ist gut«, sagte er. Er stand auf, nahm die Steppdecke vom Bett und legte sie vor die Tür, damit das Licht nicht mehr durchschien. Er hörte, wie sie zufrieden die Leiter hinabstieg. Er las noch eine Weile, dann blies er die Lampe aus.

Eine Zeit lang lag er in erschöpfter Starre und wusste, dass er im Bett lag, fühlte sich aber, als würde er noch immer weiterschaufeln, anheben und werfen, anheben und werfen. In einem anderen Winkel seines Verstandes beschäftigte er sich derweil mit Bekannten, die ihm ebenso wirklich erschienen wie die Mitbürger, die seine Tage bevölkerten, so real wie Weiss oder William Tell Oliver. Er verspürte eine vage Vorfreude auf den Samstag in der Stadt und schlief schließlich ein.

Irgendwann im Laufe der Nacht änderte der Sturm die Richtung, oder aber sein Bruder kam von der anderen Seite, denn

Winer erwachte, als der Regen gerade eine Pause einlegte, die stehende Luft schwer wie Blei wirkte und die Nacht den Atem anzuhalten schien. Dann setzten stakkatoartig wie ein Stroboskoplicht Blitze ein, Insekten und Frösche stimmten unisono ihr Lied an, und über die Wände des Dachbodens huschten pechschwarz die Ebenbilder der Bäume jenseits des Fensters, eine ebenso plötzliche wie allumfassende Verwandlung, als wären die Wände der Nacht gewichen, als hätten die Blitze die Mauern hinweggesengt oder die zierlichen Schnörkel von Zweigen und Ranken in die Tapete eingebrannt. Unvermittelt verschwanden sie wieder, wie bei einer völligen Negation, in einer Welt vollkommener Finsternis, sodass es schien, als würden das Zimmer und seine wenigen Möbel in einen Mahlstrom hinabgerissen und zu wesenlosem Nichts zermalmt werden, zur Antithese des Daseins, bis krachender Donner hämisch über die Hügelkuppen rollte, ein kühler Wind über die Bäume strich und die Ruhe dahinschwand wie abfließendes Wasser.

Er konnte nicht schlafen. Eine Zeit lang stand er am Fenster und sah in den aufziehenden Sturm, sah, wie Blitze pulsierten und der Landschaft das schwarz-silberne Erscheinungsbild eines Albtraums verliehen.

Unten öffneten sich die Fenster der kühlen Nacht, das Haus war ein Haus der Winde. Im Dunkeln wirkte es riesig und leblos, den stürmischen Tiefen des Weltalls überlassen. Er überquerte die Veranda und lief über den Hof. Der Wind wehte jetzt heftiger und wob am Himmel einen formlosen, in stetigem Wandel begriffenen Gobelin. In einem Dreieck von Bäumen hatte er aus alten, geplünderten Brückendielen ein Baumhaus errichtet, dessen Leiter er jetzt erklomm. Die Bäume neigten sich in entgegengesetzte Richtungen, das Baumhaus knirschte und ächzte, die Äste über ihm rauschten unablässig.

Es regnete immer noch nicht. Der Sturm zog im Süden vorüber, wo der Himmel in stetem elektrischem Fluss war, der die glatten, metallischen Wolken orange und rosa färbte. Auf ihrem Weg nach Westen machten die eiförmigen Wolkengebilde den Eindruck, als bestünden sie aus einer glänzenden Legierung, eine unermessliche Armada, die eine Seuche des Feuers über die Welt bringt und dann weiter zu einem Sammelpunkt aller Stürme dieser Welt flieht.

Das Baumhaus schwankte und wippte; hier in der Dunkelheit glich es einem in schwerer See verlorenen Boot, das sich ganz nach den Launen und Grillen der aufgewühlten Wassermassen neigte, während die Segel zerfetzt waren und der geborstene Mast kippte wie ein rasendes Gyroskop: die Nacht darüber bar aller Sterne, ohne einen Fixpunkt, an dem der Seefahrer seinen Sextanten ausrichten konnte.

Schließlich kam der Regen wie ein verspäteter Einfall. Eine säumige Gunst, die auf dem zusammengeflickten Dach trommelte. Winer lag an Deck, den Kopf auf dem schwankenden Schott, und beobachtete durch die Ritzen, wie die Blitze zunehmend schwächer und schwächer wurden, der Donner vom Regen gedämpft verklang. Er döste halb ein, hörte aber, wie der Regen heftiger wurde und unablässig auf das dunkle und schlafende Land prasselte.

William Tell Oliver erwachte irgendwann in der Nacht. Der Sturm war weitergezogen, zu einem Wolkenbruch abgeklungen, dem eine Aura des Dauerhaften eigen schien. Er schlief wieder ein, und als er um fünf Uhr abermals erwachte, regnete es immer noch. Der Tag dämmerte halbherzig über einer grimmigen Welt ohne Sonne. Der Regen hielt den ganzen Tag an.

Motormouth Hodges schwebte ein ganz spezielles Radio vor, das er auf einem Nachttisch gesehen hatte. Wenn er sich auf Zehenspitzen stellte und durch einen Spalt in der Jalousie spähte, konnte er es gerade noch erkennen, es hatte ein Gehäuse aus Holz, sah teuer aus und war so klein, dass es sich leicht durch den Wald tragen ließ.

Er hatte es zufällig gefunden. Damals, im Frühjahr, während der Jagd auf Eichhörnchen, war er hierhergekommen, weil er um einen Schluck Wasser bitten wollte, traf jedoch niemanden an; den übermächtigen Wunsch, das Radio zu besitzen, entwickelte er erst später. Als er das Haus aus der provisorischen Deckung windgeschüttelten Wellblechs heraus beobachtete, überlegte er, dass es zweifellos noch mehr Krimskrams dort gab, den er gebrauchen konnte, und er sah sich bereits in einer Vision im kommenden Winter vor einem heimeligen Kaminfeuer sitzen und den Wundern lauschen, die ihm das Radio ins Haus lieferte.

Da er die Gewohnheiten des Landvolks kannte, hatte er bis zum Samstag gewartet. Durch den Regenvorhang sah er den Pick-up wegfahren. Wenn er die Unterhaltungen an Häuserecken, das Mittagessen und den Einkauf aller Lebensmittel berücksichtigte, würde er vermutlich den ganzen Tag Zeit haben. Dennoch sputete er sich. Er lief hastig aus dem Schuppen im Pinienhain und über einen von Unkraut überwucherten Straßengraben zur asphaltierten Straße. Er schlenderte übertrieben beiläufig den Highway entlang zum Haus, pfiff dabei vor sich hin, ließ die Hände in den Taschen und nahm die rechte nur ein Mal heraus, als ein Auto vorbeikam und er sie zu einem flüchtigen Gruß hob. Wahrscheinlich glaubten sie, dass er hier wohnte.

Das Haus machte einen gepflegten Eindruck von Wohlstand. Weiß, einstöckig, mit einem steilen Giebeldach und hübschen grünen Verzierungen. Dahinter ragte eine riesige, rot gestrichene Scheune mit Walmdach auf, ringsum standen neue landwirtschaftliche Geräte, Sämaschinen und Mähdrescher, ein klobiger orangeroter Traktor. Eine kleine gelbe Planierraupe, die er bei günstigerem Wetter für eine Spritztour angelassen hätte, hätte er denn die Zeit gehabt. Hinter der Scheune führte die kurvenreiche Straße durch ein Feld mit Sojabohnen.

Frühere Aufklärungsmissionen hatten ergeben, dass es weder Hunde noch Kinder gab, daher kletterte er von der Straße die Böschung hinunter und durchquerte die Einfahrt. Er folgte mit jetzt hastigen, zielstrebigen Bewegungen einer sorgfältig geschnittenen Hecke zur Eingangstür und holte dabei einen Schraubenzieher aus der Tasche.

Die Sturmtür war, wie nicht anders zu erwarten, von innen abgeschlossen. Er hatte schon die Scharniere abgeschraubt und die Tür zur Seite gestellt, als er bemerkte, dass die Scharniere der Eingangstür nicht außen am Türrahmen lagen – der Einbrecherlehrling wurde zum Opfer der Feinheiten von Türen und Schlössern. Er verweilte und horchte. Außer dem Regen hörte er nichts.

Das Fliegengitter der Hintertür war nicht einmal verriegelt.

Er betrat eine Art Wintergarten mit einer Kühltruhe und einer Ansammlung von Plunder. Hier meinte es das Schicksal gnädiger mit ihm. Die Scharniere waren nur zum Teil vom Türrahmen verdeckt und an der Tür selbst zugänglich. Hastig drehte er die Holzschrauben heraus. Er spürte, wie ihm Schweiß die Brust hinablief. Als er die Tür weggestellt hatte, warf er einen hastigen Blick zur Straße; das Fliegengitter verdunkelte die Welt. Eine Reihe Schatten spendender Bäume schirmte das Haus vom Verkehr auf der Straße ab. Zufrieden steckte er den Schraubenzieher weg und trat ein.

Er stand in einer Diele auf polierten Brettern aus Holz, das er nicht kannte; das ganze Haus roch nach Möbelpolitur. Er konzentrierte sich im Geiste auf den Grundriss des Hauses und versuchte sich zu erinnern, wo sich das Radio befand. Als er das Schlafzimmer betrat, stellte er sogleich fest, dass er richtig gelegen hatte: Da stand es, als hätte es die ganze Zeit auf ihn gewartet. Er zog den Stecker heraus und ließ den Blick durch das Zimmer schweifen, während er das Kabel um das Radio wickelte. Die Tapete zeigte eine Überzahl roter Rosen. Aus einem ovalen Bilderrahmen beobachtete ihn ein raubvogelähnlicher alter Mann stechenden Blickes und voll ohnmächtiger Wut.

Nippes auf der Kommode, daneben alter, schwerer Schmuck, der hinderlich aussah und ihm wertlos erschien. Frauenkrimskrams und Gläschen mit seltsamen Cremes, an denen er schnupperte. Fliederduft. Grellrote Lippenstifte, deren Form an Gewehrpatronen erinnerte. Einige steckte er ein und sagte sich, dass seine Frau sie vielleicht brauchen könnte.

In einen Filzhut, der an einem Bettpfosten hing, verliebte er sich regelrecht. Er setzte ihn auf, drehte ihn hierhin und dorthin, drückte die Krempe flach. Als er sich im Spiegel betrachtete, zog er die Schultern hoch, schnitt eine höhnische Grimasse und blickte kalt und unbarmherzig. »Nein, verdammt, ich rede nicht«, sagte er zu dem Gesicht im Spiegel. »Du vergeudest nur meine Zeit, Bulle.«

Mit dem Hut auf dem Kopf und dem Radio unter dem Arm ging er aus dem Zimmer, durch den Flur und in die Küche, wo eine untersetzte Frau mittleren Alters sich gerade umdrehte, als sie seine Schritte hörte. In einer Hand hielt sie einen Teller, in der anderen ein Spültuch. Sie schrie auf und ließ den Teller fallen.

Motormouth wich erschrocken zurück, die Augen in dem fassungslosen, sommersprossigen Gesicht wurden groß wie Untertassen. Er gab einen kehligen Laut des Entsetzens von sich und wirbelte bereits herum. Sie schwang den Spüllappen wie eine Waffe und setzte ihm nach.

»Scheiße noch mal«, schrie er.

Begleitet vom anschwellenden Crescendo seiner Turnschuhe auf dem polierten Boden floh er den Flur entlang. Er rannte zur Dielentür hinaus und durch die überdachte Veranda, ohne im Mindesten langsamer zu werden. Als er spürte, wie ihm das Radio aus der Hand rutschte und fiel, griff er verzweifelt nach dem Kabel und spürte, wie sich es sich zwischen Tür und Zarge verkantete. »Macht mir mein Radio kaputt«, kreischte die Frau und verdoppelte ihre Anstrengungen. Er stürmte ungebremst durch die Hecke und lief gebückt und mit wie irre stapfenden Füßen weiter. Er hastete die Böschung hinauf, hechtete über die Straße, fluchte in einen Wagen voll erschrockener Gesichter hinein, der ihn um ein Haar überfahren hätte, und mühte sich durch das regenschwere Farn Richtung Hügel, wo die dunklen Fichten lockten.

Er floh tief in den Wald, in völliger Stille, abgesehen vom

abgehackten Keuchen seines Atems und dem Regen in den Bäumen. Schließlich ließ er sich erschöpft zu Boden fallen und rang nach Luft. Eine Weile blieb er reglos liegen, dann nahm er vorsichtig eine geduckte Haltung an und horchte auf eventuelle Verfolger. Doch er hörte nur das Krächzen der Krähen, die ihn von den sicheren Baumwipfeln herab verspotteten.

Er betrachtete kläglich seine Faust, in der er noch den Stecker und einen knappen Meter Stromkabel hielt. Er warf ihn angewidert weg und setzte sich mit dem Hut auf dem Kopf eine Weile auf einen Baumstumpf. Wie Tinte rann es an seinen Schläfen hinab. Er saß nur da und hörte zu, wie das ungestüme Klopfen seines Herzens langsam nachließ.

Am Montag füllte Winer die Mistschleuder, hörte den Regen auf das Wellblechdach trommeln und wartete vergeblich darauf, dass der Wolkenbruch nachließ, damit sie den Mist auf den Feldern ausstreuen konnten. Am Vormittag kam Weiss in das Hühnerhaus. Herman Weiss war ein kleiner, dicker Mann mit lockigem, graumeliertem schwarzen Haar. Er trug sommers wie winters einen Tropenhelm, saubere, gebügelte Khakihosen und Wanderstiefel, als wäre er allzeit bereit, sich einer Safari anzuschließen, sollte sich die Gelegenheit dazu ergeben. Die Leute sagten, dass man unmöglich mit ihm auskommen konnte. Kaum jemand arbeitete für ihn, doch Winer fand, dass er kein übler Arbeitgeber war. Weiss hatte einen schroffen, barschen Ton an sich, der den meisten Leuten nicht schmeckte, und niemand wusste, woher er eigentlich kam. Es hieß, er sei ein reicher Jude, ein Ungar, ein Italiener. Ein Sklavenhalter sei er, ein Drogenhändler, ein Kameramann im Ruhestand; seine eigenen Geschichten klangen so übertrieben und absurd, dass er es möglicherweise selbst nicht mehr so recht wusste.

Winer scherte sich nicht darum, was er war. Für Winer war er nur ein Geflügelfarmer. Er besaß drei riesige Hühnerhäuser, die jeweils sechstausend Tiere beherbergten. Winer fütterte sie zweimal täglich und gab ihnen morgens und abends Wasser. Wenn sie neun Wochen alt waren, stellte Weiss zusätzliche Hilfsarbeiter ein, die sie einfingen, auf einen geschlossenen Lastwagen verluden und fortbrachten. Die Häuser wurden gesäubert, der Zyklus begann erneut.

Winer wusste nur, dass er Weiss fast mochte. Er hatte eine trockene, liebenswert ironische Art, die Winer amüsierte. Weiss wurde nie wütend. Er kannte Unmengen von Geschichten über exotische Orte, leichte Mädchen und enorme Geldsummen, und da der Regen auf das Dach trommelte und Winer ein williges Publikum darstellte, gab er einige davon zum Besten.

Tausend Abenteuer wusste er zu berichten, und vielleicht waren einige davon sogar wahr. Mit Präsidenten und Königen hatte er verkehrt. Generäle suchten seinen Rat in militärischen Fragen, er und Blackjack Pershing waren die dicksten Freunde gewesen. (Er nahm Pershing die Kreide aus den zitternden Fingern, wandte sich der grünen Tafel zu und skizzierte mit Punkten und Strichen die Bewegung von Truppen durch Gelände, das von Verstümmelten und Sterbenden verteidigt wurde: Nein, *hier* erwarten die Deutschen Sie. Wenn Sie ...) Ohne seinen betrügerischen Geschäftspartner hätte er längst Multimillionär sein können, denn er hatte Coca-Cola erfunden. Die Formel hatte man ihm gestohlen und verkauft.

»In Topeka, Kansas, hab ich mir für einen Nickel eine Flasche gekauft«, sagte Weiss. »In einem Drugstore. Das war mein Getränk, bis hin zu der geheimen Zutat. Ich hätte heulen können.«

»Kann ich mir denken«, sagte Winer. »Haben Sie Ihren Partner je wiedergesehen?«

»Durchaus«, sagte Weiss. »Auf einer Bundesstraße in Chicago, das muss 1922 gewesen sein. Er fuhr einen Rolls-Royce Silver Ghost und hatte eine Blondine auf dem Beifahrersitz, bei deren Anblick dir das Herz stehen geblieben wäre. Moseby winkte mir einfach nur ganz beiläufig zu, wie geht's denn so, und fuhr weiter … aber diese Frau. Ich hätte sie auf dem Rasen vor dem Weißen Haus genommen, wenn sich die Gelegenheit dazu ergeben hätte.« Er schwieg nachdenklich. »Oder an jedem anderen Ort ihrer Wahl«, sagte er nach einer Weile.

Weiss und seine Frau hatten mehrere Zeitschriften abonniert, die sie einmal im Monat zu einem Bündel zusammenschnürten und Winer gaben. Manchmal bekam er auch Bücher, die sie gesammelt hatten, einmal schenkte Alma, die Frau von Weiss, ihm eine nagelneue Ausgabe der *Complete Poems* von Sandburg. Winers Mutter hegte ihre Vorbehalte gegen diese Angewohnheit, sie argwöhnte, dass die Geschenke vom Lohn des Jungen abgezogen oder eines Tages aufgerechnet werden und dann einen ganzen Monatslohn verschlingen würden.

Dem Jungen gefiel noch eine andere Gepflogenheit von Weiss: Gegen halb zehn sah er stets auf die Uhr und sagte: »Trinken wir einen Schluck«, worauf sie zur Veranda des Weiss'schen Hauses gingen. Weiss öffnete den alten Eisschrank, in dem er Coca-Cola und Wein aus eigener Herstellung aufbewahrte. Er machte eine Cola für Winer auf und schenkte sich selbst ein Glas Erdbeerwein ein.

Winer betrachtete seine Cola, die Rinnsale Eiswasser, die langsam an der grünen Flasche hinabliefen. »Haben Sie die selbst abgefüllt?«, fragte er arglos. »Oder wie alle anderen im Lebensmittelladen gekauft?«

»Was?«

»Ich dachte nur, vielleicht füllen Sie sich ja alle zwei, drei Wochen einen Vorrat ab.«

Weiss sah ihn über den Rand des erhobenen Weinglases hinweg an. Er trank, senkte das Glas. »Respekt für Ältere ist etwas, das man nicht vermissen lassen sollte«, schrieb er Winer nach einer Weile ins Stammbuch.

»Aus dir könnte eines Tages was werden, wenn du nicht so verdammt hart arbeiten würdest«, teilte Weiss ihm an diesem Vormittag mit. »Wenn einer so hart arbeitet wie du, bleibt ihm nie Zeit, was aus sich zu machen.«

»Wollen Sie nichts für Ihr Geld?«

»Ich krieg was für mein Geld. Du packst jede Arbeit an, als wär's die letzte, die du unbedingt erledigen musst. Das solltest du dir abgewöhnen. Es gibt keine letzte Arbeit. Man bringt eine zu Ende, und dann wartet die nächste auf einen. Man muss sich seine Zeit einteilen.«

Winer stützte sich auf die Schaufel und ruhte ein wenig aus. Vor dem Fenster verdunkelte sich der Himmel, Wolken zogen im Westen auf.

»Die meisten Leute hier in der Gegend sind ein wenig anders«, sagte Weiss. »Du musst ein Abweichler oder so was sein. Ein Mutant. Diese Landeier und Spießer, was auch immer ... ich lebe seit fünfundzwanzig Jahren hier und bin nach wie vor ein Fremder für sie. Vermutlich warten die immer noch ab, ob ich bleibe oder nicht.«

»Manche von denen sind schon ein bisschen merkwürdig.«

»Merkwürdig? Ich würde eher sagen stinkfaul. Ich hatte den Schuppen am Bach mal an einen Mann namens Warren vermietet. Mann, war das eine Träne. Der hat nur auf seiner

Veranda gehockt und seinem Garten beim Wachsen zugesehen. Hat sich nur bewegt, wenn der Schatten weitergezogen war oder seine Frau ihn zum Essen gerufen hat. Und hat andauernd mit dem Garten geprahlt. ›Schöner Garten‹, sagte er andauernd. ›Schöner Garten.‹ Ich war einmal da oben und glaube, er hatte nur vier Kohlköpfe. Seine grünen Bohnen hätte ich in diesem Helm heimtragen können und nur ein Mal laufen müssen. Und weil er nur an die acht Kinder oder so hatte, frage ich mich, was er mit dem vielen Zeug anfangen wollte. Vielleicht für den Winter einwecken. Oder mit dem Laster abtransportieren.

Und ganz ehrlich? Als ich dieses Haus gebaut habe, hauste ich drüben in einer kleinen provisorischen Hütte am Bach. Für den Umzug habe ich ein paar von den Jungs angeheuert, damit sie mir helfen. Hat mich eine Schrotflinte gekostet, eine Browning Automatik, die ich für dreihundert Dollar nicht hergegeben hätte. Ein Paar Reitstiefel, die ich mir in Spanien gekauft hatte, und eine Pistole mit Silberintarsien, ein Geschenk meiner Frau. Dir ist klar, dass wir hier von zwei- oder dreihundert Metern sprechen. Ich will mir gar nicht vorstellen, was passiert wäre, wäre ich an die Westküste gezogen.«

An diesem Abend fuhr Weiss ihn nach Hause. »Drinnen ist nichts mehr zu tun«, sagte er. »Wenn morgen auch noch so ein Sauwetter ist, brauchst du gar nicht erst zu kommen. Füttern kann ich allein. Du musst nicht klatschnass werden, nur damit du darauf warten kannst, bis Fütterungszeit ist.«

Der Bach hatte bereits eine unheilvoll gelbliche Färbung angenommen, schwoll an und riss kleine Zweige und Unrat mit sich, der in Gischtkronen kreiste. Der Nebenarm hinter Olivers Haus trat über die Ufer, überschwemmte den Schweinepferch und kränzte Baumschösslinge und Zaunpfosten mit Treibgut abgestorbener Büsche und Autoreifen, die aussahen wie Bojen zur Orientierung in einer gänzlich zu Wasser gewordenen Welt; von seiner Position in der Scheune sah er das Wasser aus der Schlucht emporsteigen.

Ein angewiderter Dallas Hardin sortierte die Quittungen der vergangenen zwei Tage; als er der Gesellschaft von Pearl und der kleinen Amber Rose überdrüssig wurde, wagte er sich in den Regen hinaus, blieb am Rand der Grube stehen und hatte den Eindruck, als könnte er die reißenden Wasser tief unter seinen Füßen hören. Eine Veränderung im Puls der Erde, eine Beschleunigung, ein seltsam okkulter Wechsel. Er sah zum bleigrauen Himmel empor. Ein Blick nach Westen zeigte ihm exakt dasselbe, als hätte sich dieses einförmige Wetter auf der ganzen Welt ausgebreitet. »Der Regen hört nicht auf, bei Gott«, sagte er.

Und so kam es. Am dritten Tag wurde die Brücke zwischen Mormon Springs und der Stadt mit einem gewaltigen Knirschen von den Betonpfeilern gerissen, trieb auf das Zuckerrohrfeld am Bachufer, drehte sich träge in den gemächlichen Strudeln und geriet schließlich ins reißendere Wasser des Bachlaufs, nahm Fahrt auf und kreiste irre trudelnd stromabwärts wie ein aus seiner Verankerung gerissenes Karussell. Inzwischen stand die halbe Straße unter Wasser; Oliver saß auf seiner Veranda und ließ den Blick über eine Welt unermesslicher Wassermassen schweifen, deren trübe, verschlickte Oberfläche sich ohne Unterbrechung über das gesamte Feld bis zum Bach erstreckte. Er musste die Ziegen auf eine Anhöhe schaffen und Töpfe und Eimer unter Lecks im Dach stellen, von deren Existenz er bis dahin gar nichts gewusst hatte. Er saß auf seiner Veranda wie ein grimmiger und hoffnungsloser Überlebender, der darauf wartet, dass entweder Rettung naht oder die Sintflut endlich nachlässt.

Winer war auf dem Damm durch den Wald gekommen. »Haben Sie es jemals so stark regnen sehen?«, fragte er den alten Mann.

»Das wohl«, entgegnete Oliver. »Ich weiß nur nicht, ob es je so lang gewesen ist.«

Hardin sah, wie das Wasser in dem Nebenarm anstieg. Ein schmaler Streifen schaumiger Gischt schwappte vor seinen Augen über den Rand der Grube und schwoll an. Als er eine Stunde später zurückkehrte, ertönte ein tosender, ununterbrochener Donner aus der Grube, und er konnte sich dem Abgrund nicht einmal mehr nähern. Ein Strom schlammigen gelben Wassers, zwei Meter breit, wenn nicht breiter, quoll aus der Vertiefung, und ganz weit unten in der Grube hörte er ein Brodeln und Rauschen.

Am vierten Tag sah Hardin spätnachmittags zum Hügel, wo ihm ein Quartett dunkler, durchnässter Gestalten salutierte. Vier unverbesserliche Narren, die Wagemut oder Durst veranlasst haben mochten, die sechs Meilen zurückzulegen, aus denen vermutlich zwölf oder mehr geworden waren, da sie sich auf den Hügelkuppen halten und die überschwemmten Straßen und Täler meiden mussten.

Bei den hartgesottenen Reisenden handelte es sich um die drei Brüder DePreist und eine junge Hure namens Bledsoe, die sie irgendwo aufgegabelt hatten. Sie wollten etwas trinken.

Sie versoffen das ganze Geld, das sie bei sich hatten, und bestellten dann noch ein Glas. Hardin ließ die DePreists dafür Feuerholz sammeln, als es kälter wurde. Während sie verrottete Dielen, die Bohnenstangen vom letzten Jahr und alte, aufgeweichte Geländer zusammensuchten, die die Überschwemmung angespült hatte, saß die Hure dampfend vor dem Kamin und flocht ihr Haar mit einer bescheidenen, trunkenen Würde.

Immer wieder betonten sie, dass sie jetzt aufbrechen sollten, gingen jedoch nicht. Sie schliefen wie die Katzen auf dem Fußboden, und wie die Katzen stritten sie sich irgendwann mitten in der Nacht um die Hure. Ein gewaltiges Getöse schwoll an, Möbel wurden umgestoßen, Stühle an die Wand geworfen. Unter lautstarkem Geschrei und Gefluche sprang Hardin splitternackt aus dem Bett und trieb sie bis auf den letzten Bruder mit vorgehaltenem Gewehr in den Regen hinaus; nicht einmal auf der Veranda gewährte er ihnen mehr Unterschlupf, sondern jagte sie in den grauen Nieselregen hinaus, ging wieder ins Haus und verriegelte die Tür.

Sie schlossen Frieden miteinander und verschworen sich, um Hardin auszuräuchern, aber nicht einer von ihnen besaß ein trockenes Streichholz. Der Jüngste versuchte eine geschlagene Stunde, mit einem Taschenmesser und einem Brocken Feuerstein Funken zu schlagen. Schließlich gaben sie auf, verkrochen sich in der Scheune und zogen im ersten Licht der Dämmerung mürrisch und verkatert und ohne einen weiteren Gedanken an die Hure wieder ab.

Der alte Mann schlief unruhig, von einem wiederkehrenden Traum gequält; als der Regen aufhörte, wachte er schlagartig auf. Wasser tropfte sporadisch in eine Kaffeedose, die er unter eine lecke Stelle gestellt hatte, dann hörte auch das auf. Er hörte den Bach. Er erhob sich von der Schaukel, wo er sein Nickerchen gemacht hatte. Im Westen zog sich ein Streifen klaren Himmels über den Baumkronen dahin, das schmale Viertelrund der

Sonne leuchtete in den Wolken darüber. Die Wolken hatten die Farbe von Gold und glänzten wie etwas aus poliertem Metall Gegossenes.

Mit dem alten, schwarzen Mantel und dem Strohhut, den er irgendwo ausgegraben hatte, sah Oliver wie eine zu unbeholfenem Leben erweckte Vogelscheuche aus. Mit einem emaillierten Wassereimer in der Hand überquerte er das behelfsmäßig zusammengeschusterte System der Planken über den mäandernden Bachlauf, gab aber am Ende auf und watete einfach hinein, bis ihm das Wasser eiskalt um die Oberschenkel strömte. »Bis zur Hüfte im Wasser und auf dem Weg, noch mehr zu holen«, murrte er bei sich. »Wenn das nicht der Gipfel ist.«

V-förmig zusammengenagelte und in einer Öffnung in der Kalksteinklippe befestigte Bretter aus Kastanienholz leiteten das Wasser in den Trog. Das Wasser war kalt und grün. Moosgrün schwappte es gegen die von Flechten überzogenen Zedernholzdielen des Trogs. Oliver stand im tosenden Wasser, dem tausendfachen Tröpfeln und Blubbern eines wahren Berges von Wasser, das der rissige Kalkstein nur notdürftig halten konnte, und hörte das anhaltende Brüllen des Wasserfalls über sich. Hier herrschten schwarze Schatten vor, war es kühl und dunkel. Die ständig feuchte Erde bildete einen idealen Nährboden für Brunnenkresse, der Duft von Minze lag in der Luft. Oliver stellte den Eimer zu seinen Füßen ab, beugte sich vor und hielt sich die Knie mit den Händen. Er sah in den Trog.

Er hatte ganz kurz etwas Weißes gesehen, nicht glänzend, sondern matt wie altes, verfärbtes Elfenbein. Als würde man in ein tiefes Gewässer blicken. Aus den Schatten des Trogs wogten lange Stränge von Moosen und Farnen wie Seegras und ahmten die langsame, kreisförmige Bewegung des Wassers nach. In diesen dunklen Tiefen bewegte sich der Gegenstand und funkelte vorübergehend wie Gold unter der fast milchigen Oberfläche. Er griff ins Wasser.

Und hielt den Schädel eines Menschen in den Händen. moos- und schlammverkrustet, ein Salamander hatte sich in einer Augenhöhle verkrochen, Uferschnecken hafteten wie Egel an dem morschen Knochen. Helle Flechten klebten an der Schädelplatte wie perverse grüne Haare. Oliver drehte ihn in den Händen. Ein Splitter des Hinterhauptbeins war anscheinend durch eine von innen wirkende Gewalt abgesplittert; das Gehirn selbst offenbar explodiert, sodass es die Schale des Schädels zerbrochen hatte. Er drehte den Schädel wieder, wodurch es aussah, als würde der ihn mit seinem zu einem humorlosen Grinsen erstarrten Kiefer verspotten; die beiden Goldzähne sahen zwischen Schlick und Flechten unheilvoll und bezaubernd zugleich aus.

Konkret und unabdingbar. Handfeste Beweise einer längst vergangenen Gewalttat aus so tiefen Abgründen und Klüften, dass nicht einmal eine Andeutung von Licht dort herrschte. In seinen Händen. Eine stumme Opfergabe aus dem Brunnen der Welt. Er fühlte sich bedrängt von Wissen, das er weder gesucht noch gewollt hatte. Die Vergangenheit kreiste und strömte um ihn herum wie das Wasser, das den Schädel verborgen hatte. Einen grellen Augenblick lang fühlt er sich allmächtig, als hätte sich in all den verronnenen Jahren eine Tür aufgetan und ihm vorübergehend Zutritt zur Vergangenheit gewährt; er wusste, dass er ein Wissen besaß, das der ganzen Welt vorenthalten worden war, abgesehen von einem weiteren Menschen, doch er wusste nicht, was er damit anfangen sollte.

Der Wagen hielt auf dem Hof. Pearl drehte sich um, der hauchdünne Vorhang glitt aus ihrer Hand. Heute war sie fülliger, ließ das sanfte Gesicht nur noch Spuren der einstigen schwerfälligen Schönheit erkennen.

»Sie kommen«, flüsterte sie.

»Sollen sie doch«, sagte Hardin. »Ich nehm nicht an, dass ihnen das Dach auf die Köpfe fällt.«

Sie wandte sich wieder dem Fenster zu. Zwei Frauen standen im Hof neben dem Wagen, eine dritte kletterte gerade unbeholfen vom Kutschbock herunter. Im Sonntagsstaat: Das Licht der Sommersonne fiel auf Lavendel und Blau und Grün und wurde davon gespiegelt, ein Trio bunter Pfauen, das sich halb verdrossen dieser Lasterhöhle näherte. Schirme unter den Armen, obwohl kein Wölkchen am Himmel stand. Ein Klopfen.

»Was die wohl wollen?«

Er gab keine Antwort, abgesehen von einer Geste zu dem Bett, wo Hovington lag.

Neuerliches Klopfen, drängender.

»Lass sie doch rein.«

»Nein, du.«

Er stand auf und stellte das Glas am Stuhlrand ab. Er durchquerte das Zimmer, drehte den Holzriegel, öffnete die Tür fünfzehn, zwanzig Zentimeter und sah in ein glattes Landfrauengesicht unter geschnürter Haube. Er sagte nichts.

»Wir kommen, um nach Bruder Hovington zu sehen«, sagte die Frau.

Er öffnete die Tür weiter, trat beiseite. Pearl wandte sich ihnen linkisch zu, ohne Anmut. »Treten Sie ein«, sagte sie.

»Wie geht es ihm?«

Hardin nahm sein Glas, leerte es. »Überzeugen Sie sich

selbst«, sagte er. »Da drüben liegt er. Bruder Hovington macht eine schwere Zeit durch.«

Hovington lag unter einer Bettdecke, wo ihm ein Ventilator abgestandene Luft zufächelte. In Wahrheit schien es, als hätte er nie andere Zeiten als schwere durchgemacht. Er bestand nur noch aus Haut und Knochen und hatte die Knie bis zur Brust hochgezogen. Seine Haut war blass, die Knochen zeichneten sich deutlich unter der wächsernen gelben Haut ab. Nur in den schwarzen Augen, mit denen er sich blitzschnell umsah, erkannte man eine Spur von Leben. Er öffnete den Mund und entblößte lange, gelbe Wolfszähne.

Während die Besucherinnen den nüchternen Raum betraten, ging Hardin mit seinem Glas zur Küchentür hinaus. Die Frauen blickten sich unsicher um. Die vielen dekadenten Wunder. Die stumme Musicbox. Stapelweise Kästen mit braunen Flaschen.

»Nehm'se Platz«, bat Pearl sie. »Rose, hol noch Stühle aus der Küche.«

Das Mädchen mit den dunklen Haaren erhob sich schweigend und ging zur Tür. Sie kam mit drei Lehnstühlen zurück und stellte sie in einer Reihe vor dem Bett auf. Die Augen mit den langen Wimpern hatte sie niedergeschlagen. Pearl machte sich mit den Stühlen zu schaffen und richtete sie zu ihrer Zufriedenheit aus. »Setzen S' sich«, sagte sie. »Soll ich Ihnen die Hauben abnehmen?«

Eine der Frauen berührte das Mädchen an der Schulter, eine knappe, freundliche Geste. »Ist sie nicht eine kleine Lady? Und ist sie nicht das hübscheste Ding, das man je gesehen hat?«

Das Mädchen schien sie gar nicht zu hören. Sie nahm in einem Sessel beim Fenster Platz und sah distanziert auf den

Hof hinaus, als könnte sie sich durch Willenskraft anderswo hin versetzen.

Die Frauen ließen sich auf den Stühlen nieder, nahmen Fächer aus Pappe zur Hand und fuchtelten damit herum. Pearl stand ratlos und bestürzt hinter ihnen, als wäre sie hier der ungebetene Gast. »Kann ich Ihnen was Kaltes zu trinken bringen? Wir ham gar nicht mit Besuch gerechnet.«

Die Frau in der Mitte öffnete das Band ihrer Haube, ließ die Haube auf die Schultern fallen. Das goldene Haar hatte sie zu verschlungenen Rokokozöpfen geflochten. Schweißperlen standen ihr auf der Oberlippe, ein glyzerinartiger Schnurrbart. »Für mich nichts, danke.« Die beiden anderen schüttelten die Köpfe. »Wir haben auf dem Heimweg von der Kirche reingeschaut. Im Gottesdienst hieß es, dass Bruder Hovington vom Unheil befallen wäre, darum haben wir für ihn gebetet. Wir wollten nur nachsehen, ob er etwas braucht.«

Bruder Hovington machte ganz den Eindruck, als könnte er längst nichts mehr brauchen, was sie bei sich haben konnten. Er hatte die Augen geschlossen, schlief möglicherweise. Er hätte tot sein können, wären da nicht die sanften, geschmeidigen Bewegungen der Augäpfel unter den fast durchscheinenden Lidern und der langsame, hypnotische Puls an seinem Hals gewesen. Denn Bruder Hovington litt Qualen, er ruhte in einem Strom der Zeit, den die Schmerzen so umgelenkt hatten, dass es schien, als würde sie überhaupt nicht mehr verstreichen. In dem flüssigen Feuer, in dem er lag, sah er das majestätische Wirken der Ewigkeit, das kosmische Wunder einer jeden Sekunde, die eiförmig, versilbert und phallisch geboren wurde; die Zeit bohrte sich funkelnd durch die verbrauchte und wertlose Hülle der vorherigen Mikrosekunde, stockte, machte die winzigen Ablagerungen des Verfalls sichtbar, den das Leben ablaufen ließ, ein bereits im Augenblick der Empfängnis in die Wege geleiteter Prozess, ein Absterben, vom nächsten orgiastischen Stoß der Zeit verdrängt, und alles im Rhythmus eines schlagenden galaktischen Herzens, begleitet von Stimmen, vom Murmeln eines Wahnsinnigen in einem Fallstrick im Netz der Welt.

»Pearl?«, rief Hardin aus dem Nebenzimmer, und sie erhob sich, strich sich den Rock mit den großen Händen glatt, zögerte. »Ich bin gleich wieder da. Nur nachsehen, was er will.« (Als wäre Hardin der Ehemann, tuschelten die Frauen später unter sich. Nicht diese längst dem Tod geweihte, gebrechliche Hülle, deren Leben aus jeder Ritze entwich. Hovington hätte ein Fremder sein können, oder schlimmer, ein ungeliebter Verwandter, der zu Besuch gekommen war und zum Sterben blieb.)

Danach Stimmen, seine spöttisch, verschwörerisch, ihre fragend, vage abweisend, beide durch die dünne Wand unverständlich und unverkennbar zugleich. Vages und androgynes Gelächter, und dann spürten alle mehr, als sie es hörten, wie Fleisch sich scheinbar zeitlos auf Fleisch senkte, das Quietschen von Bettfedern, ein unwillkürliches Stöhnen, Geräusche, die sie ihr ganzes Leben lang als ererbtes Wissen besessen zu haben schienen. Danach Stille, abgesehen vom Surren des Ventilators, und danach quietschten die Bettfedern unfasslicherweise so richtig, immer heftiger, bis der gewünschte Rhythmus erreicht war. Die Eingangstür wurde geöffnet und geschlossen, die Frauen sahen, dass Amber Rose, die Tochter, hinausgegangen war.

Die Frauen saßen in hitzigem, bestürztem Schweigen nebeneinander. Röte überzog ihre Gesichter, doch sie sahen einander nicht an, sondern nur den sterbenden Mann, der den

Anschein erweckte, als wäre er aufgeladen mit der Absicht, eine Handlung zu begehen, die die unerträgliche Qual der Stille beenden und sie zu ihrem wie auch immer gearteten nächsten Tun anspornen würde. Da er sich nicht bewegte, stand die Frau in der Mitte auf und betrachtete das welke Gesicht. »Ich glaube, Bruder Hovington ist eingeschlafen.« Die anderen beiden erhoben sich, untermalt vom Rascheln der Seidengewänder, und wandten sich zur Tür. »Arme Seele. Er braucht jetzt sicher seine Ruhe.« Die Tür fiel ins Schloss, als sie von der Veranda in die Sonne traten und die Schirme aufklappten; ihre verkürzten, gedrungenen Schatten huschten wie dunkles Geflügel vor ihren Füßen dahin.

Die Pferde drehten die Köpfe, sahen ihnen entgegen, tänzelten in ihrer Vorfreude ein wenig, der Wagen ächzte, das Zaumzeug klirrte melodisch. Das Mädchen sah sie mit roten, vor Abscheu ausdruckslosen Gesichtern auf den Wagen steigen. »Los«, fuhr eine die Pferde barsch an und ließ die Zügel klatschen. Der Wagen wendete mühsam auf dem Hof, Staub wirbelte unter den Hufen auf und stieg als Wolke empor, die sie abermals nach den Schirmen greifen ließ, bis der Wagen mit einem Geräusch gleich einem in die Länge gezogenen Stoßseufzer auf die Straße fuhr.

Amber Rose strich sich eine dunkle Haarsträhne aus dem Gesicht. Ihr schien, als wäre die Welt voll von Dingen, über die sie keine Kontrolle hatte; sie sah den Frauen mit leerer Miene nach.

Weiss parkte das Automobil vor dem Utotem Market und stellte den Motor ab. »Du sagst, er arbeitet hier?«, fragte er Winer.

»Als ich das letzte Mal hier war, ja. Da hat er Hühner geschnappt und aufgeschlitzt.«

»Also ein Mann mit Erfahrung«, sagte Weiss trocken. »Genau so einen brauchen wir. Ich weiß nicht, ob ich mich noch von unserer letzten Begegnung an Hodges erinnere. War er der große Rothaarige mit dem unsteten Blick?«

»Er ist in Ordnung.«

»Dann hol ihn. Und wenn nicht, sag mir Bescheid, dass wir einen anderen suchen.«

»Ist gut.«

Winer stieg aus dem Wagen und schlenderte über den Bürgersteig zur Fassade des Lebensmittelladens. Auf der Straße war es heiß, aber irgendwo im Utotem surrte ein Ventilator, und Winer spürte einen kalten Luftzug von irgendwoher. Kurz vor Ladenschluss hielten sich kaum Kunden in dem Geschäft auf. Er ging an der Registrierkasse vorbei, den Gang zur Getränkebox entlang. Als er den Deckel aufgeklappt hatte, hineinsah und gerade seine Wahl treffen wollte, wurde er angesprochen.

»He, Winer.«

Er drehte sich um, sah jedoch keinen Bekannten. Hatte sich nach Motormouth angehört, doch der war nirgends zu sehen, nur zwei Frauen beim Einkaufen, die ihre Sachen von den Regalen in die Einkaufswagen legten.

»He, Hühnerhirte«, ertönte die Stimme erneut. Ein Huhn stakste langsam am Rand der Fleischtheke entlang. Winer hielt eine tropfende Cola und starrte es an. Das Huhn richtete sich auf, bis es die Füße auf der verchromten Kante liegen hatte. Daumen und Zeigefinger eines Menschen hielten je eine gelbe Klaue. Das Huhn tänzelte mit gezierten Trippelschritten auf dem Metall entlang. Es trippelte zurück. Es war halb gerupft, der Kopf baumelte wie bei einem Betrunkenen auf dem gebrochenen Hals. Durch die blauen Lider schien es Winer höhnisch anzusehen.

Die beiden Frauen blieben vor der Fleischtheke stehen, damit sie dieses Wunder besser in Augenschein nehmen konnten. Möglicherweise fühlte sich das Huhn durch das Publikum angespornt, denn es fing an zu tanzen; zunächst langsam hob es einen dürren Fuß, dann den anderen, ein düsterer, ungelenker Volkstanz ohne erkennbare Musik. Über Tabletts mit Hackfleisch und Leber und seinen abgepackten, zerlegten Geschwistern begann es einen makabren Squaredance, bei dem der lose Kopf hin und her baumelte und die Füße regelrecht auf der Chromkante dahinflogen. Ein derangiertes Gackern ertönte hinter der Fleischtheke. Die beiden Frauen sahen einander staunend an, als das Huhn langsam und lasziv den Unterleib kreisen ließ. Sie schüttelten die Köpfe und rückten mit ihren Einkaufswagen ab.

Winer wurde abgelenkt, als er hastige Schritte auf dem gewachsten Boden hörte. Er wandte sich von dem Huhn ab und sah den alten Christian, der gerade die Schürze auszog, den Gang entlangstürmen. Sein Gesicht sah rot angelaufen und wütend aus.

Winer schätzte, dass die Vorstellung vorbei war, und entfernte sich. Er legte seine Münze neben die Registrierkasse und ging durch die Tür, deren Glöckchen ertönte, hinaus ins Freie, wo Autodächer weiß und grell die Sonne reflektierten. Motormouths Chrysler parkte mit seiner glänzenden Batterie von Antennen und Scheinwerfern ein Stück weiter unten am Bordstein; er stieg ein und kurbelte die Fenster runter. Er glaubte nicht, dass er lange warten müsste, und behielt recht.

»Er hat dich gefeuert, du Kindskopf, oder?«

Motormouth zuckte und fluchte, als er mit dem Hals den heißen Plastiksitzbezug berührte. »Der alte Christian sollte eigentlich bis morgen in Nashville sein. Ich hab den ganzen

Tag Hühner zerlegt. Wie hätte ich wissen können, dass der alte Trottel wieder da ist?«

»Vermutlich gar nicht. Er fand es wohl nicht so komisch?«

»Der Hurenbock hat keinen Humor. Er sagte, es wäre respektlos. Hält Utotem wohl für ein Scheißtabernakel oder so.«

»Was wird deine Alte sagen?«

»Keine Ahnung«, antwortete Motormouth. »Wahrscheinlich packt sie und geht zurück zu Mama. Sie sucht schon die ganze Zeit nach 'nem Grund, und die Gelegenheit lässt sie sich bestimmt nicht entgehen. Blafft mich dauernd an, dass ich keinen Job behalte. Hat sowieso gedacht, dass ich an der Kasse sitze. Dass ich den Scheißhühnern die Federn ausreiße, hat sie gar nicht gewusst.«

Er ließ den Motor an und beobachtete den sporadischen Verkehr im Rückspiegel. »Weiß auch nicht. Mir kommt's so vor, als würd ich ständig nach 'nem Job suchen und dann die Energie nicht mehr dafür aufbringen, wenn ich ihn erst habe. Keine Ahnung, was mit mir nicht stimmt.«

Er setzte das Automobil in die Straße zurück. Als er gewendet hatte, brauste er mit quietschenden Reifen los und stieg an der roten Ampel sofort wieder in die Eisen.

»Fängt Weiss heut Abend wieder Hühner ein?«

»Klar. Er sagt, wenn du mitmachen willst, musst du da sein, ehe es dunkel wird. Ich dachte mir, wir fahren zusammen raus.«

»Können wir so machen. Geld ist Geld, auch wenn man Hühnerscheiße einatmen muss, um es zu kriegen. Willst du 'ne Weile mit zu mir?«

Winer dachte an Motormouths Frau. »Lieber nicht«, sagte er.

»Ich zeig dir meine ganzen Autoteile.«

»Ich steh nicht so auf Autoteile. Außerdem dürfte bei dir

ziemlich dicke Luft sein, wenn sie rauskriegt, dass du gefeuert worden bist.«

»Da hast du wohl recht. Hör mal, wenn du Ruby siehst, sag ihr nichts von dem Hühnertanz. Die hat noch weniger Humor als der alte Christian.«

»Geht klar.«

»Es ist noch früh. Hast du Lust auf 'ne Partie Billard, oder zwei?«

Am Spätnachmittag fuhren sie zu Weiss. Als sie an Olivers grauer Schindelhütte vorbeikamen, sagte Hodges: »Da wohnt einer, mit dem ist nicht gut Kirschen essen.«

»Tell Oliver? Wieso, der alte Mann krümmt doch keinem ein Haar.«

»Heute vielleicht nicht mehr, aber früher war der 'n harter Bursche. War vor meiner Zeit, da hat seine Alte was mit 'nem gewissen Ingram aus Jack's Branch angefangen. Ist schon lange her. Jedenfalls hat sie Ingram mit 'nem Wagen und Leuten heimgeschickt, ihre Sachen holen, als Oliver zur Arbeit war. Aber der kam früher heim und erwischte diesen Ingram, wie er grad 'ne Kommode über'n Hof schleppt. Sie ham sich geprügelt, wegen der Kommode, nehm ich mal an, und er richtet eine Waffe auf Oliver. Die haben gekämpft, und irgendwie bekam Ingram 'n Schuss mitten ins Herz ab.

Die ham den alten Oliver eingebuchtet, aber auf Kaution wieder rausgelassen. Er is' davongekommen, Notwehr oder so was, aber an dem Tag, als die ihn rausgelassen ham, stürzt sich Ingrams Bruder in Longs Laden auf ihn. Ingram geht mit 'nem Taschenmesser auf ihn los, und Tell Oliver reißt 'ne Axt aus 'nem Fass und schlägt ihm den Kopf ab. Dafür hat er 'ne Weile gesessen. Ich denke mal, zwei in einer Woche war 'n bisschen viel. Vielleicht ham die auch gedacht, dass sie ihn mal besser aus'm Verkehr ziehn, bevor er die ganze Sippschaft ausrottet.«

»Der alte Mann hat ziemlich viel Pech gehabt.«

Hodges warf ihm einen seltsamen Blick zu. »Man kann vermutlich auch nicht sagen, dass bei diesen Ingrams immer alles ganz hasenrein gewesen ist.«

Ein Traktor mit geschlossenem Anhänger stand vor den langen Hühnerhäusern. Ein muskelbepackter Schwarzer, der eine karierte Golfmütze über die Augen gezogen hatte, döste am Lenkrad. Sieben Männer oder Jungs scharten sich um den Anhänger, erzählten einander Witze oder Lügen und warteten darauf, dass die Hühner in der Dämmerung schläfrig wurden und man sie leicht einfangen konnte. Ein Flutlicht am Giebel des barackenartigen Gebäudes tauchte sie in grellweißes Licht.

Hodges löste sich von der Gruppe, ging zur Ecke des Hühnerhauses und öffnete den Reißverschluss. Er ging um die dunkle Ecke. Als die Männer ihn nicht mehr sehen konnten, duckte er sich unter den tief hängenden Sumachzweigen und rannte schnellstens zur anderen Ecke des Gebäudes unmittelbar am Waldrand.

Er arbeitete blitzschnell und kicherte dabei in sich hinein. Unter einem Fenster schichtete er einen provisorischen Käfig aus alten Hühnerkörben auf. Zwei hoch, sechs breit. Darauf stellte er sich, nahm eine Kneifzange aus der Tasche, schnitt ein dreieckiges Loch in den Maschendraht vor dem Fenster und sprang wieder runter. Er steckte die Zange ein und lief durch die Gasse, wo es nach Ammoniak roch, dem Lichtschein entgegen.

Er trat blinzelnd ins Licht zurück und machte unter den kritischen Blicken von Weiss und seiner gebrechlichen Frau den

Reißverschluss mit übertriebenem Gehabe wieder zu. Weiss warf ihm einen raubvogelartigen, misstrauischen Blick zu, aber Hodges achtete nicht darauf. Alle wussten, dass Weiss jedem misstraute, und außerdem war Hodges voll und ganz damit beschäftigt, seinen Profit auszurechnen und die morgige Reise nach Lawrenceburg zu planen, wo er die Hühner verkaufen wollte. Er musste an ein Paar Cowboystiefel denken, die er in einem Schaufenster gesehen hatte, und an zwei Nebelschlussleuchten aus einem Autozubehörkatalog.

Als es dunkel genug war, weckte Weiss den Packer und gab den Männern ein Zeichen. »Behandelt meine Babys anständig«, befahl er den Fängern. Obwohl sie für den Schlachter bestimmt waren, ertrug er es nicht, dass sie grob angefasst oder misshandelt wurden. Der Packer nahm unwillig seinen Platz auf dem Wagen ein, öffnete die erste Käfigreihe und bereitete sich auf den Ansturm der Hühner vor.

Vier Hühner in der linken Hand, drei in der rechten. In der stickigen Dunkelheit herumstochern, wo die Hühner hockten, aufstehen, dann hinaus in den weißen Schein der Flutlichter, wo der Packer wartete und Weiss das Prozedere mit kritischen Blicken verfolgte. Hühner im Halbschlaf, mit müden Armen dem Packer entgegengestreckt, der sie einem abnahm. Vierzehn Hühner pro Käfig, eine unbotmäßige Zahl Käfige, die es zu füllen galt. Sechstausend geteilt durch vierzehn, dachte Hodges erschöpft. Auf die exakte Zahl kam er nicht, wusste aber, es war eine Menge.

Der Packer füllte die Kiste, schlug den Deckel zu, wirbelte herum und stapelte sie auf der Pritsche des Lasters. Leere Kisten vorn, volle hinten. Wenn die Fänger mit den Hühnern auf den Armen herauskamen, sahen sie verstohlen von den vollen Kisten zu den leeren, die es noch zu füllen galt.

In der heißen, übel riechenden Dunkelheit wirbelten Daunen durcheinander, schwebten kleine Federn in der windstillen Luft, blieben auf der verschwitzten Haut der Fänger kleben, in den Haaren und an den Wimpern, sodass die Männer im weißen Fluoreszenzlicht zunehmend bizarrer aussahen, wie bedrohliche Außerirdische mit dünnem Gefieder.

Winers Arme wurden müde. Er war an harte Arbeit gewöhnt und wusste seine Kräfte einzuteilen, aber sechstausend Hühner sind eine ganze Menge, und die Arbeiter mussten ein kräftezehrendes Tempo vorlegen.

Motormouth erging es deutlich schlechter. Ihm wurde heiß, das Blut schoss ihm so sehr ins Gesicht, dass es wie zerfleischt wirkte. Wenn er die Hühner in die Höhe hielt und darauf wartete, dass der Packer sie ihm abnahm, zuckten seine dünnen Arme krampfhaft, und er hatte einen panischen Ausdruck in den Augen, als würde er stets ein klein wenig jenseits des Limits arbeiten, das er ertragen konnte.

»Was zum Teufel macht Hodges mit diesen Hühnern?«, wandte sich Buttcut Chessor an Winer.

»Keinen blassen Schimmer«, sagte Winer. »Bei Motormouth weiß man nie. Vielleicht hat er hier irgendwo einen anderen Laster abgestellt.«

Alle paar Ladungen machte Motormouth einen Abstecher zu dem Fenster, das er aufgeschnitten hatte, und warf seinen Armvoll Hühner achtlos in die Nacht. Sie landeten leise glucksend und in ihrer Hühnerehre gekränkt in seinem behelfsmäßigen Käfig, wo sie einem unbekannten Schicksal entgegensahen.

Allein der Gedanke an die Stiefel hielt Motormouth aufrecht. Was die Stiefel anbetraf, hatte er sich längst entschieden. Schicke silberne Kettchen in mexikanischem Design waren um die Knöchel drapiert. Wenn er die Hühner hochriss, dachte er an das melodische Klirren, das die Stiefel von sich geben würden, wenn er den Billardsaal betrat.

Schließlich waren sie fertig. Der Fahrer rollte die Plane herunter, während Weiss mit einem erbärmlich schmalen Bündel Dollarscheine von einem erschöpften Fänger zum nächsten ging.

Motormouth steckte seine achtlos in die Brusttasche, dann sah er dem Lastwagenfahrer zu und half ihm mit unerwünschten Ratschlägen und sinnlosen Handzeichen aus. »Ranfahren, ein Stück zurück. Jetzt hart nach rechts einschlagen.« Bis der Fahrer schließlich die Scheibe runterkurbelte und rief: »Jungchen, kannst du freundlicherweise die Klappe halten und aus dem Weg gehen, damit ich die verdammte Karre wenden kann? Ich hab nicht die ganze Nacht Zeit.«

»Dann wend' das Scheißding eben allein, ist mir doch egal«, sagte Hodges, doch der Fahrer beachtete ihn schon gar nicht mehr. »Aufmüpfiger Nordstaatennigger«, maulte Hodges zu der wieder hochgekurbelten Scheibe, dem heulenden Motor und den enormen Rädern, die den Sumach platt drückten.

Er machte sich auf die Suche nach Winer. »Kommste mit auf'n Sixpack zu Hardin?«

»Heute nicht. Ich muss morgen wieder früh raus. Morgen ist ein normaler Arbeitstag.«

»Tja, für mich nicht. Ich hol mir 'n Sixpack und fahr noch 'ne Weile rum.«

»Wenn du rumfahren willst, kannst du mich nach Hause bringen. Ich muss ein Bad nehmen und ins Bett.«

»Geritzt.«

»Bevor du das Sixpack holst.«

Motormouth fuhr die Straße nach Mormon Springs zurück, bog links zum Haus von Weiss ab und parkte in einer Nebenstraße unterhalb des Anwesens. Er öffnete eine Flasche Bier und lauschte der Wand nächtlicher Geräusche, die erneut rings um das stille Auto herum anschwollen. Er schaltete das Radio an und hörte in dessen gelblichem Licht das halb vertraute Plappern der Moderatoren, wehmütige Musik und nach einer Weile einen scheinbar derangierten Prediger, der brüllte und wetterte und um Spenden bat. »Und schicken Sie mir Banknoten«, rief er. »Das Werk des Herrn lässt sich nicht mit klirrenden Münzen verrichten. Dem Herrn ist das Geld, das raschelt, viel lieber.« Motormouth, der staunend zuhörte, fragte sich unwillkürlich, was für eine Gemeinde schlafloser Irrer dieser mitternächtliche Prediger da draußen im Radioland haben mochte; der Priester spie zischelnd Spucke ins Mikrofon, so sehr rissen seine Emotionen ihn mit. Motormouth überlegte sich schon, ob die Spucke möglicherweise aus seinem Radio herauslaufen könnte, als der Prediger sich endlich wieder beruhigte und Motormouth von einem wundersamen Tuch erzählte, das er für eine Spende von zehn Dollar bekommen könnte. Es handelte sich um ein Gebetstuch, und wenn man es auf eine wunde Stelle legte, wirkte es wahre Wunder. Es hatte schon Krebs geheilt, einen Blinddarmdurchbruch verschwinden lassen und gebrochene Knochen wieder zusammengefügt. Leute hatten, von diesem wundertätigen Stück Stoff geheilt, schon zu Hunderten ihre Krücken und Gehstöcke weggeworfen.

»Vermutlich macht es auch meinen Schwanz zwei oder drei Zentimeter länger, was?«, fragte Motormouth den Prediger.

Er trank Bier und wartete. Er wusste, dass er zu Hause sein sollte und seine Frau sich vermutlich schon fragte, wo er steckte, aber nicht einmal das konnte er mit Sicherheit sagen, daher hielt er sich an der Flasche fest und lauschte den unablässigen Rufen der Ziegenmelker. Ihm war klar, dass nicht nur die Hühner ihn hier hielten, und im Unterbewusstsein begriff er auch, dass ihn ein selbstzerstörerischer Trieb beherrschte und zu derlei Spaziergängen am Rande des Abgrunds verleitete, eine fatale Neugier, die wissen wollte, welche Art von Bestie jenseits dieses Abgrunds lauerte. Eine Neigung zum Pech, die ihn dazu trieb, dass er das Geld aus dem Lebensmittelladen Münze für Münze in die mechanischen Rachen von Flipperautomaten stopfte oder in Wettbüros trug.

Irgendwo hinter ihm ertönte leiser Donner; als er sich umdrehte, sah er im Westen über dem Horizont Blitze erblühen und grell und lautlos zucken, bis Augenblicke später abermals Donner grollte. Er stieg aus, klappte den Kofferraum auf, holte die Jutesäcke heraus, die er eigens für diesen Anlass mitgebracht hatte, kletterte die Böschung hinunter und folgte einem Abwasserrohr aus Beton, in dem er aufrecht stehen konnte, wo seine Füße seltsam auf dem unterirdischen Boden hallten. Er verließ es durch eine Brombeerhecke und begann den Aufstieg zum Ende der Schlucht. Wenn nicht gerade Blitze zuckten, herrschte völlige Finsternis. In der Aufregung der Vorfreude lief er immer schneller. Er roch die neuen Lederschuhe schon förmlich, spürte das raschelnde Papier, in das sie verpackt waren.

Er beschloss, dass er zur Sicherheit sämtliche Hühner in Säcke stopfen und in den Wald tragen würde, ehe er sie zu jeweils zwei Säcken zum Wagen schaffte. Doch er hatte erst zwei Säcke mit den widerborstigen Hühnern gefüllt, als er von einem Scheinwerfer angestrahlt wurde. Er sprang erschrocken auf, sah jedoch nur das weiße Gleißen und blieb einen Moment wie erstarrt stehen, als hätte das Licht ihn gebannt. In dem Moment schossen ihm verschiedene Ausreden durch den Kopf, aber keine schien passend. Hab sie gefunden, müssen vom Laster gefallen sein. Dieser Nigger hat sie gestohlen, ich hab sie ihm abgenommen und zurückgebracht.

»Ich bin bewaffnet«, rief Weiss. »Keine Bewegung.«

Als die Stimme ertönte, hatte er schon ein ganzes Arsenal an Ausflüchten parat. Er warf einen Sack über die Schulter, sprang in den Sumach und zog den anderen hinter sich her. Die Hühner gackerten erbost, Sträucher und Hecken versuchten, ihm die Säcke zu entreißen. Ein Knall ertönte, eine grelle Blüte aus Flammen und Schrot prasselte wie Hagelkörner zwischen den Bäumen. Zerfetzte Blätter schwebten unsichtbar herab. Er ließ den Sack los, den er hinterherschleifte, machte mehr Tempo, lief blindlings in den Wald und dankte den unregelmäßigen Blitzen, die ihm Stümpfe und umgestürzte Bäume zeigten, damit er ihnen ausweichen konnte. Der Sack hüpfte wie irre auf seinen Schultern, unablässiges entrüstetes Gackern begleitete seine Flucht. Blitze leuchteten auf und erloschen; in der pechschwarzen Finsternis vor dem nächsten Donnergrollen rannte er volle Kanne gegen einen Baumstamm und stürzte unter Gackern und Fluchen in die Schlucht hinab.

Dort saß er einen Moment benommen und hielt sich den Kopf. Der Sack war aufgegangen, die Hühner flohen in die Nacht. Mit angehaltenem Atem horchte er nach Weiss. Doch er hörte nur das wütende Gackern des Geflügels. Er stand auf, nahm den leeren Sack, jagte die Hühner und versuchte, sie wieder in den Sack zu bugsieren. Sie folgten nicht. Dann lief er jedem Einzelnen hinterher, doch sie flatterten gackernd und flügelschlagend davon, bis er schließlich den Sack wegwarf und sie von Herzen verfluchte. Dann schlich er zum Eingang der Schlucht zurück, während rings um ihn herum die Hühner zwischen die Bäume flohen wie bleiche Gespenster.

Im Laufe der Jahre hatten sich Hardin die Charakterzüge des Bösen eingeprägt. Manchmal sah man ihn samstags an Straßenecken als Mittelpunkt einer Gruppe von Männern, die aufzählten, was alles mit der Welt nicht stimmte. Wenn er redete, hörten sie zu. Er lachte selten, aber wenn, dann lachten die anderen auch, sporadische Ausbrüche humorlosen Lärms. Niemand wollte es sich mit ihm verscherzen; wenn man es sich mit ihm verscherzte, war das, als wäre man obdachlos geworden.

Manch einer im Schwarzbrennergewerbe kam zu dem Ergebnis, dass er in der falschen Branche arbeitete. Die Familie Moon machte es schon seit drei Generationen, doch vierzehn Tage, nachdem Hardin beschlossen hatte, ihren Betrieb zu schließen, arbeiteten zwei davon in Detroit und schraubten Türen an Automobile, während der Dritte sich als Holzfäller für Sam Long verdingte. Das war Bud. Bud kam als Erster zu der Destille, als die Explosion die Berge erschüttert hatte; er kam zum Ende der Schlucht, und es gab schlichtweg keine Destille mehr. Die Trümmer lagen so weit verstreut, wie Bud es nie für möglich gehalten hätte, und es existierte kein einziges Teil mehr davon, das man nicht bequem in einem Schuhkarton hätte unterbringen können. Eine Woche später versuchten sie zu verkaufen, was sie noch auf Lager hatten, worauf Buds Haus auf ungeklärte Weise niederbrannte.

Hardins Fuchsgesicht sah schmaler und listiger aus denn je, die kalten gelben Augen noch reptilienhafter. Vielleicht auch haifischartig, leblos und leer, abgesehen von einem immerwährenden Ausdruck der Habgier. Und er ging auch durchs Leben wie ein Hai, verleibte sich alles ein, das seine Aufmerksamkeit weckte, sog es in den heißen, dunklen Schlund, labte sich an allem, was es enthielt und schied den Rest achtlos wieder aus.

Unter dem verschlagenen Grinsen, dem Stoff der Mythen, in den die Jahre ihn gehüllt hatten, lauerte edelsteingleich ein durch und durch böser Kern. In diesen Mythen spielte er die Rolle des Teufels, des Zähne- und Klauenmonsters in der Finsternis der Kindheit. »Sei schön brav, sonst gebe ich dich dem alten Hardin«, drohten Mütter ihren Kindern. »Du gehst jetzt besser schlafen«, ermahnten sie sie am Abend. »Wenn du nicht artig bist, kommt er mit seiner Seilwinde rein und nimmt dich so leise mit, dass wir ihn nicht einmal hören.« Sein Geist schwebte durch die Nacht, raschelte in den Zweigen vor den Fenstern, seine Schutzgeister lauerten in den Büschen, wo das Licht der Veranda nicht mehr hinreichte.

»Er hat den alten Lester Dealy erschossen, das ist so sicher wie das Amen in der Kirche«, sagte ein Mann in der Billardhalle.

»Na, klar doch. Jeder weiß, dass er mit Lesters Alten rumgemacht hat. Aber wie soll man beweisen, dass er's war? Bellwether selber hat's versucht.«

»Also ich denk mal, Lesters Brut könnte es. An erster Stelle. Du weißt, die ham zuerst gesagt, dass es Hardin gewesen is', ham sich aber vermutlich einreden lassen, dass es Lester selber gemacht hat. Die alte Mrs Winsor meint, Lesters älteste Tochter hat gesagt, dass Hardin bei ihrer Ma gewesen is', als Lester reinkam und sie erwischt hat. Der rennt ins Bad und is' schon halb zum Fenster raus, als Lester ihn zu fassen kriegt. Sie sagt, Hardin hat ihm mitten ins Herz geschossen und is' wieder reingeklettert, und dann hat Lesters Frau es so gedeichselt, dass es aussah, als hätt er sich selber erschossen.«

»Dass Hardin alle paar Tage mit Richter Humphries auf Vogeljagd geht, hat sicher auch nicht geschadet.«

»Sicher nicht. So wenig wie das ganze Geld, das immer unter der Hand den Besitzer wechselt.«

In jenen Jahren ging es ihm gut. Der Krieg brachte einen scheinbar endlosen Vorrat an durstigen Soldaten mit ihren Frauen. Zu der Zeit ging das Licht in Mormon Springs nie aus, und die Musicbox aus Memphis spielte traurige Songs für Paare, die eng umschlungen tanzten, für verwitwete oder einsame Frauen und für Männer, die vom Schatten von etwas Schrecklichem gezeichnet waren, das sie erlebt hatten.

Das Wechselspiel roter, weißer und blauer Neonlichter vertrieb diese Schatten und hüllte die Tanzenden in die romantischen Farbtöne des Unwirklichen. Songs, Lichter und der rasende Pulsschlag ihres Lebens machte sie überlebensgroß, sodass sie sich als Gestalten aus Mythen oder Tragödien sahen. Farmer in Overalls Seite an Seite mit beurlaubten oder kriegsneurotischen Soldaten, Noch-Jungfrauen aus gottverlassenen Käffern, wo Eulen im Schatten der Baumkronen nisteten, ältliche, übertrieben geschminkte Frauen, wie Treibgut aus Billardhallen angespült, rund um die Uhr bereite Taxifahrer vor provisorischen Dachpappehütten. Alte, dürre Weiber mit frechem Mundwerk und wütend blitzenden Augen, die aussahen, als hätte ihnen das Leben bitter unrecht getan.

Hardin bewegte sich inmitten dieser halb Vertrauten wie ein perverser Gastgeber und hielt wachen Blickes Ausschau nach dem Vertreter auf dem Weg nach Memphis, dem Viehhändler, der gerade von einer Auktion zurückkehrte, den prallen Lederbrieftaschen übergewichtiger Trottel, die zum Pflücken herabhingen wie reife Früchte. Für alle, die ordentlich Alkohol vertragen konnten, hatte er Tütchen mit weißem Pulver, das seine Wirkung selten verfehlte, und er besaß einen Schlagring, aus dem Griff eines alten emaillierten Waschzubers angefertigt, und einen aus Messing, den er seinen Sonntagsschlagring nannte. Ein verliebter Zecher verschwand, Pearls Arm um die Taille, in den Büschen oder verkrümelte sich ins Farnkraut, um sich zu erleichtern. Und genau da erleichterte Hardin ihn auch, schnellte aus dem Gebüsch wie ein grimmiges Phantom, erwischte mit dem Schlagring, um den er ein Taschentuch gewickelt hatte, genau die richtige Stelle, filzte flinken Fingers die Taschen und verschwand wieder in der Dunkelheit.

Morgen. Eine heiße Augustsonne brodelte über den schwankenden Baumwipfeln. Die Trunkenbolde, die noch unterwegs waren, richteten sich langsam und gequält unter der garstigen Hitze auf, als bewegten sie sich in einem verlangsamten Zeitstrom oder durch eine Atmosphäre, die gerade zu Bernstein gerann. In der vollkommenen Windstille über der Lichtung stellte die Sonne eine unmittelbare und grässliche Gefahr dar. Die Sonnenstrahlen wurden länger. Fensterscheiben gleißten in gespiegeltem Feuer. Sumachzweige hingen welk und wie erlahmt herab, während die Bordsteinschwalben und Hurenböcke sich taufeucht aus Fingerhut und Tollkirsche erhoben. Seltsame Kreaturen, einer derart unheilvollen Sonne abhold oder nicht daran gewöhnt. Opfer einer eigentümlichen Empfindlichkeit, als würde ihr Fleisch versengen und verkohlen, ihre Gliedmaßen sich krümmen und schrumpfen wie die Beine verbrannter Spinnen, wenn sie sich dem Einfluss dieser Sonne zu lange aussetzten.

Die kühle Brise des Abgrunds zog sich durch das Unterholz wie ein Magnet Eisenspäne auf einer Glasplatte. Hardin ging mit seinem Morgenkaffee hin. Stumm, verkniffen. Die Lichtung schien regelrecht von Stille durchdrungen zu sein, ein entsetztes Schweigen als Gegenreaktion auf das tolle nächtliche Treiben, als müsste unter dem Strich alles im Gleichgewicht bleiben. Die Luft, die aus der Grube emporstieg, schien von einem Wechsel der Jahreszeiten im Erdkern herzurühren. Die fernen Stimmen klangen murmelnd und vage beschwichtigend. Hier war das Unterholz üppiger, seine Farbe mit zunehmender Nähe zur Grube immer kräftiger, und die Erde stieg in einer auf seltsame Weise vaginaartigen Form an, die Spalte im Boden geheimnisvoll und rätselhaft.

Und wie sollte man ihn fernhalten? Außer ihn zu töten, wie sollte man die Sicherheit seines Zuhauses, seiner Familie gewährleisten? Türen brennen, Fensterscheiben schmelzen und rinnen zähflüssig und lodernd die Simse hinab, Schlösser werden schwarz und liegen zur Unkenntlichkeit verformt in der Asche. Wenn man ihn erwartet, kann man sich vorbereiten, aber er ist schlau. Wann kommt er, zu welcher Stunde? Er hat alle Zeit der Welt, er kann sich frei entscheiden, du selbst hast nur den Augenblick, wenn er eintrifft. Er ist nachtragend; die kleinste Kleinigkeit versetzt ihn in einen Zustand der Raserei, von dem gewöhnliche Menschen sonst nur lesen.

»Holz kann brennen« stand auf dem Zettel, den er der Witwe Bledsoe geschickt hatte. Keine Unterschrift, vage und dennoch endgültig. Sie nahm den Zettel mit in den Ort und legte ihn dem High Sheriff auf den Schreibtisch.

Das Amt des High Sheriffs bekleidete in diesem Jahr ein junger Mann namens Bellwether. Bellwether war in Pearl Harbor verwundet worden, und zwar schwer genug, dass sie ihn aus dem Militärdienst entließen, aber wiederum nicht so schwer, dass er den Pflichten eines Sheriffs nicht nachkommen konnte. Seine Entlassung kam gerade zum richtigen Zeitpunkt, dass ihn eine frühe Woge des Patriotismus ins Amt spülte. Bellwether war ein Held. Zwei Orden, ein Purple Heart und ein Distinguished Service Cross, lieferten den Beweis. Eine Reihe Narben überzog sein gesamtes rechtes Bein, eine sternförmige Explosion von Narbengewebe am Rücken zeigte, wo ihn ein Granatsplitter getroffen hatte. Er war ein Junge aus dem Ort. Auf der Habenseite konnte er seine Ehrlichkeit für sich verbuchen, auf der Sollseite die Tatsache, dass er einen lausigen Politiker abgab. Ein Eigenbrötler. Mit den hiesigen Richtern, deren beider Konterfeis er wie Banknoten zusammengefaltet in der Brieftasche bei sich trug, arbeitete er nicht besonders gut zusammen. Er war arm von Geburt und würde es zweifellos bis an sein Lebensende bleiben.

Bellwether hatte helles, lockiges, vor seiner Zeit ergrautes Haar. Auch seine sanften Augen waren grau, das glatte Gesicht gelassen und vertrauenerweckend. Er breitete den Zettel auf dem Schreibtisch aus. Die drei Worte standen in Blockbuchstaben auf einem Blatt Kanzleipapier von einem billigen Block. Sie sahen wie die Schrift eines Kindes aus. Bellwether schüttelte den Kopf.

»Was soll ich tun?«

»Ihn einsperren.«

»Ich kann ihn unmöglich nur deswegen festnehmen. Sein Name steht nicht darauf. Es ist nicht einmal eine direkte Drohung. Selbst wenn ich den Zettel nach Nashville schicken würde, könnte mir kein Experte etwas über diese Handschrift verraten. Vielleicht ist es nur ein Dummejungenstreich. Warum sind Sie überhaupt mit ihm aneinandergeraten?«

»Meine Tochter ist mit diesen DePreists ausgegangen und hat sich in Mormon Springs rumgetrieben. Über die Stränge geschlagen, sich betrunken. Ein oder zwei Mal bin ich ihr nach, und beim letzten Mal hat Hardin mich angemault und weggejagt. Ich hab ihm gesagt, dass ich mir jemand von außerhalb des County suchen gehe, wenn Sie nichts unternehmen.«

»Und dann haben Sie das bekommen.«

»Im Briefkasten, aber ohne Stempel oder so. Er hat es einfach selbst in den Kasten geworfen. Unheimlich, dass jemand da rumschleicht, in deine Fenster schaut, dir nachspioniert.«

»Was ist mit Ihrer Tochter?«

»Soweit ich weiß, lebt sie immer noch da unten bei Hardin. Sie und dieser Abschaum Hovington. Gott allein weiß, was für ein Natternnest des Bösen die da haben. Ich hab sie längst abgeschrieben. Ich will nur nicht mein Haus niedergebrannt bekommen.«

»Ich rede mit ihm.«

»Und was soll das nützen?«

»Vielleicht gar nichts. Aber ich lasse durchblicken, dass Sie wissen, wer den Zettel geschrieben hat, und wir eine exakte Vorstellung davon haben, wo wir suchen müssen, sollte etwas passieren. Vielleicht bekommt er es mit der Angst.«

Sie stand auf, eine wütende, gedrungene Frau mittleren Alters, die eine glänzende schwarze Handtasche an sich drückte. »Wenn Sie Hardin Angst machen wollen, können Sie es auch hier im Gerichtsgebäude machen«, sagte sie zu ihm. »Ich hab die ganze Zeit gewusst, dass es nichts nützen würde, und bin trotzdem gekommen. Na gut. Reden Sie mit ihm. Und ich sag

Ihnen, was ich tue. Ich leg mich mit ’ner Schrotflinte auf die Lauer. Und wenn ich Sie das nächste Mal brauche, dann, damit Sie ihn in meinem Hof von Boden abkratzen können.«

»Ich rede mit ihm«, sagte Bellwether.

Bellwether redete, hatte dabei aber den unzweideutigen Eindruck, dass Hardin ihm nicht einmal zuhörte. Er hatte einen abwesenden, distanzierten Blick in den Augen, als würde er im Geiste schon vor sich sehen, was er vorhatte, und sich nicht einmal davon abbringen lassen, wenn er es selbst gewollt hätte. Sie saßen im Schatten von Hardins Veranda, Bellwether hielt seinen Vortrag, und da kam ein schlankes, hübsches Mädchen mit blauvioletten Augen heraus, die im Schatten schwarz wie Schlehen wirkten, und lehnte sich an die Verandatür. Abgesehen vom unablässigen Surren eines elektrischen Ventilators drang kein Laut aus dem Haus. Ein betrunkener Mann mit nacktem Oberkörper, der eine Drillichhose und Erkennungsmarke trug, spähte um die Hausecke. Er hatte schon den Mund auf, als wollte er sprechen, doch als er Bellwether mit seiner fein säuberlich gebügelten Khakihose und dem Abzeichen sah, verschwand er blitzschnell wieder. Das Mädchen lächelte heimlichtuerisch, sagte aber nichts.

»Möchten Sie was trinken?«, fragte Hardin, als er den Eindruck hatte, Bellwether wäre fertig.

»Lieber nicht. War noch nie ein großer Trinker.«

»Ich hab nix Illegales gemeint, Bellwether. Da drin stehen zwei oder drei Kisten eisgekühlte Cola.«

»Nein, danke.«

Sie verstummten. Hardin hielt die Hände gefaltet. Er betrachtete seine glänzenden spitzen Schuhe. »Ich hab keinen Schimmer, was ich Ihnen sagen soll«, meinte er schließlich.

»Die alte Frau ist verrückt. Und das Mädchen ist gar nicht mehr hier. Die ist mit ’nem Soldaten aus Fort Campbell abgehauen. Aber die alte Glucke ... Sie wissen ja, wie manche Frauen in den Wechseljahren werden. Manche so, manche so, und ich denk mir, sie hat eben den Verstand verloren.« Er machte eine Pause und schien gründlich nachzudenken. »Ich sag so was ungern über ’ne Südstaatenfrau«, sagte er. »Aber die ist rollig. Sie wissen schon, manche dieser Frauen brauchen’s dann unbedingt. Also die war rollig und ist ständig hergekommen, weil sie’s von mir wollte. Hat so Andeutungen gemacht. Schließlich ist sie ganz unverblümt damit rausgerückt, und ich hab sie abblitzen lassen. Verdammt, ich kann jede haben, die ich will.«

Bellwether glaubte kein Wort dieser Geschichte, dachte sich aber, dass es Hardin vermutlich vollkommen gleichgültig war, ob er ihm glaubte oder nicht. Er dachte sich sein Seemannsgarn aus reinem Vergnügen aus, um sich die Zeit zu vertreiben.

»Jeder weiß, dass sie nicht mehr alle Tassen im Schrank hat«, sagte Hardin. »Hat sie sich nicht mal ’ne Colaflasche unten reingeschoben und musste dann zu Ratcliff, dem nichts anderes übrig geblieben ist, als den Boden wegzuschlagen, damit er sie überhaupt wieder raus bekam? Das erzählt man sich doch an jeder Straßenecke. Haben Sie’s noch nie gehört?«

Bellwether stand auf. Er verspürte den übermächtigen Wunsch, anderswo zu sein, war nicht nur länger geblieben, als er willkommen war, sondern auch, als er ertragen konnte. »Spielt keine Rolle, ob ich das gehört habe oder nicht«, sagte er. »Meines Wissens gibt es kein Gesetz dagegen. Allerdings gibt es Gesetze dagegen, dass man Leute einschüchtert und ihre Häuser niederbrennt, und mein Job ist es, dafür zu sorgen, dass diese Gesetze auch eingehalten werden.«

»Klar«, sagte Hardin nachdenklich. »Jeder muss seinen Job machen. Sie Ihren, ich meinen.«

»Wär leichter für uns beide, wenn beide sich nie überschneiden würden«, sagte Bellwether.

»Genau das hab ich mir auch gedacht«, ließ Hardin ihn wissen.

Vom Waldrand aus beobachtete Hardin, wie sie aus dem Wagen ausstieg, und hörte sie die Tür zuschlagen. Die Witwe Bledsoe lief vorn an dem alten Pick-up vorbei, eine eckige, abstoßende Frau mit maskulinem Gang. Sie machte die Beifahrertür auf, kam wenig später mit zwei Einkaufstüten zurück und trug sie den Weg entlang zur Haustür. Er holte die Uhr aus der Tasche und warf einen Blick darauf. »Geh nur rein«, sagte er leise. »Es ist Zeit für deine Geschichten. Zeit zu hören, was es im Radio gibt.«

Er blieb eine Weile schweigend sitzen und malte sich ihre Bewegungen im Haus aus, sah sie klar und deutlich mit erhobenem Arm und einer Konservendose in der Hand vor einem Schrank, die Tüten zusammenlegen und zur Wiederverwendung wegräumen.

Als er dachte, dass sie fertig war und Radio hörte, erhob er sich und folgte dem Verlauf des Zauns am Fuß eines Hügels entlang. Es war sehr still. Einmal erklang das Lied einer Singdrossel, und in unbestimmbarer Entfernung hörte er Tauben traurig gurren. Beim Baumbestand hier handelte es sich um Zedern, deren Duft allgegenwärtig schien; ein fast nostalgischer, aber dennoch unbestimmter Geruch, der ihm eine nebulöse Vergangenheit und Vorfälle ins Gedächtnis rief, an die er sich weder erinnern konnte noch wollte.

Er hatte gewartet, während sie ihr Heu schnitt und einlagerte und die Scheune fast bis unter das Dach damit füllte. Eine gute Ernte, schien ihm, für ein so trockenes Jahr. Die Scheune bestand aus Baumstämmen, lag in der Vertiefung zwischen zwei Hügeln und brütete atemlos unter der Last der Sonne. Die Hügel waren hoch und dicht bewaldet, nichts regte sich auf der Lichtung. Kein Grashalm, der sich geneigt, kein Blatt, das geraschelt hätte; nicht einmal Vögel zwitscherten in der Hitze.

Gitterförmige Schatten, der heiße Geruch von backendem Blech, härtendem Holz und trockenem Heu. Mit dem Auge an einer Ritze in den Brettern beobachtete er das Haus. Dort war es so still wie in der Scheune. Ein altes, von seinen Bewohnern verlassenes Haus, das in Erinnerungen von ehedem schwelgte, in der Sonne döste. »Du hast vermutlich gedacht, es wäre alles aus und vorbei«, sagte er zu dem Haus. Er urinierte auf den gestampften Erdboden, ohne das Auge von dem glatten Riss zu nehmen, bespritzte seine Stiefel mit schaumfleckigen Strohhälmchen und Humuskrümeln. Richtete sich auf und zog die Hose zurecht. Die Aufregung lag ihm im Magen wie ein heißer Stein. Durch Licht voller Staubteilchen erklomm er eine Leiter zum Dachgebälk. Unter dem heißen Blech summten Schlammwespen in gemessener Emsigkeit und erbauten ihre Unterkunft aus Erde an einem Dachbalken. Hardin war bereits schweißnass. Er wandte sich wieder dem Haus zu und sah, wie die Sonne auf dem Dach blitzte und in der dichten Mauer grüner Baumkronen eine ruckartige Bewegung auslöste, einem Trugbild gleich, als wäre nichts real. Am Ende des Dachs hatte der Wind ein Stück Blech aufwärtsgebogen, sodass Hardin die nackten Dachlatten sehen und den heißen, schwelenden Duft von Pinienholz riechen konnte. Harsches, in einem fast durchscheinenden Astloch gefangenes Licht loderte orange und bösartig, als würde dort bereits ein embryonisches Feuer züngeln.

Er unterschätzte, wie trocken Spreu und Heu des vergangenen Jahres waren: Als er das Streichholz anriss, explodierte es regelrecht. Eine enorme Mauer aus Hitze rollte ihm entgegen und schleuderte ihn rückwärts. Fluchend kletterte er die Leiter hinunter und tastete nach seinem Haar, ob es Feuer gefangen hatte. Über ihm ertönte ein zischelndes Murmeln, er roch das brennende Heu. Er vergeudete keine Zeit. Er lief an dem Traktor vor dem Scheunentor vorbei, durch eine zwei Meter breite Mauer aus Kermesbeere, über den Zaun, dann erklomm er – zunehmend keuchender atmend – den Hügel, und das weiße Hemd klebte ihm an den Seiten und am Bauch.

Auf halbem Weg den Hügel hinauf blieb er stehen und sah durch eine Lücke in den Zedern zurück. Die Lichtung unten tanzte im Hitzeflimmern, ein lodernder Viertelmorgen der Hölle, die sich hier aufgetan hatte und bedrohlich vibrierte; rauchende Splitter der Dachlatten fielen ins trockene Riedgras, kleine, grelle Flammen züngelten verspielt über den Hof, eine anschwellende Flut aus Feuer, die auf dem Kamm des Riedgrases ritt wie eine Flutwelle auf dem Wasser. Eine Landschaft in der Palette des Feuers. Das Blech krümmte sich und wurde rauchend in die verkohlende Kermesbeere geweht; Hardin hörte das enorme *Wusch-wusch* des gierigen Feuers, das die Luft aus dem Tal sog wie eine Esse.

Als sie schließlich herauskam, wusste er es nicht, weil er sie sah, sondern weil er ihre kreischende Stimme hörte, und selbst die klang in der glasigen Luft seltsam, etwas Knirschendes und Mechanisches, wie das Kreischen von Metall auf Metall. Die Stimme tönte verzerrt und bruchstückhaft durch das Feuer, verkürzt, dann zerdehnt. Selbst der aufheulende Motor hörte sich unvergleichlich anders an. Durch das Feuer gefiltert, verschmolz sein Brummen mit ihrer Stimme, wurde surreal, ein zerhacktes elektronisches Kreischen, und niemand in der Nähe, der es gehört hätte.

Ein Haftbefehl wurde ausgestellt, Bellwether verhaftete Hardin. Pearl folgte dem Streifenwagen nach Ackerman's Field, und eine Stunde später befand Hardin sich wieder auf freiem Fuß. Eine Woche später musste er vor Richter Humphries antanzen, und der Fall wurde an das Schwurgericht übergeben. Die Geschworenen berieten sich und wiesen die Klage ab. Sie kamen zu dem Ergebnis, dass die Beweise nicht für eine Verurteilung ausreichten und dass sie alle ebenfalls eine Scheune besaßen.

Weiss' Frau hieß Alma. Sie hatte nicht viel zu sagen; meldete sie sich doch einmal zu Wort, klang ihre Stimme pfeifend wie Luft, die mit einem einzigen, lang anhaltenden Ton aus einem kaputten Akkordeon entwich. Sie hatte Asthmaanfälle. Man hörte jeden ihrer Atemzüge aus mehreren Schritten Entfernung. Winer stellte manchmal fest, dass er selbst den Atem anhielt, während er auf einen ihrer Atemzüge wartete. Dann erfolgte der Atemzug, das Pfeifen verstummte zu einer gequälten Pause, wenn sie die Lungen vollsog, dann setzte es wieder ein, aber verändert, in einer tieferen Tonlage, als wäre eine Anspannung von ihr genommen worden, und dann begann der Kampf um den Sauerstoff von Neuem.

Sie hatte einen kleinen Hund, den sie ständig in den Armen hielt, und schwor, dass er ihr bei drei schweren Asthmaanfällen das Leben gerettet hatte. Winer kannte die Rasse nicht, jedenfalls war es der hässlichste Hund, den er je gesehen hatte, wenn nicht gar das hässlichste Etwas, das ihm je untergekommen war. Er hielt es für eine Schoßhundvariante. Das

Maul des Hundes wimmelte von winzigen, spitzen Zähnen, wie bei einer räuberischen Lebensform, die bestürzte Fischer den Tiefen des Meeres entrissen hatten. Der Köter mochte Winer so wenig, wie Winer ihn mochte, fletschte jedes Mal die Zähne und schnappte aus der sicheren Umarmung seines Frauchens nach ihm, eine seltsam katzenhafte Bewegung. Er hatte schwarze, glänzende Knopfaugen, ohne auch nur einen Anflug von Hundeemotionen, und erinnerte mit seinen Glubschaugen und den spinnenartigen Gliedmaßen mehr an ein groteskes Insekt, das die alte Frau an den Busen drückte. Ihre Schicksale waren eng miteinander verflochten, denn als sie im September desselben Jahres starb, wurde auch der Hund eingeschläfert und in ihren Sarg gelegt, ein Talisman, den selbst das Glück verlassen hatte.

»Sie sagen, dass er durchgedreht ist und Ratcliff mit der Waffe bedroht hat«, sagte Sam Long am Samstag, nachdem sie gestorben war, im Ort zu Winer. Long ordnete die Einkäufe des Jungen in einem Pappkarton und trug sie in ein Kassenbuch ein. »Ratcliff hat getan, was er konnte, um sie zu retten, und dann fuchtelt Weiss einfach so mit 'ner Pistole vor ihm rum. Ratcliff hat gesagt, dass er getobt und gegeifert hat. ›Sie haben sie sterben lassen, und bei Gott, Sie werden mit ihr sterben‹, sagt Ratcliff, hat er gesagt. Und der alte Ratcliff antwortet: ›Sohn, niemand anderes als Gott der Allmächtige kann 'ner toten Frau wieder Leben einhauchen, und der lässt sich von Pistolen so wenig beeindrucken wie ich.‹«

»Wird sie hier irgendwo begraben?«

»Himmel, nein, Junge. Glaubst du, die hiesige Erde wäre heilig genug für den alten Weiss? Wohl kaum. Der hat 'nen Krankentransporter bis Nashville engagiert. Sie kommt in eine dieser oberirdischen Grabstätten, soweit ich gehört hab.«

Winer erinnerte sich an das Buch von Sandburg, das sie ihm gegeben hatte. Nicht in den Staub, dachte er. In eine kühle Gruft.

Er nahm den Karton, balancierte ihn auf der linken Schulter, stützte ihn mit einer Hand. Er ging zur Tür und öffnete sie zu dem heißen Bürgersteig.

»Man sieht sich.«

»Schau mal wieder rein«, sagte Long automatisch.

Die Tür fiel mit einem leisen Glockenläuten hinter Winer ins Schloss; mit dem Karton auf der Schulter ging er die Straße entlang zum Taxistand.

Motormouth kam von der Wiese, passierte den wuchtigen Klotz der Scheune, blieb zwischen Zedernschatten im Mondlicht stehen und orientierte sich kurz. Eine dünne, von blinder Wut getriebene Gestalt, von Dunkelheit zu Dunkelheit, von Schatten zu Schatten an der Scheune vorbei und weiter zum Haus. Die Welt lag in einem Gral der Stille, einzige Lichtquelle ein Quadrat gelben Widerscheins, das ein Fenster ungeschlacht in den Hof warf. Als beweglicher Schatten unter reglosen, so schlich er schutz- und lautlos in einem weiten Bogen durch den Mondenschein, drückte das Gewehr an die Brust und erlangte kurzzeitig Unsichtbarkeit in den akkumulierten Schatten an der Hauswand.

Er legte sich ins Gras. Es war gerade gemäht worden, das roch er, spürte er, und klebte taufeucht an seinen Armen. Langsam richtete er sich auf, ging in eine geduckte Haltung, wagte kaum zu atmen. Die Verandatür berührte kühl seine Wange.

Das Zimmer war gelb. Er sah drei Viertel des Bettes, den altersfleckigen Arm eines Mannes, eine gelbe Wand, vollkommen kahl, abgesehen von einer Tür und einem Kalender mit dem Motiv eines liebenswerten Landjungen, der mit einer Angelrute über der Schulter eine Landstraße entlangschlenderte. Motormouth, ungeliebt und vermutlich alles andere als liebenswert, richtete sich weiter auf, als die Tür aufging und eine junge Frau hereinkam. Sie war jung, hübsch, Motormouths Frau. Sie trug einen apricotfarbenen Unterrock, den sie jetzt mit einer geschmeidigen Bewegung über den Kopf zog, dann das Haar nach hinten schleuderte, sodass ihre Brüste wogten, und sich zum Lichtschalter wandte. Er betrachtete ihr dunkleres Schamhaar, bevor der Raum in Finsternis verschwand. Dann öffnete er fummelnd den Reißverschluss und verschaffte sich in einem bitteren, einsamen Akt Erleichterung, da ihre Nacktheit ihn jetzt mehr erregte als in allen Nächten, in denen sie willig das Bett mit ihm geteilt hatte. Mit weichen Knien schlich er zum Laster zurück und bewegte sich etwas unbekümmerter, da die Lichter gelöscht waren.

Er nahm ein Päckchen aus der Gesäßtasche, öffnete es. Schüttete Zucker in den Benzintank. »Ein Stück oder zwei?«, fragte er den Einfüllstutzen. Er ging weiter zur Scheune, eine in der kühlen Nacht seltsam affenartige Gestalt. Irgendwie schien der Zucker nicht genug zu sein. Er roch den sauren Ammoniakgeruch der Pferdeställe. Er nahm die Kneifzange aus der Tasche und kniete im Gras. Er hörte die Pferde leise schnauben. Der Maschendraht klickte, als er ihn durchschnitt, dann ging er weiter zum Stacheldraht. Der Stacheldraht war straff gespannt, gab ein leises *Zing* von sich, als er ihn durchtrennte, und schnalzte in die Dunkelheit davon. Der Mond verschwand hinter einer Wolke, er verlor die Pferde aus dem Blick. Aber er hörte sie nervös und fast verstohlen im Pferch herumlaufen.

Er steckte die Zange ein, nahm das Gewehr und floh Richtung Wald. Da gab die Wolke den Mond wieder frei, und Motormouths riesiger Schatten eilte ihm traumgleich voraus durch ein surreales Feld silbernen Unkrauts.

Als es mit Hovington zu Ende ging, stellten sie sein Bett aus dem langen vorderen Zimmer in eine Abstellkammer, als könnte der Anblick seines langsamen Sterbens die Gefühle der Trunkenbolde und Huren verletzen, die die Nacht in stetig wachsender Zahl anzulocken schien. In dem langen Zimmer standen jetzt mehr Spieltische und eine Musicbox, und am Ende tanzten spät in der Nacht Paare dort, wo sein Bett gestanden hatte. Er lag in der Dunkelheit und hörte ihr Gelächter durch die dünnen Bretterwände, hörte sie mit den Füßen auf den rauen Bodendielen aufstapfen und schlurfen. In seinen letzten Stunden war er vielleicht dankbar für die Musicbox. *This world is not my home*, sang die Carter Family. *O Lord, what will I do?* Vielleicht lag er auch nur in der Dunkelheit und dachte gar nichts, nicht einmal daran, was er tausendfach getan oder gelassen hatte, das ihn in diese Lage brachte.

Die Kammer hatte ein Fenster mit vier Scheiben; oft lag er zusammengekrümmt in seinem Bett und sah über das Unkraut hinweg zum Bachlauf und den Hügeln vor dem herbstlichen Himmel dahinter.

Besucher kamen kaum noch, und da somit kein äußerer Schein mehr gewahrt werden musste, rasierte Pearl ihn auch nicht mehr, sodass ein weicher schwarzer, grau melierter Bart seine Wangen zierte. Er sah aus wie ein Fanatiker, den das Feuer einer innigen und obskuren Religion von innen verzehrte.

Das Mädchen kam öfter herein, saß auf einem Lehnstuhl neben seinem Bett und betrachtete ihn schweigend. In der Phase konnte sie ihn beobachten, wie es ihr beliebte. Er hatte die Augen geschlossen, die Augäpfel bewegten sich nicht unter den gelben Lidern, und sie vermutete, dass er nicht mehr nennenswert träumte.

Sie erinnerte sich an sein Lachen aus so lange vergangenen Zeiten, dass es ihr schien, als hätte sie in einem alten, staubigen Schulbuch darüber gelesen. Dann wurde er nach und nach immer stiller, bis sie ihn anschreien wollte: Was ist los mit dir? Warum lässt du zu, dass er uns so herumkommandiert?

Als sich sein Rücken allmählich krümmte, als wollte er den letzten Rest Leben aus dem Leib herauspressen, und die Bettpfosten die Grenzen seines Freiraums definierten, wurde er noch schweigsamer. Manchmal erwachte er aus seinem Dösen und nahm eine schlanke, dunkle Gestalt am Fenster wahr, die ihn betrachtete und ein Gesicht dabei machte, das so undeutbar wie sein eigenes aussah. Er wusste nicht, was er sagen, was er tun sollte. Es schien alles gesagt zu sein; blieb nur abzuwarten.

Er verspürte Schmerzen und nahm seine Umgebung so wenig wahr wie eine sterbende Ratte, deren Denken einzig und allein um das Körnchen Gift kreist, das sich langsam in ihrem Bauch auflöst. Tod durch Pech, in einer Mülltonne gewühlt, um die man besser einen großen Bogen gemacht hätte.

»Er hustet wieder Blut«, sagte sie zu ihrer Mutter. Pearl legte das Geschirrtuch weg und betrat das fast dunkle Zimmer.

Hardin mischte ein Pokerblatt, ließ die Karten geschmeidig wie Wasser durch die Finger gleiten und gab sich ein Full House. Er mischte erneut, gab sich einen Straight Flush und hörte mit einem Ohr die Geräusche aus dem Krankenzimmer. Das Schlurfen ihrer Hausschuhe verstummte. Er spürte sie hinter sich, stumm und irgendwie vorwurfsvoll.

Dann sagte sie: »Er stirbt.«

Hardin langweilten seine Straight Flushes, er legte die Karten weg. »Tja«, sagte er, »das ist ja nichts Neues. Er stirbt schon, seit ich ihn kenne.«

»Es geht ihm schlecht.«

Hardin ging nachsehen. Hovingtons Haut war grau und klamm. Als Hardin den kranken Mann berührte, zog er die Hand ganz feucht von kaltem Schweiß wieder weg. Er wischte sich die Hand am Hosenbein ab. Ihm schien, als könnte er bereits spüren, wie sich die Leichenstarre verstohlen und heimlich in Hovingtons Fleisch breitmachte, als könnte er den süßlichen Aasgeruch des Todes wahrnehmen.

»Meinst du, er braucht ’nen Arzt?«

»Wohl eher den Totengräber.« Hardin ging zur Tür hinaus, blieb stehen und zündete sich eine Zigarette an. Er lief durch das Haus zur Veranda, wo er sich am Rand in die Sonne setzte. Pearl folgte ihm hinaus, die Tür fiel fast lautlos hinter ihr ins Schloss. »Bleib bei ihm«, sagte er. »Er stirbt da drin, nicht ich hier draußen.«

Pearl schwieg eine Weile. »Er will was«, sagte sie schließlich.

»Zweifellos«, sagte Hardin. »Ich an seiner Stelle wüsste auch das eine oder andere, das ich wollte.«

»Er möchte, dass die Winer hergebracht wird. Er will mit ihr reden.«

»Tatsächlich?«

»Darum hat er gebeten.«

»Er hat den Verstand verloren.«

»Vielleicht, aber was anderes hat er nie verlangt.«

»Das ist verrückt und außerdem Zeitverschwendung.«

»All die Jahre hat er nie was verlangt«, beharrte sie. »Nichts, das ihm nicht 'n Priester hätte geben können, und nicht mal das hat er gekriegt. Die ganze Zeit hat er nur dagelegen und alles genommen, wie's kam.«

»Mehr können wir alle nicht machen, als es zu nehmen, wie's kommt.«

Sie sah betroffen aus, die Wangen eingefallen, ihre Lippen bebten. Ein feuchtes und ängstliches blaues Auge. Er dachte, sie würde gleich weinen.

»Halt einfach den Mund«, fuhr er sie an. »Findest du nicht, es ist nicht die Tageszeit für so was? Er hat sein Schicksal gewählt, genau wie du auch, und jetzt musst du es akzeptieren, wie es ist.«

Und doch spürte er eine unnachgiebige Entschlossenheit in ihr, die er so nicht kannte, ein unverrückbares Gewicht der Sturheit, das sie vor ihm stehen bleiben ließ, als wären sie verheiratet und er somit auch an ihre verzagten Schuldgefühle gekettet. Plötzlich dachte er, wenn er sie von der Stelle bewegen wollte, müsste er sie vermutlich schubsen, sich mit dem Jagdmesser einen Weg durch sie hindurch schneiden. Er ließ die Zigarette fallen und trat sie mit der Stiefelspitze aus.

»Dann hol sie eben, bei Gott. Aber mach es gefälligst selbst. Ich hab andere Sachen zu tun, als mir die Hacken abzulaufen.« Er sprang von der Veranda und ging zur Scheune, sie wieder ins Haus zurück.

Das Mädchen kam heraus, lief über den Hof und schirmte die Augen kurz vor der Sonne ab. Es war noch früh am Morgen, die Sonne hatte die grüne Reihe der Bäume gerade hinter sich gelassen. Ein Tag, der in weiß glühendem Licht erstrahlte, während die ersten Vögel ihren Gesang anstimmten, und sie dachte, dass sie noch nie einen strahlenderen Tag erlebt hatte. Zu strahlend, um im Sterben zu liegen. Sie verspürte Grauen und den verzweifelten Wunsch, sich zu sputen.

Ihre Schuhe erzeugten ein tonloses, leises Plopp auf der Straße, kleine Staubwölkchen stiegen empor wie Phantome und verfolgten sie. Sie lief schneller, und die harsche grüne Welt wurde zu einer Welt der Kinetik, einer wogenden Wand aus Grün, trübem Wasser gleich, in der sich selbst die Rufe der Vögel gedämpft und verzerrt anhörten, als würden sie durch einen Flächenbrand gefiltert.

Amber Rose glaubte nicht an Wunder. Er stirbt, dachte sie. Sie stellte sich vor, wie der Sargdeckel geschlossen wurde. Niemand wird ihn je wieder öffnen, dachte sie staunend. Die Bedeutung von Ewigkeit traf sie wie ein Hammerschlag. Die Ewigkeit klaffte gähnend vor ihr, unermesslich und Ehrfurcht gebietend. An der Kurve der Straße blieb sie stehen und blickte zurück.

Das Haus lag im Sonnenlicht, das dunkelgrüne Dach, die Myriaden Schattierungen von verwittertem Grau. Wie es so im Morgenlicht schimmerte, schienen die anomalen Schatten der Schlucht es magnetisch anzuziehen. Sie wirbelte herum und hastete weiter.

Durch die schmutzige Windschutzscheibe des Packard verfolgte er amüsiert, wie sie die staubige Straße entlangliefen, zwei Gestalten in großer Hast, die ruckartig auf ihn zugerannt kamen, wie Marionetten an Schnüren.

Er bremste den Packard, als er sich ihnen näherte, und kam zum Stillstand, als sie fast parallel mit dem Auto waren. Er stellte den Motor ab, legte einen Arm auf das Fenster und sah sie an.

»Sieht so aus, als hätten Sie den langen, heißen Weg umsonst auf sich genommen, Miss Winer«, sagte Hardin. »Bruder Hovington ist vor einer Minute von uns gegangen. Ich dachte mir, ich erspare Ihnen den Rest der Strecke.«

»So schlimm war's gar nicht«, sagte die Frau. Ihre Stimme klang gestelzt und förmlich unter der Haube. »Das mit Mr Hovington tut mir leid.«

»Ich denke, er kann jetzt in Frieden ruhen. Steigen Sie ein, ich fahr Sie nach Hause.«

»Ich geh besser mal nachsehen, ob ich Mrs Hovington behilflich sein kann.«

»Wir kommen allein zurecht. Entschuldigen Sie, dass wir Ihnen solchen Ärger machen.«

»Man muss sich doch gegenseitig helfen.«

»Wohl wahr. Aber wir schaffen das alleine.«

Das Mädchen ging um das Auto herum, öffnete die Beifahrertür und stieg wortlos ein. Die Frau stand verlegen auf der Straße, als würde sie auf eine Erleuchtung warten. »Warum wollte er mich eigentlich sprechen?«

»Hat er nicht gesagt«, teilte Hardin ihr mit.

Das Mädchen blickte über den Zaun, wo Olivers Ziegen die hellen Dürrwurzpflanzen fraßen, auch wenn sie sie nicht sehen konnte. Sie dachte: Die müssen ihm den Rücken brechen, damit sie ihn in den Sarg reinkriegen. Ein banges Gefühl des Grauens überkam sie, als sie darüber nachdachte, wie das zu bewerkstelligen wäre. Gewiss gab es Werkzeuge dafür, ein gewöhnlicher Hammer taugte wohl nicht. Abgesehen von grasenden Ziegen sah sie im Geiste Beschläge aus Messing und polierter Bronze und lila Samt, dessen Falten die Hiebe dämpften.

Hardin hatte etwas gesagt.

»Nein, ich gehe zu Fuß«, sagte Mrs Winer.

»Ganz wie Sie meinen«, antwortete Hardin. Er ließ den Wagen an und wendete auf der Straße.

Sie sah, wie ihre eigenen Hände Falten in den blauen Rock drückten. Sie dachte, sie müsste weinen, weinte aber nicht.

William Tell Oliver richtete sich zwischen der Ziegenschar auf, als der Zug mit dem Leichenwagen unter Glockenläuten vorüberzog; der Mais fiel ihm vergessen aus den Händen, das polierte Schwarz der Karosse funkelte in der Nachmittagssonne, obwohl bereits ein dünner Staubfilm die Seiten bedeckte.

Hovington, dachte er und betrachtete fasziniert die roten Samtvorhänge der Fenster, die flache, niedrige Bauart des Leichenwagens, der vor dem Hintergrund von Sumach und Brombeerhecken endgültig und abstoßend aussah, langsam in der Ferne verschwand und sich für diesmal mit einem anderen begnügte.

Winer besuchte die Red-Diamond-Geflügelfarm drei Mal. Die beiden ersten Male war gar niemand da und von Weiss' Automobil keine Spur zu sehen. Die Hühner wirkten halb verhungert. Er fütterte sie und gab ihnen Wasser. Das dritte Mal war an einem Mittwoch, Weiss' Wagen parkte in der Einfahrt, die Eingangstür stand einen Spalt offen, aber niemand reagierte auf seinen Ruf. Er stand unsicher im Durcheinander auf der Veranda; nach einer Weile setzte er sich auf einen Gartenstuhl und wartete. Er fühlte sich rastlos, verwirrt; Zeit war ein knappes Gut, und er musste seine sorgfältig bemessen.

Es herrschte Chaos. Auf der Veranda standen Kisten mit weißen Zylindern, die sich als zusammengerollte Fotos erwiesen. Eine Kiste war umgefallen, die Fotografien auf der ganzen Veranda verstreut. Er entrollte eine. Und noch eine. Offenbar handelte es sich ausnahmslos um Fotos von Militäreinheiten, Hunderte Soldaten vor Baracken, die einen provisorischen und temporären Eindruck machten, womöglich so temporär und vergänglich wie die Männer, die sie beherbergten. Nur die Gesichter waren unterschiedlich, eine Vielzahl ernster Gesichter mit verwegen schrägen Uniformmützen, doch nach einer Weile schienen selbst die Gesichter zu verschmelzen, verloren ihre Identität, zeigten mannigfache Belichtungen eines einzigen Soldaten, der in der Vorhölle verweilte und auf ein Schiff wartete, das ihn in einen vor langer Zeit ausgefochtenen Krieg bringen würde.

Lärm lockte ihn aus seinem Stuhl und durch die halb offene Tür. Auch in diesem Zimmer herrschte Unordnung, offene Koffer, auf dem Boden verstreute Kleidungsstücke, als wären sie einfach weggekickt worden. Weiss lag auf der Couch. Sein Mund stand offen, sein lautstarkes Atmen drang durch den ganzen Raum. Von einer umgekippten Weinkaraffe breitete sich sternförmig ein Fleck aus, rote Flüssigkeit, als wäre das Zimmer Schauplatz eines grausamen Gemetzels gewesen. Weiss schlief in Kleidung und Stiefeln. Der Tropenhelm lag verkehrt herum auf dem Teppich.

Als Winer ihn schüttelte, schlug Weiss die Augen auf, zuckte zusammen, stützte sich auf den rechten Ellbogen, sah sich stieren Blickes in dem Raum um.

»Was? Was denn? Was ist los?«

Winer wusste plötzlich nicht, was er sagen sollte. Weiss, der versuchte, die Müdigkeit abzuschütteln, machte ein Gesicht, dessen Ausdruck Wahnsinn gleichkam, als hätten ihn die Ereignisse der vergangenen Woche gezeichnet und um den Verstand gebracht. Weiss hatte stets den Helm getragen; jetzt sah Winer, dass der Mann fast kahl war und man die Kopfhaut rosa und verwundbar durch das schüttere schwarze Haar sehen konnte.

»Es ist Morgen«, sagte Winer. »Die Sonne lacht.«

»Scheiß auf die Sonne«, sagte Weiss.

Er bemühte sich um eine annähernd aufrechte Haltung, gab auf und ließ sich wieder in die Couchpolster sinken. Seine offenen Augen glotzten blicklos, während er mit den Fingern unbeholfen sämtliche Taschen durchsuchte. Schließlich fand er eine zerknitterte Packung Camels, nahm eine heraus, steckte sie in den Mund, blieb aber sitzen, ohne sie anzuzünden. Den großen Kopf hatte er auf einen Handballen gestützt, doch sein Ellbogen rutschte immer wieder vom Knie.

»Herrgott«, sagte er. »O Herrgott.«

Winer sah schweigend zum Fenster hinaus. Die Sonne schien durch das Fenster, ein Rechteck gnadenlosen Lichts. An der Schräge des abschüssigen Hofes sah er den Grenzzaun und dahinter, durch lückenhaftes Grün, die rote Straße selbst. Er wünschte sich, er wäre schon dort. Als er sich wieder dem Mann auf der Couch zuwandte, hatte Weiss die Augen zu Schlitzen zusammengekniffen und sah ihn fragend an, als wäre er überrascht, ihn noch hier zu sehen.

»Was willst du eigentlich?«

»Ich bin zur Arbeit gekommen. Zum Füttern und so.«

»Es gibt keine Arbeit«, sagte Weiss. Er hob ein Tischfeuerzeug auf, drehte es in den Händen, betrachtete es fasziniert, als wäre er nicht mit seiner komplexen Funktionsweise vertraut.

»Keine Arbeit?«

»Das sagte ich doch. Ich packe meine Sachen zusammen

und verschwinde. Ich verschwinde wie der Wind und weiß nicht, ob ich jemals wiederkomme.«

»Was ist mit den Hühnern?«

»Was soll mit ihnen sein? Du kannst sie haben. Gib sie den hiesigen Spießern und lass sie ein Grillfest veranstalten, damit sie sich an mich erinnern. Gib sie deinem Freund Hodges, der wollte sie so sehr, dass er versucht hat, sie zu stehlen.«

Winer stand verlegen und wortlos da und sah sich außerstande, seine Gedanken zu formulieren. »Dann brauchen Sie mich nicht?«, fragte er schließlich.

»Nein, verdammt, ich brauche dich nicht. Wofür sollte ich dich brauchen? Ich sagte doch, es gibt nichts. Ich verziehe mich umgehend, und du solltest meinem Beispiel folgen.«

»Das war deutlich genug. Man sieht sich.«

»Das bezweifle ich.« Als Winer auf halbem Weg zur Tür war, sagte Weiss: »Hör zu. Gottverdammt. Es tut mir leid, Winer.« Er hob die Hände, ließ sie wieder sinken. »Es gibt einfach nichts. Wie viel schulde ich dir?«

»Acht Dollar.«

»Gut.« Er nahm die Brieftasche zur Hand und sah so lange hinein, dass Winer schon dachte, er hätte vergessen, was er eigentlich wollte. Dann warf er sie dem Jungen zu. »Hier. Nimm sie dir. Meine Augen wollen heute Morgen offenbar nicht so, wie ich will.«

Winer nahm einen Fünfer und drei Eindollarscheine heraus und steckte sie zusammengelegt in die Hemdentasche. Er gab Weiss die Brieftasche zurück.

»Nichts für ungut, Winer. Du hast gute Arbeit geleistet.«

»Nichts für ungut. Das mit Ihrer Frau tut mir leid.« Winer wandte sich zur Tür. Als Weiss nicht antwortete, ging er ins heiße Sonnenlicht hinaus.

Da ihm vor ihrer Reaktion graute, erzählte er es ihr erst am nächsten Morgen.

»Hab ich's dir nicht gleich gesagt?«, wollte sie wissen. »Das sieht ihm ähnlich. Ich hab immer gewusst, dass er nichts taugt. Kommt hierher, wirft mit Geld nur so um sich, baut seine großen Hühnerhäuser, und wo ist er jetzt? Ich nehm an, du ergreifst jetzt Partei für ihn und stellst dich gegen deine eigene Mutter. Hast mal ein Buch gelesen und bildest dir ein, du weißt alles.«

Er ließ die Verandatür hinter sich ins Schloss fallen und setzte sich eine Weile auf die Schwelle. Heute befand er sich in einer Welt der Entfernungen und der Stille. Es war der erste Tag mit einem Hauch von Kühle in der Luft. Zu seiner Überraschung erblickte er schon einige verfärbte Blätter. Ein Duft wie von Wein erfüllte die Atmosphäre, ein unauslotbares Blau den Himmel. Er saß immer noch da, als sie herauskam. Viel anderes gab es auch nicht zu tun.

»Und?«, fragte sie ihn. »Was hast du jetzt vor?«

Er sagte nichts.

William Tell Oliver hatte Winers Vater vor langer Zeit gekannt. Er erinnerte sich, da Oliver ebenfalls ein Frühaufsteher war, wie er ihn morgens zur Arbeit gehen sah und abends wieder zurück, bevor der Junge geboren wurde, und da Winer kein Pferd besaß, geschweige denn ein Automobil, hörte Oliver ihn morgens um vier an seinem Haus vorbeigehen. Das war bevor Winer als Zimmermann arbeitete, damals musste er den ganzen Weg bis Big Sinking laufen, wo er den ganzen Tag in Hickersons Sägemühle schuftete, und selbst im Sommer dämmerte es bereits, wenn er wieder nach Hause ging, während es im Winter bereits stockdunkel war. Oliver, schon damals betagt, hörte Winers gemessene Schritte aus der kalten Dunkelheit kommen, wenn er sich auf der Veranda befand, und sah ihn wie einen Schemen entschlossenen und steten Schrittes passieren. Im geisterhaften Dunkel hob er manchmal unsichtbar eine Hand. Winer brauchte keine Laterne, die ihm den Weg leuchtete, durch die ständige Wiederholung schaffte er den Fußmarsch wie im Schlaf.

Die Frau kannte Oliver nicht so gut. Sie war eine gebürtige Hines, und Oliver fand sie übertrieben mürrisch und pragmatisch, wie die gesamte Familie, der sie entstammte. Sie interessierte sich weder für Bücher noch für das Radio und auch nicht dafür, was in Frankreich oder Washington, D. C., geschah. Für nichts, das nicht in unmittelbarem Zusammenhang mit ihrem Leben stand. Wenn man etwas nicht essen, ficken oder zu Feuerholz hacken kann, dann hat sie keine Verwendung dafür, dachte Oliver einmal amüsiert. Als er den Jungen am helllichten Tag die Straße entlangkommen sah, dachte Oliver gleich: Weiss hat die Reißleine gezogen, und der Junge ist seinen Job los. Und seine Mutter hat ihm deswegen die Hölle heißgemacht.

»Ich schätze, ich bin gerade arbeitslos geworden«, teilte Winer ihm unaufgefordert mit.

»Hab ich mir gleich gedacht. Er ist weg, nicht?«

»Ja.«

»Willst du 'n Kaffee?«

»Vielleicht eine Tasse.«

Winer folgte ihm in die Küche. Oliver schenkte Kaffee aus einer blauen Emaillekanne ein. Ein sauberes weißes Tischtuch bedeckte das Essen auf dem Tisch, um die Fliegen abzuhalten.

»Nimm dir, was du möchtest.«

»Ich möchte nichts«, sagte Winer. Er hob einen Zipfel des Tischtuchs und sah darunter. »Was ist das für ein Kuchen?«

»Gekauft. Kokosnuss. Du kannst ihn ruhig essen, ich hab ihn nicht gebacken.«

Winer schnitt sich ein Stück Kuchen ab und aß es im Stehen.

»Komm mit raus auf die Veranda, da ist es kühler.«

»Der alte Weiss war ein komischer Kauz«, sagte Oliver, als sie draußen auf der Veranda waren und Oliver wieder auf der Schaukel saß.

»Man könnte meinen, ihr Tod hätte ihn völlig aus der Bahn geworfen.«

»Verdammt, er hat ihn aus der Bahn geworfen. Sieh's mal so. Er lebt seit zwanzig Jahren hier und hat nicht einen Freund. Woran er meiner Meinung nach selbst schuld ist. Niemand zum Reden, Trinken, gar nichts. Aber jeder braucht so jemand, und er hatte sie. Und jetzt nicht mehr.«

»Kann sein. Die haben große Stücke aufeinander gehalten. Sie sind besser miteinander ausgekommen als alle, die ich kenne.«

»Mann, der könnte inzwischen schon in Südamerika sein.«

»Südamerika?«

Der alte Mann grinste. »Weiss hat manchmal komische Sachen gesagt. Einmal meint er zu mir: ›Ich hab Beziehungen zu Staatsoberhäuptern und Zugang zu Bananendampfern nach Südamerika.‹ Das hat er gesagt, als würde er damit prahlen. Ist das nicht ein Knüller? Mir war's natürlich egal. Ich hab nie jemand drum beneidet, dass er Zugang zu Bananendampfern hat.«

»Mir hat er mal gesagt, dass er Coca-Cola erfunden hat. Aber ob das stimmt oder nicht, ich muss mir trotzdem einen neuen Job suchen.«

»Junge, warum nimmst du's nicht locker und benimmst dich eine Weile deinem Alter entsprechend? Die Schule fängt sowieso bald wieder an, oder nicht? Bist du dieses Jahr nicht damit fertig?«

»Vielleicht geh ich gar nicht mehr hin. Vielleicht nehm ich ein Jahr frei, arbeite und mach nächstes Jahr weiter. Auf ein Jahr mehr oder weniger dürfte es kaum ankommen.«

»In deinem Alter glaubt man noch, dass man mehr Jahre als alles andere hat.«

»Das spielt vermutlich keine Rolle.«

»Wie viel hast du verdient, wenn ich fragen darf?«

»Zwei Dollar täglich.«

»Großer Gott, Junge, so einem Job würde ich nicht allzu lange nachweinen. Eigentlich müsstest du Luftsprünge machen und Purzelbäume schlagen. Da kannst du ja mehr Geld verdienen, wenn du im Wald nach Ginseng und Leptandrawurzeln suchst.«

»Würde ich, wenn ich wüsste, wie die aussehen.«

»Zeig ich dir. Hat mich damals, in den schweren Zeiten, über manche Durststrecke gebracht. Aber wir müssen uns beeilen. Wir müssen gleich anfangen. Nach dem ersten Frost findet man die nicht mehr.«

»Hm. Dann los. Ich muss schließlich was tun, während ich auf den nächsten Job warte.«

Oliver träumte, dass seine Frau ihn wachrüttelte. »Tell, Tell«, sagte sie immerzu. Er träumte, dass er wach wäre und sie sich in ihrem Nachthemd und mit offenem Haar in dem kühlen Zimmer, das im Licht des Mondscheins durch das Fenster außerirdisch wirkte, über ihn beugte. Ihre Hand lag noch auf seiner Schulter. »Steh auf, Tell«, sagte sie. »Er ist nicht reingekommen. Willie. Ich hab ihn vor 'ner Weile an der Tür gehört, aber er ist nicht reingekommen.«

Er stand auf und zog Overall und Schuhe an, nicht aber die Socken. Der Traum wirkte so realistisch, dass er ihm gar nicht wie ein Traum vorkam. Es war Winter, er spürte das kalte, steife Leder an den bloßen Füßen und das eisige Metall der Hosenträger an den nackten Schultern. Die exakte Stunde wusste er nicht, wohl aber in einem unbeteiligten Teil seines Verstandes, dass er sich in einer seltsamen Welt ohne Uhren befand, außerhalb der Zeit.

Er ging zur Tür hinaus auf den mondhellen Hof. Die Straße nach Mormon Springs war weiß und kalt und mit Mondschein überzuckert. Er ging am Birnbaum vorbei zu der gestampften Fläche, blieb einen Moment unentschlossen stehen und wusste nicht, wohin er sollte. Als er sich wieder zum Haus wandte, sah er sie an der Tür stehen, wo sie ihn beobachtete. Der Schatten der Veranda fiel auf sie und enthauptete sie mit Dunkelheit, aber er sah ihre Augen im Dunkeln leuchten wie Katzenaugen. Er drehte sich wieder um und ging zum Hain der Apfelbäume.

Nichts sah aus, wie es sein sollte, alles veränderte sich in subtilen Wandlungen. Er betrat eine Welt, die vor seinen Augen surrealistisch wurde, als würde die Realität aufgeheizt und durch Hitzeflimmern verzerrt. Die kahlen Äste der Apfelbäume wanden sich wie Bäume aus einer Provinz in Demenzien. Ein raues Flüstern ertönte aus dem Hain, verstohlen, verschwörerisch, fast, aber nicht ganz verständlich. Dann sah er, dass es auf den Ästen von Vögeln wimmelte, seltsamen dunklen Vögeln, die er nicht kannte, Vögel, die ein fiebriges Hirn halluzinieren mochte. Salamandergleiche Vögel ohne Gefieder, mit merkwürdigen Echsenköpfen und Haut von der Beschaffenheit nassen Leders. Er sah ihre gelben Augen in den Bäumen wie Glühwürmchenpaare. Das Flüstern schwoll an, wurde verständlich. Gebannt stand er im hypnotischen Summen aus dem

Apfelhain. Willie, Willie, riefen die Vögel ein ums andere Mal. Willie, Willie.

Eine Kälte, die nicht nur vom Wetter herrührte, hüllte ihn ein. Er drehte sich auf der Straße um, nach Norden, Süden, und suchte die silbernen Felder nach einer Spur des Jungen ab. Steine glänzten in willkürlicher Anordnung wie Details eines Mosaiks. Eisbedeckte Halme wirkten im Mondschein wie gläsernes Gras. Er lief ziellos die weiße Straße hinab. Hinter sich hörte er ein Rauschen in den Bäumen, als die Vögel sich in die Lüfte erhoben. Als er aufblickte, sah er dunkle Schatten in formlosen Mustern über sich. Ein paar landeten auf der Straße und folgten ihm mit einem entengleichen Watscheln, das er so abstoßend fand, dass er herumwirbelte und heftig nach einem trat, der ihn wie eine Schlange anzischte und die nackten Schwingen ausbreitete, aber nicht zurückwich.

»Hau ab«, sagte er zu dem Tier. »Hau ab, gottverdammt.«

Willie, Willie, riefen sie über ihm.

Der Vogel war am Straßenrand stehen geblieben. Oliver wandte sich ab, ging ein paar Schritte, drehte sich um und sah, dass der Vogel ihm mit gezierten, zaghaften Schritten folgte, als würde er auf Zehenspitzen schleichen. Er durchquerte das Land, wo er sein ganzes Leben verbracht hatte, und sah die allmähliche Veränderung direkt vor seinen Augen; nach einer Weile verschwand die Straße, die er kannte, und die Verwandlung war abgeschlossen: Er befand sich an einem ihm vollkommen unbekannten Ort. Einer kahlen Zwielichtwelt der Winde und Geräusche.

Die Straße neigte sich einer enormen Vertiefung entgegen, einer riesigen Grube. Am Rand blieb er stehen und sah hinab. Und erstarrte vor Ehrfurcht. Die Grube schien Hunderte Meter tief. Die Erde war rot und roh, frisch ausgehoben, als existierte von der ganzen Welt nur noch diese blutende Wunde. Er wusste intuitiv, dass er dieser mondhellen Straße sein ganzes Leben lang gefolgt war und sie ihn hierher geführt hatte. Die Grube war inhaltsschwer und bedeutungsschwanger, und ihm schien, als müsste er jede Einzelheit in sich aufnehmen: Hier offenbarte sich ihm das Leben. Er musste sich an diesen Ort erinnern, und an die Geschichte, die er erzählte. Die Vögel ließen sich auf den abgestorbenen Stümpfen an den Hängen der Grube nieder. Die Bäume neigten sich wie unter dem Ansturm eines unablässigen Windes. Als der Gesang der Vögel verstummte, drehte sich Oliver in der plötzlichen Stille um und sah, wie sie massenhaft herabstießen und mit ihren ledrigen Schwingen die Luft verwirbelten.

Er schritt den schrägen Hang der Grube hinab, entlang Klumpen gefrorener Erde und Spuren von Planierraupen, die sich in das Eis eingegraben hatten wie prähistorische Wesen. Auf dem Grund der Grube hatte sich Wasser angesammelt und bildete eine Pfütze wie gefrorene Milch. Er ging weiter. Unter seinen Füßen hörte er das kristalline Eis brechen; er verspürte ein Gefühl drohenden Unheils, eine Vorahnung von Ereignissen, die sich seiner Kontrolle entzogen, und ging wie unter Zwang weiter, obwohl er wusste, was kommen würde.

Eine rostende gelbe Planierraupe stand auf einem Erdhügel. Als er darauf zuging, dachte er, dass er nach der Ursache der Verwüstungen fragen könnte, doch unter dem Windschutz des Gefährts hockte kein Fahrer, sondern ein Gerippe in ausgebleichten Khakifetzen, mit einem blauen Arbeiterhelm, der keck auf gelblichem Knochen saß. Ein rostiger schwarzer Sektkübel war an dem Windschutz festgebunden. Oliver war nicht überrascht, wandte sich ab und näherte sich weiter dem Grund der Grube.

Der Boden wurde flach, Oliver schien sich in einem von Menschen geschaffenen Tal zu befinden, das ewig reichte. Im Mondschein, doch ohne Schatten bewegte er sich zum Rand des Eises, machte einen Schritt darauf und blieb stehen, als er das weiße Gesicht seines Sohnes sah, das sich mit aufgerissenen Augen und schwarzem, träge in dem stehenden Wasser wallendem Haar gegen die Unterseite des Eises drückte.

Er schrie mit erstickter Stimme auf und fiel auf die Knie. Heiße Tränen schossen ihm in die Augen und liefen ungehindert die Wangen hinab, ein bitterer Kummer lag schwer wie ein Stein auf ihm. Er kratzte an dem unebenen Eis, bis seine Finger aufgerissen und blutig waren, dann hörte er auf, blickte himmelwärts und verfluchte die Schicksalsgöttinnen, die einen Moment unachtsam gewesen waren und dies geschehen ließen. Er sah nur den nahtlosen Himmel und die langsame Vorwärtsbewegung eines toten und fremden Mondes.

Die Vögel stimmten ihren Gesang wieder an, ihre Stimmen hatten die traurige Tonlage von Tauben. Willie, Willie, riefen sie. Als er wieder durch das Eis sah, war das Gesicht verschwunden, und nur stehendes Gewässer und schwarze, gefrorene Blätter waren unter der durchsichtigen Eisschicht zu sehen.

Er erwachte außer Atem in der heißen Dunkelheit, verspürte Beklemmungen in der Brust und einen Schmerz im Hals und brauchte ein paar Sekunden, bis er wusste, wo er sich befand und dass er geträumt hatte. Im Geiste sortierte er die bruchstückhaften Bilder, schied das Wahre vom Eingebildeten und dachte, er hörte sie sagen: Wo ist Willie? Was hast du mit ihm gemacht?, und wusste nicht, ob es sich wirklich jemals so abgespielt hatte oder ob es eine unerklärliche Fortsetzung seines Traums im Halbschlaf war.

Willie tötet Dallas Hardin, dachte er. Dann, verwirrt: Nein,

nein, nicht Willie, Willie ist selbst seit fünfzig Jahren tot. Der junge Winer tötet ihn.

Er stand auf. Er zündete die Lampe auf dem Waschtisch an, ging durch das Zimmer zur Kommode und zog eine Schublade auf. Er holte einen Schuhkarton heraus, wickelte den Schädel aus seiner Papierverpackung und betrachtete ihn. Ich muss etwas tun, dachte er. Zuerst hatte er gedacht, er sollte ihn begraben und es dabei bewenden lassen, aber irgendwie schien ihm das unpassend zu sein. Die Sache war noch nicht zu Ende, zu viele Fragen noch offen. Jedes Unrecht brauchte jemanden, der es richtete, und es mussten Wahrheiten ausgesprochen werden, doch er fühlte sich nicht würdig, sie auszusprechen.

Im gelben Halblicht der Petroleumlampe bildeten Oliver und der Schädel eine seltsame Zweieinigkeit. Er kniete vor der Kommode wie ein Messdiener vor dem Orakel, ein Schüler, der bei diesem harten, eben den Eingeweiden der Erde entrissenen Reisenden Wissen suchte. Könnte der Schädel sprechen, welche Geschichten würde er erzählen? Sah er sein Unheil kommen? Folgte er der Kugel, die ihn durchbohrte, fassungslosen Blickes?

Sollte er es je herausfinden, wird nichts auf der Welt ihn daran hindern, Hardin zu töten, und dann verbringt er den Rest seines Lebens im Kittchen, dachte Oliver. Wenn ich nicht halb schwachsinnig wäre, hätte ich Hardin selbst schon vor langer Zeit erledigt.

Sie waren zu dritt. Sie kamen im ersten Morgengrauen die Straße entlang oder schlicht und einfach direkt aus dem Nebel; der Lärm, der ihre Ankunft ankündigte, klang hell und klar, fast melodisch, und verlieh ihrer Ankunft etwas Schicksalhaftes, obwohl nur Amber Rose Hovington sie sah und hörte, wie sie glatt und arrogant und anmutig die Straße entlangkamen und dann in einer Reihe dem Bachlauf folgten, kurz anhielten, am taufeuchten Klee knabberten, das klare Kalksteinwasser tranken, die Köpfe von ihren verzerrt wallenden Spiegelbildern emporhoben und geringschätzig zum Haus blickten, dessen Existenz sie scheinbar noch gar nicht anerkannten.

Ihre Hufeisen hallten hohl auf dem Schiefer, als sie sich dem Abgrund näherten, der allein in diesem Sommer schon zwei Fohlen geholt hatte. Sie bogen erst ab, als sie sich Hardins Garten näherten, wie er ihn nannte, vier Reihen verdorrter Maisstauden, gelb und von Sturmwinden gebeugt, blasse, runzlige und trockene Bohnen an jeweils drei zusammengebundenen Stöcken. Hier wuchs und gedieh nichts, abgesehen von Unkraut und Brennnesseln.

»Da sind Pferde im Garten«, rief sie ins Haus.

Das trockene Knacksen von brechenden Bohnenstangen lockte Hardin mit der Kaffeetasse in der Hand auf die Veranda. Die Pferde hatten den größten Teil des verdorrten Maises niedergetrampelt, als hätten sie nur Geringschätzung für das karge Futter übrig; jetzt machten sie sich über die Bohnenstangen her, hoben die Köpfe und sahen in die Richtung, von wo die Stimme des Mädchens ertönte. Der Hengst schenkte ihnen keine weitere Beachtung und wandte sich dem üppigen Grün am Rand der Schlucht zu.

»Pferde, von wegen«, sagte Hardin. »Das sind Morgans. Sieh dir nur den großen, prachtvollen Kerl an. Ist er nicht eine Schönheit?« Er trank die Tasse leer, stellte sie auf einen Verandapfosten und sprang in den Hof. »Wär doch ein Jammer, wenn so gutes Pferdefleisch kopfüber in das Loch im Boden stürzen würde. Geh rein, und schaff Wymer raus. Er hockt auf dem alten Autositz.«

Hardin setzte sich auf die Schwelle und beobachtete die Pferde. »Ganz ruhig«, sagte er, nahm eine Zigarette aus der Packung, zündete sie mit einem kleinen goldenen Feuerzeug an, rauchte und drehte das Feuerzeug in den Händen. Das Feuerzeug trug Initialen, aber nicht seine. Er hatte eine maßgeschneiderte Hose an und war barfuß.

Der Hengst sah ihn über den Pfad hinweg an und beobachtete ihn argwöhnisch mit gesenktem Kopf. Hardin verfolgte das anmutige, geschmeidige Spiel der Muskeln unter dem rötlichgrauen Fell. »Schau mich nur an«, sagte er zu dem Tier. »Sieh dich satt. Wenn das hier vorbei ist, bekommst du mich noch oft genug zu sehen.«

Hinter den verwitterten Brettern hörte er die Stimme des Mädchens und eine andere, nörgelnde und aufgebrachte Stimme. Widerworte, Fassungslosigkeit, Zorn. Das Mädchen könne ihn lecken, erfuhr Hardin. Hardin könne ihn lecken. Eine Aufforderung, die Wymer wahllos der gesamten Welt unterbreitete. Die Tür ging auf, die Schließfeder quietschte.

»Er kommt nicht. Er hat mich nur beschimpft.«

»Den Teufel wird er«, sagte Hardin. Er warf die Zigarette auf den Hof und stand auf. »Geh runter, hol einen Eimer von dem guten Futter und bring ihn her. Geh hinten ums Haus, damit du die Pferde nicht erschreckst.«

Er ging hinein. Nach einigen Augenblicken der Stille ertönte polternder Lärm von drinnen. Plätschern von Wasser, Schreie, Flüche. Die Tür wurde aufgerissen, ein kleinwüchsiger Mann lief trunken auf die Veranda und – mit etwas Nachhilfe von Hardins jetzt mit einem Schuh bekleideten Fuß – die Stufen hinunter in den Hof. Sein dünnes Haar stand von einer kahlen rosa Stelle ab, graues Spülwasser tropfte ihm von Nase und Kinn. Eine halbe Eierschale klebte ihm wie ein bizarrer Kopfschmuck am Haar. Sein weißes Hemd war mit einer esoterischen Mischung von Essensresten bedeckt. Er schirmte die Augen ab, als müsste er sie vor tödlicher Strahlung schützen. Einen Moment schwankte er schlaff, dann ließ er die Hände sinken und betrachtete die rote Sonnenscheibe, die den Nebel auflöste, als hätte er sie noch nie aus diesem speziellen Winkel gesehen.

»Geh rüber zu dem Loch und bleib da stehen«, befahl Hardin ihm. »Wenn es das Mädchen heute noch schafft und das Futter bringt, versuchen wir, die Pferde über den Hof zu locken. Gelingt uns das nicht, müssen wir sie treiben. Und wenn du diesen großen roten Prachtkerl in die Schlucht stürzen lässt, solltest du zusehen, dass du noch vor ihm unten bist.«

Wymer zog den Hemdenzipfel heraus und wischte sich die Augen ab. Er strich sich die tropfende Strähne aus dem Gesicht. »Na, klar doch«, sagte er. »Hättest bloß fragen müssen.«

Jetzt hatte Hardin den Eimer mit dem guten Futter, hielt die lange, kastanienfarbene Mähne des Hengstes mit der Faust gepackt und flüsterte ihm ins Ohr. Das Pferd schüttelte zaghaft trotzig den Kopf, doch Hardin besänftigte es mit beschwichtigenden Worten, bis es die Augen verdrehte, dann packte er es noch fester an der Mähne und zog ihm den Kopf nach unten. Er flüsterte weiter, während sich eine Bewegung wellenförmig über den glatten Rumpf des Pferdes ausbreitete. Das Mädchen stand auf der Schwelle und sah zu. Pearl war ebenfalls herausgekommen und lehnte am Türrahmen. Wymer stand bis zur Taille im Farnkraut und suchte gebückt, mit auf die Knie gestützten Händen, zimperlich nach Schlangen. Hardin redete weiter, verschwörerisch und beruhigend, wie zwischen zwei gleichwertigen Partnern, halb betörendes Murmeln, halb obszönes Geplänkel, und vertraute dem Hengst dunkle Geheimnisse an. Er machte einen Schritt, drehte sich ein wenig um, lockte, lockerte den Griff an der Mähne, hielt dem Pferd den Futtereimer unter die Nüstern. Er machte noch einen Schritt Richtung Bach, und diesmal folgte der Hengst. Sie kamen die Böschung herunter, er mit dem Arm um den Hals des Hengstes, und wateten durch den Bach, wo das Pferd einen Moment stehen blieb und sich zu dem kalten Wasser bückte, das über rutschigen schwarzen Schiefer floss. Er streichelte ihm die Schulter.

»Mach das Tor auf«, befahl er dem Mädchen. »Sofort.« Die beiden Stuten ließen von den Bohnenstangen ab und beobachteten den Hengst. Nach einem Moment hob eine den Kopf und folgte ihm mit einem ersten zaghaften Schritt.

Sowenig der Zaun taugen mochte, sie befanden sich im Inneren. Hardin und das Mädchen fütterten sie mit Mais und Viehfutter, dann standen sie am Zaun und sahen ihnen beim Fressen zu. Es sah aus, als würde der Zaun mehr von Geißblattranken und Kirschtanne als von Draht zusammengehalten werden; die Hälfte der Pfosten waren verfault und windschief und standen nur noch durch die hohen Pyramiden von Lacksumach, die sie umgaben.

Wymer kauerte im Schatten der Scheune und wischte sich das Gesicht mit dem Taschentuch ab. Hardin hielt ihm eine Zigarette hin, Wymer nahm sie und steckte sie in den Mund. Da er keine Anstalten traf, sie anzuzünden, bot Hardin ihm das goldene Feuerzeug an.

»Was meinst du, wem die gehören, Wymer?«

»Niemand hier in der Gegend hat Morgans, außer den Blalock-Jungs drüben im Harrikin. Die müssen denen gehören.«

»Wer solche Pferde besitzt, sollte seine Zäune in Schuss halten.«

Wymer gestikulierte mit der Zigarette. »Dann hältst du sie im Leben nicht da drin.«

»Ganz bestimmt, wenn du den Zaun geflickt und die Pfosten aufgerichtet und drei Lagen Stacheldraht drum herum gezogen hast«, sagte Hardin.

»Großer Gott«, sagte Wymer. Er sah zum Himmel, als würde er die Intervention einer höheren Macht erbitten. Die Sonne stieg immer höher, der Himmel hatte eine heiße, flimmernd blaue Farbe, die wie geschmolzenes Metall pulsierte. Vor der unermesslichen Leere zog arrogant ein Falke seine Kreise; Häher kamen ihn necken, da stieg er mühelos mit den Aufwinden aus der Grube empor wie ein kunstvoll gefertigter Papierdrache, bis er nur noch ein winziges schwarzes Pünktchen vor dem grenzenlosen Blau war.

Hardin legte Wymer einen Arm um die Schulter. »Wird schon nicht so schlimm«, versicherte er ihm tröstend. »Es dauert nicht lang, und weißt du, was ich mache, während du damit beschäftigt bist? Ich nehm einen Kasten Bier, stell ihn in den Eisschrank, und dann wartet er eisgekühlt bloß auf dich.«

Wymer sagte nichts. Er stand nur da und betrachtete die schiefen Zaunpfosten.

»Sag Pearl, ich habe gesagt, sie soll dir etwas Geld geben, nimm den Laster, und hol mir zwei Rollen Stacheldraht.«

»Aber ich hab nicht mal ’n Führerschein«, wandte Wymer ein.

»Ist mir neu, dass man den braucht, um Stacheldraht zu kaufen«, sagte Hardin.

»Er wächst bevorzugt auf der Nordseite eines Hügels«, ließ Oliver ihn wissen. »Mehr Schatten, nehm ich mal an. Ist ’n komisches Zeug, an manchen Stellen wächst es, an manchen nicht. Und es kommt nicht jedes Jahr. In Pinienwäldern oder Geißblatthecken gedeiht es gar nicht. Oft findet man Ginseng an Hügelflanken, wo ein Bachlauf fließt. Aber oft auch nicht.«

Winer folgte dem alten Mann einen Steilhang hinab. Oliver bahnte sich einen Weg von Baum zu Baum, blieb stehen und zeigte mit seinem Stock auf eine Pflanze mit pfeilförmigen Blättern.

»Siehst du das? Also das ist die Götterblume. Wo man die findet, findet man meist auch Ginseng, allerdings ist das keine narrensichere Faustregel, sie wächst nur in derselben Art von Boden wie Ginseng.«

Sie waren seit Tagesanbruch unterwegs, Winers Füße taten weh, weil sie ununterbrochen Hügel hinauf- und hinabkletterten, und er verstand nicht, wie der alte Mann das durchhalten konnte. Er war so agil wie seine Ziegen und schien eine seltsame Aufregung zu verspüren.

»Das ist wie Glücksspiel oder Alkohol oder Frauen, was für

Laster man eben hat«, sagte er zu Winer. »Wenn man anfängt, Ginseng zu suchen, kommt man nicht mehr davon los.«

Oliver blieb stehen und sah zu Boden. »Komm mal her, Junge.«

Winer trat zu ihm. Oliver zeigte mit seinem Schlangenstock auf eine Pflanze, die im Schatten einer Gerbereiche wuchs. Er bohrte die Spitze des Stocks wieder in den Boden und stützte sich darauf.

»Was würdest du sagen, ist das?«

Winer legte den Sack beiseite, kniete auf der Erde und strich Blätter und dunklen Löss um den zierlichen Stängel der Pflanze herum weg. Er studierte die welke Spitze, die er als Beispiel dabeihatte.

»Das ist Ginseng«, sagte er.

»Bist du ganz sicher?«

»Sieht jedenfalls so aus.« Er studierte die Spitze noch etwas eingehender. »Klar bin ich sicher.«

Oliver grinste. »Das ist nur Jellico«, sagte er. »Siehst du, wie die Zweige aus dem Stamm wachsen? Einer hier und einer hier? Und jetzt sieh den Ginseng an. Siehst du, da wachsen die Zweige auf gleicher Höhe. So unterscheidet man sie.«

»Für mich sehen die gleich aus.«

»Sind sie aber nicht. Die Leute graben die merkwürdigsten Sachen aus und denken, es ist Ginseng. Während der Wirtschaftskrise konnte kein Schössling aus dem Boden wachsen, ohne dass jemand schon darauf gewartet hätte. Ich persönlich grab ihn nicht gern aus, ehe die Beeren abgefallen sind. So wachsen immer wieder Jungpflanzen nach.«

»Sicher knifflig, die zu unterscheiden.«

»Nein. Und wenn du es einmal begriffen hast, sieht nichts mehr auch nur annähernd ähnlich aus. Man erkennt die Pflanze auf den ersten Blick. Ich entsinne mich allerdings, dass der alte Hovington als Junge mal einen ganzen Sack Giftsumach ausgegraben hat, ehe er den Unterschied lernte. Den hat er zwei bis drei Tage lang zu spüren gekriegt. Vielleicht hat er nie gelernt, wie Ginseng aussieht, aber ich wette, Giftsumach hat er danach gleich erkannt.«

Sie gingen unter den niedrigen Ästen einer Gerbereiche hindurch, deren Laub ein sanfter Wind von Süden zum Rascheln brachte. Der Wald roch herbstlich und trocken. Die Schlucht war tief, und unter ihnen hörte Winer Wasser über Gestein rauschen. Ab und zu blieb der alte Mann stehen, bohrte mit dem Stock ein Loch in den Boden und warf eine der rotbraunen Beeren hinein, die er bei sich trug.

»Ist schon komisch mit der Natur«, sagte er nachdenklich. »Nimm bloß mal diesen Jellico. Ist wie Ginseng, ist aber keiner. Wächst in derselben Art von Boden und sieht ganz ähnlich aus. Alles in der Natur hat einen Zwilling, und Jellico ist der Zwilling von Ginseng. Ich weiß nicht, aus welchem Grund. Vielleicht zum Schutz. Wer den großen Schöpfungsplan gemacht hat, hat ihn so aussehen lassen, damit manche Leute ihn ausgraben und den Ginseng in Ruhe lassen, sodass er nicht ausstirbt. So ähnlich wie Eisenpyrit, weißt du, Narrengold. Man könnte aus alldem eine Lektion lernen, wenn man wollte.«

Winer sagte nichts.

»Ich weiß, du bist in einem Alter, wo du nicht willst, dass man dir Lektionen beibringt. Aber manchmal lernt man sie eben, und das hier ist der leichte Weg. Irgendwann mal denkst du, dass du gefunden hast, was du suchst. Lieber Gott, denkst du dann. Was für eine Menge Ginseng. Du rennst hin und gräbst ihn aus und glaubst, dass du wirklich was hast. Stimmt aber nicht. Du hast nur diesen Sack Jellico.«

»Die Weißhauben sind direkt hier den Hügel runtergekommen«, sagte Oliver und zeigte zu dem steinigen Riedgrasfeld. Darunter sah Winer Hovingtons Haus und die Nebengebäude, die Maiskrippe verschwand fast in der wild wuchernden Kermesbeere. »Die Mormonen hatten ihre Kirche ein Stück weit von der Quelle entfernt gebaut, und dazu ein paar Schuppen und Verschläge, glaub ich. Ich meine, die alten Tragesäulen sind noch da.«

»Warum haben die das überhaupt gemacht?«

»Großer Gott, Junge. Ich frag mich schon lange nicht mehr, warum die Leute machen, was sie machen.« Er bückte sich in dem windgebeugten Riedgras und massierte geistesabwesend sein steifes Knie. »Aber ich nehme an, wie bei so vielem gibt es mehrere Gründe. Vermutlich hatten sie was getrunken und wollten einfach nur etwas Dampf ablassen. Diese Mormonen waren aus einem ganz anderen Holz geschnitzt, und ich denk mir, wenn man anders ist, hat man es in Gegenden wie hier nie besonders leicht. Wenn dann noch eine Bande von den alten Tunichtguten ihr Unwesen treibt, die es hier gegeben hat, noch dazu mit unter Kissenbezügen verborgenen Gesichtern, dann sollte man darauf achten, dass es überall, wo man geht und steht, einen Hinterausgang gibt.«

»Ich dachte, die hätten sich Sorgen um ihr Weibsvolk gemacht. Hab ich jedenfalls immer gehört.«

»Das war die offizielle Version, aber das war Blödsinn. Freilich hatten die Leute hier in der Gegend immer komische Ansichten über Frauen. Mussten beschützt werden und so. Abgeschirmt. Ich hab nie eine gekannt, die nicht auf sich selbst aufpassen konnte, und keine, die ihre Schuhe nicht unter ein Bett gestellt hätte, in das sie sich nicht freiwillig reingelegt hätte.«

»Hatten sie Frauen von hier in ihrem Lager?«

»Zwei oder drei, glaub ich, aber die sind aus freien Stücken rübergegangen. Niemand hat sie gezwungen oder kreischend an den Haaren hingeschleift.«

Unter ihnen ertönte leise eine Verandatür, ein Mann kam in den Garten. Er nahm eine Schaufel, die am Regenschutz lehnte, und ging damit zu einer freigelegten Stelle, wo Pflöcke und Bretter ein großes Rechteck abgrenzten. Er zog das Hemd aus und schaufelte Erde. Sein Rücken war kalkweiß. Er arbeitete ein paar Sekunden verbissen, dann hörte er auf, stützte sich auf die Schaufel und sah nach, wie viel noch vor ihm lag.

»Wer waren sie?«

»Ich bezweifle, dass du dich an einen davon erinnerst«, sagte der alte Mann trocken. »Es waren ziemlich viele. Tom Hovingtons Vater war einer. Kein Anführer oder so, nur einer von der Bande. Ein Mitläufer, darin war er ziemlich gut. Hat nie einen eigenen Gedanken gehabt, war aber sofort mit Leib und Seele dabei, wenn sich ein anderer was Dummes ausgedacht hat. Ein Arschkriecher. Die haben ein oder zwei Wochen darüber geredet, ehe sie es getan haben. Sie kamen um das Haus herum, und Pa hat sie davongejagt. Pa war nie ein Herdenmensch. Ich glaube, der alte Hodges war der Schlimmste. Er hatte eine Tochter da unten. Sie muss, lass mich überlegen, Motormouth Hodges' Tante gewesen sein. Die hat sich mit jedem eingelassen und wollte wohl rausfinden, ob die Mormonen eine neue Art entdeckt hatten, wie man's treiben konnte. Der Mob kam bei Tagesanbruch hin und wollte die Mormonen auspeitschen, aber die hatten wohl was gegen's Auspeitschen. Die haben zurückgeschossen, und die Weißhauben haben alle getötet, bis auf vier oder fünf Frauen. Die haben sie dann gefesselt und ausgepeitscht – unter anderem.«

»Wie alt waren Sie da?«

»Fünfzehn oder sechzehn. Alt genug, nicht mitzumachen, aber nicht alt genug, sie zu warnen. Das liegt mir heute noch auf der Seele.«

»Warum hat kein anderer sie informiert?«

»Vermutlich haben alle gedacht, es wäre nur Wichtigtuerei. Wenn Hodges alle Leute getötet hätte, denen er es angedroht hat, wäre dieses Land ziemlich dünn besiedelt. Jedenfalls haben die Leute geglaubt, die würden bloß mit Weidenruten da rübergehen, dafür waren die Weißhauben berühmt. Die haben vermutlich nicht damit gerechnet, dass tatsächlich rechts und links Leute abgeschlachtet werden würden. Es ist einfach außer Kontrolle geraten.«

Der Junge antwortete nicht, er wirkte verloren zwischen den subtilen Umbra- und Sienatönen, dem dunklen Grün unbändigen Sommerwachstums, das mit seinem Überzug aus Staub stumpf und schwefelig wurde, dem alten, grau ausgebleichten Haus, das im grellen Licht irgendwie schief und unirdisch wirkte, dem Farnkraut, das nahe der Quelle und der verborgenen, dunklen Öffnung des Abgrunds üppiger und dichter wuchs.

Er fragte sich, was die Wahrheit sein mochte, bezweifelte aber insgeheim, dass es unter der wechselhaften Last von Mythen und Folklore überhaupt noch eine Wahrheit gab. Die Wahrheit hatte sich im selben Maße verändert wie die Landschaft, hatte sich dem Fortschritt angepasst, war von jeder Generation für ihre Zwecke verändert worden. Aus den Unterhaltungen alter Männer wusste er, dass so etwas wie Wahrheit gar nicht existierte, die Wahrheit wurde stets von Wahrnehmung und Erwartung geformt. Die Wahrheit des alten Mannes mochte nicht die von Winer sein. Hodges hatte gesagt, dass der alte Mann selbst zwei Männer getötet hatte, aber davon sprach Oliver nie. Heute war auch das von Sedimenten der Zeit überlagert, hatte absolute Wahrheit nur in den wenigen Millisekunden besessen, als es geschehen war, heute gab es die Wahrheit des alten Mannes, die Wahrheit der Nachkommen der Getöteten, die Wahrheit des Gerichts, und alle samt und sonders separate Wahrheiten, auf die Menschen geschworen hatten. Winer glaubte an keine davon.

»Ein Vorteil, wenn man älter wird«, sagte Oliver gerade. »Man kann anderen Leuten beim Arbeiten zusehen und muss deswegen keine Schuldgefühle haben. Aber ob das, was der Bursche treibt, sich tatsächlich als Arbeit qualifiziert, hängt davon ab, ob man bezahlt oder bezahlt wird.«

Der Mann hatte die Schaufel weggestellt und bearbeitete den Erdboden mit einer Spitzhacke. Ein dunkelhaariges Mädchen kam heraus und nahm die Schaufel – widerwillig, wie es aussah. Der blasse Mann hörte auf und sah nachdenklich in die Ferne, dann setzte er seine Arbeit mit neuerlichem Enthusiasmus fort, als ein großer Mann den Hof betrat und sie beobachtete.

»Vermutlich kriegen sie jetzt ihr Fett weg«, sagte der alte Mann. »Da ist Old Nick, wie er leibt und lebt.«

»Hardin?«

»Wie immer er sich heute nennt.«

Winer drehte sich um und wollte über Olivers Witz lachen, doch dem ledrigen Gesicht war nicht zu entnehmen, dass er es nicht ernst gemeint hätte.

»Was meinen Sie, baut er da unten?«

»Neuen Platz für seine Gemeinheiten, nehme ich an.« Oliver stützte sich auf den handgeschnitzten Stock und erhob sich schlaksig und ungelenk vor der blauen Leere, selbst eine mythische Gestalt, ein alttestamentarischer, auf wundersame Weise ins Jahr 1943 versetzter Patriarch, wo ihm die Welt nicht gefiel. »Je schwerer die Zeiten für alle anderen werden, desto besser werden sie für Leute wie Hardin«, sagte Oliver.

Ruby hatte Motormouth im August verlassen, für immer und endgültig, wie sie sich ausdrückte. Ruby war eine Schlampe, aber das war ja nichts Neues. Sie war immer eine Schlampe gewesen. Er war zu der Überzeugung gekommen, dass sie schon damals, als sie als kleines Mädchen in weißer Krinoline und weißen Schuhen an der Hand ihres Vaters zur Kirche ging, eine Schlampe gewesen sein musste, wenn auch kleiner und noch nicht ganz so zänkisch. Sie war in der Wiege eine Schlampe gewesen, eine winzige, zahnlose Schlampe an der Brust ihrer Mutter. Motormouth hatte das alles gewusst und sie trotzdem geheiratet, weil er sie auf den rechten Weg bringen wollte.

Die Tinte auf ihrer Heiratsurkunde war noch nicht trocken, da setzte sie ihm schon zum ersten Mal Hörner auf. Er erwischte sie an einer verlassenen Rennstrecke splitternackt auf dem Rücksitz eines alten Ford. Sie trieb es mit einem Schüler der Highschool, der noch nicht einmal siebzehn war. Der bekam so einen Schrecken, dass er nicht richtig in die Hose kam, er hatte beide Füße in einem Hosenbein und hüpfte wie von Sinnen auf und ab, als wollte er versuchen, sich ganz in der Hose zu verstecken und unsichtbar zu werden. Motormouth war bestürzt. »Und er ist nicht mal in der gottverdammten Footballmannschaft«, sagte er zu ihr.

Als sie ihn verlassen hatte, stand er morgens auf, machte sich eine Kanne Kaffee und zog einfach los. Er hatte keinen Job mehr und lebte von dem, das er irgendwie zusammenkratzen konnte. Mit der Zeit sanken seine Ansprüche. Er arbeitete manchmal für Abner Lyle von der Tankstelle. Er fuhr den Highway westlich der Stadt rauf und runter. Er hatte den alten, rostigen Chrysler mit einem abnehmbaren Rotlichtaufsatz und einer Sirene ausgestattet und suchte die Straßen wie ein Raubtier ab, ein Falke auf Beutesuche, der im Aufwind schwebt und sich Opfer auskundschaftet. Motormouths Opfer waren zierliche ältere Lehrerinnen auf Urlaubsreise und alte Ehepaare, die einen wohlhabenden Eindruck machten und aussahen, als wüssten sie nicht viel über Automobile.

»Sieht ganz so aus, als würde Ihnen bald ein Reifen abfallen«, erzählte er ihnen, wenn er sie angehalten hatte. Schon bevor er ihnen das sagte, machten sie meist einen verängstigten Eindruck, denn sein Äußeres wirkte alles andere als beruhigend. Motormouth mit seiner alten Rostlaube, dem Traum eines Schrotthändlers entsprungen, mit blinkenden Lichtern und reflektierenden Kotflügeln und verschiedenen Tierschwänzen, die an hohen, gebogenen Polizeiantennen hingen. Und selbst mit der Mütze in der Hand, ein Galgenvogel mit boshaftem Gesicht, Überbringer schlimmer Nachrichten: Kugellager ausgeleiert, Heckstoßstange fällt bald ab. Seine listigen Koboldaugen funkelten halb irre, die Lügen kamen ihm wie Spucke über die Lippen, eine derangierte Spinne, die alle in ihr Netz lockte. »Fahren Sie ganz langsam zu Abner Lyles Werkstatt«, sagte er ihnen. »Ich fahr Ihnen nach, falls Sie Probleme bekommen.«

»Danke«, antworteten sie unsicher.

»Viele Leute würden einfach weiterfahren und sich um ihren Kram kümmern«, versicherte er ihnen. »Aber ich finde, man muss seinen Mitmenschen helfen.«

Im Laufe des Herbstes führte er eine zunehmend prekäre

Existenz und schlief nur, wenn Dunkelheit oder Erschöpfung ihn übermannten, ein seltsamer Nomade, heimatlos wie ein Zigeuner, der seinen alten Chrysler im Gebüsch am Flussufer oder hinter einer Reklametafel am Straßenrand versteckt parkte. Er machte sich zur Gewohnheit, dass er stets Seife und Rasierzeug und Kleidung zum Wechseln dabeihatte, und blieb manchmal Tage unterwegs.

Wenn die Nacht hereinbrach und er am Flussufer Radio hörte, übertönte die Stimme des Moderators das allgegenwärtige Quaken der Frösche, und die Stimmen wurden seine Gefährten, die einzigen Freunde, die er noch auf der Welt hatte. Das Schweigen wurde zunehmend länger, da immer weniger Leute sich Motormouths Sorgen anhören wollten. In den einsamen Stunden zwischen Wachsein und der Bewusstlosigkeit, die er als Schlaf akzeptierte, bekam sein Gesicht einen eigentümlich ernsten Ausdruck, eine nachdenkliche Miene mit offenem Mund, als würde er sich mit der gesamten Kraft seines Geistes konzentrieren und einen Ausweg aus der Klemme suchen, in die er geraten war. Manchmal, wenn Stimmen und Gitarren seine missliche Lage untermalten, fürchtete er, er könnte den Verstand verlieren, und dachte: Ich muss mich zusammenreißen, wusste aber nicht, wie. Tagsüber verprasste er den Hungerlohn, den Lyle ihm bezahlte, bei Hardin oder wohin Versuchung und Gelegenheit ihn eben führten, denn er konnte sicher sein, dass er ein Publikum hatte, solange er imstande war, seine grünen Scheine auf den Tresen zu zählen.

Seiner Theorie zufolge wäre ohne die Blalock-Brüder alles in Ordnung gewesen. »Wenn ich die Dreckskerle bloß von ihr fernhalten könnte«, sagte er eines Tages zu Hardin. »Wenn sie und ich allein und für uns sein könnten, dann wäre alles in Ordnung. Aber die scharwenzeln wie ein Rudel Hunde um sie rum.

Wenn ich's noch mal zu tun hätte, würde ich eine heiraten, die so hässlich ist, dass niemand sonst sie ficken will.«

»Es gibt keine, die so hässlich ist«, sagte Hardin mit seinem reichen Wissensschatz zu ihm. Hardin schnitzte mit einem großen Taschenmesser mit Beingriff und schuf etwas Undefinierbares aus weichem rotem Zedernholz. Er warf Motormouth einen Blick galliger Herablassung zu. »Die Leute ficken alles«, sagte er. »Hühner, Kühe, Schafe, einander. Sie ficken Wassermelonen und Gurken. Wenn was ein Loch hat oder weich genug ist, dass man eins reinschneiden kann, dann gibt es auch jemand, der es fickt.«

Motormouth teilte diese romantische Sicht nicht ganz. »Ruby ist nicht so«, sagte er mürrisch.

Hardin hörte sich Motormouths ununterbrochene monotone Ausführungen an, solange der genügend Geld zum Ausgeben hatte, doch wenn Motormouth sein letztes Bier übertrieben langsam trank und in den Händen warm werden ließ, wusste er, dass Motormouth pleite war, wurde unruhig und wollte, dass er ging und anderen mit seinen traurigen Geschichten ein Ohr abkaute. »Ich sag dir, wie es ist, Hodges«, meinte er. »Es ist eine der Grundwahrheiten des Lebens, die du beherzigen solltest. Wenn man es mit Schweinen zu tun bekommt, hat man zwei Möglichkeiten. Man suhlt sich mit ihnen im Dreck, oder man hält sich von ihnen fern. Beides zugleich geht nicht.«

Motormouth stand betrunken auf, die Colakiste kippte hinter ihm gegen die Hauswand. »Ich bin nicht hergekommen, um mich verarschen zu lassen«, sagte er, strich sich mit einer großen, sommersprossigen Hand durch das Haar und setzte eine Miene gekränkter Würde auf. »Außerdem ist Ruby kein Schwein.«

Einen Moment sah es so aus, als wollte er sich wieder setzen, doch dann überlegte er es sich anders und schlurfte zur Hausecke. Nach einer Weile hörten sie den Chrysler hustend anspringen.

»Hodges ist nicht gerade eine große Leuchte«, sagte Wymer zu Hardin. »Aber mit dieser Blalock-Sache hat er sich echt selbst übertroffen. Cecil Blalock wollte die Schnalle vögeln, die Motormouth geheiratet hatte, also schickte er seinen Bruder Clyde rüber, der mit Motormouth auf Waschbärenjagd ging. Eine Weile ham sie Waschbären gejagt, dass es nur so kracht. Motormouth hat immer damit angegeben, er fand, dass es keinen Zweiten wie Clyde Blalock gab. Clyde und ich dies, Clyde und ich das. Was für tolle Waschbärhunde Clyde hatte. Und die ganze Zeit fickt Cecil sie in Motormouths Bett, und hinterher reißen er und Clyde Witze drüber.«

»Scheint ganz so, als würden ihm ein paar Tassen im Schrank fehlen«, sagte Hardin.

»Mann, der hat sie sogar in seiner alten Karre durch die Gegend gefahren. Er und Clyde vorne, sie und Cecil auf dem Rücksitz.«

»Er hört sich an, als hielte er große Stücke auf sie.«

»Ja, kann sein. Aber er ist selbst schuld. Er ist einfach zu dumm.«

Hardin blieb noch eine Weile schweigend sitzen und hörte Wymer zu. Hardin lebte in einer Welt, die er Tag für Tag manipulierte, man konnte nie wissen, wann sich eine Information als nützlich erweisen würde. Das Leben war ein Puzzle, das jemand am Tag von Hardins Geburt auseinandergetreten hatte, und er selbst setzte die Teile jetzt immer noch Stück für Stück zusammen und hielt jedes einzelne hierhin und dorthin, um zu sehen, wo es passte. Er hörte zu und schnitzte, während Wymer redete und redete und die abendlichen Schatten immer länger wurden.

Sie war seit über vierzig Jahren fort, und Oliver hätte gedacht, dass man sie längst vergessen hätte. Wo immer sie sein mochte, sie war alt, vielleicht schon tot, aber er erinnerte sich nicht so an sie, denn auf eine seltsame Weise hatte sie dem Wirken der Zeit getrotzt. Da, wo sie in der Zeit wartete, sah sie immer noch aus wie an jenem längst vergangenen Morgen, als sie ohne einen Blick zurückgegangen war, ohne auch nur die Tür zu schließen, erhobenen Hauptes über die Veranda und weiter zur Straße.

Er dachte selten an sie, nur im Herbst, hätte aber nicht sagen können, warum. Wie der Himmel aussah oder die Bäume rochen, das beschwor die vergangenen Zeiten herauf. Der bewaldete Hügel, den er und Winer erklommen, wurde zum Tor durch die Zeit und hätte derselbe Hügel wie vor vierzig Jahren sein können.

Natürlich würde ich heute nichts anders machen, wenn ich könnte, dachte er hastig. Außer vielleicht das mit Willie, und vielleicht würde das ja den ganzen Rest ändern, denn schließlich war das die Ursache von allem. Aber nicht mal heute würde ich sie anflehen zu bleiben. Ich hab mein Lebtag noch nie einen Mann oder eine Frau um was angebettelt. Wenn es was nützen würde, würde ich es für den Jungen machen.

»Verschnaufen wir eine Weile«, sagte er laut. »Ich kann nicht mehr so wie früher auf diesen Hügeln herumkraxeln.«

Winer blieb stehen und setzte sich auf einen Baumstumpf.

»Wir finden sowieso keinen Ginseng in dieser Mulde«, sagte William Tell Oliver. »Die verdammten Holzlaster und Sägen haben sie ruiniert. Ich dachte, die fällen immer weiter, bis jeder Baum, der dicker als ein Besenstiel ist, zur Papierfabrik geschafft worden ist.«

»Ich nehme an, die Gegend hier ist jetzt ganz anders als in Ihrer Kindheit.«

»O Gott, ja. Weißt du, man hört andauernd viel von Wachstum und so, aber ich hab da meine Zweifel. Meiner Meinung nach geht es immer weiter bergab. Damals haben dreieinhalbtausend Leute in Riverside gelebt, und heute gibt es nur noch einen Lebensmittelladen hier. Und die alten, stillgelegten Hochöfen. Die Gleise haben bis Centerville geführt und die Züge jeden Tag Roheisen abtransportiert. Junge, das war ein Sündenpfuhl. Samstag abends war Riverside erleuchtet wie ein Weihnachtsbaum.

Und Napier erlebte damals auch eine Blüte, die haben da drüben Eisenerz abgebaut. Ich hab selbst eine Weile dort gearbeitet. Ich und dieser andere Bursche, wir haben zwanzig Kilo schwere Hämmer geschwungen. Das Roherz kam einen großen Kanal runter, wo der Dreck mit Wasser ausgespült wurde. Die hatten alles direkt da aufgebaut, wo es aus dem Fluss kam, Pumpen oder so was gab es damals nicht. Die großen Erzbrocken kamen aus dem Kanal gekullert, und wir mussten sie zerkleinern. Er hat zugeschlagen, dann ich. Den ganzen Tag. Hundsgemein schwer. Zwanzig-Kilo-Hämmer. Ich bezweifle, dass ich heute überhaupt noch einen hochheben könnte.«

»Ich wette, es war damals verdammt hart.«

»Na ja. Es war hart, aber erträglich. Die Leute in Riverside waren raue Burschen, aber nicht gemein. Allerdings kam es schon hin und wieder zu einer Messerstecherei, wenn sie getrunken hatten. Eins kann ich dir jedenfalls sagen, ich würde davon lieber eine ganze Woche ertragen als dreißig Minuten an einem Samstagabend bei Hardin. Damals gab es eine Unmenge Tanzveranstaltungen. Viel konnte man sonst auch nicht anstellen. Natürlich waren nicht genügend Frauen da, aber alle haben getrunken und sich die Musik angehört.«

In der Nacht, als er sie kennenlernte, spielte eine Fiedel: You ought to see my Cindy, she lives away down south ...

Sie kamen in einer milden Samstagnacht Arm in Arm aus dem Tanzlokal, und die hiesigen Jungs hatten sein Maultier gestohlen. Es war auf dem Schulhof an einen Baum gebunden gewesen, aber längst fort. Er brachte Cindy nach Hause und gab ihr einen Kuss. Auf dem Heimweg von Riverside (zwölf Meilen, und bis auf den heutigen Tag konnte er sich nicht erinnern, dass er durch Rockhouse gekommen wäre oder den Fluss überquert hätte, obwohl das der einzige Weg war – als wäre er geschwebt oder in Trance gewesen) warf jemand einen Eisenbahnbolzen nach ihm, der kreisend an seinem Kopf vorbeisauste. An das tückische Surren in der Luft erinnerte er sich heute noch. Er wirbelte herum, aber es war niemand da.

»Es heißt, die Leute aus Napier sollen ziemlich gemein gewesen sein.«

»Was? O ja, das mag schon sein. Was Gemeinheit angeht, konnte Riverside Napier nicht das Wasser reichen. Es gab ein paar Weißhauben da drüben, die haben versucht, sämtliche Geschäfte der Leute zu kontrollieren. Haben Leute verschleppt und zusammengeschlagen, solche Sachen. In Wahrheit sieht es aber so aus, dass sich die Leute nicht wesentlich ändern. Man selbst kann nur versuchen, sich, so gut es geht, aus allem rauszuhalten. Man ist nur sich selbst gegenüber Rechenschaft schuldig. Manchmal scheint es, dass sich die Leute wirklich ein bisschen gebessert haben, und dann kommt ein Drecksack wie Hardin daher, und alles geht wieder mit dem Spülwasser den Rinnstein runter. Darüber kann man sich natürlich keine

Gedanken machen. Das sollte man den Pfarrern überlassen, die werden dafür bezahlt.«

Winer schwieg eine Weile. Hinter dem bewaldeten Horizont loderte der Westen purpurfarben. Ziegenmelker riefen einander von Baum zu Baum etwas zu. Mit zunehmender Dämmerung bekam der ganze Wald etwas Zwielichtiges, als wäre nichts so, wie es schien.

»Stört es Sie nicht, so ganz allein zu leben?«, fragte er den alten Mann schließlich.

»Macht mir eigentlich nichts mehr aus. Früher schon. Natürlich läuft es nicht immer so, wie man es gern hätte, manchmal muss man eben alle fünfe grade sein lassen. Warum?«

»Weiß nicht. Ich musste gerade an Motormouth Hodges denken. Er und seine Frau haben sich getrennt, und seine Frau ist zu 'nem anderen gezogen. Seither benimmt er sich, als wäre er nicht mehr bei Sinnen. Versucht andauernd, sie zurückzubekommen.«

»Er sollte es gut sein lassen, aber mir steht es nicht zu, anderen Ratschläge zu erteilen. Und ein Mann kann weiß Gott nicht immer tun, was er sollte. Ich hab mich daran gewöhnt, dass ich allein lebe. Wenn man es recht bedenkt, ist der Mensch sowieso immer allein. Wenn es Spitz auf Knopf kommt, hat man nur sich selbst.«

»Fort? Fort wohin?« Er kam von seiner dritten Schicht, und sie hatte die Koffer schon gepackt. Und er war eine Stunde früher als sonst; wäre der Hochofen nicht ausgefallen, wäre sie längst über alle Berge gewesen. »Das kommt aber ziemlich plötzlich«, sagte er. »Und es dürfte ziemlich anstrengend sein, die vier Meilen bis zur Stadt zu Fuß zu gehen.«

»Ist mir egal. Ich gehe, und du kannst mich nicht aufhalten.«

»Und wie ich kann.« Sie stand vor dem Bett, er stieß sie behut-

sam rückwärts, presste sanft sein Gewicht auf sie, hielt ihr Gesicht. Er küsste sie, doch ihr Gesicht blieb tot, sie lag vollkommen reglos da, sah ihn nicht an, starrte zur Decke, er existierte nicht mehr für sie. Er legte ihr die Hand auf den Hals: Zu der Zeit bestückte er die Hochöfen von Napier, schaufelte dreimal die Stunde Eisenerz hinein, seine Arme waren dick und muskulös. Er hatte sie nie geschlagen, aber einen Moment machte ihn die Erkenntnis seiner eigenen Stärke schwindelig. Er hätte ihr das Genick brechen, ihr mit den Händen den Hals zudrücken können, aber er bekam nicht, was er wollte, und konnte sie nicht überreden, anders zu handeln, als sie sich längst in den Kopf gesetzt hatte.

»Es ist wegen diesem Dreckskerl in Jack's Branch, nicht?«

»Jack's Branch oder China, das kann dir egal sein. Ich gehe.«

Eine Woche verging, bis Rayner vorbeikam.

»Rasbury hat mit Clyde geredet und weiß, dass du nicht krank bist. Ich soll dir sagen, dass er dir den Job noch vierundzwanzig Stunden frei hält, und das war's. Dann stellt er jemand anderen ein.«

»Sag Rasbury, er soll ihn frei halten oder anderweitig vergeben oder tun und lassen, was er will.«

»Oliver, was ist denn bloß los mit dir? Du siehst aus wie der leibhaftige Tod und das Haus hier wie ein Schweinestall. Was machst du denn?«

»Wonach sieht's denn aus?«

»Es sieht aus, als wolltest du dich in der Whiskeyflasche ertränken. Und mir kommt es so vor, als würde dir das ziemlich gut gelingen.«

»Ich habe ein langes Leben hinter mir«, sagte Oliver. »Ich habe zwölf Stunden gearbeitet, und dann bin ich nach Hause und habe im Licht einer Laterne das Vieh gefüttert. Gekocht, gegessen, mich aufs Ohr gehauen und am Morgen früh raus zur Feldarbeit. Nachts zurück zu den Hochöfen. Wenn man so beschäftigt ist, bleibt einem nicht viel Zeit für Selbstmitleid.« Er sah nach Westen, erhob sich mit steifen Gliedern. Das letzte Sonnenlicht war erloschen, die Nacht rückte näher wie anschwellendes Wasser. »Wir sind länger geblieben, als ich wollte. Wenn wir nicht aus dem Wald rauskommen, bevor es ganz finster wird, sind wir morgen früh noch hier.«

Nachts verplemperte Motormouth seine Zeit wie das fusselige Kleingeld, das er aus den Taschen seiner Jeans zusammenkratzte. Er trank im Snow White Cafe oder bei Hardin. Im Snow White schenkte ihm eine schlitzäugige Hure mit schwarzem Haarschopf ein zaghaftes Lächeln, das er mit in die kühle Nacht hinaustrug, wo sein einziger Trost das langsame Knirschen der Reifen des Chryslers auf der Schotterstraße war, sein einziges Absolutum die mondhelle Straße, die ihm entgegenkam wie ein glänzendes Kabel, das schwindelerregend von einer Trommel abgespult wurde.

Dann raus aus der Stadt, wo die letzten Laternen Wachtposten glichen, die das Ende der Zivilisation markierten, die Dunkelheit dahinter eine Welt im Fluss, die keiner beanspruchte, Provinzen ohne Herrscher. Eine wohlfeile Welt, wo ein Mann mit einem Blick für Gelegenheiten es zu etwas bringen konnte. Hierher fuhr er, wo das Licht hellen Pfützen glich und dem glatten Asphalt das Aussehen von dunklem Glas verlieh, wo die Spiegelungen der Scheinwerfer ihm folgten wie etwas Bedrohliches, das dicht unter der Erdoberfläche mit ihm Schritt hielt, Auto und Antiauto, die die Stadtgrenze passierten und fort waren, möglicherweise auf der Suche nach einer täuschend ungefährlichen Kurve, wo Materie und Antimaterie in einer kurzen, aber fatalen Explosion miteinander kollidierten, dann ein Schauer von Glassplittern, kippende Scheinwerfer, die malerische, weißen Knochen gleiche Birken anstrahlten, das knirschende Scheppern verbeulten Metalls, himmlischer Friede.

Denn es gab Nächte, da suchte Motormouth den Tod wie einen Bruder, machte ihm den Hof wie einer lange verlorenen Liebsten, während ein bitterer und namenloser Kummer ihm wie ein Stein auf der Brust lag. Wenn ich es mit fünfundsiebzig schaffe, schaffe ich es dann auch mit achtzig?, fragte er sich, die Rätsel der Physik im Blick, von einer klinischen Kälte erfüllt. Hände fest am Lenkrad, das Einmachglas zwischen den Schenkeln eingeklemmt, die Worte der Moderatoren ein zusammenhangloser und derangierter Kommentar zum Ansturm der Nacht, die ihm immer schneller und schneller entgegenraste, ein dunkles Fresko mit Bäumen und Briefkästen und namenlosen Mietshäusern. In dem Moment, wo er sicher war, dass er alles unter Kontrolle hatte, überkam ihn ein beinahe orgiastisches Hochgefühl, er bremste, hob das Einmachglas und prostete den Schicksalsgöttinnen zu, die ihn begleitet und abermals verschont hatten, eine perverse und auf angenehme Weise erotische Freude.

Und immer weiter der Nase nach. Vorbei an schlafenden Häusern, hinter deren Wänden Schlafende Träume sponnen, die er nie erfahren, geschweige denn teilen würde. Tausende Leben, wie Fäden zu einem Gobelin ohne Muster gewoben, und wenn er hier auf dem Highway starb, würde das kein Jota am Gesamtbild ändern. Die Welt bestand aus verschlossenen Türen, Betreten-verboten-Schildern, Wachhunden. Er fuhr unbemerkt hindurch, und weg war er.

Vielleicht raus zu Hardin, dachte er und tastete nach dem dünnen Bündel Banknoten, dem Klumpen fettigen Kleingelds. Wer wusste, was ihn dort erwarten würde? Eine blonde Hure aus Memphis vielleicht, die ihn unter mascaragefärbten Wimpern ansah. Du verschwendest dein Leben in diesem Kuhkaff, Daddy, würde sie zu ihm sagen. Komm mit mir.

Als er um eine Kurve der Straße nach Mormon Springs raste, sah er sie ganz kurz im Licht der Scheinwerfer, erstarrt wie erschrockenes Wild, den alten Mann und Winer, die aus einer Sumachhecke auf die Straße traten und einen Sekundenbruchteil zögernd stehen blieben, als könnten sie sich nicht entscheiden, ob sie fliehen oder abwarten und das Risiko eingehen sollten, bremst er oder nicht? Ein Wahnsinniger, der in einem tausend Kilo schweren Geschoss auf sie zugerast kam. Motormouth bremste mit blockierenden Reifen und schlitterte seitwärts auf sie zu.

»Großer Gott«, sagte der alte Mann. Er sprang rückwärts, als das Auto vorbeischoss, fuchtelte mit dem Stock, als könnte er es verscheuchen wie ein Tier, traf die vordere Stoßstange, der Stock flog davon in die Nacht. Oliver rappelte sich fluchend aus Dornenranken und Kies auf und sah im Schein der Bremslichter rot und diabolisch aus. Die Rücklichter des Chrysler gingen an, dann setzte das Auto trunken schlingernd in ihre Richtung zurück.

»Er hat gesehen, dass er uns verfehlt hat«, sagte der alte Mann. »Vermutlich will er's noch mal probieren.«

»Das ist nur Motormouth Hodges.«

»Ich weiß, wer das ist«, antwortete der alte Mann gereizt. »Was meinst du, warum ich mich in die Büsche geworfen habe?«

Motormouth hatte ein Fenster runtergekurbelt und spähte kurzsichtig in die Nacht. Der Chrysler schnurrte kehlig im Leerlauf. Hinter dem dunklen Horizont waren die ersten Sterne aufgegangen und erstreckten sich als fahles Band nach Osten. »Wollt ihr mitfahren?«

Oliver schwieg eine ganze Weile. »Wohl kaum«, sagte er schließlich.

»Was treibt ihr eigentlich hier draußen?«

»Ginseng suchen«, sagte Winer.

»Scheint ja echt dringend zu sein«, sagte Motormouth kichernd. Er zündete sich eine Zigarette an; das aufflackernde Streichholz verlieh seinem Gesicht ein gelbliches, wölfisches Aussehen. »Hab noch nie gehört, dass man sich bei Nacht an den ranschleichen muss«, sagte er.

»Wir haben uns auf dem Buttermilk Ridge verlaufen. Die Holzfäller haben dem Wald so zugesetzt, dass man leicht eine falsche Abzweigung nehmen kann.«

»Ich hab selber schon genug falsche Abzweigungen genommen«, sagte Motormouth. »Steigt ein. Ich hab nicht die ganze Nacht Zeit.«

»Ich aber«, sagte Oliver. »Und hoffentlich noch zwei oder drei mehr. Nicht mal für ’nen druckfrischen Hundertdollarschein würde ich meinen knochigen Arsch auf diese Sitzpolster pflanzen.«

»Lüpf deinen halben Hintern hier rein, Winer. Ich muss dir das eine oder andere zeigen.«

»Heute Nacht nicht, Motormouth. Wir sind seit dem Morgengrauen hier draußen und suchen nach Ginseng. Wir versuchen zu kriegen, was wir können, bevor wir Frost bekommen.«

»Genau das mach ich auch. Ich versuch zu kriegen, was ich kann, bevor wir Frost bekommen. Steig ein, und ich fahr dich nach Hause. Glaubst du, ich würd dich da nicht aussteigen lassen, oder was?«

Winer grinste. »Ich bin nicht mal sicher, ob wir ankommen würden.« Er strich mit den Fingern die langen Striemen an den Schutzblechen des Chrysler nach, schnurgerade Linien, wie Klauenspuren, als wäre das Auto mit knapper Not einer grässlichen Bestie entkommen. Linien wie Narben an den Handgelenken eines Selbstmordkandidaten. »Sieht so aus, als hättest du schon ein oder zwei Begegnungen mit dem Straßengraben gehabt.«

Motormouth legte den Gang ein, der Motor schnurrte lauter. »Na ja, die bauen die Straßen eben nie exakt da, wo ich fahren will«, sagte er. »Wenn ihr alten Schisser nicht mitfahren wollt, dann lauft ihr eben. Ich hab zu tun. Man sieht sich.« Er nahm den Fuß von der Bremse und fuhr in einem mittleren Wirbelsturm von Staub und Steinen, den die Reifen aufwirbelten, davon.

Der alte Mann sah zu, wie die Heckleuchten verschwanden. »Man nehme ein kleines Irrenhaus, schraube Räder an jede Ecke, schubse es die Straße entlang an, und schon hat man so etwas wie das«, sagte er.

Mehrere Jahre zuvor kam William Tell Oliver eines Morgens aus seinem Schweinepferch und entdeckte ein seltsames Phänomen. Damals hielt er ein paar Sauen und einen Eber, und der Anblick, der sich ihm bot, überraschte ihn so sehr, dass er den Eimer Futter abstellte, den er trug, sich an den Zaun lehnte, ohne auf das entrüstete Quieken der Schweine zu achten, und einfach nur über den Hof sah.

Da waren zwei Löcher, fast Krater, Ovale mit einem Durchmesser von anderthalb bis knapp zwei Metern und einer Tiefe von fast sechzig Zentimetern. Nach einer Weile kletterte der alte Mann über den Zaun, ging zwischen den Schweinen hindurch, die sich um ihn drängten, untersuchte die Löcher eingehender und rechnete dabei mit Gott weiß was. Für ihn kamen sie einem Wunder gleich. Er ging inmitten der Abfälle des Pferchs in die Hocke und sah sich um. Dung und fruchtbare, schwarze Erde an den Rändern, doch die Vertiefungen waren glatt. Er ließ die Blicke eingehend über den Grund der Mulden schweifen, als suchte er nach den Überresten eines geschmolzenen Sterns, nach dünnen, hellen Schichten himmlischer Materie. Zufällig oder absichtlich hierher geschleudert.

Er fand nichts. Nur die dunkle Erde unter den Dungschichten und etwas, das er für Spatenspuren hielt. »Verdammt«, sagte er bei sich. Mit dem Gehstock teilte er das dichte Unkraut am Zaun und suchte nach Zeichen. Er hatte keine Ahnung, was für Funde er erwartete. Alte Gebeine aus den merkwürdigen Gräbern, frische Leichen, die dafür vorgesehen waren. Doch er fand nur das heiße Ferment des Unkrauts und eine Mokassinschlange, die glatt und glänzend nach dunklerem Schatten suchte. Er ließ seinen Gedanken freien Lauf. Was gab es zu stehlen? Er zählte die Schweine drei Mal, und drei Mal stimmte die Zahl. »Was gibt es in einem Schweinepferch«, fragte er sich, »abgesehen von Schweinen und Schweinescheiße? Ein Mistdieb?« Er suchte nach Reifenspuren, obwohl er nicht damit rechnete, welche zu finden, denn es führte keine Straße durch das Unkraut, und er konnte sich nicht vorstellen, dass jemand so scharf auf Schweinemist sein könnte, dass er ihn im Schutz der Dunkelheit stahl und auf dem Rücken abtransportierte.

Dies war ein Rätsel, und Rätsel mochte er nicht: Als alter Mann, der Chaos und Unordnung jenseits des Vorhangs kreisender Dunkelheit wähnte, sehnte er sich für den Rest seines Lebens nach Ordnung und Symmetrie, nach einer ausgeglichenen Skala.

Er fütterte und tränkte die Schweine und kehrte ins Haus zurück. Als er seine Arbeiten beendet hatte, saß er eine Zeit lang mit geschlossenen Augen und den Füßen auf einer Colakiste im Schatten eines Birnbaums und lauschte dem Summen der Bienen, die sich über die reifen abgefallenen Früchte hermachten. Ehe der Tag zu Ende war, ging er noch einmal zu dem Pferch und grübelte erneut über die Löcher nach. Freilich erfuhr er nichts, das er nicht schon wusste.

Am Morgen entdeckte er drei neue Löcher, etwas flacher, aber über ein größeres Areal verstreut, als hätte jemand willkürlich nach etwas gegraben. »Verdammt«, sagte er wieder. Er betrachtete die geplünderte Erde und argwöhnte möglicherweise eine magnetische Anomalie, die Meteore und Asteroiden aus dem staubigen Himmelsband herabzog, in dem sie ihre Bahnen zogen. Er sah nach oben und suchte einen kosmischen Spiegel, dessen Reflektionen auf wundersame Weise Chaos in der Ordnung anrichteten und perverses Unrecht zu Recht machten, doch er blickte nur in blaue Leere, an formlosen Wolkenfetzen vorbei, die vor der Sonne nach Westen flohen. Er hörte die morgendlichen Geräusche, die ihn mit ihrer Vertrautheit verspotteten. Er hörte heißes Blech knacksen, Scheunenbalken in der Hitze knarren. Das verstohlene Rascheln einer Eidechse. Ein dünner Schweißfilm überzog seine Schultern und durchnässte das gemusterte Baumwollhemd.

Er zählte die Schweine erneut, obwohl er nicht davon ausging, dass eines fehlen würde. Sie waren alle da, worauf er zu seiner Überraschung enttäuscht reagierte, als wäre er bereit gewesen, ein Schwein für eine Erklärung zu opfern. Einen Schweinedieb hätte er verstanden, Diebstahl wäre ein Grund gewesen, hätte einen Sinn ergeben. Diese Löcher, die seinen Schweinepferch überzogen, ergaben keinen Sinn. Nach einer

Weile holte er eine Mistgabel und kratzte die Erde halbherzig wieder in die Löcher.

Am Nachmittag hielt er ein langes Nickerchen, kurz bevor es dunkel wurde, machte er sich dann eine große Tasse Kaffee und ging damit in die Scheune. Er besaß eine alte Browning-Flinte, und auch die trug er bei sich. Auf dem Heuschober ordnete er Heuballen zu einem bequemen Sitz, nahm vor Blicken verborgen Platz und wartete ab, was passieren würde.

Lange Zeit geschah gar nichts. Es wurde dunkler, Schatten beanspruchte die Welt für sich. Er saß inmitten von zirpenden Insekten und Ziegenmelkern mit ihren zeitlosen Rufen. Ihre Laute hatten etwas Ewiges, bitter und tröstlich zugleich. Er hatte sie als Knabe gehört, als junger Mann, sie klangen heute wie damals. In dieser seltsam verwandelten Stille schien es ihm sogar möglich, als könnte er seine Frau die Küchentür öffnen und seinen Namen rufen hören, seinen Sohn sehen, der ihm auf dem Weg zum Bach folgte, eine zierliche, für immer in der Zeit gefangene Gestalt. Er trank bitteren Kaffee aus der Tasse, wischte sich den Mund am Ärmel ab, konzentrierte sich verbissen wieder auf den Hof unter sich. Dort herrschte völlige Dunkelheit, doch nach einer Stunde ging der Mond über den Bäumen im Osten auf, das fahle Licht kroch über das Antlitz des Landes, Baum und Zaun und Stein wirkten aufgeladen mit Bedeutung, wie Bilder in einem Traum.

Der Mond stand jetzt höher am Himmel, und er schätzte, dass es zehn Uhr oder später sein musste, bis er endlich sah, wie sich etwas regte. Als der Junge kam, schlich er sich verstohlen vom Bachlauf heran, stahl sich durch die Reihen der Gummi- und Dattelpflaumenbäume und blickte sich so misstrauisch wie ein grasender Hirsch um. Er schien zufrieden, denn er kam aus dem Gebüsch und näherte sich mit einem Jutesack und einer Schaufel, deren Stiel länger war als er selbst, dem Zaun. Es war der junge Hodges. Also der ist doch nicht älter als neun oder zehn, dachte Oliver. Der Junge warf den Sack hinüber, lehnte die Schaufel an den Zaun und kletterte selbst auf die andere Seite. Er nahm die Schaufel, suchte sich eine frische Ecke des Pferchs aus und machte sich sofort an die Arbeit. Als hätte er eine Stechuhr gedrückt und unverzüglich losgelegt, dachte der alte Mann verblüfft. Der Junge grub eine Weile, dann nahm er eine Taschenlampe aus der Hosentasche, kniete in dem verstreuten Dung, den er aus dem Loch geschaufelt hatte, und durchwühlte ihn gründlich mit den Händen. Wie er so auf dem Boden kniete, hob er den Kopf zum Mond, Richtung Westen, stand auf und schaufelte weiter.

Der alte Mann war ratlos. Einen Moment dachte er an Hodges' Großvater, der auf dem Land der Mormonen nach Geld grub, vielleicht hatte eine Laune der Genetik das in die dritte Generation einkodiert, eine mittlerweile so degenerierte Eigenschaft, dass nur noch der Zwang übrig geblieben war, willkürlich in der Hoffnung zu graben, jemand könnte tatsächlich etwas Wertvolles versteckt haben.

Oliver erhob sich, so lautlos er konnte; als seine Knie knackten, blieb er reglos stehen, bis er sicher war, dass der Junge es nicht gehört hatte. Dann schlich er vorsichtig zur Leiter und stieg hinunter. Als er den mondhellen Schweinepferch erreichte, war Hodges immer noch am Graben. Oliver näherte sich ihm von hinten bis auf kürzeste Distanz. »Hallo«, sagte er. Der Junge ließ die Schaufel fallen, als hätte er einen elektrischen Schlag bekommen, und sprang zehn oder fünfzehn Zentimeter in die Luft. Als er mit den Füßen wieder den Boden berührte, strampelte er schon, als würde er ein unsichtbares Fahrrad fahren, und war in null Komma nichts beim Zaun. Oliver bekam ihn zu fassen, als er gerade über die oberste Latte klettern wollte, hob den zappelnden, fluchenden und um sich tretenden Jungen hoch und stellte ihn wieder auf den Boden.

»Lassen Sie mich in Ruhe«, schrie Hodges.

»Sachte, junger Mann. Ganz ruhig. Niemand will dir was tun. Ich will nur wissen, was du hier treibst.«

Hodges versuchte, den Arm zu befreien. »Das geht Sie gar nichts an. Und jetzt lassen Sie mich in Ruhe.«

»Du bist der junge Hodges, nicht?«

»Was kümmert Sie das?«

»Also Hodges rufen sie dich sicher nicht. Wie heißt du mit Vornamen?«

»Klar, das hätten Sie gern. Ich soll Ihnen meinen Namen sagen, dass Sie sofort damit zum Sheriff laufen können.«

»Mann, Junge, ich brauch keinen Namen. Ich hab dich leibhaftig hier am Schlafittchen. Ich hab nur gefragt, weil ich höflich sein wollte.«

»Mein Name ist Clifford.«

»Gut. Das ist schon besser. Und nur, damit du's weißt, ich gehöre nicht zu denen, die wegen jeder Kleinigkeit gleich zum Sheriff laufen. Wenn ich dich jetzt loslasse, kannst du dann dem Wunsch widerstehen, gleich über diesen Zaun zu klettern?«

»Ich hab nichts getan.«

»Für einen, der nur einen nächtlichen Spaziergang macht, benimmst du dich ziemlich heimlichtuerisch. Und wegen der Mokassinschlangen scheinst du keine Bedenken zu haben.« Oliver ließ den Jungen los. »Also, was gibt es in meinem Schweinepferch, das du nicht anderswo ausgraben kannst?«

»Das wüssten Sie wohl gern, was?«

Oliver wollte schon die ganze Zeit rauchen, hatte aber Angst gehabt, er könnte den Heuschober in Brand setzen. Jetzt stopfte er die Pfeife, riss ein Streichholz am Daumennagel an und hielt es an den Tabak. Als er weitersprach, machte der Rauch seine Stimme sanfter. »Wonach hast du gegraben?«

»Das geht Sie gar nichts an.«

»Hm. Es ist deine Schaufel. Aber es ist mein Grundstück, und meine Schweine stehen hier rum, können nicht schlafen und sehen zu, wie du hier gräbst, als wärst du nicht bei Verstand. Buddelst du einfach nur gern, oder fasziniert dich etwas an meinem Schweinepferch ganz besonders?«

Der Junge dachte offenbar nach; seine Miene hatte etwas Verschlagenes, eine unverhohlene Arglist. Oliver sah Gedanken über das kleine, sommersprossige Gesicht huschen. Die Hälfte ist besser als gar nichts, sagte dieses Gesicht. Oliver grinste. Der Junge überlegte sich bereits einen Plan, wie er ihn um die Hälfte von etwas betrügen konnte, obwohl Oliver noch nicht die geringste Ahnung hatte, was das überhaupt sein mochte.

»Tja. Ich schätze, wir könnten teilen.«

»Spricht nichts dagegen.«

Der Junge ging vor ihm in die Hocke. Im Mondschein wirkten sie zwergenhaft zwischen den dunklen Schatten der Bäume ringsum. Ein warmer Wind, der nach überreifem Sommer duftete, wehte aus der Schlucht über sie hinweg. Schwache Ablüfte mit dem Aroma überreicher Fülle, reife Birnen und der Moschusgeruch von Geißblatt. Eine Eule rief einsam aus einem des Dunkels beraubtem Unterschlupf.

»Gut. Es sind Schweine.«

»Schweine?«, fragte der alte Mann fassungslos.

»Ja, verdammt. Man sollte meinen, jemand in Ihrem Alter wäre da inzwischen selber draufgekommen.«

»Junge, das versteh ich nicht. Worauf gekommen?«

»Die Schweine auszugraben.«

Oliver kam sich vor, als würde er an einer surrealistischen Konversation teilnehmen, bei der die Antworten rein gar nichts mit den Fragen zu tun hatten, als wären die Dialogzeilen zerlegt und willkürlich gemischt worden. »Gütiger Heiland. Hast du das nachts hier getrieben? Und die Säcke …«

Hodges nickte. »Damit ich sie heimtragen kann«, sagte er.

»Großer Gott, Junge. Man gräbt Schweine doch nicht aus der Erde aus wie Kartoffeln oder so.«

»Sie wollen sie nur für sich alleine haben«, antwortete der Junge verschmitzt.

»Wer hat dir denn erzählt, dass man Schweine ausgräbt?«

»Meine Ma, und ich seh keinen Grund, warum sie mich anlügen sollte.«

»Verstehe«, sagte Oliver.

»Ich hab sie gefragt, woher die kleinen Schweine kommen, da hat sie gesagt, die alte Sau gräbt sie im Schweinepferch aus.«

»Und weil ihr keinen Schweinepferch habt …«

Er rauchte nachdenklich und schweigend seine Pfeife und hörte den Gesang der Nachtvögel und irgendwo weit entfernt und einsam die Sirene eines Zuges. »Und wie hast du dir das vorgestellt, wolltest du die Sau einfach außen vor lassen? Sie irgendwie umgehen? Die Ferkel schlichtweg vor ihr ausgraben und verkaufen?«

»Klar. Ein Mensch ist schließlich klüger als ’n Schwein, oder?«

»Darüber wollen wir nicht streiten«, sagte Oliver. »Wenn uns jemand zuhört, wäre er sich da vielleicht nicht mehr so sicher.«

Er betrachtete den Jungen. Diesen schmächtigen Schweinestrolch, bekennenden und reulosen Dieb ungeborener Ferkel. Mit seinen leeren Jutesäcken und einer Zukunft in der Schweinezucht im Sinn. Oliver sah wenig Liebenswertes. Er erlebte einen hellseherischen Moment, einen von Resignation getönten Blick in die Zukunft. Er wusste, Clifford Hodges würde immer durch die Nacht schleichen und anderer Leute Schweine ausgraben. Er würde immer auf entfernte Möglichkeiten setzen oder eine Abkürzung nehmen und die Schwachstellen im Spiel anderer ergründen. Und er würde niemals ein eigenes Spiel spielen. Wenn er erwachsen wurde, würde er erschossen werden oder einen anderen bei einem krummen Ding erschießen, das aus dem Ruder lief. Er und eine halb wahnsinnige Kohorte würden einander betroffen über den Leichnam eines Lebensmittelhändlers oder Tankwarts hinweg ansehen. Wenn er das Spiel gewann, würde er in der Haftanstalt Brushy Mountain enden, wenn er es verlor, auf dem Friedhof. Oliver empfand Mitleid für ihn, dachte traurig an alles, das bisher geschehen war und in Zukunft noch geschehen mochte. Er wünschte sich, er brächte ermutigende Worte heraus, die etwas ändern könnten, doch er fand keine. Und sein eigenes Leben ließ sich nicht eben als gutes Beispiel anführen.

»Also, was ist jetzt?«

»Was ist womit?«

»Mit den Schweinen. Teilen wir wie besprochen, oder graben Sie sie allein aus, wenn ich weg bin, und behalten sie für sich?«

»Junge, man kann Schweine nicht ausgraben.«

»Sie haben doch welche.«

»Gottverdammt. Junge, da kommen die Ferkel nicht her. Das hab ich dir erklärt.«

»Sagen Sie.«

»Es gibt genügend Beweise.«

»Und wo kriegt die Muttersau sie dann her?«

Oliver atmete tief durch. »Na gut«, sagte er. »Die wachsen in der Sau heran. Und wenn sie groß genug sind, wenn sie fertig sind, kommen sie raus.«

»Kommen sie raus«, wiederholte der Junge. Er schüttelte den Kopf und sah Oliver fassungslos an. »Alle sagen, dass Sie verrückt sind, und bei Gott, das stimmt«, sagte er. »Sie sind völlig verrückt. Ich hab in meinem ganzen Leben noch nie so 'n Mist gehört.«

»Gib mir nicht die Schuld«, sagte der alte Mann. »Ich hab das ja nicht so eingerichtet. Es ist schon immer so gewesen.«

»Das sag ich Ma«, meinte Hodges. Er richtete sich auf, nahm Jutesack und Schaufel, warf sie über den Zaun und kletterte selbst rüber. »Behalten Sie die verdammten Schweine«, sagte er. »Dass Sie habgierig sind, stört mich nicht, aber dass Sie mich zum Narren halten, schon.«

Oliver grinste in sich hinein. »Pass auf die Schlangen auf«, rief er. Nach einer Weile hörte er Hodges die Böschung hinunterkrabbeln, ein kleiner, heller, wütender Faden im pastoralen Gobelin nächtlicher Geräusche. Er blieb noch eine Zeit lang reglos und lauschend auf dem Hof stehen, dann richtete er sich auf und ging ins Haus zurück.

Die Pferde waren drei Wochen verschwunden, bis Cecil Blalock erfuhr, wo sie steckten. Er hatte fast im gesamten County herumgefragt und war zu dem Ergebnis gekommen, dass sie ins westliche Tennessee zurückgekehrt sein mussten, wo er sie gekauft hatte, denn jeder im County kannte ihn, und er konnte sich nicht vorstellen, dass sich jemand einfach so seine Morgans unter den Nagel riss und ihm nichts davon erzählte. Blalock war der einzige Mann im County, der Morgans züchtete.

»Schon von den prachtvollen Morgans gehört, die Hardin hat?«, fragte ihn ein Mann im Billardsaal.

»Nein. Was für Morgans sollen das denn sein?«

»Großer Hengst, zwei Stuten. Bestes Pferdefleisch.«

»Woher hat er sie?«, fragte Blalock, obwohl er es längst wusste.

»Mir hat er gesagt, er hat sie gefunden.«

»Einen Dreck hat er.«

Das war spät an einem Samstagabend; am Sonntagmorgen stand er auf, sobald es hell wurde, frühstückte und brachte die Seitenwände am Lastwagen an. Eine rothaarige, nur mit einem Slip bekleidete Frau stand an der Tür und sah zu, wie er sich bereit machte. »Sei vorsichtig«, rief sie, aber er sagte nicht, ob er ihren Rat beherzigen würde.

Er war auf den Hof gefahren und setzte gerade zur Scheune zurück, als Hardin ihn aufhielt.

»Sie versauen mir den ganzen Hof, Blalock. Haben Sie keine Manieren? Ich hab nie gesagt, dass Sie auf meinen Hof fahren, mich am Arsch lecken oder sonst was machen können.«

Blalock sah mit verkniffenem, wütendem Gesicht vom Fahrersitz des Lastwagens herunter. Die ganze Nacht über hatte er eine Stinkwut in sich aufgestaut und wollte seine Pferde wiederhaben, aber eine angeborene Vorsicht ließ ihn hoffen, Hardin könnte noch schlafen. Wenn es mit rechten Dingen zugegangen wäre, hätte er nach dem Betrieb am Samstagabend auch noch schlafen sollen, aber hier stand er um sechs Uhr am Sonntagmorgen, hellwach und klaren Blickes, spielte den Landjunker, lächelte ihm trotz der schroffen Worte zu, ein gütiges, aber so durch und durch falsches Lächeln, dass er kein kleines Kind damit hätte täuschen können.

»Ich komm wegen meiner Pferde.«

»Können Sie beweisen, dass es Ihre sind?«

»Sie wissen verdammt gut, dass ich das kann.«

»Dachte ich mir. Steigen Sie aus, dann reden wir darüber.« Er ging zur Veranda und hinauf. Er zog die Hosenbeine hoch und hockte sich nicht auf die Veranda, sondern auf die Fersen seiner polierten Schuhe.

»Da gibt es nichts zu reden. Ich hol sie mir. Rechnen Sie aus, was ich für ihre Pflege schuldig bin, und schicken Sie mir 'ne Rechnung.«

»Wie Sie meinen, Sie sind der Doktor. Ich denke, wir können verhandeln. Ich schätze, Sie schulden mir was in der Größenordnung von achthundert Dollar.«

Blalock dachte, dass er sich verhört haben musste, und bat um Aufklärung. »Achthundert Dollar? Wofür?«

Hardin stand auf und überquerte den Bachlauf. Seltsam vogelartig, doch ein unschöner Vogel, nur Gelenke und Kanten. Die Schulterblätter zeichneten sich unter dem dünnen gelben Hemd ab, das er trug; als er über den Bach zeigte, funkelte die Sonne auf einem goldenen Manschettenknopf.

»Ich hatte ein verdammt schönes Maisfeld da drüben, und die haben's leer gefressen, ehe ich überhaupt gemerkt hab, dass sie da sind. Sie kamen in der Nacht.«

Blalock riss rasend vor Wut die Tür auf und sprang herunter. Er schlug die Tür so fest zu, dass der Lastwagen auf den Stoßdämpfern erbebte, und ging an Hardin vorbei durch den Bach und das steinige Ufer hinauf. Hinter den schiefen, vertrockneten Maisstauden sah er nur Brennnesseln und Dornenhecken und große weiße Kalksteinbrocken. Er drehte sich um. Hardin betrachtete ihn liebenswürdig, ein Grinsen in dem verschlagenen Gesicht, Hände in den Taschen, Daumen in den Gürtelschlaufen der Hose.

»Und wo ist das schöne Maisfeld?«, fragte Blalock.

Hardin hatte ein angespitztes Streichholz als Zahnstocher im Mund. Er nahm es heraus und warf es weg. »Ich dachte, das hätte ich gesagt«, antwortete er Blalock. »Es ist fort. Sie haben es gefressen. Die haben mich ruiniert.«

»Also außer Felsbrocken und Dornenhecken ist nichts da draußen. Da würde nicht eine einzige kümmerliche Maispflanze wachsen.«

Hardin gab sich unterwürfig. »Ich muss zugeben, es sieht nicht sehr ansprechend aus«, sagte er. »Aber Sie hätten es sehen sollen, bevor Ihre Pferde sich darüber hergemacht haben.«

»Blödsinn.«

»Bohnen hatte ich auch ein paar, aber ich will nicht kleinlich sein.«

Blalock kletterte die Böschung wieder hinunter und watete durch den Bach. Er betrachtete Hardins Tasche und versuchte abzuschätzen, ob er eine Pistole darin versteckt hatte, konnte es aber nicht sagen. Wenn, dann eine ziemlich kleine.

»Sie müssen nicht bei Sinnen sein, wenn Sie glauben, ich würde Ihnen achthundert Dollar für ein paar Ballen Heu geben. Ich gebe Ihnen, was ich für angemessen halte, ob Ihnen das passt oder nicht. Ganz wie Sie wollen. Und ich sag Ihnen noch was. Jeder andere hätte mich wissen lassen, wo die Pferde sind. Man muss schon ein ziemlicher Taugenichts sein, wenn man 'nem anderen das Vieh wegnimmt und keinen Ton sagt. Besonders 'nen Hengst, der so viel wert ist.«

»Woher hätte ich wissen sollen, wem sie gehören? Sie haben keine Nummernschilder wie ein Automobil und kein Halsband wie ein Hund, und frei laufen lässt seine Tiere heutzutage eh keiner mehr. Die meisten zäunen sie ein.«

»Sie waren eingezäunt, verdammt. Jemand hat meinen Zaun umgeworfen.«

»Tja.« Hardin zuckte die Achseln. »Ich war's nicht.« Er ging zu dem Laster zurück; Blalock blieb einen Moment linkisch stehen, dann folgte er ihm.

»Warum kaufen Sie sich nicht eigene Pferde und lassen meine in Ruhe?«

»Ich mach Ihnen einen anderen Vorschlag. Ich geb Ihnen fünfhundert Dollar bar auf die Hand für die Pferde. Und dann trinken wir einen zusammen und vergessen, dass es je Unstimmigkeiten gegeben hat.«

»Die Pferde sind nicht zu verkaufen, das wissen Sie. Und selbst wenn, wär das nicht annähernd ein fairer Preis.«

»Wie Sie meinen. Mir ist es gleich, ob Sie beladen oder leer wieder zurückfahren.«

»Ich fahr beladen zurück, und wenn nicht, wüsste ich gern den Grund dafür.«

Hardin drehte sich um. »Na gut«, sagte er. »Das ist der Grund. Wenn Sie noch einen Fuß auf meinen Grund und Boden setzen, wenn Sie auch nur ein Tor öffnen oder ein Loch in meine Zäune schneiden, dann trägt man Sie tot auf 'ner Bahre hier weg. Die laden Sie auf und schaffen Sie fort. Haben Sie mich verstanden?«

»Sie sind verrückt. Wenn hier einer fortgeschafft wird, dann Sie.«

»Nicht so verrückt, dass ich nicht wüsste, auf wessen Grundstück wir uns befinden.«

»Ich auch nicht«, sagte Blalock. »Auf dem von Thomas Hovington.«

Als Blalock sah, wie Hardin die gelben Augen zu Schlitzen zusammenkniff, dachte er einen Moment, er wäre ein toter Mann. Hätte Hardin tatsächlich eine Pistole dabeigehabt, wäre er es vermutlich gewesen. Einen Augenblick lang hätten die Ereignisse diese oder jene Wendung nehmen können, doch dann wurden die Augen wieder normal, und Hardin sagte: »Wie ich schon sagte, es liegt bei Ihnen. Sie können passen oder setzen.«

»Ich verklage Sie«, sagte Blalock. »Ich besorg mir auf der Stelle 'nen Anwalt.«

»Prima. Ich besorg mir auch einen, und während unsere Anwälte sich gegenseitig ankeifen und Kosten auftürmen, fällt der Preis für die Pferde, und der für den Mais steigt.«

»Mit Ihnen kann man nicht reden«, sagte Blalock. Er öffnete die Tür des Lastwagens und stieg ein. »Ich komm wieder«, sagte er. »Ich besorg mir die Papiere, und dann komm ich wieder.«

»Dacht ich mir«, sagte Hardin.

Ein Lichtstrahl glitt über die Vorhänge, irgendwo auf der Straße verstummte ein Automotor. Hardin stützte sich auf die Ellbogen und betrachtete die phosphoreszierenden Zeiger der Uhr. Es war nach eins. Er legte sich steif und stumm wieder hin, horchte, dachte nach. Warum nicht? Wenn sie es versuchen würden, dann jetzt. Hovington war tot und begraben. Irgendwie hatte Hardin immer gewusst, ohne es je laut auszusprechen, dass Hovington zu Lebzeiten eine Art Lebensversicherung für ihn gewesen war. Er kannte die eigentümliche Denkweise der Landeier, ihre abergläubische Angst vor Tod und Sterben, und so hatte er damals etwas besser geschlafen und nicht befürchtet, die Fensterscheiben könnten zerschossen, das Haus in Brand gesteckt werden. Diese Versicherungspolice war inzwischen erloschen, doch er besaß noch eine andere, die Winchester, die in der Ecke lehnte, eine .30-06 in einem Land der Eichhörnchenflinten Kaliber .22.

Eine lange Spanne lag zwischen dem Verstummen des Motors und jedem anderen Geräusch, daher lag er jetzt hellwach in seinem Bett, horchte auf ungewöhnliche Laute in der Nacht, während seine Ohren das Summen der Fliegen verstärkten und er dachte: Ist da was oder nicht? Ein Auto voller Betrunkener? Das verwarf er gleich wieder, er hatte noch nie von Betrunkenen gehört, die sich so leise verhielten. Ein Liebespaar, dem jemand hinterherspionierte? Fast entspannte er sich schon wieder, als das erste Geräusch ertönte, allerdings weniger ein Geräusch, mehr die Andeutung eines Unterschieds, einer Störung, einer minimalen Veränderung im Gleichgewicht der Nacht, daher war er schon aus dem Bett und halb bei dem Gewehr, als der erste polternde Schritt auf der Veranda ertönte. Als eine Schulter oder sonst etwas Schweres gegen die Eingangstür gerammt wurde, lag er auf dem Boden, hielt das Gewehr im Arm und robbte zur Hintertür. Pearl erwachte im Bett hinter ihm. »Dallas?«, sagte sie. Dann: »Dallas, was ist denn?« Und da schrie das Mädchen im vorderen Zimmer, klirrte der Riegel, der abgerissen wurde und über den Linoleumboden rutschte. Er fluchte, lief um und gegen dunkle Gegenstände, die sich offenbar verschworen hatten, ihn zu behindern, als wären das Haus und letztendlich auch die Nacht selbst nicht auf seiner Seite.

Sie warteten schon zu zweit an der Hintertür, weiß gekleidet, Gesichter hinter konturlosen Masken verborgen, abgesehen von zwei dunklen Augenlöchern. Er spürte, wie sie ihn packten, vorwärtszerrten, er hörte ihr triumphierendes Grunzen, dann traf ihn etwas, ein Schläger oder eine Keule, an der Schulter, sodass sein linker Arm einen Moment taub wurde und er eine enorme Erleichterung verspürte, als er dachte: Stöcke. Die Dreckskerle haben nur Stöcke dabei.

Der Mond schien, der staubige Hof funkelte wie Glimmer. Einen Moment lag er da, eine Wange auf den Boden gepresst, das kalte Gewehr, das er mit den Ellbogen an den nackten Bauch drückte, immer noch unter sich. »Hilf mir ihn halten, Ray. Der Dreckskerl steht auf.« Er kämpfte sich hoch, obwohl einer breitbeinig auf seinem Rücken saß und ihm einen Arm um die Kehle gelegt hatte, schlug blindlings mit dem Gewehrlauf um sich und hörte mehrfach Metall auf Knochen treffen, bis einer von ihnen sagte: »Gottverdammt, Ray, du triffst mich, nicht ihn. Versuch doch, wenigstens ab und zu mal, auch ihm eine zu verpassen.« Ein wuchtiger Hieb an Hardins Kopf raubte ihm fast das Bewusstsein; er spürte, wie seine Beine einknickten.

Er wirbelte herum und schüttelte den Mann auf dem Rücken ab. Hardins Schwung ließ ihn einmal halb um die eigene Achse kreisen, er fiel, verdrehte ein Bein und begrub es unter sich, hielt das Gewehr im Schoß, fühlte sich einen Moment desorientiert, sah die graue Masse des Hauses über sich, Taschenlampen hinter den Fenstern, über der pechschwarzen Pyramide des Dachs den leuchtenden Himmel, und alles schwamm in einer Übelkeit erregenden Illusion von Bewegung seitwärts, als wäre er allein stationär, während sich das gesamte Universum um ihn drehte, dass einem schwindelig werden konnte.

Er hörte Pearl und das Mädchen schreien und bekam nur vage mit, dass sie sie auf den Hof getrieben hatten. Er hörte Schläge, wusste jedoch nicht, woher sie kamen oder wem sie galten. Einer der Männer hechtete in dem Moment, als Hardin feuerte, hinter die Haube des Lastwagens, das Pfeifen der Kugel und der klatschende Aufprall auf den Motorblock ertönten gleichzeitig. Er hörte hastige Schritte, die scheinbar von überall kamen. Ein Mann rannte verzweifelt Richtung Straße und hüpfte dabei im Mondlicht. Hardin zielte, hielt den Atem an und drückte fast zärtlich ab. Der Mann führte einen grausig komischen Tanz auf der Straße auf, als Hardin ihm das Knie zerschoss und sein rechtes Bein gummiartig zuckte. Dann fiel er vornüber und rollte sich auf der Einfahrt zusammen. Hardin hörte ihn stöhnen. Der Mann richtete sich halb auf und übergab sich.

Hardin wischte sich Blut aus den Augen. Das Haar an seinen Schläfen war nass davon. Er hörte es im Gebüsch zunehmend leiser und in verschiedenen Richtungen rascheln. Nach einer Weile sprang weiter unten an der Straße das Auto an, knirschten die Reifen im Kies. Hardin grinste. Er dachte: Der erste Dreckskerl hat sich das Auto geschnappt und die anderen zu Fuß fliehen lassen. Morgen dürfte es einige wunde Füße und wütende Weißhauben in Ackerman's Field geben.

»Hör auf damit«, fuhr er das Mädchen an. Sie saß weinend auf der Schwelle. Sie hörte nicht auf. Die Hände und zwei Strähnen schwarzen Haares verbargen ihr Gesicht.

»Haben Sie dir wehgetan?«

»Nein.«

»Dann sei still.«

Pearl lehnte mit dem Kopf an einem Verandabalken. Sie hatte die Augen geschlossen.

»Bist du verletzt?«

»Sie haben mich mit einem großen Stock oder so was auf die Beine geschlagen. Mir und Tom haben sie das noch nie angetan. So was ist bisher noch nie vorgekommen.«

»Und es kommt vermutlich auch nicht wieder vor. Kannst du laufen?«

»Sieht so aus. Ich will nach deinem Kopf sehen.«

»Lass gut sein. Hilf mir nur, ihn ins Auto zu laden. Hol eine Bettdecke oder so aus dem Haus, und leg sie auf die Pritsche. Der Dreckskerl blutet wie ein abgestochenes Schwein.«

Sie stand auf und massierte sich die Schenkel. Wie benommen oder betrunken wirkte sie. »Du hast doch nicht vor, ihn zu töten, oder? Noch mehr Ärger kann ich nicht ertragen.«

»Tu einfach, was ich dir gesagt habe.«

Hardin fuhr mit dem Packard zu der Stelle, wo der Mann lag und öffnete die rechte hintere Tür. Er kniete neben dem Mann nieder. Der hatte offenbar das Bewusstsein verloren. Er bewegte sich nicht, aber Hardin hörte ihn regelmäßig, wenn auch röchelnd atmen. Er nahm das Messer mit dem Beingriff aus der Tasche, prüfte die Klinge mit dem Daumen, schlitzte den Kissenbezug auf und faltete ihn auseinander wie einen Blumenkohl.

Pearl sah mit einer Decke im Arm auf ihn herab.

»Wer ist das, Blackwell, Blackburn, Blackirgendwas. Den hab ich schon gesehen.«

»Na, das ist Mr Blackstock«, sagte Pearl. »Der führt das Textilgeschäft in der Stadt.«

»Von jetzt an führt er es im Rollstuhl, wenn er es überhaupt noch führt. Nein, ich töte ihn nicht. Wenn ich ihn töten würde, müsste ich ihn verstecken, ich will aber nicht, dass er versteckt wird. Ich will, dass die Leute ihn jeden Tag seines Lebens sehen können, in seinem Textilgeschäft. Leg die Decke da drin aus.«

Der Mann war schwer und schlaff, ein fast wirbelloses Gewicht, das sie kaum heben konnten. Als er fast drin war, fing Hardin an zu fluchen, stieß ihn vollends mit der Tür hinein und lehnte sich so lange mit aller Macht dagegen, bis er das Schloss einrasten hörte.

»Wo wohnst du?«, fragte Hardin, der weder eine Antwort erwartete noch erhielt, blickte in den Rückspiegel und sah den Mann auch nicht, nur die Oberkante der Rückenlehne und das schwarze Glas, hinter dem eine in Bewegung geratene Landschaft floh, eine zurückweichende mondhelle Welt, durch deren Mitte sich ein asphaltierter Highway zog. Er schaute wieder nach vorn, wo die Nacht ihm in Schwaden und Nebelfetzen entgegenstrebte wie Wolken, die an dem rasenden Auto vorbeigeweht wurden. Die Landschaft wirkte fern, im Schlaf gefangen. Dann runter von der asphaltierten Straße, zurück auf den Kieselschiefer, am dunklen Haus des alten Oliver und dem Hain abgestorbener Apfelbäume vorbei, wo Baum für Baum ihn vom silbernen Straßenrand aus ansprang und kahle, knorrige und verwachsene Äste sich tot wie verkohlte Knochen vor dem nahtlosen Himmel abzeichneten wie ein mythischer oder albtraumhafter Zauberwald der Kindheit. In der Kurve glitten die Lichtkegel der Scheinwerfer über den ungepflegten Hof, überzogen die Fensterscheiben mit einer Illusion von Leben, sprangen über Erlenhecken, die weiß wie Knochen glommen, und dann verlief die Straße wieder gerade, und er beschleunigte auf der langen Strecke Richtung Stadt.

Der alte Mann erwachte aus dem Reich des Halbschlafs, das er bewohnte, sah das Licht der Scheinwerfer über die verblasste Tapete gleiten, richtete sich auf und stützte sich auf die Ellbogen, bis das Licht verschwand, die Wand in Unsichtbarkeit versank und sich dann langsam wieder aus dem Mondlicht herausschälte. Einen Augenblick hatte er gedacht, das Auto würde hierherkommen, einen Augenblick waren Vergangenheit und Gegenwart verschmolzen, und er konnte eines vom anderen, Traum von Realität nicht unterscheiden. Vergangene Zeiten nächtlicher Krisen, Klopfen an der Haustür, Lichter am Fenster. Als er am tiefen Brummen des Auspuffs erkannte, dass es sich um den Packard handelte, legte er sich wieder hin und hörte, wie das Geräusch in der Ferne verklang.

Auch die Stadt lag in unruhigem Schlummer, allerdings gab es einen rund um die Uhr besetzten Taxistand direkt bei der Kneipe eines Mannes namens Wolf de Vries, in der fast ununterbrochen gepokert wurde. Hardin parkte vor dem Taxistand und machte Scheinwerfer und Motor aus. Er ging zur Eingangstür hinein und passierte einen Tresen, wo eine Frau mit offenem Mund auf einem Telefon als Kopfkissen schlief, und weiter durch einen schmalen Flur bis zu einer verschlossenen grünen Tür. Er klopfte.

»Wer ist da?«

»Dallas Hardin.«

Einen Augenblick später wurde die Tür einen Spalt geöffnet, jemand betrachtete ihn. Die Tür ging weiter auf. Abgestandener blauer Rauch wallte heraus, Hardin hustete. Er fächelte hektisch die Luft. »Großer Gott«, sagte er. »Eines Morgens finden die euch Trottel allesamt erstickt hier drinnen. Gibt es keinen Ventilator?«

»Lasst Hardin mitspielen«, rief de Vries. De Vries war ein hektischer kleiner Mann mit einem verschlagenen, verschlossenen Gesicht, wie ein gescheiterter Politiker. »Sein Geld ist so gut wie jedes andere.«

Hardin betrachtete die Männer am grünen runden Tisch. »Sieht so aus, als hätten Sie auch ohne mich schon genügend Narren beisammen.«

De Vries bemerkte das trockene Blut an Hardins Schläfe. »Was ist denn mit Ihnen passiert? Haben Sie Katzen gefangen?«

»Nein.« Hardin lächelte nicht. »Wissen Sie, wo ein Kerl namens Blackstock wohnt? Ihm gehört das Textilgeschäft.«

»Charles Blackstock? Na klar. West Fourth Street, gleich hinter der Schule. Warum?«

»Ich hab ihn draußen im Auto. Er und ein paar Weißhauben oder Kluxer oder was auch immer waren bei mir zu Hause und wollten mir eine Lektion erteilen.«

»Ist er tot?«

»Nein, aber vielleicht wünscht er sich noch, er wäre es.«

Die Männer am Tisch standen auf und folgten Hardin zum Taxistand. Die Frau war erwacht und zeigte eine verblüffte, leere Miene, als wüsste sie nicht, wo sie sich befand, als wäre es ihr gleichgültig.

Blackstock war ebenfalls bei Bewusstsein. Er regte sich auf dem Boden vor dem Rücksitz und sagte etwas Unverständliches. Er sah die Gesichter rings um den Packard wohl, registrierte sie jedoch nicht. Er legte einen Arm über das Gesicht, als könnte er das Licht nicht ertragen. Vom Knie abwärts tränkte gerinnendes Blut sein Hosenbein.

»Scheißdreck«, sagte de Vries. »Sie sollten ihn lieber in ein Krankenhaus bringen, ehe Sie's mit 'ner Mordanklage zu tun kriegen.«

Hardin setzte sich ans Steuer, ließ den Motor an. »Übrigens«, sagte er, »Sie wussten nicht zufällig was von der Sache, hm? Oder kennen einen, der damit zu tun hat?«

»Herrgott, nein, Hardin. Die könnten es als Nächstes auf mich abgesehen haben.«

»Nein. Die wollten mich.«

Der Mann blieb bis zu seinem Haus bei Bewusstsein und murmelte unverständliches Zeug, Gebete, Verwünschungen, Segen. Als Hardin die Tür öffnete und ihn an beiden Schultern am Hemd packte, schlug er die Augen auf, und als Hardin, so fest er konnte, zog, verdrehte er die Augen und verlor wieder das Bewusstsein. Hardin legte ihn in das taufeuchte Gras und setzte sich schwer atmend. Als er aufstand, kam ein schwarzer Hund um das Haus, blieb stehen, sträubte die Nackenhaare. Das Tier knurrte tief in der Kehle.

Hardin nahm das Taschenmesser zur Hand. »Versuch's nur, wenn du dich traust«, sagte er zu dem Hund. Der Hund verstummte, legte sich auf den Bauch und rutschte auf den verwundeten Mann zu.

Hardin stieg wieder ins Auto ein und hupte. Der Hund drehte sich um und sah ihn über den liegenden Mann hinweg an. Hardin zündete sich mit dem goldenen Feuerzeug eine Zigarette an und betrachtete das Haus. Es war stumm und dunkel. Er drückte noch einmal länger auf die Hupe, paffte seine Zigarette und sah sein Spiegelbild leuchtend orange in der Windschutzscheibe, ein seltsam feuriges Gesicht mit schwarzen Löchern anstelle der Augen.

Das Verandalicht ging an. Die Tür wurde geöffnet, eine Frau, die sich einen gelben Bademantel zuband, stand unter der Glühbirne. Sie hob eine Hand ans Gesicht und betrachtete den liegenden Mann auf dem Rasen. Sie machte den Mund auf, doch der Packard übertönte ihre Worte unvermittelt. Hardin sah in den Rückspiegel, da lief sie gerade auf den Rasen.

Kurz nach vier Uhr in der Frühe erwachte William Tell Oliver abermals, diesmal durch ein heftiges und entschlossenes Klopfen an der Tür. Eine Minute lang blieb er verschlafen liegen, hörte es sich an und dachte, es würde aufhören, wenn er einfach gar nicht darauf achtete. Aber es hörte nicht auf. Es wurde noch lauter, und nach einer Weile ertönte eine Stimme: »He. He.«

Was, um alles in der Welt?, fragte sich der alte Mann. Er stand langsam auf und zog die Hose an. Die Stimme ertönte weiterhin. »Schon gut, schon gut«, sagte Oliver. »Ich komme.« Er nahm die Browning-Flinte von der Halterung über dem Bett. Mit einer Hand zündete er eine Laterne an, mit der anderen hielt er das Gewehr, so ging er zur Tür. Er lehnte die Waffe an die Wand und öffnete die Tür einen Spalt.

Inzwischen war der Mond untergegangen, die Veranda lag im Dunkeln, eine geringfügig hellere Dunkelheit rahmte die Silhouette des Mannes ein, der draußen stand. Oliver öffnete die Tür weiter, sodass sich der trübe gelbe Lichtkreis ausdehnte und einen übermüdeten Mann zeigte, der am Türrahmen lehnte. Er schwankte leicht, als wäre er betrunken oder erschöpft.

»Was ist los?«, fragte Oliver.

»Hm. Ich sitze in der Tinte und brauche Hilfe. Sie müssen mich in die Stadt bringen.«

»Haben Sie einen Stock?«

Der Mann sah ihn verblüfft an. »Einen Stock? Was für einen Stock?«

»Sie wollten in die Stadt. Und ich hab definitiv kein Auto.«

»Scheißdreck.« Da Oliver nichts dazu sagte, fuhr der Mann fort: »Ich bin Cecil Blalock.«

»Ich weiß, wer Sie sind. Aber ich kann Sie nicht in die Stadt bringen. Was ist los, ist Ihr Auto kaputt?«

»Ja, und es ist verdammt weit in die Stadt. Kommt mir so vor, als würde ich schon die halbe Nacht durch den Wald spazieren.«

»Wo ist es denn passiert?«

»Unten bei Hardin.«

»Mann, das ist ja keine Meile von hier. Das schafft man in ein paar Minuten zu Fuß.«

»Ja. Vielleicht hab ich mich irgendwo verirrt oder so. Kann ich vielleicht bei Ihnen telefonieren und mir ein Taxi rufen?«

Oliver schwieg eine Weile. »Tut mir leid«, sagte er schließlich. »Ich kann Ihnen wirklich nicht helfen. Ein Telefon hab ich auch nicht.«

»Mist, verdammter.« Blalock schien nicht zu wissen, was er jetzt machen sollte. Ein kühler Wind wehte über die Veranda und brachte das Laub zum Rascheln. Das Licht in der schwankenden Kugel flackerte, zischte, loderte auf. »Trotzdem danke«, sagte Blalock. Er ging die Stufen hinunter und durch den Hof zur Straße. Er war nicht mehr zu sehen, aber Oliver hörte noch seine Schritte. »He«, rief er. Die Schritte verstummten. »Hat keinen Zweck, die Winers zu wecken. Die haben auch kein Auto.« Es erfolgte keine Antwort, nur die Schritte setzten wieder ein; nach einem Moment ging Oliver hinein und machte die Tür zu.

Die alten Männer saßen in einer Reihe vor Sam Longs kaltem Ofen wie im Winter die Vögel auf einer Stromleitung und debattierten endlos über Hardins Konfrontation mit den Weißhauben. Auf quietschenden Colakisten oder aufgestellten Holzscheiten schmückten sie die Geschichte aus oder reduzierten sie auf das Essenzielle, wie es ihnen gerade in den Sinn kam.

»Ich hab gehört, die nehmen ihm das Bein ab«, sagte Horace Hensley. »Oder das, was Hardin nicht schon mit seiner Flinte weggeschossen hat.«

»Manche sagen, dass Hardin es gar nicht gewesen ist«, meinte ein Mann namens Pulley. »Blackstock selbst behauptet, er hätte ’n Kampf mit ’nem Einbrecher gehabt, der ihn ausrauben wollte.«

»Na klar. Ein Einbrecher.«

»Wenn einer so ’ne schamlose Lüge zu Protokoll gibt, würd ich ihm nicht glauben, dass seine Füße nass sind, wenn er mitten im Buffalo River steht.«

Sam Long legte William Tell Olivers Sack Ginseng auf die Waage und konzentrierte sich ganz auf den Ausschlag der Nadel. »Das wären dann ein Kilo und zehn Gramm, Mr Oliver. Möchten Sie es in bar oder als Gutschrift?«

»Ich hab neuerdings einen Partner. Geben Sie es mir also in bar.«

»Da muss ja ziemlich was los gewesen sein«, sagte Long. Er drückte »Kein Verkauf« auf der Registrierkasse und zählte Oliver Geldscheine auf die Handfläche. »Schießt Blackstock das Bein weg und demoliert ’n Diamond-T-Laster. Und das alles in einer Nacht. Ich sag mir, Blackstock hat es rausgefordert, schließlich hatte er dort nichts zu suchen. Aber der Laster war unschuldig.«

Horace Hensley hatte schweigend zugehört. »Ich will euch

erzählen, was Hardin mir mal gesagt hat«, begann er schließlich. »Und es ist echt der Hammer, ich weiß bis heute nicht, ob es stimmt. Man kann nie sagen, wann Hardin die Wahrheit sagt oder wann er einfach sein Mundwerk spazieren führt.

Es war gleich, nachdem er hier in der Gegend aufgekreuzt ist. Bevor Hovington starb und als Hardin bei Pearl eingezogen ist. Das waren magere Zeiten damals, und ich meine wirklich mager. Da gab's noch keine Soldaten, die ihr Geld bei ihm verpulvert haben, keine Richter, die mit ihm Vögel jagen gegangen sind, und keine von diesen Huren aus Memphis mit ihren spitzen Titten. Damals hat er auch noch kein' Packard gefahren, nur 'n alten Diamond-T-Laster, und den hat er bei 'nem Pokerspiel vom alten Pennington gewonnen.«

Pope klappte die Tür des erloschenen Ofens auf und spuckte in die Asche. »Bei dem er vermutlich gemogelt hat«, sagte er.

»Vermutlich«, stimmte Hensley zu. »Jedenfalls hat jemand seine Destille demoliert, völlig zu Kleinholz verarbeitet und den ganzen Whiskey weggeschüttet, drum hat er ein Geschäft mit Homer McCandless drüben in Hickman County gemacht und dem 'ne ordentliche Menge Whiskey abgekauft. Ich weiß auch nicht, wie, wahrscheinlich hat er ihn beschwatzt, ihr wisst ja, was für eine flinke Zunge er hat. Das Dumme war nur, Hardin konnte kein Auto fahren. Er war 'n erwachsener Mann und konnte nicht fahren. Oh, ich nehm an, er hätte 'n Auto auf 'ner geraden Strecke halten können, aber keiner hatte ihm je die Schaltung erklärt oder gezeigt, wie man anlässt oder bremst. Heute kann er's natürlich, er fährt ja den Packard, aber damals nicht. Und so kam er zu mir.

Ich wollte nix mit ihm zu tun haben. Mir kam er nicht ganz astrein vor. Wie einer, der vor nix zurückschreckt und schon längst alles drauf hat, außer Autofahren, aber ich hatte drei

Kinder, die jeden Tag oder wenigstens jeden zweiten was zu essen wollten. Und er legte 'n Zwanziger auf den Tisch, das vergess ich nie. Der kam mir so groß wie 'ne Bettdecke vor, und ich glaub, ich hätt mir die Hände dran wärmen können. Ich dachte an die Lebensmittel, die ich davon kaufen könnte.

Hovington hatte an die zweihundertfünfzig, dreihundert Kilo Baumwolle in der Scheune, die luden wir auf einen Laster. Für den hatte er sich selbst 'n paar Seitenwände gebastelt. Wir fuhren nach Hickman County, den Whiskey holen, und ich hab dabei die ganze Zeit wie auf glühenden Kohlen gesessen. Ich hab nie was mit Whiskey am Hut gehabt, sogar nie welchen getrunken. Aber ich glaube, das wollte er. Er versteckte den Whiskey unter der Baumwolle, spannte eine Plane über alles und tat so, als wollten wir nach Lawrenceburg zur Spinnerei. Wir haben's hin- und wieder zurückgeschafft, aber als wir auf die Straße nach Mormon Springs einbiegen, klopft plötzlich 'n Zylinder von dem alten Laster. Ich war schweißnass, und da wir Mitte Oktober hatten, wusste ich, dass wir's nicht schaffen würden. Ich wusste, wir würden mit zweihundert Liter Whiskey mitten auf der Straße mit 'nem kaputten Laster liegen bleiben, und war schon drauf und dran, mich in die Büsche zu schlagen.

Und als wär das noch nicht genug, hält uns die Polizei an. Amacher hatte sich in 'ner Nebenstraße auf die Lauer gelegt und hielt uns an. Keine Ahnung, ob er Hardin beobachtet hat oder nicht, ich weiß nur, dass der sie damals noch nicht alle in der Tasche hatte, so wie heute. Amacher kommt her und überprüft meinen Führerschein. Will wissen, wohin wir fahren. ›Wir transportieren nur Baumwolle‹, sag ich zu ihm. ›Wohin?‹, fragt er. Wir fuhren in die falsche Richtung, daran hatte ich nicht mal gedacht. Dann ergreift Hardin das Wort, die Ruhe selbst. Er sagt Amacher, dass wir nach Lawrenceburg wollten, aber der Laster Schwierigkeiten gemacht hätte, und deshalb wären wir umgedreht.

Amacher lässt mich die Motorhaube öffnen. Hörte sich an wie 'n Betonmischer mit 'ner Ladung Kies drin. Amacher nickt nur und winkt uns weiter.

Jedenfalls schaffen wir es und laden den Whiskey aus. Hardin hat einen Schluck getrunken und angefangen zu prahlen. Auf den Busch geklopft. Und da sagte er, was ich euch eigentlich erzählen wollte, was der Hammer ist. Er sagte, er wäre ein wandelndes Wunder und dass ihm nie was Schlimmes zustoßen könnte, weil ihm das Allerschlimmste schon zugestoßen wäre. Er sagte, er wäre ein wandelnder Toter.

Er erzählte mir, dass er in einem Sarg zur Welt gekommen sei. Seine Ma sei gestorben, als das Pferd mit der Kutsche durchging und sie rausgeschleudert wurde und sich das Genick brach. Die hatten sie aufgebahrt und beteten bei ihrer Beerdigung, und seiner wohl auch, denk ich mir, als sie plötzlich ein Baby plärren hören. Die Leute wussten nicht, wie sie sich verhalten sollten. Manche sprangen einfach auf und rannten aus der Kirche. Schließlich standen einige Frauen auf und sahen nach. Allmächtiger. Er lag in ihrer Kleidung. Er war rausgekrochen oder rausgeflutscht, als sie den Sarg bewegt hatten oder so. Jedenfalls war er da.«

»Nicht, dass ich diesen Blödsinn glauben würde«, sagte Sam Long. »Aber das ist das beste Argument fürs Einbalsamieren, das ich je gehört habe. Wäre sie einbalsamiert worden, hätte es ihn nie gegeben.«

»Für mich hört sich das wie 'ne glatte Lüge an«, sagte ein Mann namens Pope.

»Ich weiß nicht. Ich hab lang drüber nachgedacht und mich

gefragt, warum ’n Mann so eine Geschichte über sich erfinden sollte. Ich weiß allerdings auch nicht, weshalb er sie überall rumerzählen sollte, selbst wenn sie wahr wäre.«

»Hardin hat nie was ohne Grund gemacht.«

»Ja. Aber man kommt ins Grübeln. Das soll jetzt nicht gegen die Religion gehen. Aber es sieht ganz so aus, als hätte da jemand eingegriffen und ihm Starthilfe gegeben, und seht doch, was dabei rausgekommen ist. Die haben versucht, einen Fehler mit ’nem anderen auszugleichen und den gerissenen Dreckskerl davonkommen lassen. Ich nehm an, als die gesehen haben, wie versessen er drauf war, auf diese Welt zu kommen, haben sie nur die Achseln gezuckt und gesagt, dann lasst ihn eben gehen.«

Die Hupe des Autos ertönte ein Mal nachdrücklich, doch da hatte Winer schon die Tür geöffnet und war auf die Veranda getreten. Er sah in den Hof. Es dämmerte, der Himmel über den dunklen Stoppelfeldern im Westen, wo das Tageslicht den Rand der Welt hinunterlief, war blutrot gefleckt.

»Wie sagt man, Winer?« Der Packard stand dumpf glänzend auf dem Hof.

»Hallo.«

»Hast du einen Moment Zeit? Ich muss was mit dir besprechen.«

»Kann ich mir denken.«

Winer näherte sich dem Auto. Hardin machte Motor und Lichter aus und öffnete die Tür ein Stück, stieg jedoch nicht aus. Er sah Winer mit den Armen auf dem Türbezug an und stützte das Kinn auf den Unterarm. »Komm schon her, Junge. Ich denke, wir sind alle zivilisierte Menschen.«

Winer fand das Gesicht seltsam asymmetrisch: Die Nase

war gebrochen gewesen und schief verheilt, ein wenig zur linken Gesichtshälfte verschoben. Die rechte Gesichtshälfte war hohlwangig, die Wange permanent geschwollen. Der Unterkiefer sah schief aus, als hätte Gott der Allmächtige eine Hand auf jede Seite gelegt und eine etwas nach oben, die andere etwas nach unten verschoben. Die Augen waren fahl und gelblich, die Pupillen seltsam. Ziegenaugen. Das linke Lid hing müde herab, als wäre er stets wachsam, als müsste ein Auge aufpassen, während das andere ausruhte.

»Ich hab gehört, du hast keinen Job.«

»Ja. Ich habe für Weiss gearbeitet.«

»Wir beide könnten einander vielleicht helfen. Du brauchst Arbeit, und ich hab welche zu erledigen.«

Winer bückte sich auf dem Hof, hob geistesabwesend einen Stock und kritzelte sinnlose Hieroglyphen in den Erdboden. Unvermittelt rief ein Ziegenmelker im Wald, andere griffen den Ruf auf, als wäre ein okkultes Signal erklungen. Die Dämmerung nahm ihren Lauf, das Gesicht verschwand, zurück blieben nur die Stimme und der blasse Glanz des Packard, der ein kaltes schwarzes Licht abzustrahlen schien.

»Was wollen Sie denn erledigt haben?«, fragte Winer.

Etwas in seiner Stimme, möglicherweise Argwohn, ließ Hardin grinsen. »Ich will dich nicht anheuern, damit du jemand tötest«, sagte er. »Für die Art von Arbeit such ich mir keine Subunternehmer.« Er schüttelte eine Zigarette aus der Packung, hielt sie Winer hin, steckte sie wieder ein, als der ablehnte. Ein Streichholz kratzte auf Metall, flammte auf. »Weißt du von dem Gebäude, das ich da oben hochziehe? Dabei brauche ich Hilfe. Ich hoffe, du kannst einen Nagel einschlagen? Hast du schon mal Zimmermannsarbeit gemacht?«

»Was ich nicht weiß, kann ich lernen.«

»Ich hab gehört, dein Daddy war Zimmermann.«

»Stimmt.«

»Und er soll ein verdammt guter Arbeiter gewesen sein. 'ne Menge Leute sagen, dass du auch ein guter Arbeiter bist.«

»Das weiß ich nicht.«

»Ich will das Gebäude fertig haben, bevor es richtig kalt wird. Es soll vor der Regenzeit austrocknen, und das schaff ich nicht allein. Ich hab Gobel Lipscomb eingestellt, der dort rumdaddelt und mir ständig vorheult, dass er keinen Helfer hat. Also stell ich zwei Helfer für ihn ein, und er feuert sie wieder. Verdammt, der versteht gar nichts vom Zimmermannshandwerk. Ich kann so viel von diesen alten Knaben einstellen, wie ich will, aber sobald die genug Geld verdient haben, dass es für 'ne halbe Flasche Whiskey reicht, hat man sie nicht mehr gesehen. Das will ich nicht. Ich will jemand, der den ganzen Tag arbeitet, wenn es das Wetter zulässt, und mir für guten Lohn auch gute Arbeit leistet. Nach allem, was man so hört, bist du das, Winer.«

»Was bezahlen Sie?«

»Einen angemessenen Lohn. Was bist du denn wert?«

»Weiß nicht.«

»Ich könnte ein Dollar pro Stunde sagen und dir zu wenig bezahlen. Ich könnte zwei Dollar pro Tag sagen und dir vielleicht zu viel bezahlen. Was sagst du dazu, dass du einfach am Montagmorgen vorbeikommst, und wir probieren es aus?«

»Klingt fair.«

»Ich garantiere dir einen fairen Lohn. Ich lass dich nicht umsonst arbeiten, und es spielt keine Rolle, ob du ein Junge oder ein Mann bist. Ich bezahle dich wie einen Mann. Vielleicht kommen wir zwei ja gut miteinander aus. Ich such schon lange jemand, dem ich vertrauen kann. Ein junger Mann will es doch zu was bringen.«

Winer stand auf. »Dann sehen wir uns Montag.«

»Hast du Werkzeug?«

»Das von meinem Pa. Ich denke, der hatte alles, was ich brauche.«

»Dann geh wieder rein, und ruh dich aus. Wir beide haben eine Spelunke zu bauen, Winer. Die Königin aller Spelunken. Ich lass 'n Niggerkoch Hamburger für alle braten, die Hunger haben. Ich organisiere Pokerspiele für alle, die das Geld locker sitzen haben, und für alle mit entsprechenden Neigungen sind Huren da. Ich lass sie zocken und bocken, und alles unter einem Dach. Und du baust mir dieses Dach.«

Winer schleppte den Werkzeugkasten aus dem Hinterzimmer ins Licht. Nahm die Werkzeuge voller Respekt und mit sanften Händen. Er wischte das Kanteisen mit einem Öllappen ab, hielt es unter die weiße Glühbirne und las die Ziffern darauf. Etwas Ehrfurchtgebietendes, fast Okkultes in dieser Kondensation von Wissen.

»Was machst du da?«

»Mich auf die Arbeit vorbereiten.«

»Für ihn?«

»Ja.«

»Diesen gottlosen Sündenpfuhl auf Hovingtons Grund und Boden.«

Er legte das Eisen beiseite. »Mir wäre nicht aufgefallen, dass irgendwelche Pfarrer hier gewesen wären und mich gebeten hätten, eine Kirche zu bauen.«

»Glaubst du, Gott der Allmächtige lässt zu, dass ein solches Natternnest auch noch ein Dach bekommt? Nein, sicher nicht. Er wird es durch einen Blitzstrahl vernichten, noch ehe die erste Flasche verkauft oder die erste Blasphemie ausgesprochen ist.

Und wo wirst du dann sein? Ich an deiner Stelle wollte dann so weit davon entfernt sein, wie ich nur kann.«

»Hm. Gott der Allmächtige hat ihn den Whiskey auf Hovingtons Veranda verkaufen lassen, und ich hab nie Donner gehört.«

»Ja. Ja. Und er wird Tag für Tag dreister und fordert die Leute heraus, dass sie ihm Einhalt gebieten. Erschießt sie und kommt ungestraft davon, brennt den Leuten die Häuser über den Köpfen nieder. Und du nimmst ihn vor deiner Ma in Schutz und führst Reden, dass man dir den Mund mit Seife auswaschen müsste.«

Winer antwortete nicht. Er probierte ein Maßband aus, tröpfelte Öl in das Gehäuse, versuchte es wieder.

»Und du wirst ihm jeden Tag ähnlicher. Benutzt seine Werkzeuge. Ein Wunder, dass er sie nicht mitgenommen hat, als er auf und davon ist, aber vermutlich hat er gedacht, dass damit kein Dollar zu verdienen ist.« Eine alte, bittere und nicht verheilte Wut verlieh ihr Vehemenz. »Stürmt grundlos wütend hier rein und verschwindet dann einfach ohne ein Wort zu jemand.«

Er antwortete immer noch nicht. In letzter Zeit antwortete er ihr nur noch selten.

Oliver war stets davon ausgegangen, dass seine Zäune ihn überleben würden, aber im letzten Jahr hatte er den Eindruck gewonnen, dass er fast nur noch damit beschäftigt war, sie zu reparieren, wenn seine Ziegen ausbrachen.

»Ich bring sie um«, sagte er. »Jedes einzelne hirnlose Tier. Sobald ich diesen Zaun repariert habe, gehe ich ins Haus, hol mein Gewehr und erledige jede einzelne Ziege, die ich besitze.«

»Wenn ich sie umbringen wollte, würde ich einfach die

Zäune nicht mehr flicken«, sagte Winer. Er grinste, denn dass ein Todesurteil über die Herde des alten Mannes verhängt wurde, hörte er nicht zum ersten Mal; dennoch wurde die Herde ständig größer statt kleiner. Selbst in diesem Moment rieb sich gerade ein Zicklein an Olivers Arm.

Er band provisorisch einen Strang geflochtenes Seegras zwischen den rostigen Draht. »Ich hör die Glocken gern, aber bei Gott, die kann ich auch an einen Draht hängen, damit der Wind sie zum Läuten bringt.« Er knotete den Strang fest. Die Ziegen drängten bereits gegen den Draht. »Und du sagst, wir sind raus aus dem Ginsenggeschäft?«

»Schätze, ja. Ich hab ihm gesagt, dass ich am Montag anfange.«

»Auch gut, ich denke, dass es eh nicht mehr lange welchen gibt. Sieht ganz so aus, als gäbe es zeitig Frost und einen frühen Winter. Lang und kalt. Die Zeichen sind da, man muss sie nur sehen.«

»Meinen Sie, ich sollte für ihn arbeiten oder nicht? Ich bin noch nicht sicher.«

»Junge, du musst tun, was du tun willst. Ganz nach Belieben. Wenn du einen klaren Kopf behältst und dich aus seinen Geschäften raushältst, kann dir nichts passieren. Schlag einfach Nägel ein, kassier am Freitag deinen Lohn, und geh nach Hause. Außerdem kenne ich dich. Du machst bestimmt nichts, das du nicht willst.«

»Aber Sie mögen ihn nicht.«

Oliver richtete sich auf, als er mit dem Zaun fertig war, blieb einen Moment in gebückter Haltung stehen, Hände auf den Knien, und massierte die widerspenstigen Knochen. »Nein«, sagte er. »Aber kein Gesetz schreibt vor, dass man einen Mann mögen muss, um für ihn zu arbeiten und sein Geld zu kassieren. Man muss nur mit ihm auskommen. Hätte ich nur für Bosse gearbeitet, die ich mag, hätte ich vermutlich den größten Teil meines Lebens auf meiner Veranda gesessen und Däumchen gedreht.«

»Würden Sie für Hardin arbeiten?«

»Großer Gott, nein. Ich würde lieber mit den Hühnern in der Scheiße klauben, als auch nur eine Kupfermünze anzunehmen, die durch seine Hände gegangen ist.«

»Warum? Weil er ein Schwarzbrenner ist?«

»Nein. Gegen die Schwarzbrennerei habe ich nichts. Damit bin ich aufgewachsen. Thomas Hovington war ein Schwarzbrenner, und gegen den hatte ich nie was einzuwenden, außer dass er sich von allen über den Tisch hat ziehen lassen. Er ist nie für sich selbst eingetreten. Hat sich von Hardin um sein Geschäft, sein Haus, sogar seine Frau bringen lassen. Ein Mann wie Hardin sieht einem Mann so was an und nutzt es aus, der weiß, wen er herumschubsen kann und wen nicht. Pass nur auf, dass er es mit dir nicht so macht. Ich sehe es so, dass es eine bestimmte Art und Weise gibt, wie man etwas anpackt, wie es getan werden sollte. Hardin kommt mir immer so vor, als wäre er nicht zimperlich, um zu bekommen, was er will.«

»Klar. Es ist sowieso Ihr Metier«, sagte Winer. »Ich wollte Ihnen nur sagen, warum ich am Montag nicht kommen kann.«

»Du bist ein guter Arbeiter. Verkauf dich nicht unter Wert, und lass dich von ihm in nichts reinziehen.«

Oliver sah dem Jungen nach, wie der sich die Straße entlang entfernte, kniete einen Moment in der Sonne und ruhte sich aus. Dann geh eben, dachte er. Ich kann dich nicht aufhalten. Die Sonne war wie ein warmes Gewicht auf den Papierlidern seiner Augen, aber sie wirkte schon schwächer; er spürte die subtile Eklipse der Jahreszeiten, mit denen er vertraut war, das

Ticken der Erdzeit synchron mit seiner eigenen – er und die Erde wurden zusammen alt, konnten aber niemals aufgeben.

Das scheckige Pferd, dachte er und erinnerte sich an Hufschlag und fast gleichzeitig damit Pferd und Reiter, die einer Erscheinung gleich unmittelbar aus dem Gebüsch und dem Morgennebel auftauchten, die gespannten Muskeln der Hinterbeine des Pferdes, als Hardin die Zügel anzog und das Pferd scheute und mit Augen um sich blickte, die wild und trübe waren, aber nicht so wild wie die von Hardin, die überraschte Miene, die kaum einen Augenblick anhielt und dann leer und gelassen wurde, eine undurchdringliche Oberfläche. Hardin hielt eine Winchester in den Armen; als das Pferd sich beruhigt hatte, legte er sie auf den Sattelknauf. Und ließ sie da liegen.

»Was zum Teufel machen Sie hier?«

Es war Herbst, die Bäume hatten die Farbe von glänzendem Kupfer, der Wind wehte und kräuselte die Verwehungen abgefallener Blätter wie Wasser. Der Wald wurde surreal, ein unerhörter Ort, den er noch nie gesehen hatte, nicht einmal in seinen Träumen, eine dunkle Ecke in der Nacht der Kindheit, und er dachte: Dieser Mann ist verrückt. Dieser Wahnsinnige erschießt mich und lässt mich einfach hier liegen. Er würde in diesem Wald verfaulen, schwarze Tausendfüssler würden in seinem Schädel schlafen, Raubtiere seine Knochen mit ihren Reißzähnen abnagen. »Mich um meinen Kram kümmern«, sagte er. »Was man nicht von allen hier sagen kann.« Sein Speichel hatte einen beißenden, metallischen Geschmack, wie rostiges Messing.

»Ihren Kram, von wegen. Sie denken vermutlich, dass alles, was in diesem Wald passiert, Ihr Kram ist. Glauben Sie nicht, ich hätte nicht gesehen, wie Sie rumschleichen. Ihre Nase in meine Angelegenheiten stecken.«

Wut brodelte heiß in Olivers Brust. »Dieses Land gehört Ihnen nicht«, sagte er. »Passen Sie auf, wo Ihre Grenzen liegen.«

»Meine Grenzen liegen da, wo ich sie ziehe«, sagte Hardin. »Und

ich ziehe sie jeden Tag neu.« Er gab dem Pferd die Sporen und lenkte es wie zufällig zu Oliver. Es streifte mit der Schulter seine Brust, sodass er rückwärts in die Büsche fiel, wo das scheckige Pferd fast über ihn hinwegstapfte; er hörte Leder knirschen und roch das Pferd und dann die heißen, beißenden Blätter, in denen er atemlos lag. Seine Lungen waren leer, als wäre er aus großer Höhe gestürzt. Wut und Fassungslosigkeit hielten sich in seinem Geist die Waage. Einen Moment blieb er wie gelähmt liegen. Er hörte das Blut in seinen Adern singen, die Rufe von Amseln, die über ihm flatterten. Im Sturz hatte sein Verstand begriffen, was die Augen nicht registriert hatten, die Schaufel am Sattel, keine gewöhnliche Schaufel, sondern ein militärisches Aushubwerkzeug mit frischer Tonerde an der Schneidekante. Die Umrisse in dem Jutesack am Sattelknauf.

Das waren Einmachgläser, dachte er. Ich hab ihn gerade dabei erwischt, wie er sein Geld vergräbt.

Er stellte sich die Einmachgläser randvoll mit fettigen Münzen und zerknüllten Geldscheinen vor, die Hardins profitables Gewerbe einbrachte, nur damit sie begraben wurden wie unerwartet und unvorhersehbar Gestorbene.

Die Kimme des Gewehrs hatte ihn an der Stirn gestreift, ein dünnes Rinnsal Blut lief unbemerkt an seinem Gesicht hinab. Ich laure ihm auf und erschieße ihn, dachte er, wusste aber bereits, dass er das nicht machen würde. Ich bin alt, gestand er sich zum ersten Mal ein, ich bin alt und habe alles so satt. Ich will nur meine Ruhe haben und dass alles seinen gewohnten Gang geht. Ich will nur meinen Frieden, und den sollte ein alter Mann haben, wenn er sonst schon nichts hat.

Zweites Buch

Das Mädchen hatte schwarzes Haar, das so dicht und glänzend wie eine Pferdemähne aussah und unterhalb der Schultern schnurgerade abgeschnitten worden war. Zu Beginn des neuen Schuljahrs hatte Winer gesehen, wie sie aus dem Haus kam und auf den Schulbus wartete; sie drückte die Bücher an die Brust und sah mit selbstvergessener, von einer Art mürrischer Frechheit geprägter Miene die Straße hinab, von wo der Bus kommen musste. Nach ein paar Tagen kam sie nicht mehr aus dem Haus, wenn der Bus hupte. Ein paar Mal wendete der Bus und wartete einen Moment, dann kam auch er nicht mehr.

An diesen warmen Tagen des Indian Summer kam sie öfter mit einem Liegestuhl aus Metall heraus, setzte sich auf die sonnige Seite des Hauses und sah ihnen bei der Arbeit zu. Wenn Winer von den Kanten und T-Stücken aufsah, die er festnagelte, oder von den Balken, die er mit der Handsäge zerkleinerte, sah er sie gelassen und gleichgültig, mit auf dem Bauch verschränkten Fingern dort sitzen und die Fortschritte der Arbeiten verfolgen, aber nicht, als würde sie sich nennenswert dafür interessieren, sondern wie etwas, das man eben beobachten konnte, nur Bewegungen, wie eine Katze alles interessiert beobachtet, das sich bewegt.

Sie saß einstudiert gleichgültig mit gespreizten Beinen da und achtete scheinbar nicht auf die verstohlenen Blicke, die sie auf ihre weißen Schenkel warfen. Die Augen halb geschlossen unter den langen Wimpern, als würde sie schlafen, aber sie schlief nicht.

»Die ist auf einen von uns scharf«, sagte Gobel Lipscomb zu Winer. »Und irgendwie kann ich nicht glauben, dass du das bist.« Lipscomb war der Zimmermann. Er gewöhnte sich an, ohne Hemd zu arbeiten, damit sie das Spiel der Muskeln auf seinem sonnengebräunten Rücken sehen konnte, und kommandierte Winer immer mehr herum. Er ließ den Hammer fallen, bückte sich, hob ihn wieder auf, riskierte einen Blick auf ihren Schritt und richtete sich mit einem fast schmerzverzerrten Gesichtsausdruck wieder auf. »Schwarze Schlüpfer«, sagte er. »Gottverdammich. Schwarze Schlüpfer.«

Hardins Geschäfte schienen ihn ziemlich zu beschäftigen, doch manchmal, an flauen Tagen, kam er heraus, setzte sich neben das Mädchen und sah zu. Einmal legte er ihr die Hand auf das Knie, sagte etwas zu ihr, sah dabei zu Lipscomb und lachte, worauf sie verhalten lächelte, aber nichts erwiderte. In Hardins Gegenwart arbeitete Lipscomb jedes Mal verbissener und konzentrierte sich ausschließlich auf das Labyrinth der Trennwände, die er hochzog.

Das Mädchen kam mit einem Strandhandtuch aus dem Wäldchen über dem Abgrund. Ihr Badeanzug war nass, das schwarze, glänzende Haar klebte ihr am Kopf. Sie passierte das Gebäude, wo sie arbeiteten, ohne sie eines Blickes zu würdigen, ging weiter zum Haus und ließ dabei die Hüften kreisen, als wären sie auf Kugellagern befestigt.

Lipscomb erstarrte unvermittelt, der Hammer blieb in der Luft, als hätte er eine unsichtbare Barriere getroffen. Selbst sein Kiefer, mit dem er ständig Tabak kaute, verharrte reglos. So blieb er einen Moment stehen, dann legte er übertrieben geziert den Hammer weg.

»Wenn das kein eindeutiges Angebot ist, dann weiß ich auch nicht«, sagte er. »Auf geht's.«

Er stellte sich vor das Schlafzimmerfenster und schirmte die Augen mit an die Scheibe gepressten Händen ab.

»He«, rief Winer.

Lipscomb hörte ihn vielleicht nicht. Er drehte sich nicht um. Lehnte mit dem Rücken zur Sonne am Fenster und starrte in das Zimmer. Was er dort sah, machte ihn offenbar so reglos wie Stein.

»He, Lipscomb«, rief Winer erneut.

Als Lipscomb sich umdrehte, hielt er eine Hand vor die Augen, als wäre er erblindet oder von einer göttlichen Eingebung erleuchtet, und ging taumelnd über den Hof. »O Gott«, sagte er. »O Gott.« Er wischte sich die Stirn ab und schleuderte imaginäre Schweißperlen weg. Mit großen, schwankenden Seefahrerschritten durchquerte er den Hof. »Bitte, lieber Gott, halt mich zurück«, rief er. Unvermittelt blieb er stehen, machte stoßende Bewegungen mit dem Becken und tat so, als würde er einen enormen Phallus masturbieren. Er ließ die Zunge aus dem Mund hängen und verdrehte die Augen im Kopf.

»Wie hoch ist das Fieber bei diesen Anfällen?«, fragte Hardin ihn. Hardin lehnte an der Hausecke und rauchte eine Zigarette. »Glauben Sie, ich sollte den Jungen losschicken und Ratcliff herbringen lassen?«

Lipscomb strich sich mit einer Hand durch das aschblonde Haar. Ihm fehlten offenbar die Worte. Sein Gesicht war so durchblutet, dass es geschwollen wirkte. »Mit mir ist alles in Ordnung«, sagte er schließlich.

»Von wegen«, gab Hardin zurück.

Winer war sehr beschäftigt. Er wusste instinktiv, dass er noch nie einen Mann gesehen hatte, der dem Tode so nahe war. Mit einer Hand zählte er die Nägel in seiner Nagelschürze. Eins, zwei, drei, zählte er mit emsigen Fingern.

Hardin sprach den ganzen Tag kein Wort mit Lipscomb. Er stieg einfach in den schwarzen Packard ein und fuhr weg. In der Mittagspause lehnten sie an der Wand, die sie errichtet hatten. »Hast du bemerkt, wie der Dreckskerl mich angesehen hat?«, fragte Lipscomb. »Wenn Blicke töten könnten, würde ich jetzt schon den Sargdeckel von unten sehen. Ich bin mir sicher, der ist selber scharf auf die kleine Göre.«

Winer antwortete nicht. Er trank kalten Kaffee aus einem Einmachglas, aß sein Sandwich und dachte daran, wie Hardin Lipscomb angesehen hatte. Winer ging nicht davon aus, dass ihn selbst irgendwann einmal jemand so ansehen würde.

»Verflucht, der sieht doch selber aus wie einer von seinen Laffen«, sagte Lipscomb. »Und die sind nichts weiter als Brieftaschen auf zwei Beinen für ihn.« Er betrachtete seine muskulösen Unterarme, die großen Hände. Sie schienen ihm Trost zu spenden. »Wenn er sich mit mir anlegt, falt ich ihn zusammen wie 'n Geldschein und steck ihn in die Tasche«, sagte er. »Oder ich zieh ihm eins mit dem Vorschlaghammer über die Rübe.«

Winer vermutete, er war inzwischen zu dem Ergebnis gekommen, dass Hardin gar nichts mehr zu ihm sagen würde.

Ein paar Minuten vor vier hörten sie, wie der Packard vorfuhr und die Tür zugeschlagen wurde, dann kam Hardin um die Hausecke. Er blieb eine Zeit lang dort stehen und beobachtete sie.

»Lipscomb, würden Sie mal einen Moment herkommen? Auf ein Wort.«

»Jetzt kommt's«, sagte Lipscomb mit leiser Stimme. Er steckte den Hammer in eine Schlaufe am Gürtel seines Overalls.

Winer nagelte weiter eine Wand zusammen. Er wartete auf Drohungen, Fausthiebe, den Lärm von Gewalttätigkeiten. Doch wenn er mit Hämmern innehielt, hörte er nur den Bach murmeln und Tauben in der Ferne wehklagend gurren.

Lipscomb blieb nur ein paar Minuten weg. Als er zurückkam, war sein Gesicht bis in den Kragen seines blauen Hemds hinein rot, und er schien nicht erfreut. Er hatte einen alten Werkzeugkasten aus Sperrholz, mit einem an beiden Enden verknoteten Seil als Tragegriff. Jetzt sammelte er seine Werkzeuge ein und verstaute sie in der Kiste.

»Such deinen Kram zusammen«, befahl er Winer. »Wir packen ein.«

»Was?«

»Wir hören auf, bei Gott. Wir gehen heim.«

»Wir, von wegen«, sagte Winer. »Ich wusste gar nicht, dass es uns nur als Set gibt, wie Salz- und Pfefferstreuer.«

Lipscomb richtete sich mit einem Kanteisen in der Hand auf. Er sah aus, als wäre er bereit, es Winer über den Schädel zu ziehen.

»Was bist du, ein gottverdammtes Kameradenschwein?«

»Ich entscheide selbst, wann ich heimgehe. Sie haben mich nicht eingestellt.«

»Du elende kleine Rotznase. Ich sollte dich windelweich prügeln.«

»Warum falten Sie mich nicht einfach zusammen, so wie Hardin?«

»Bei Gott, kann sein, dass ich das mache.« Er machte einen Schritt auf Winer zu, aber Winer hielt noch den Hammer in der Hand und wich nicht vor Lipscomb zurück, sondern blieb stehen und wartete mit einem fast verträumten Ausdruck in den Augen. Lipscomb ließ die Hände sinken und sah ihn mit blitzenden, boshaften Augen an. »Du kleines hinterhältiges Arschloch. Du hast die ganze Scheiße eingefädelt, was? Du glaubst, jetzt kriegst du den Job und das Mädchen. Du hättest mich bloß warnen müssen, aber nein.«

»Verflucht noch eins«, sagte Winer. »Ich hab zweimal gerufen, aber Sie waren so damit beschäftigt, sich zum Affen zu machen, dass Sie es gar nicht mitgekriegt haben.«

»Ach, zum Teufel mit ihm, und dir auch«, sagte Lipscomb und wandte sich ab. Er legte das Kanteisen in die Kiste und hob sie an dem Seil hoch. Er ging zur Tür.

»Ich würd ja gern bleiben und mitansehen, wie du Scheiße baust. Du würdest nicht mal mit ’ner Anleitung ’n primitiven Hühnerstall hochgezogen kriegen.«

Nach einer Weile kam Hardin heraus und kletterte auf das Zwischengeschoss. Er setzte sich auf eine Kiste Nägel und sah Winer beim Arbeiten zu. Eine schlanke Zigarre klemmte in einem Mundwinkel. Er trug eine Gabardinehose, die teuer aussah, und ein gelbes Hemd. Er putzte sich die Fingernägel mit einem Messer mit Beingriff.

»Also, ich hab deinen Kollegen weggeschickt«, sagte er. »Konnte mir nicht leisten, dass ich ihm den gewerkschaftlichen Tariflohn für’s Spannen bezahle.«

Winer arbeitete weiter.

»Mach mal Pause. Du wirst nicht pro Nagel bezahlt.«

Winer hörte auf und wartete ab.

»Hast du nicht sowieso schon längst Feierabend?«

»Weiß nicht. Ich hab keine Uhr, wir haben seine benutzt. Außerdem war ich nicht sicher, was Sie wollen.«

»Ich hab dir gesagt, was ich will, als ich dich eingestellt habe. Ich will eine Spelunke gebaut haben. Kannst du das?«

»Na, den größten Teil. Manches schafft man nur schwer allein, zum Beispiel Sparren und Dachbalken hochheben. Und ich kann die Wände nicht gleichzeitig festhalten und verankern.«

»Mehr wollte ich gar nicht hören. Du misst sie aus und nagelst sie zusammen, und ich hol mir 'n paar von den Taugenichtsen, die sich ständig hier rumtreiben, und wir heben sie für dich hoch. Wenn was zu machen ist, wofür man mehr als zwei Hände braucht, sag einfach Bescheid. Alles klar?«

»Ich versuch's.«

»Na, klar doch. Du schaffst das. Willst du mich nicht nach dem Geld fragen?«

»Was ist damit?«

»Was ich ihm bezahlt hab. Das bezahl ich jetzt dir, du bist der Architekt, der Zimmermann und der Hilfsarbeiter in einer Person. Wenn du was versaust, wissen wir alle, wer schuld ist.«

Winer grinste.

»Komm, ich fahr dich nach Hause. Kann nicht sein, dass mein Baumeister sich zu Fuß zur Arbeit schleppen muss. Was würden denn die Leute über mich sagen?«

Winer war immer noch fassungslos. Ich bin reich, dachte er. Ich bin ein wohlhabender Mann.

In letzter Zeit putzte sich Winers Mutter öfter einmal etwas heraus und frisierte sich. Sie trug frische Kleider und wirkte zunehmend fremder. Winer wurde zum ersten Mal klar, wie sehr sie sich im Laufe der Jahre gehen gelassen hatte. Hübsch war sie nicht, aber wenn sie nicht noch so mürrisch und pragmatisch gewesen wäre, hätte man sie als unscheinbar durchgehen lassen können.

Er bemerkte die Reifenspuren, noch ehe sie auf die Pfannen zu sprechen kam.

»Hast du heute Besuch gehabt?«

»Nein. Ein Vertreter war hier.«

»Ein Vertreter? Und was hat er verkauft?«

»Töpfe und Pfannen«, sagte sie gereizt, als gäbe es keine anderen Vertreter, als würde er sie aushorchen.

Eine Woche später bekam sie die Pfannen. Er sah sie, als er von Hardin nach Hause kam, eine mannigfaltige Sammlung, kupferfarben, glänzend, Tiegel und Kochtöpfe und Topfkratzer und Bratpfannen, offenbar ein Topf für jeden erdenklichen Zweck, den ein Mensch sich ausdenken konnte.

»Großer Gott«, sagte er.

»Was?«

»Wo hast du das ganze Zeug her?«

»Gekauft.«

»Gekauft? Warum?«

»Weil ich es wollte, darum. Ich wollte schon immer einen Satz Kochtöpfe wie diese.«

Sie erfüllten ihn beinahe mit Ehrfurcht. »Hm.« Pause. »Was haben sie gekostet?«

»Geht dich nichts an. Du musst nicht einen Penny davon selber bezahlen.«

Er nahm sein Rasiermesser, den Spiegel und ein Stück Seife und ging zum Bach. Der machte hinter der Scheune eine Biegung, wo es eine Stelle gab, die so tief war, dass man darin schwimmen konnte. Er wusch und rasierte sich, kam aus dem Wald zurück, und sie erwartete ihn schon auf der Veranda. Offenbar war ihr Gespräch noch nicht zu Ende.

Sie legte ihm eine Hand auf den Arm. »Ich kenne da jemand«, sagte sie. »Er verkauft diese Töpfe und Pfannen.«

Jemand, dachte er und begriff im ersten Moment gar nichts. Dann sah er in ihrem blassen Gesicht eine Mischung aus Scham und Stolz, einen unterwürfigen und gleichzeitig störrischen Ausdruck in ihren Augen, und dachte: Sie meint einen Mann. Er wusste nicht, was er sagen sollte, doch sie rechnete eindeutig mit einer Antwort; sie sah aus, als ob sie sich dafür schämte, aber nicht vorhatte, damit aufzuhören.

»Ich glaube, du könntest ihn mögen, Nathan. Er möchte dich kennenlernen.«

»Hm. Klar.« Er sah sich um. »Wo ist er?«

»Er soll nächsten Freitag hier sein«, sagte sie. Nicht »Er kommt nächsten Freitag«, fiel Winer auf; noch nicht mit Gewissheit oder Überzeugung, sie war nicht sicher, ob sie ihn für sich hatte, oder glaubte noch nicht so recht daran.

Am Montag war er lange vor Arbeitsbeginn da und plante seinen Tag. Man brauchte mehr Kenntnisse, als ihm bewusst gewesen war, aber jetzt konnte er keinen mehr fragen. Alte Fragen über die Schräge von Dächern und die Gehrung von Balken quälten ihn. Doch im Laufe der Woche stellte er fest, dass er ein Händchen für Schrägen und Winkel und passgenaue Exaktheit hatte. Seine Ecken bildeten perfekte rechte Winkel, die Wände standen so fest, wie Wände nur stehen konnten. Bei manchem wusste er nicht, wie er es anpacken sollte, stellte jedoch fest, dass es mehrere Möglichkeiten gab, etwas zu tun, und es keine Rolle spielte, wenn er die umständlichere Variante wählte, denn am Ende zählte nur das Ergebnis.

Er schien ständig vor Publikum zu arbeiten. Da das Wetter sich hielt, folgte Hardins Equipage von geselligen Trunkenbolden der Sonne und setzte sich am Nachmittag in einer Reihe auf Colakisten oder auf alte Klapp- und Holzlehnstühle, die so spindeldürr und klapperig wirkten wie sie selbst; vor Hardins geweißelter Wand wirkten sie fast wie eine sepiafarbene Daguerreotypie, alte Haudegen mit Overalls und Filzhüten, die mit wachsamen Augen in toten Gesichtern beobachteten, wie die Zeit verrann. Alles beobachteten, was das Leben vor ihnen Revue passieren ließ. Eine große Ruhe umgab diese Männer, als hätten sie schon vor langer Zeit einen Kompromiss mit dem Leben geschlossen, und nichts konnte sie mehr überraschen.

Bei den jüngeren Männern handelte es sich mehrheitlich um beurlaubte oder kriegsneurotische Soldaten oder Matrosen auf dem Trockenen, fernab von allen Meeren, die drinnen saßen und sich betranken oder das Mädchen überreden wollten, mit ihnen durchzubrennen. Volltrunken begnügten sie sich am Ende mit jedweder Hure, die zufällig zur Stelle war, oder gar mit Pearl selbst, wenn die Not allzu groß wurde.

Bei den alten Männern fühlte sich Winer wohl, in Gegenwart der Soldaten allerdings niemals, da sie stets von einer Aura der Verzweiflung umgeben schienen. Sie verhielten sich immer so, als wäre Zeit ihr knappstes Gut, als hätten sie nicht die Muße, das Leben so zu nehmen, wie es kam, sondern suchten ununterbrochen nach Abkürzungen, als müssten sie jeden Augenblick formen, bis er ihren Zwecken entsprach, und jedes Ereignis für ihr eigenes Amüsement zurechtbiegen. Für sie musste jede Minute etwas Aufregendes passieren. Sie waren zu überdreht, fand Winer. Den Grund dafür kannte er und machte ihnen keinen Vorwurf daraus, aber überdreht fand er sie dennoch. Sie erinnerten ihn an einen Krieg, der bis dahin nur eine anonyme Stimme im Radio gewesen war, und er wusste, wenn nicht bald eine entscheidende Wende eintrat, würde auch er über kurz oder lang kämpfen müssen.

Für Winer sahen alle Soldaten gleich aus. Er dachte, wenn er jemals einen nüchtern sehen würde, könnte sich das vermutlich ändern, aber bei Hardin schien das eher unwahrscheinlich. Hier waren alle ständig ein wenig betrunken und ausgesprochen streitsüchtig. Ständig wollten sie Schlägereien mit den Matrosen anfangen, und wenn keine Matrosen da waren, prügelten sie sich untereinander.

Eines Tages, als er gerade die Außenbretter an das Gebälk nagelte, brach drinnen eine Schlägerei aus, die umgehend auf der Veranda fortgesetzt wurde, wo sich die alten Männer hastig ihre Einmach- oder Marmeladengläser schnappten und auf neutralen Boden zurückzogen. Zwei Soldaten wälzten sich im Hof, und als eine Blondine mit strähnigem Haar einem davon eine Bierflasche auf dem Schädel zertrümmerte, schlug ein rothaariges Mädchen sie mit einem Dachsparren nieder und stürzte sich auf sie. Winer betrachtete ihre entblößten weißen Schenkel und ihre geliehene Kleidung, zählte am Ende achtzehn Kontrahenten und fragte sich, wie sie den Überblick behielten, wer mit wem kämpfte und auf welcher Seite sie standen.

Sie schlugen sich durch den gesamten Hof, rissen einander die Haare aus, fluchten und stürzten übereinander. Winer schwang sich auf das Gerüst, damit man ihn nicht aus Versehen für einen Kombattanten hielt. Hardin versuchte brüllend, sie zur Vernunft zu bringen, dann gingen er und Wymer dazwischen wie Hunde, die nach den Fesseln säumiger Kühe schnappten, zuerst mit Knüppeln, doch dann streifte Hardin den Sonntagsschlagring über und mischte ebenfalls mit.

Als sie aufhörten, wusste offenbar keiner mehr, worum es bei dem Streit überhaupt gegangen war, und alle gingen wieder rein, um darüber zu diskutieren, bis auf einen Soldaten, der mit ausgerenktem Kiefer weinend im Gras saß. Er blieb eine ganze Weile da sitzen, dann stand er auf und hinkte um die Ecke wie ein uralter Mann. Winer setzte seine Arbeit fort, und nach einer Weile kamen die alten Männer lachend vom Bachlauf zurück und setzten sich wieder.

Leo Huggins verkaufte in einem Gebiet, das drei Countys umfasste, Kochgeschirr ohne Wasser, wie er es nannte. Mit seinem alten grünen Studebaker graste er die Nebenstraßen ab, saß mit Hausfrauen auf Veranden und bezirzte und umgarnte, während in seinen schwarzen, glänzenden Augen die gerade aktuelle Obsession loderte, und die momentane war, dass sein Kochgeschirr ohne Wasser das Einzige auf der Welt war, das zählte.

Er führte es ganz bequem bei den Kundinnen zu Hause vor. Ließ sie die Nachbarinnen einladen, und dann ging er in die Küche und bereitete eine komplette Mahlzeit in diesen wundersamen Töpfen und Pfannen zu. Manch ein Ehemann kam erhitzt und verschwitzt aus der Fabrik nach Hause und musste feststellen, dass sein Hof von Autos zugeparkt war und sich eine Menge Leute, mit denen er gar nicht gerechnet hatte, in seinem Haus tummelten. Wahrscheinlich versperrte Huggins' Studebaker selbst die Einfahrt. Huggins selbst summte derweil mit hochgekrempelten Ärmeln fleißig in der Küche vor sich hin und behielt das Essen im Auge. Die Frau wartete derweil mit wachsender Verdrossenheit und fragte sich, wie um alles in der Welt sie sich nur dazu hatte überreden lassen können.

Manchmal musste sich Huggins in aller Hast verabschieden, das halb zubereitete Essen stehen lassen, die Töpfe und Pfannen zurücklassen und an einem anderen Tag zurückkehren, wenn der Ehemann wieder auf Arbeit war.

»Deine Ma hat mir gesagt, dass du Zimmermann bist.«

»Kann sein.«

»Ist sicher nicht schlecht, wenn man Geld damit verdienen kann«, sagte Huggins und lenkte das Gespräch dann versiert auf sich selbst. »Ich könnte nie Handwerkerarbeit machen. Ich arbeite mehr mit dem Kopf.«

Und deinem Mundwerk, dachte Winer, überlegte sich aber sogleich, dass er ungerecht war, er Huggins nicht gut genug kannte, um ein Urteil über ihn zu fällen, und ihm gar keine Chance ließ. Dennoch betrachtete er die großen weißen Hände, die mit den weichen und sommersprossigen Wurstfingern und den zarten jungfräulichen Babyhandflächen aussahen, als hätten sie nicht eine Stunde harter Arbeit getan.

Huggins erzählte ausführlich von sich. Ihm selbst gefiel dieses Thema, und er dachte wohl, dass es dem Rest der Welt ebenso ergehen müsste. Er kam aus Arkansas und aus ärmlichsten Verhältnissen, erzählte er Winer. Seine Mutter sei das Kind von Leuten, die nie in ihrem Leben etwas besessen hatten oder besitzen wollten. Die in Wellblechschuppen mit Ritzen im Boden lebten, damit sie die Hühner im Auge behalten konnten, und er dachte sich, wenn er es je zu etwas bringen wollte, dann aus eigener Kraft. Am Anfang drehte er den Schwarzen auf der falschen Seite von Little Rock schicke, überteuerte Petroleumlampen an, später verkaufte er Bibeln mit einem Negerjesus.

Winer hörte sich die Lebensgeschichte nur mit halbem Ohr an. Er hatte hart gearbeitet, die Schultern taten ihm weh vom vielen Hämmern, und er musste ständig gähnen. Die Erschöpfung breitete sich von den Füßen an aufwärts in ihm aus, während er in einer verträumten Ecke seines Verstandes immer noch den Rhythmus des Hammers spürte. Ungewollt sah er das Gesicht von Amber Rose vor seinem geistigen Auge und wurde es nicht mehr los. Huggins' Auto war abbezahlt, erfuhr er, es gab keinen Menschen auf der Welt, der behaupten konnte, dass Huggins ihm auch nur einen Cent schuldig geblieben wäre. Winer sah über den Hof und wünschte sich, er wäre anderswo. Der Tag ging zur Neige, die blaue Baumreihe jenseits der Wiese war bereits ein verschwommener Fleck, das Riedgras zeichnete sich vor breiten Strahlen schwindenden Lichts ab.

Das Trio bildete ein ungewöhnliches Stillleben auf der Veranda des unbeleuchteten Hauses, vielleicht wie Lehrer und Schüler, der Junge tat so, als hörte er zu, während der Mann leise das heidnische Evangelium seiner selbst predigte und sich dabei so ernst gab, als würde er geheimes Wissen über das Wirken der Welt preisgeben oder ein Garn spinnen, mit dem er sie in eine dadaistische Verschwörung hineinziehen wollte. Die Frau saß still und reglos im Schaukelstuhl und hielt vorübergehend mit ihrer Stopfarbeit inne. Sie hatte die Augen niedergeschlagen, die gelben Lider wirkten feucht und waren von einem Netz feiner Kapillargefäße überzogen. Sie machte einen verzückten, gebannten Eindruck, und Winer, dem klar wurde, dass er sie überhaupt nicht kannte, verspürte einen kurzen, bitteren Anflug von Bedauern darüber, dass er nie versucht hatte, sie kennenzulernen. Sie kam ihm noch weniger real vor als die vergilbten Daguerreotypien anderer Fremder in ihrem eigenen Fotoalbum.

Hardin hatte eckige, schaufelartige Hände und die Nägel immer extrem kurz, fast bis ins Nagelbett geschnitten. Die Nägel selbst waren hornartig und stets makellos sauber. Ständig putzte er sie, wenn er mit Winer redete.

»Woher haben Sie dieses Messer?«

»Herrgott, Junge, das weiß ich nicht mehr. Ich muss es schon zehn, zwölf Jahre haben.«

»Lassen Sie mich mal sehen.«

Hardin reichte ihm das Messer mit dem Griff voraus.

Der Griff war aus Bein in der Farbe von Ochsenblut. CASE lautete der Markenname. Winer hielt es eine ganze Zeit. »Das ist das Messer meines Vaters«, sagte er.

»Dann muss ich es irgendwo gefunden haben.«

Ein kleines, unregelmäßiges W war in den Ansatz der Klinge eingeritzt, wie bei allen Werkzeugen, aber Winer hätte es auch so erkannt. Das Messer nahm in den Erinnerungen an seinen Vater einen prominenten Platz ein, genau wie der schwarze Schlapphut und der kalte, teilnahmslose Blick, mit dem er die Welt betrachtete. Winer selbst freilich hatte er nie so angesehen. Das Messer war eng damit verbunden, wie sein Vater ihn ansah, bevor er in die Stadt oder zum Pflügen aufs Feld ging. Das Kind Winer zögerte dann stets unsicher, ob es mitgehen oder bleiben sollte. »Und, kommst du, oder nicht?«, fragte sein Vater dann. »Du weißt doch, ohne dich als Oberaufseher krieg ich nichts richtig hin.«

Er roch an dem Messer.

»Was soll das denn?«

Winer errötete. »Ich weiß nicht. Er hatte immer einen Beutel Tabak in derselben Tasche wie das Messer. In dem zugeklappten Messer waren immer Tabakkrümel, und es hat immer nach Red-Ox-Tabak gerochen.«

»Jetzt weiß ich wieder, woher das Messer stammt. Ich habe seit Jahren nicht mehr dran gedacht. Aus einem Bachbett, ein gutes Stück von eurem Grundstück weg. In einem Zedernwäldchen, wo er Zaunpfosten geschnitten hat, nehme ich an. Das Messer lag auf einer Sandbank in der Mündung von dem Bachbett. Aber wie schon gesagt, das ist zehn oder zwölf Jahre her, inzwischen dürfte jeder Tabakgeruch verflogen sein.«

»Ich weiß nicht, warum ich das gemacht hab.«

»Dein Pa ist auf und davon, nicht?«

»Ich weiß nicht, was aus ihm geworden ist. Ich hab damals nicht geglaubt, dass er auf und davon ist, und ich glaub's heute nicht.«

»Tja, die Leute sind komisch. Mir ist gleich, wie gut man jemand zu kennen glaubt, man kann keinem in den Kopf reinsehen. Du weißt das natürlich nicht mehr, aber das waren damals harte Zeiten für die meisten. Allerorten Schmalhans Küchenmeister. Eine Menge Leute auf der Straße. Wahrscheinlich hat er einfach aufgegeben, sich gesagt, Scheiß drauf, und ist gegangen.«

»Nein.«

»Hm. Ich will dir nicht vorschreiben, was du über deinen Daddy denken sollst. Aber ich finde, du und ich sind uns ziemlich ähnlich.«

Nein, dachte Winer und betrachtete weiter das Messer, das offen auf seiner Handfläche lag. Ich bin nicht wie du. Ich werde nie wie du sein. Ich bin auch nicht wie Oliver, aber ihr wollt mir beide sagen, was ich tun und lassen soll. Beide sagt ihr andauernd: Wir wollen dir nicht sagen, was du tun und lassen sollst, aber ihr sagt es mir trotzdem. Ich bin wie ich selbst. Und wenn ich überhaupt wie jemand bin, dann bin ich wie er.

»Mein Daddy ist mir im Februar des Jahres abgehauen, als ich acht Jahre alt war. Das war in Cullman, Alabama. Das vergess ich nie, so wenig wie das Weihnachtsfest in dem Jahr. Sie erzählten uns immer vom Weihnachtsmann, und ich und meine Schwester sind losgezogen, nach Rentierspuren suchen. Der Boden war steinhart gefroren, aber wir suchten trotzdem.

Natürlich haben wir nie viel gekriegt, einen Apfel, eine Orange, eine Handvoll billige Karamellen. Ein paar Nüsse. Aber in dem Jahr war gar nichts in unseren Socken. Ich fragte mich, was wir bloß angestellt haben könnten. Ich ging zu Pa, der draußen im Hof stand. Er blickte die Straße runter, obwohl es da gar nichts zu sehen gab. Was man eben sieht, wenn man eine Straße entlangschaut. Nach einer Weile bemerkte Pa uns, griff in die Tasche und gab mir und ihr einen Vierteldollar. ›Hier‹, sagte er. ›Holt euch was zum Nikolaus.‹ Da war ich acht Jahre alt. Ehe ich neun wurde, war er längst fort, und wir wohnten bei unserer Tante. Die hat mit ’nem Streckenarbeiter geschlafen, der uns nur verprügelt hat, weil er uns schreien hören wollte.«

Winer sagte nichts.

»Das Leben ist hart, Winer. Und man muss selber hart werden, damit man es meistert. Es ist wie ein Blackjackspiel, bei dem das Leben gibt, und der Geber ist immer im Vorteil. Klar? Du musst dir selbst einen Vorteil verschaffen. Denn wenn du das nicht machst, bei Gott, dann gibt’s immer einen, der dich dein Leben lang anlügt und dir dann einen abgegriffenen Vierteldollar in die Hand drückt und dir sagt, dass du dir was zu Nikolaus kaufen sollst.«

»Was wollen Sie für das Messer? Sie haben’s gefunden.«

»Nimm es, verdammt. Du hast gesagt, es hat deinem Pa gehört.«

»Und Sie haben es all die Jahre gehabt. Überlegen Sie sich, was Sie dafür wollen, und ziehen Sie es mir vom Lohn ab.«

»Nein, verflucht. Wenn es dir was bedeutet, dann nimm es. Für mich ist das ein verdammt schlechter Ersatz für einen Vater, aber da du nichts anderes hast, behalt es.«

Tiefer alter Wald. Die Erde kupferfarben von abgefallenen Nadeln, ein kühler, durchdringender Zederndu ft in der Luft. Eine alte Wagenspur endete irgendwo und führte vom Endpunkt nach Hause. Die aufgetürmten Wipfel abgestorbener Zedern lagen ausgebleicht und weiß und so unzerstörbar wie Knochen am Boden.

Seit seiner Kindheit war er nicht mehr in diesen Wäldern gewesen. Es schien, als wäre die Zeit stehen geblieben. Halb wartete er auf klirrende Halteketten, hallende Axthiebe und langsam durchs Erdreich knirschende Wagenräder. Einst stand ein altes Haus hier, hatte sein Vater gesagt. In dem Jahr, als der Sturm kam, riss es der Tornado einfach vom Fundament und wirbelte es davon … wohin, wusste niemand.

Hier ragte ein altes, rostiges Ofenrohr aus dem Erdreich, dort die Überreste eines Waschzubers. Ein paar alte, selbst gebrannte Lehmziegel. An einer ebenen Stelle mit niedrigem Gestrüpp die Grundsteine selbst, unergründlich, zeitlos, ein seltsames, nach keinem bekannten Stern ausgerichtetes Stonehenge.

Laub verstopfte die Quelle. Er kniete nieder, entfernte es mit bloßen Händen und beobachtete, wie klares Wasser langsam kreisend einströmte und Sand und Schlick fortspülte. Ein alter, einäugiger Flusskrebs, der sich zunächst tot stellte, betrachtete ihn misstrauisch aus dem zunehmend klareren Wasser und wich unter einen Stein zurück. Ein Herbstwind wehte die ersten Blätter von dem Baum über ihm; er richtete sich in einem kreisenden Laubsturm auf. Hier hat er getrunken, dachte er und ließ den Blick über die Sandbank schweifen. Wo hatte das Messer gelegen? Sein Vater war regelrecht vernarrt in dieses Messer gewesen, es sah ihm gar nicht ähnlich, es zu verlegen. Er hatte es einmal verloren und zwei ganze Tage danach gesucht, bis er es wiederfand, und er gehörte nicht zu den Leuten, die einen Fehler zweimal machen.

Winer trocknete sich die Hände am Hosenboden ab und stieg die Schlucht hinauf. An der Mündung fand er Trümmer, auf die er sich keinen Reim machen konnte. Alte, rostige Zwanzig-Liter-Kanister, sinnlose Bruchstücke verbogenen Metalls. Ein Füllhorn an leeren Vier-Liter-Eimern Zuckerhirsesirup. Glasscherben. Er setzte sich auf einen Baumstumpf und betrachtete die Abfälle. Sie bargen eine Geschichte, könnte er sie denn entziffern. Ein Häher kreischte, dann herrschte wieder undurchdringliche Stille im Wald. Er erhob sich. Er hatte sich den Gedanken, dass sein Vater tot sein könnte, nie erlaubt, aber jetzt akzeptierte er es.

Winer sah seiner Mutter, die sich ganz auf das Nähzeug in ihrem Schoß konzentrierte, beim Arbeiten zu. Ihre Lider waren von Adern durchzogen und fast ohne Wimpern, die Gesichtshaut straff und glatt über die Wangenknochen gespannt. Sie bemerkte offenkundig weder ihn noch etwas anderes, das nicht mit dem Stoff und der Nadel darin zu tun hatte. Die Lippen hatte sie leicht zu einem Ausdruck verhaltenen Missfallens geschürzt, mit dem sie die Welt stets betrachtete. Sie ist alt, dachte er plötzlich, obwohl er wusste, dass sie es nicht war. Einen

Moment lang erinnerte ihn ihre gleichmütige Miene an die der alten Männer in Longs Laden oder bei Hardin, das abgeklärte Gesicht einer alten Frau, die vor langer Zeit von dem hohen Führerhaus eines Holzlastwagens und einem Olymp von Jahren zu ihm herabgesehen hatte, ein Gesicht, das die Zeit so lange wattiert und zerknittert hatte, bis es alterslos wirkte wie etwas, das man in der Natur fand, eine alte Walnussschale im Wald. Wer war sie? Tante, Großmutter, Ersatzmutter? Wer immer sie ist, sein war sie nie.

Ich bin dein Blut, dachte er. Die Hälfte von mir stammt von dir, und doch weiß ich gar nichts über dich. Du hast mich an deiner Brust gesäugt, und doch gibt mir ein verlorenes Taschenmesser mehr Erinnerungen und Wissen, als du mir in all den Jahren gegeben hast, als deine geballte Missbilligung mich gelehrt hat.

Und du weißt es. Irgendwo hinter der gleichgültigen Maske deines Gesichts liegt die Antwort. Du ahnst es vielleicht selbst nicht, aber sie ist da. Irgendwo in den Archiven der Erinnerung, alte und vergilbte Zeitungsstapel. Worte müssen gewechselt worden sein, die ich nicht gehört, und falls doch, nicht verstanden habe. Oder hast du es all die Jahre gewusst, und ich habe nur deine Motive oder Beweggründe nicht gekannt? Hast du ihm im Schlaf die Kehle durchgeschnitten, hat schon damals ein Handelsreisender mit Töpfen und Pfannen deine Träume heimgesucht? Ist sein Vorgänger dir vor langer Zeit in einer Vision erschienen, hast du nur den Weg für seine Ankunft geebnet? Oder ist Pa einfach die Straße entlang fortgegangen, so wie du im Kopf eine Straße entlang fortgegangen bist?

»Hat Pa je mit Whiskey rumgemacht?«

Sie sah stechend auf. »Was?«

»Hat er je Whiskey gebrannt? Oder verkauft?«

»Himmel, nein. Wieso fragst du?«

»Nur so.«

»Ich frage mich, wie du auf so etwas kommst. Hat dir dieser Nichtsnutz Hardin irgendwelche Lügen erzählt?«

»Nein.«

»Dein Pa hat nicht mal getrunken. Ich hab ihn nur ein einziges Mal ein Glas Whiskey trinken sehen, und das war vor unserer Hochzeit bei einer Tanzveranstaltung. Dein Pa war merkwürdig gestrickt. Er war ein Einzelgänger und hatte nie die Geduld, sich mit einer Bande Betrunkener abzugeben – und die hätte er gebraucht, hätte er sich mit Whiskey abgegeben.«

»Du hast nie viel über ihn geredet«, sagte er. »Warum nicht?«

»Es war alles gesagt, als er zur Tür rausspaziert ist«, antwortete sie ihm.

»Wissen Sie, ob mein Pa je Whiskey gebrannt hat?«

»Großer Gott, nein. Warum? Hast du vor, eine Destille aufzuziehen und Dallas Hardin aus dem Geschäft zu drängen?«

»Nein. Ich hab mich nur gefragt.«

»Nimm dir eine Birne«, sagte Oliver. Er hatte den Schaukelstuhl im Schatten des Birnbaums stehen und schälte Birnen in einer alten emaillierten Waschschüssel. Vom Baum gefallene gelbe Birnen lagen im trockenen Gras verstreut, von Gefräßigkeit beherrschte Wespen krochen darauf herum. Der Geruch der gärenden Früchte lag schwer in der Luft.

»Ich hab drüben nahe King's Branch eine alte Destille bei dem Zedernwäldchen gefunden. Da frag ich mich doch, wer die dort gebaut hat.«

»Also ich kann dir nicht sagen, wer das war, aber ich kann dir genau sagen, wer's nicht war. Nix gegen deinen Pa, aber in manchen Sachen war er regelrecht intolerant. Ich persönlich hab ja nichts gegen die Schwarzbrennerei, aber er war strikt gegen Whiskey, er hat stets hart gearbeitet, und Whiskeybrennen ist immer reine Zeitverschwendung für ihn gewesen. Obwohl auch das harte Arbeit ist, wie dir jeder bestätigen kann, der mal ’n Fünzig-Kilo-Sack Zucker auf den Schultern durch ’n Wald geschleppt hat.«

»Wem, meinen Sie, hat sie dann gehört?«

»Hm, als Dallas Hardin hierher in diesen Teil des County kam, hatte er noch nicht das Geld, Polizisten zu kaufen, so wie heute, und er hat selber gebrannt, statt das Zeug einfach anliefern zu lassen. Er hatte die Angewohnheit, seine Destillen nicht auf Hovingtons Grund und Boden zu betreiben, sondern auf dem anderer, falls die Fahnder seine Anlage finden sollten.«

Der alte Mann sah auf, und etwas an Winers Miene erschreckte ihn so sehr, dass sein Gedankengang unterbrochen wurde und er einen Augenblick verwirrt reagierte. Einen Moment lang sah er die Augen des Vaters im Gesicht des Sohnes, kalte, verschlafene Augen.

»Nein, Moment mal«, sagte Oliver nachdenklich, wie zu sich selbst. »So isses ja gar nicht gewesen. In meinem Alter funktioniert der Verstand so wenig wie der Körper. Der alte Cater Loveless lebte dort, und als der Tornado kam, wurde sein ganzes Haus einfach fortgeweht. Also der hat auch Whiskey gebrannt, Cater. Das war, bevor dein Pa das Land für die Steuern drauf gekauft hat.«

»Dann muss es die Destille von Loveless gewesen sein?«

Oliver sah auf. Der Ausdruck war vom Gesicht des Jungen verschwunden. »Höchstwahrscheinlich«, stimmte er zu. Er schälte weiter seine Birnen.

Der Junge stand auf. »Wo ist Ihre Säge? Ich dachte mir, ich säg die große Pappel klein, die der Bach angeschwemmt hat.«

»Junge, das musst du nicht. Kannst du nicht mal 'ne Minute lang einfach nichts tun?«

»Dauert nicht mehr lange, bis es kalt wird.«

»Nein, das stimmt wohl. Es dauert nie lang, bis es kalt wird. Oder warm. Je älter man wird, desto schneller vergeht die Zeit.«

»Wo, sagten Sie, ist die Säge?«

»Sie hängt im Schuppen an der Wand, wie immer, aber mir ist unbegreiflich, dass du nichts anderes zu tun hast, als 'nem alten Mann Holz zu sägen. In deinem Alter hab ich zwölf Stunden gearbeitet und bin die ganze Nacht den Frauen nachgelaufen. Warum bist du nicht in der Stadt und machst das auch?«

Winer ging zum Schuppen.

»Außer natürlich du hast was gefunden, das dir mehr zusagt.«

Winer blieb stehen und drehte sich um; Oliver grinste in die Wanne mir Birnenschnitzen, als würde er da etwas sehen, das ihn erheiterte. Winer ging in den Schuppen.

»Wenn du fertig bist, packen wir ein paar von den Birnen ein, damit du sie mit nach Hause nehmen kannst«, rief der alte Mann.

An den Wochentagen war meist wenig los, und nichts, womit Pearl und Wymer nicht allein fertigwurden; so konnte Hardin eine Menge nicht näher erläuterte Angelegenheiten regeln. Wenn er aufbrach, verriet er keiner Menschenseele, wohin er wollte oder wann er zurückkehren würde, er fuhr einfach mit dem Packard weg oder sattelte einen Morgan, ritt auf die Hügelkuppe und verschwand im Wald dahinter. An den Tagen, wenn Hardin unterwegs war, saß Amber Rose draußen und beobachtete Winer. Sie hatte etwas seltsam Verklärtes an sich. Er sah sie nie in einem Buch lesen, nähen oder sich sonst wie die Zeit vertreiben, sie saß einfach nur stumm und selbstzufrieden und so aufmerksam da, dass ihm manchmal schien, als könnte er die Last ihrer Blicke auf sich ruhen spüren und den Moment genau erkennen, ab dem sie ihm ihre Aufmerksamkeit schenkte. Er wusste noch genau, wie sie im Schulbus saß, aber auch da hatte sie nie ein Wort gesprochen und ganz sicher nicht so ausgesehen wie heute. Er erinnerte sich an ihre lila Augen und das dichte schwarze Haar, aber alles andere hatte sich verändert. Als wäre sie über Nacht erwachsen geworden, wie eine Blume aufblüht.

Er sah von seinem selbst gezeichneten Bauplan auf, und da stand sie mit einem Glas Pfirsiche in der Hand vor ihm.

»Kriegst du das auf? Meine Ma und ich schaffen es nicht.«

Winer legte den Bleistift weg. »Vielleicht.«

Sie streckte ihm das Glas entgegen. Als er sich aufrichtete, standen sie ganz dicht nebeneinander, und nach einem einzigen Blick in ihr Gesicht spürte er eine Art elektrischer Ladung in der Luft. Sie erwiderte seinen Blick mit einer Unschuldsmiene, als hätte sie es gar nicht bemerkt, und vielleicht bemerkte sie es ja auch gar nicht. Das Haar trug sie in der Mitte gescheitelt, sodass es die Ohren bedeckte und über beide Schultern fiel. Von so Nahem hatte er sie noch nie gesehen, ihre Haut wirkte makellos rein. Er roch ihren warmen, sauberen Duft, und beim Gedanken an Lipscomb, der sich an die in der Sonne gleißende Fensterscheibe lehnte, wurde ihm schwindelig.

»Dann sieh mal zu, ob du sie aufbekommst. Ma wartet auf mich.«

Er schraubte den Ring auf und gab ihr das Glas zurück. »Du bist ja so stark«, sagte sie mit einem ironischen Unterton. Sie nahm das Glas, entfernte sich aber nicht. »Was glotzt du so? Ist mein Gesicht schief?«

»Ich fand immer, dass du die schönsten Augen hast.«

Ihr Haar roch nach Seife, und er sah die Linie der Kopfhaut am Scheitel. Das von der geweißelten Wand reflektierte Sonnenlicht fiel so auf ihr Gesicht, dass ihre Augen fast einen Schlafzimmerblick hatten. Er sah den Schatten unter ihrem Kiefer, den hellen, weichen Flaum auf der Oberlippe. Ihre Lippen sahen heiß und geschwollen aus.

»Oh, du kannst ja sprechen. Ich war mir da nicht so sicher. Solltest du öfter machen.«

»Könnte ich, wenn ich jemand zum Reden hätte«, sagte er. »Mir selbst muss ich nichts erzählen, das ich nicht eh schon weiß.« Durch das Klingeln in seinen Ohren hörten sich die Worte hölzern und unbeholfen an.

»Wenn ich das nächste Mal ein Glas Pfirsiche geöffnet haben will, kannst du ja mit mir reden«, sagte sie. Sie lächelte und ließ weiße, ebenmäßige Zähne sehen. Er sah ihr nach, wie sie in der Sonne zum Haus zurückging.

Am Nachmittag brachte sie ihm einen Krug Eiswasser, und kurz vor Feierabend kam sie noch einmal und stellte ein Glas Pfirsiche neben seinen Vesperkoffer.

»Hier«, sagte sie. »Sag ja nicht, dass ich dir nie was gebe.«

Sam Long sah ihn von den Gleisen her die Straße entlangkommen, einen großen jungen Mann, dessen Brust und Schultern jedes Mal, wenn Long ihm begegnete, breiter zu sein schienen. Er ging am Fenster des Lebensmittelladens vorbei, ohne ihn anzusehen, und zielstrebig seines Weges, als wüsste er ganz genau, was er wollte und wo es versteckt war. Long ging hinter die Registrierkasse, nahm ein Kassenbuch zur Hand, überflog es und legte es dann wieder in die Schublade. Er zündete sich einen kurzen Stumpen an und wartete. Eine Familie kam herein, klapperte langsam schlendernd die Gänge ab und schaufelte Lebensmittel in den Einkaufskorb, aber Long wirkte zerstreut und abgelenkt, und als Winer wieder die Straße entlangkam, lief er hinaus und stellte sich ihm in den Weg.

Winer begegnete ihm mit freundlicher, neugieriger Miene.

»Ich hab dich in den letzten Wochen gar nicht gesehen. Hab mir schon Sorgen gemacht.«

»Ich war nicht oft in der Stadt. Ich arbeite bei Hardin und bin ziemlich beschäftigt.«

»Das hab ich schon gehört. Hardin bezahlt dich pro Woche, nicht?«

»Er bezahlt mich ganz gut. Was wollen Sie?«

»Ich frag mich nur, wann du deine Schulden bezahlen willst. Deine Lebensmittelrechnung.«

»Was soll damit sein? Ich hab Ihnen das Geld am Samstag zukommen lassen, wie immer.«

»Leider nicht.«

Winer antwortete nicht gleich, daher sagte Long: »Komm einen Moment rein, dann zeig ich dir die Rechnungen.«

»Dann wäre ich auch nicht schlauer als jetzt. Hier stimmt was nicht. Ich schick das Geld jede Woche her.«

»Also, das hast du immer getan. Solange du für Weiss gearbeitet hast. Du und deine Mutter, ihr seid gekommen und habt eure Lebensmittel geholt und bezahlt. Immer so pünktlich, dass man die Uhr danach stellen konnte. Vor etwa einem Monat kam deine Mutter dann mit diesem Huggins her, der die Töpfe und Pfannen verkauft. Ab da hat sie zwar weiter eingekauft, aber nicht mehr bezahlt. Eine Zeit lang hab ich mir nichts dabei gedacht, weil ihr immer ehrliche Leute gewesen seid.«

Winer antwortete eine Weile nicht. Schließlich sagte er: »Na gut. Wie viel ist es?«

»Bisschen mehr als hundert Dollar.«

»Wie viel mehr?«

»Hundertdreiundzwanzig genau.«

»Gut, kriegen Sie, aber von jetzt an kauft keiner mehr auch nur eine Cola auf meine Rechnung, wenn ich es nicht sage. Alles klar?«

»Soll mir recht sein.«

Huggins kam am nächsten Freitagabend wieder, saß sanft schwingend auf der Schaukel und schien von einer besitzergreifenden Aura umgeben zu sein, mit der er das Hausrecht für sich einforderte. Winer verschwand im Haus und holte Spiegel, Rasiermesser und Seife. Er ging zur Hintertür hinaus und den Pfad zur Quelle hinunter. Er hatte bereits gebadet, kniete am Ufer und rasierte sich. Huggins schlich sich lautlos an, kam verstohlen und heimlich durch das Gebüsch, blieb hinter Winer stehen und erschien, vom Spiegel umrahmt, hinter dessen Gesicht. Winer schnitt sich mit dem scharfen Rasiermesser ins Gesicht, als Huggins ihn ansprach.

Winer sah einen roten Tropfen Blut an seinem Kinn aufquellen und sein Gesicht hinunterlaufen. Er wischte ihn weg und ließ den Spiegel sinken.

»Was steht an, Kumpel?«

Winer drehte sich um. Huggins stand mit an den Seiten hängenden Armen vor ihm, als hätte Winer ihn gerufen, als würde er geduldig abwarten, was von ihm verlangt wurde. Er stand gebückt, als bestünde er aus einem seltsamen Material, das sich allmählich verflüssigte, ein birnenförmiger, vom Sog der Schwerkraft langsam deformierter Klumpen abscheulicher Gallerte, den seine kunterbunte Kleidung, die aussah, als hätte er sie im Schutze der Dunkelheit wahllos von verschiedenen Wäscheleinen gestohlen, kaum noch halten konnte.

»Was ist denn? Ich bin hergekommen, um zu baden.«

»Weiß ich. Ich muss nur 'n Moment mit dir reden und wollte dich allein erwischen.«

Hast du bis zum Zahltag zwei Dollar für mich übrig?, dachte Winer bei sich.

»Ob du mir bis Mittwoch wohl 'n Fünfer leihen könntest?«, fragte Huggins.

Winer erteilte sich im Geist eine Rüge, weil er die wahre Dimension von Huggins' Ambitionen unterschätzt hatte. Er wusch sich den Rasierschaum vom Gesicht und trocknete sich mit einem Handtuch ab. Er wollte nichts mit Huggins zu tun, wollte ihn aus dem Haus haben, er fühlte sich bedrängt und kurzatmig, als würde Huggins irgendwie die Atmosphäre beeinflussen, ihr mehr als den Anteil Sauerstoff entziehen, der ihm gebührte, bis sie heiß und tot und lebensfeindlich wurde. Er nahm die Brieftasche zur Hand und blätterte das Geld durch, das Hardin ihm bezahlt hatte. »Sollte sich machen lassen.«

Seine Bereitwilligkeit überraschte Huggins. Er leckte sich die ohnehin schon feuchten Lippen und betrachtete das Geld. »Gib mir am besten zehn, wenn du sie erübrigen kannst, Kumpel. Mittwoch zahl ich's zurück.«

Winer hielt inne. »Vor einer Minute waren fünf noch genug, wieso sind wir jetzt bei zehn?«

»Hm. Fünf reichen, denke ich. Ich werd wohl damit hinkommen.«

Winer stand auf. Er gab Huggins einen Fünfdollarschein und sah zu, wie er ihn zusammenlegte, und hastig in die Uhrentasche steckte; und dabei dachte Winer die ganze Zeit, dass er den Schein nie wiedersehen würde. »Damit müssen Sie auskommen«, sagte er. »Ich bezahl diese Woche nur meine eigene Lebensmittelrechnung.«

»Bitte?«

»Ich wollte schon die ganze Woche nach meiner Lebensmittelrechnung bei Long fragen. Ich schicke ihm jede Woche Geld, und irgendwie schulde ich ihm anscheinend trotzdem immer mehr. Haben Sie eine Ahnung, wie so etwas sein kann?«

»Himmel, nein. Da müsstest du schon Sam Long selbst fragen. Er muss seine Rechnungen durcheinandergebracht haben.«

»Mit seinen Rechnungen ist alles in Ordnung. Meine sind durcheinander. Was versuchen Sie da abzuziehen?«

»Du musst mit deiner Ma reden.«

»Sie sagen, ich soll mit Sam Long reden. Oder mit meiner Ma. Ich glaube aber, eigentlich sollte ich mit Ihnen reden.«

»Ich bin kein Buchhalter.«

»Nein. Sie sind kein Buchhalter. Mir fällt das eine oder andere ein, das Sie sind, aber ein Buchhalter ganz sicher nicht. Und ich sag Ihnen noch was. Ich arbeite für mein Geld. Und wenn Sie glauben, dass ich mir jeden Tag den Arsch aufreiße, damit Sie in der Billardhalle trinken oder gottverdammte Töpfe und Pfannen damit bezahlen können, dann haben Sie sich geschnitten.«

»Du hast ’n ziemlich freches Mundwerk für so ’n jungen Burschen, was?«

Ich hau ihm eine runter, dachte Winer. Und dann: Nein, dazu müsste ich ihn ja berühren.

»Junge, wir beide müssen da mal was klarstellen. Also, du musst mit mir auskommen und ich mit dir, und wenn du mir das Leben schwer machst, dann mach ich's dir auch schwer. Deine Ma hält ziemlich große Stücke auf mich, und zwischen uns wird's allmählich ernst. Vielleicht heiraten wir sogar demnächst, packen hier zusammen und gehen nach Norden. Dann sind wir beide eine Familie, und du weißt so gut wie ich, dass eine Familie nur einen Boss haben kann.«

»Hol Sie der Teufel.« Winer ließ Rasiermesser und Spiegel fallen, hörte Glas auf Stein zerschellen. Er packte Huggins am Hemdkragen, spürte dünnen Stoff reißen und den Kragenknopf abfallen. Er hielt den Stoff zwischen der Faust und der weißen, unbehaarten Haut von Huggins' Hals. »Ich will mal eines klarstellen«, sagte Winer. »Was ihr beide macht, ist eure Sache. Aber der Tag, an dem Sie mich rumkommandieren, das wird ein kalter Tag in der Hölle.«

Huggins wich linkisch zurück und versuchte zu fliehen. Er hatte Winer für einen Jungen gehalten, von dem keine Schwierigkeiten zu erwarten waren, ihn jedoch nie richtig angesehen. Jetzt bemerkte er die harten, braungebrannten Schultern, die kräftigen Arme, und da sah Winer Angst in Huggins' Augen aufsteigen wie Flüssigkeit in einem Glas, und davor die zweifache Spiegelung seines Gesichts, beide Gesichter kalt und abweisend und gnadenlos über die kleinen schwarzen Augen gebeugt.

Er ließ los, und Huggins stolperte rückwärts und stürzte beinahe, als sich ein Stein unter seinem Fuß drehte. Er verzog das Gesicht und massierte sich den Knöchel. »Du gemeiner kleiner Schlappschwanz«, sagte er. »Du jämmerliches Aas.« Er atmete schwer, als wäre er eine weite Strecke gelaufen, ein keuchendes, ächzendes Krächzen. Er knöpfte die verbliebenen

Knöpfe seines Hemds zu, strich sich mit einer zitternden Hand durch das Haar und schlurfte durch die Büsche zurück. In sicherer Entfernung sagte er: »Wenn wir verheiratet sind, setz ich dich als Erstes auf die Straße.« Dann zog er ab.

Winer suchte seine Sachen zusammen. Der Spiegel war in dreieckige Scherben zerschellt, die jede ihren eigenen blauen Himmel oder kahlen Baum reflektierten, eine geborstene Landschaft im Glas. Er wartete eine Weile, bis er hörte, wie das Auto angelassen wurde und wegfuhr, dann erst ging er ins Haus. Dort angekommen sah er, dass seine Mutter Huggins begleitet hatte, wohin ihn sein Weg auch führen mochte.

Sein Vater hatte das Haus gebaut, ein Mann, der alles über Winkel, Ecken und Balken wusste. So viele Jahre waren vergangen, doch die Bodendielen hingen nicht durch, die Decken blieben stabil und gerade. Hätte sich doch nur alles als so haltbar erwiesen. Denn das ganze Haus roch nach Warten, nach den Winterfeuern des vergangenen Jahres, es schien ausschließlich in Erwartung eines Augenblicks erbaut worden zu sein, der noch nicht gekommen oder schon vor langer Zeit unbemerkt verstrichen war.

Er trank eine Tasse Kaffee auf der Schwelle; nach einer Weile ging er wieder hinein und stellte überrascht fest, wie wenig Zeit vergangen war. Er schaltete das Radio ein. »Hier ist WJJD aus Chicago«, tönte es aus dem Radio. »Und wir präsentieren Ihnen Randy Blake mit ›Summertime Frolic‹.« Ein Song begann, eine Fiedel kratzte. Er ging die Leiter zum Dachboden hinauf.

Als er mit seinen Toilettenartikeln und Kleidung zum Wechseln in einer braunen Tüte herunterkam, spielten sie im Radio gerade: »I didn't hear nobody pray, sweet Jesus, I didn't hear nobody pray. Whiskey and blood run together, but I didn't hear nobody pray.« Winer drückte die Tüte an sich und sah sich in dem Raum um. Er schaltete das Radio aus und ging hinaus.

Er folgte dem Kielwasser der Sonne und stapfte über das Feld. Der Himmel im Westen war rot gefleckt, als stünde die

Stadt, die Winer sich als Ziel erkoren hatte, in Flammen. Hinter ihm am Waldrand sammelte sich die Dunkelheit und verfolgte ihn verstohlen über die Wiese. Am Rain verweilte er unschlüssig und setzte sich eine Weile auf einen Stein. Er wusste nicht mit Sicherheit, wohin er wollte oder warum er dorthin wollte. Er legte die Tüte zwischen die Füße, umklammerte die Knie mit den Händen und sah dorthin zurück, von wo er gekommen war. »Verflixt«, sagte er. »Es ist mein Haus.« Einen Moment dachte er, er könnte umkehren, erhob sich jedoch nicht von dem Stein. Die schwere Last des Zorns schien ihn festzuhalten.

Die Dämmerung schritt voran, der dunkle Fleck der Nacht wanderte über das Feld. Der Himmel nahm einen verwaschenen Lavendelfarbton an, der fast unmerklich dunkler wurde, bis der erste Stern erschien. Dann noch einer, Stecknadelstiche im Gobelin der Nacht. Vor dem lila Hintergrund des Himmels sah der Pinienwald jetzt verschwommen und fremd aus, bekam die Beschaffenheit von gebürstetem Samt. Der Chor der Ziegenmelker schwoll an, das stetige, monotone Summen von Fliegen. Die Details verschwanden; in der ganzen Welt, die Winer sah, verschmolzen Farben und Formen, sie verwandelte sich, der Horizont der Baumreihen wirkte eindimensional und finster vor dem helleren Dunkel.

Er stand auf. Er nahm die Tüte, umrundete die Wiese auf einem alten, kaum noch erkennbaren Feldweg, betrat unter den stoischen toten Blicken einer Vogelscheuche ein Maisfeld und stapfte zwischen den Pflanzen dahin, deren Blätter trocken und kehlig an seiner Kleidung flüsterten. Jenseits der windschiefen Maisstauden sah er die asphaltierte Landstraße wie einen dahinströmenden Fluss aus Tinte. Winers Schatten kam ihm wie ein Phantombild vor. Als er sich umdrehte, schwebte der Mond über den stacheligen Baumkronen. Wolken zogen am distanzierten Antlitz des Vollmonds vorbei. Sie bewegten sich unablässig unter dem Druck einer hohen Windströmung und wirkten vor dem gelblichen Gesicht fast durchscheinend, sodass der Mond einer amorphen Welt in Aufruhr glich, ein konstanter Fluss von Meeren und Kontinenten, die sich in ewigen Zufallsmustern wieder und wieder formierten. Er kam zwischen den letzten Maispflanzen heraus und stakste die Böschung hinunter zur asphaltierten Straße. Lautlos ging er in die Stadt, vom regelmäßigen Klatschen seiner Schuhe auf dem Asphalt einmal abgesehen.

Der schrottreife Buick stand dort, seit Winer sich erinnern konnte, Opfer eines vergessenen Unfalls. Er stand unterhalb des Reifenlagers und verschwand nach und nach im Wildwuchs von Geißblatt und Kletterwein, als hätten die Jahre seine Chemie verändert, ihn urbar gemacht, sodass im Sommer die feurig orangefarbenen Glocken der Juckbohne aus der Heckstoßstange erblühten. Winer öffnete die Fahrertür gegen den sanften Widerstand der Geißblattpflanzen und warf die Tüte auf den Boden. Lautlos schloss er die Tür wieder und sah über das Auto hinweg zu den Lichtern der Hütten unmittelbar an den Eisenbahnschienen. Zufällig entstandene Häuser mit einer Aura des Provisorischen, die auf eine vage Verbindung zu den Gleisen hindeuteten und selbst illegitime Nebenprodukte der kommenden und gehenden Züge zu sein schienen. Er marschierte an den dunklen Umrissen von Reifenstapeln vorbei zur Straße und weiter Richtung Stadt. Ein Wachhund an einer Kette, die wiederum an einer Wäscheleine befestigt war, folgte ihm, so weit es ging, und die Kette glitt dabei fast musikalisch an der Leine entlang. Als die Kette sich straff spannte, stand der Hund auf den Hinterläufen und sah ihm nach.

Im Snow White Cafe aß er zwei Käsetoast und trank ein großes Glas Milch dazu. Er bezahlte, hörte eine Weile der Musicbox und den klirrenden Flipperautomaten zu und betrachtete durch sein Spiegelbild hindurch die fast dunkle Straße, wo gerade der freitagabendliche Trubel begann: Arm in Arm schlendernde Pärchen; Mädchen, so bunt wie frisch gepflückte Blumen; leicht angetrunkene, gutmütige Männer, die von erbosten Ehefrauen mit verbitterten, gehetzten Gesichtern nach Hause gescheucht wurden.

»Gottverdammt, wenn das nicht der alte Winer ist«, ertönte eine joviale Stimme. Winer drehte sich um und sah ein rotes Mondgesicht auf sich herablächeln, ein Gesicht, das er aus der Schule kannte. Chessor hieß eigentlich Wendall, aber daran erinnerte sich kaum noch jemand. Sein Vater hatte ihm den Spitznamen Buttcut gegeben, was so viel wie »Holzscheit« bedeutete, weil er der Erstgeborene war und sein Vater meinte, er wäre so hart wie ein Scheit aus Weißeichenholz, und der Name blieb hängen. Buttcut machte seinem Namen alle Ehre. Im Footballteam spielte er auf der Position des Stürmers, und obwohl die Schule schon zwei Jahre hinter ihm lag, trug er immer noch die schwarz-goldene Schuljacke und ruhte sich auf seinen Athletenlorbeeren aus.

»He, Buttcut. Setz dich.«

Chessor setzte sich auf der anderen Seite des roten Resopaltisches in die Nische. »Junge, wo hast du denn gesteckt? Wir dachten schon, du wärst tot oder in den Krieg gezogen.«

»Nee, ich bin noch da. Ich hab in Mormon Springs als Zimmermann gearbeitet. Hardins Spelunke oder was auch immer gebaut.«

Chessor drehte sich in die ungefähre Richtung des Tresens um. »He, bring uns eine Cola«, rief er. Er wandte sich wieder

Winer zu. »Hast du den alten Shoemaker gesehen?« Als Winer den Kopf schüttelte, fuhr Chessor fort: »Ich hab gehört, dass er dich sucht. Er will irgendwas einfädeln, dass du den Abschluss machen kannst oder so. Er hatte alles Mögliche für dich vorbereitet, aber dann bist du letzten Herbst nicht mehr gekommen. Und du sagst, du hast ihn nicht gesehen? Ich hab nämlich gehört, dass er mit deiner Ma gesprochen hat.«

»Weiß nicht. Wenn, hat sie es nie gesagt.«

»Vielleicht damals nicht. Jedenfalls solltest du dieses Jahr da sein. Die Abschlussklässler treiben den alten Toby noch in den Wahnsinn. Genau wie wir, als ich noch dort war. Die setzen die alte Tradition fort. Niemand wirft auch nur einen Blick in ein Buch, alle machen nur Scheiß und ficken die Lehrer.«

Ein Mädchen in weißer Florgarnuniform stellte zwei Gläser Cola und zerstoßenes Eis auf den Tisch. Die Rechnung legte sie daneben. »Passt ja auf, was ihr sagt, sonst trinkt ihr die draußen auf dem Bürgersteig«, sagte sie. »Es sind Damen anwesend, falls euch das entgangen sein sollte.«

»Wenn sich eine beschwert, halt ich mich zurück«, ließ Chessor sie wissen.

Das Mädchen drehte sich um und ging in den vorderen Bereich des Restaurants; ihr linkes Bein war am Knie leicht nach außen gebogen, der Tennisschuh, den sie trug, schlurfte leise zischelnd über den glatten, gewachsten Boden.

»Diese klumpfüßige Schlampe«, sagte Buttcut. »Der muss ich mal Manieren beibringen.« Er strahlte wieder, die altbekannte joviale Miene kehrte zurück. »Der alte Toby hält nie bis zur Abschlussprüfung durch. Bis dahin ist der alte Wichser längst in der Klapsmühle gelandet. Ich hab ihn im Drugstore getroffen, man sieht es ihm in den Augen an. Ich weiß noch, als ich noch die Schulbank gedrückt hab, hatte er diesen grauen

Hut, der war sein ganzer Stolz. Den hatte er irgendwo bestellt. Ich hab ihn mir geschnappt und im Werkunterricht mit der Kreissäge zerschnitten. Lauter niedliche graue Streifen. Die hab ich in seiner Schreibtischschublade versteckt, und als er sie gefunden hat, hat er geheult wie ein kleines Baby. Ich schwöre es. Ich glaub sowieso, dass der zu drei Vierteln 'ne Schwuchtel ist.«

Buttcut sah sich um, beugte sich noch weiter zu Winer und fuhr mit gedämpfter Stimme fort. »Dieses Jahr hat ihm Ann Barnett 'n Gummi auf den Schreibtisch gelegt. Mit Lotion oder Creme oder so was drin, damit er wie gebraucht aussah. Der alte Toby kommt rein und beginnt seinen Französischunterricht, sieht es und wird weiß wie ein Laken. Betrachtet den Gummi mit geblähten Nasenflügeln. Du weißt ja, was für 'ne Angst der Typ vor Bazillen hat, ständig befürchtet er, dass er sich was einfängt. Jedenfalls, sagt Ann, sind alle fast von den Stühlen gefallen. Schließlich hat Toby 'n Taschentuch genommen, um die Hand gewickelt, 'n Bleistift an der Spitze gehalten und damit in dem Gummi rumgestochert, bis er ihn damit aufgespießt hat. Dann ist er durchs Klassenzimmer gelaufen und hat ihn mit ausgestrecktem Arm vor sich und ein wenig seitlich gehalten, als würden Bazillen daraus entweichen. Er hat ihn in den Mülleimer geworfen, und den Bleistift und das Taschentuch gleich hinterher. Hat kein Wort gesagt. Und dann setzt er sich wieder hin und konjugiert französische Verben, als wäre rein gar nichts passiert.«

Winer hörte zu, lächelte geistesabwesend und trank hin und wieder einen Schluck Cola. Hinter der Maske seines Gesichts versuchte er, sich Ann Barnetts Gesicht vorzustellen, sie aus der Parade der Gesichter herauszuheben, die ihm durch den Kopf gingen, aber es gelang ihm nicht. Er erinnerte sich nur an blondes Haar und braune Augen. Toby Witherspoons sanftes, gequältes Gesicht sah er deutlicher vor sich, doch sonst hörte sich alles, was Buttcut erzählte, seltsam und fremd an, obskure Rituale eines Volksstammes, den er nur vage aus Erzählungen kannte oder schon vor Jahren den Rücken gekehrt hatte. Er fühlte sich ganz und gar anders als sie alle, ausgegrenzt, ein Zuschauer, der nie zum Mitmachen aufgefordert worden war, ein an eine gefrorene Fensterscheibe gepresstes Gesicht.

Buttcut sah auf die Uhr. »Lässte ’n Dollar für ’ne gemeinsame Partie Flipper springen? Ich muss gleich zu ’nem Date, aber ’n bisschen Zeit hab ich noch.«

»Lieber nicht. Die fressen nur das Geld weg und machen einen pleite.«

»Mann, Junge, du musst nur ’n Händchen dafür haben. Ich spiele, und du setzt dich nur brav daneben und schaust zu.«

Er gab Chessor einen Dollar, Chessor legte einen drauf und wechselte sie in eine Rolle Zehncentstücke. Es war ein Erlebnis, Buttcut beim Flippern zuzusehen. Er redete mit dem Automaten, beschwor ihn, verfluchte ihn. Er liebkoste ihn, streichelte ihn, schlug mit den Fäusten auf ihn ein, wenn er nicht machte, was Buttcut wollte. Er beugte sich darüber, dirigierte die rollenden, glänzenden Kugeln in die Taschen, wo er sie haben wollte, und lag mit seiner massigen Gestalt auf der Maschine wie ein Liebhaber. Zu guter Letzt schlug er die Maschine bei zweihundertvierzig Spielen und stand am Ende zwölf Dollar reicher da. »Du musst nur ’n Händchen dafür haben«, sagte er freudestrahlend und zählte Winer sechs Dollar auf die Hand.

»Ich glaube, ich bin ein halber Flipperautomat«, sagte er. »Irgendwo in meinem Stammbaum muss einer sein. Irgendwann bin ich vermutlich mal heimgekommen und hab gesehen, wie einer zur Hintertür meiner Ma rausgeschlichen ist. Hör zu, ich geh jetzt Sue abholen. Soll ich dich irgendwo absetzen?«

»Nein. Ich hab nichts Besonderes vor. Ich bin nur hergekommen, um die Zeit totzuschlagen.«

»Such dir ein Mädchen. Du kannst doch bestimmt eine aufreißen, wenn das Kino zu Ende ist.«

»Vielleicht.«

»Dann bis bald.«

Als Buttcut gegangen war, trank Winer seine Cola aus, schlenderte mit der Rechnung zum Tresen und bezahlte. Er ging ebenfalls. Für einen Moment stand er unsicher vor dem Schaufenster des Restaurants, dann folgte er dem Lauf der Straße.

Sam Long wollte gerade schließen, als Winer dort anlangte. In dem Laden hielt sich kein einziger Kunde mehr auf, selbst die alten Männer hatten ihre Bänke geräumt. Winer fragte sich beiläufig, ob sie ein Zuhause haben mochten, wohin sie gingen, wenn der Laden schloss. Long fegte mit einem Besen mit langem Stiel um den Ofen herum.

»Was kann ich für dich tun, Jüngelchen?«

Winer legte vier Zehndollarscheine auf den Tresen. »Den Rest gebe ich Ihnen nächste Woche.«

Long lehnte den Besen an die Wand und kam hinter den Tresen. Er durchwühlte Dutzende Kassenbücher. »Mach dir keinen Kopf, Junge. Ich wollte dich nicht kränken. Mir is' nur klar gewesen, dass da vielleicht was läuft, wovon du nix weißt, weil ich diesen Huggins kenne.« Er zog die Summe im Kassenbuch ab und gab Winer eine Quittung. »Ich will nicht, dass du sauer auf mich wirst. Bist immerhin 'n geschätzter Kunde.«

»Ich bin nicht sauer auf Sie«, sagte Winer. Er steckte die Quittung ein und ging zur Tür.

»Komm wieder«, rief Long.

Es wurde bewölkt und noch frischer, ein kalter Nieselregen, der im gelben Licht der Straßenlaternen fast milchig wirkte, setzte ein. Winer ging an den Fassaden dunkler Geschäfte mit GESCHLOSSEN-Schildern an den Türen vorbei und setzte sich eine Weile im Billardsaal auf eine Bank. Er dachte, vielleicht würde er jemanden sehen, den er kannte oder kennenlernen wollte, doch dem war nicht so. Draußen verweilte er kurz unter dem tropfenden Vordach, dann ging er weiter die Straße entlang. Vor dem Taxistand von de Vries blieb er stehen, als würde er auf etwas warten. Der Gedanke, nach Hause zu gehen, deprimierte ihn, allerdings munterte ihn der Gedanke, nicht nach Hause zu gehen, auch nicht nennenswert auf. Er betrachtete die nasse Straße und die rituell auf und ab fahrenden Automobile. Einmal erkannte er Buttcut Chessor und seine Freundin und hob grüßend die Hand, aber Buttcut sah ihn nicht. Nach einer Weile kam Motormouth mit seinem aufgemotzten Chrysler vorbei, fuhr einmal um den Block und kam zurück. Diesmal hielt er, sodass die Antenne lautlos in ihrer Federung wippte.

»He, Winer. Frauen gesehen?«

»Nur aus der Ferne.«

»Was machst 'n heute Abend?«

»Ich misch mich unter die Irren«, sagte Winer.

»Dann lass uns das zusammen machen. Ich hab 'n Sixpack oder drei hier drin. Und ich war grad auf'm Weg zu diesen Frauen, die ich kenne. Willste mitfahren?«

Winer überdachte seine Optionen. »Warum nicht«, sagte

er und stieg in das Auto ein. »Fahr am Reifenlager vorbei. Ich hab ein paar Sachen in dem alten Buick, die ich abholen muss.«

Auf alten Straßen, die immer tiefer in den Wald führten, fühlte sich Winer bedrängt vom Dunkel jenseits der Scheinwerfer und vom zwanghaften Geplapper Motormouths, der davon besessen schien, Worte ohne Rücksicht auf Wahrheitsgehalt oder auch nur Zusammenhang abzusondern, als müsste er ständig etwas von sich geben, die Worte anordnen, wie es ihm gerade in den Sinn kam, und die verschiedenen Muster bewundern, die er auf diese Weise zustande brachte: Die alten Geschichten von Liebe und Verrat enthielten nicht ein Körnchen Wahrheit jenseits der ständigen Wiederholungen, doch mit jeder Wiederholung gestaltete Motormouth seine Vergangenheit neu, machte sich unsterblich, gab sich eine unendliche Anzahl von Leben.

Sie fuhren durch ein Land des Verfalls, einen weitläufigen, ungepflegten, tausend Morgen großen Wald, der im Besitz von Leuten war, die ihn nie gesehen hatten. Sie passierten unbeleuchtete Häuser und alte, baufällige Lebensmittelgeschäfte mit rostigen Zapfsäulen davor. Es war, als führe man durch ein Land nach Untergang und Verschwinden einer jeden Zivilisation, wo die Götter so rachsüchtig oder pervers geworden waren, dass die Bewohner keine andere Möglichkeit mehr sahen, als all ihr Hab und Gut einzupacken und zu fliehen. Alte, provisorische und windschiefe Hütten, ohne Rücksicht auf Straßen oder deren Nutzen errichtet von Leuten, denen Trampelpfade genügten. Dunkle Schemen an den Einmündungen von Schluchten, Bäume, die durch entrüstete Dächer wuchsen. Alte gemauerte Schornsteine, schwarz und einsam wie im Dienst erstarrte Wachtposten, die vergeblich auf eine Ablösung warten.

Längst aufgegebene Geisterstraßen, die obdachlosen Trinkern eine Heimat und anonymen Zufallsbekanntschaften ein Plätzchen für ein Stelldichein boten.

»Ich dachte, es lebt niemand mehr im Harrikin.«

»Kaum noch.«

»Kann man keinem verdenken. Wie weit ist es noch bis zu diesen Frauen?«

»Weiß nicht. Acht oder zehn Meilen. Mach uns noch ’n Bier auf.«

Die Straße verschlechterte sich so sehr, dass Winer sie an manchen Stellen nur noch erahnte, vage, rudimentäre Spuren, wo einmal eine Straße gewesen war, die, von den Weiden beiderseits des Weges fast erstickt, kontinuierlich immer schmaler bergab führte; Hodges bremste ständig und schaltete so weit herunter, dass Winer sich fragte, wie irgendjemand in so einer entlegenen Ecke überleben konnte. Sie überquerten namenlose flache Bäche, wo die Reifen auf glattem Schiefer durchdrehten, schlitterten mit blockierenden Rädern in farnkrautwuchernde Finsternis, eine Finsternis, die so sehr potenziert wirkte, dass man sich unwillkürlich fragte, ob Licht sie jemals durchdringen konnte.

Der Wald lichtete sich, das Gelände wurde flacher, und Winer sah wieder den Himmel. Der Regen hatte aufgehört, die Wolken rissen auf, ein unheimliches, außerirdisches Sternenlicht lag über der Landschaft. Hier drängten sich Gebäude aneinander, freilich nach wie vor leer und unbeleuchtet. Sie kamen an den enormen Brennöfen einer Ziegelei vorbei, die schroff aus Feldern mit sinnlosen, schwarzen, vom Regen glänzendem stummen Förderbändern emporragten. Hier und da kreuzten sich Straßen, und einmal holperte das Auto über eine Bahnlinie, wo längst keine Bahn mehr verkehrte.

»Hier irgendwo in der Nähe«, sagte Motormouth zu sich selbst. Nach einem Haus, das sich für Winer in nichts von den anderen unterschied, fuhr Motormouth nur noch im Schritttempo und blickte an Winer vorbei zu einem unbeleuchteten Gebäude, das wie ein altes Schulhaus aussah, davon abgesehen, dass es auf dem gesamten Schulhof von den dahingeschiedenen Wracks alter Automobile nur so wimmelte, die teils so ausgeschlachtet worden waren, dass sie wie Opfer einer Autopsie aussahen. Motormouth drückte ein Mal kurz auf die Hupe, hielt jedoch nicht an. Er gab Gas und fuhr an dem Haus vorbei um die Kurve.

»Wir fahren jetzt weiter bis zum See und wenden. Bis wir wiederkommen, steht sie am Briefkasten und wartet.«

»Steht sie? Ich dachte, es wären mehr als eine. Frauen, meine ich.«

»Ja, das hab ich ja gemeint. Sie und ihre Schwester.«

Winer glaubte Motormouth schon lange kein Wort mehr, wollte aber hier nicht aussteigen. Wo immer sie sich befinden mochten, sie waren meilenweit in unbekanntes Territorium vorgedrungen, und ihm war weder ein Telefonmast noch ein einziges beleuchtetes Haus aufgefallen. Er dachte sich aber, wo er auch sein mochte, es war besser, als schlafend zu Hause zu sein, denn in letzter Zeit hatte er immer öfter das Gefühl, dass das Leben an ihm vorbeiwirbelte und er hilflos dabei zusehen musste. Schlaf beschleunigte dieses Gefühl der Ohnmacht nur. Wenn er schlief, drehte sich die Welt weiter, veränderte sich, wurde komplexer, sodass er noch weniger damit zurechtkam.

An der Stelle am Ufer, wo sie anhielten, führte ein Steg über den See hinaus. Ringsum lag das Wasser starr wie Glas unter dem reglosen Himmel. Es war ein See aus schwarzer Tusche, das dunkle Wasser erstreckte sich in ein fernes Nichts, wo es kein Ufer gab, keinen Horizont, nur den blauschwarzen Nebel darüber, wo Winers Verstand phantomgleiche Trugbilder entstehen ließ, die nicht da waren. In der Nacht schien es keine Begrenzung zu haben, und dies war der Punkt, wo alles aufhörte: Ende der Landmasse, und alles, was danach kam, blieb unkartografiert.

Motormouth zündete sich eine Zigarette an und schnippte das Streichholz in die schwarze Wasserfläche. »Als ich ein Kind war, ist das ein guter Ort gewesen. Gehegt und gepflegt, man konnte sogar darin schwimmen. Jetzt wimmelt es von Schlingpflanzen, und man müsste mit ’nem Stock in einer Hand schwimmen, um die Wasserschlangen zu verscheuchen. Siehst du die Klippe da drüben?« Er zeigte am Ufer entlang nach Westen, wo sich ein formloser Umriss am Himmel abzeichnete. Unebenmäßige Baumkronen zierten den Gipfel, und darüber stand eine hauchdünne messingfarbene Mondsichel. »Das ist der alte Steinbruch, der ist wie eine riesige Höhle. Das war mal der Treffpunkt der Weißhauben, die haben sich da immer vor ihren Überfällen versammelt. Jetzt führt ’ne Straße mit Wendehammer da raus. Da fahren die Leute zum Vögeln hin, jedenfalls früher, aber ich schätze, das machen sie immer noch. Ich bin auch mit meiner Alten hingefahren, bevor wir geheiratet haben. Es war heiß, Juli oder August, wir sind eine Weile schwimmen gegangen, und dann wieder zurück. Gott, war das dunkel. So schwarz wie das Pik-Ass.« Seine Stimme klang wehmütig, von der scharfen Kante der Erinnerungen aufgeraut. »Das waren die guten alten Zeiten«, kam er zum Ende. »Was ich auch an Glück hatte, seither ist es einfach vertrocknet und verweht.«

Winer antwortete nicht gleich. Stumm sah er zum vagen Umriss der Klippe, wo sich die Weißhauben versammelt hatten;

im Geiste hörte er stählerne Hufeisen auf Stein klappern, die gedämpften Stimmen unter den Masken aus Kissenbezügen. Auf eine seltsame Weise empfand er Mitleid mit Motormouth, dachte jedoch gleichzeitig, dass ein Mann die Verantwortung für alles trug, was er machte, und selbst seines Glückes Schmied war. Er dachte an Oliver. William Tell Oliver schien ihm der einzige Mensch zu sein, den er kannte, der Frieden mit seiner Vergangenheit geschlossen hatte und nicht andauernd über Ereignisse von früher nachgrübelte und sie umdeutete. »Du redest wie ein Neunzigjähriger auf dem Totenbett«, sagte er zu Motormouth. »Du brauchst einen Tapetenwechsel.«

»Dann fangen wir doch gleich damit an«, antwortete Motormouth. »Fahren wir die Straße zurück.«

Er fuhr ein kleines Stück an dem Haus vorbei und hielt an. Lange warten mussten sie nicht. Fast augenblicklich ertönten Schritte hinter dem Auto. Winer drehte sich um. Im fahlen Licht näherte sich ein kräftiger Schwarzer. Er schwenkte seine Schrotflinte so beiläufig, als wäre sie sein verlängerter Arm. »Großer Gott«, sagte Winer.

»He.« Der Schwarze stand am Fenster. Er stützte sich mit einem Arm auf das Dach und sah herein. Motormouth zuckte heftig auf dem Sitz zusammen, dann saß er mit der rechten Hand am Zündschlüssel und der linken am Lenkrad wie erstarrt da. »Hallo«, sagte er. Winer machte sich auf dem Beifahrersitz ganz klein, sah die sternenhelle Straße hinab und stellte sich vor, dass er sie entlangraste und dies alles vergessen wäre.

»Was wollt ihr Blassbacken denn hier?« Licht funkelte auf einem Goldzahn, die Augen schienen von Zorn umwölkt. Sein Auftreten hatte gar nichts Unterwürfiges, die späte Stunde, die Umgebung und die abgesägte Schrotflinte schienen all das überflüssig zu machen.

»Wir …« Motormouths Verstand wirbelte weit voraus und konstruierte binnen eines Quantensprungs ein ganzes Szenario, Figuren, Dialoge, Ereignisse. Im Augenblick der Schöpfung wurde alles Wahrheit für ihn, sprach ihn von allem Unrecht und sämtlichen bösen Absichten frei, gab ihm das Vertrauen in seine Mission zurück.

»Gestern Nacht waren ein paar von uns hier auf der Fuchsjagd«, sagte er unbekümmert. »Wir hatten einige Hunde dabei, aber einer ist nicht zurückgekommen. Sie haben hier nicht zufällig 'n fremden Hund gesehen?«

»Was für 'n Hund soll's denn gewesen sein?« Der Mann hatte das Gesicht dicht bei Motormouth, Winer roch den billigen Whiskey in seinem Atem. Plötzlich schien die Nacht unbeständig, unvorhersehbar, die Ereignisse kreisten wie eine Flüssigkeit und warteten auf ein Muster, zu dem sie gerinnen konnten.

»Groß, alt, braunschwarz. Hat 'n eingerissenes Ohr und 'n Halsband, auf dem steht, dass er Ridgerunner heißt.«

»So 'n Hund hab ich nicht gesehn.«

»Hm. War da hinten am Ende der Straße.«

»Sicher, dass es kein dürrer, räudiger weißer Köter mit 'nem zu großen Maul war? 'n anderer ist mir heut Nacht noch nicht über 'n Weg gelaufen.«

Motormouth schluckte. »Nein. Er war schwarzbraun.« Er legte den Gang ein, der Schwarze wich zurück. »Wenn Sie ihn nicht gesehen haben, fahr ich mal besser weiter. Wär nett, wenn Sie nach ihm Ausschau halten könnten.«

»Scheiße, Mann, wenn du 'n Hundefänger suchst, biste hier in der falschen Gegend«, sagte der Schwarze.

»Oh. Also, man sieht sich.«

Winer drehte sich um und sah den Mann mit der Waffe mitten auf der Straße stehen, wo er ihnen nachblickte.

»Dieser freche schwarze Wichser«, sagte Motormouth. »Hat nicht viel gefehlt, und ich hätte aussteigen und ihm den Arsch versohlen müssen.«

»Was hat denn da noch gefehlt?«, dachte Winer laut.

Die nächsten drei Tage und Nächte verbrachte er bei Motormouth. Am Montagmorgen fuhr Hodges ihn zu Hardin und holte ihn am Spätnachmittag nach der Arbeit wieder dort ab. Montagabend standen sie gerade vom Esstisch auf, als ein Streifenwagen im Hof hielt. Ein Deputy mit einem zusammengelegten weißen Blatt Papier stieg aus.

»Noch mehr Scheißschreibkram«, sagte Motormouth. »Erst die verdammte Scheidungsurkunde, dann einstweilige Verfügungen und jetzt noch mehr. Die müssen ihr 'n Schreibtisch mitten ins Büro des Richters gestellt haben, damit sie gleich mit dem Papierkram loslegen kann, wenn ihr wieder was Neues einfällt. Wenn die fertig ist, kann vermutlich das gesamte Gericht einfach zusammenpacken und nach Hause gehen, weil's nichts mehr für die zu tun gibt.«

Sie standen in der kühlen Abenddämmerung, wo Garrison Motormouth die Neuigkeit vorlas. Er wurde zwangsgeräumt. Das Haus gehörte seiner Frau, und sie wollte ihn raushaben. Sie wollte ihn gestern schon raushaben, aber heute würde vielleicht gerade noch gehen. »Also, gottverdammich«, wiederholte Motormouth ständig in beleidigtem Tonfall. Der Deputy las weiter. Als er fertig war, ließ er Motormouth unterschreiben, gab ihm einen Durchschlag und stieg wieder in den Streifenwagen. »Morgen früh komme ich wieder und vergewissere mich, dass Sie weg sind«, warnte er Motormouth.

»Das glaub ich sofort«, antwortete Motormouth.

Der Streifenwagen fuhr weg. Motormouth saß auf dem

Rand der Veranda und dachte angestrengt über seine Optionen nach. Es schienen Tag für Tag weniger zu werden. »Ich kenne ein hübsches Plätzchen unten am Fluss«, sagte er schließlich.

Im Stockdunkeln zogen sie mit allem ab, das sie in den Chrysler stopfen oder darauf festzurren konnten. Mit Wäscheleine banden sie Matratzen auf dem Kofferraumdeckel fest. Einen Esstisch auf das Dach, Beine senkrecht nach oben wie ein unheimliches Tier in der Leichenstarre. Trophäe einer surrealistischen Jagd. Flüchtlinge. Eine Familie von Wanderarbeitern der Gründerzeit, zeitlich und räumlich aus dem Lot. Wie eine rollende Müllhalde holperten sie einen Feldweg am Fluss entlang, bis zu einer Stelle, wo das Frühlingshochwasser eine fast unversehrte Blockhütte in einem Wäldchen angeschwemmt hatte. Die Blockhütte stand schräg, mit ewig geneigtem Fußboden, an einem gigantischen Zürgelbaum. Klamme Gerüche anderer Zeiten, anderer Leute, wer wusste es schon zu sagen? »Doris liebt Bobby« stand auf der Tapete. In dieser schiefen Unterkunft richteten sie ihren Haushalt ein. Der Luxus kannte keine Grenzen, sogar Ziegelsteine hatten sie, damit sie die Betten in eine einigermaßen waagerechte Position bringen konnten. In der Nacht sahen sie die Sterne durch Löcher im Dach, wo Schindeln fehlten. Musik aus dem Autoradio, alte Songs über leere Betten und zerbrochene Träume. Als sie das Radio ausschalteten, ertönte nur noch die beruhigende Stimme des Flusses.

Am Donnerstag waren sie immer noch dort, als Bellwether sie fand. Er kam mit betrübter Miene durch die feuchten Kletten und Brombeerhecken herunter. Er blieb vor dem Feuer stehen, wo Kaffee kochte, und zupfte sich Kletten von der Uniform. Die Khakihose war fast bis zur Taille nass. Von dem Feldweg hatte er nichts gewusst, er hatte die Uferstraße genommen und war nicht glücklich. Er suchte Winer.

»Du bist verdammt schwer zu finden.«

»Ich wusste gar nicht, dass ich gesucht werde.«

Winer war allein. Motormouth, der befürchtete, er könnte wieder vor eine Richterbank aus Eichenholz beordert werden, hatte sich in die Büsche verkrochen. Doch Bellwether fragte nicht einmal nach ihm.

»Tja, das siehst du vielleicht nicht so, aber deine Ma schon. Sie hat mir gesagt, ich soll herausfinden, wo du steckst.«

»Meines Wissens habe ich keine Gesetze gebrochen. Und wenn sie was von mir will, ich arbeite nicht weit von unserem Haus entfernt bei Hardin.«

»Niemand wirft dir vor, dass du Gesetze gebrochen hast. Ich sag doch, ich wollte deiner Ma nur einen Gefallen tun. Ich soll dir ausrichten, du sollst nach Hause kommen. Sie will dich wegen etwas sprechen.«

»Wegen was?«

»Soweit ich mitgekriegt habe, wollen sie und Leo Huggins heiraten. Man hat ihm einen Job drüben in Arkansas angeboten, und du und deine Ma sollen mit ihm kommen.«

»Wer sagt das?«

»Ich habe nur versprochen, dass ich es dir ausrichte. Was du machst, ist deine Sache.«

»Gut. Danke, dass Sie es mir gesagt haben.«

»Wenn du gleich zu ihr willst, nehm ich dich mit. Ich hab ihr versprochen, dass ich ihr sage, ob ich dich gefunden habe.«

»Ich lass mich demnächst von Motormouth hinfahren.«

Aber er fuhr nicht hin. Erst am Wochenende konnte er sich aufraffen, und das war ein Tag zu spät. Es war keine Menschenseele mehr da.

Winer und das Mädchen standen an der Ecke, wo die Wetterschutzwand sie vor Blicken aus dem Haus verbarg.

»Warum sollte ich so etwas machen?«, fragte sie ihn. »Er würde mich sowieso erwischen.« Offenbar machte sie sich über ihn lustig, jedes ihrer Worte hatte einen ironischen Unterton, als behielte sie sich das Recht vor, jederzeit alles zurückzunehmen, was sie sagte.

»Und wenn schon? Was bedeutet er dir? Mir scheint, dass sich jeder mal ein paar Minuten aus einer Spelunke rausschleichen kann.«

»Ich nicht.«

»Kannst du nicht, oder willst du nicht?«

»Wieso sollte ich mich überhaupt davonschleichen und mit dir im Wald treffen? Warum kannst du dir nicht ein Auto zulegen, wie jeder andere auch?«

»Kommt noch. Ich wollte dich nur sehen.«

»Dann ist das wohl dein Grund.« Sie lächelte. »Hast du auch einen für mich?«

Er beugte sich vor und drehte ihr Gesicht zu sich. Sie ließ es geschehen. Er spürte ihr Haar um die Finger, die zarten Knochen unter dem Ohr. Sie öffnete den Mund unter seinem. Ihr Atem roch frisch und sauber. Sie lehnte sich an ihn. »Du weißt, dass ich es auch will.«

»Ich weiß, dass du es willst, wenn ich dich kommen sehe«, sagte er. Seine Kehle und sein Hals fühlten sich beengt und zugeschnürt an. Es kam ihm vor, als würde er ertrinken.

»Ich versuch's«, sagte sie.

Er lag auf einem tafelförmigen Kalksteinschelf und betrachtete die langsamen, majestätischen Bahnen der herbstlichen Sternbilder. Mit einem Anflug von Bedauern vergegenwärtigte er sich, dass er ihre Namen nicht wusste, obwohl er sie sein ganzes Leben lang kannte. Die Sterne sahen hell und ganz nah aus, zuvor hatte der orangerote Erntemond so dicht über den Pinien gestanden, dass es Winer schien, als könnte er den Arm ausstrecken und ihn berühren. In seinem Licht wirkte der Bachlauf von Mormon Springs reglos und glänzte wie Silber im tiefen, stillen Wald. Es kam ihm seltsam vor, dass er hier lag und die Musicbox in der Dunkelheit hörte, deren Töne der Wind herüberwehte, gefühlsduselig, aber bei aller Gefühlsduseligkeit doch wahrhaftig. Ein oder zwei Mal wurden wütende Rufe laut, bei denen er überlegte, ob er ihnen auf den Grund gehen sollte, ließ es jedoch sein. Er blieb mit dem Kopf auf dem zum Kissen zusammengerollten Mantel liegen, lauschte allen Geräuschen der Nacht und horchte speziell nach ihren Schritten.

Er fragte sich, wie spät es sein mochte, gewiss schon nach Mitternacht. Die Nacht nahm ihren Lauf, bis die Musicbox verstummte, ebenso wie die Rufe der Betrunkenen, und die wenigen Autos, deren Motoren die Ruhe störten, kamen nicht mehr näher, sondern fuhren weg. Noch eine Weile, dachte er. Er war aufgeregt und nervös, als würde er damit rechnen, dass in den nächsten Minuten etwas geschah, das sein Leben für immer veränderte.

Eine Eule flatterte am Mond vorbei; nach einer Weile hörte er sie oder ihre Schwester aus der sagenhaften Dunkelheit von Mormon Springs rufen, wo die Geister von ermordeten Mormonen umgingen. Er fragte sich, ob sich das Antlitz der Landschaft seither verändert haben mochte oder ob der Wandel einen Bogen um diese spezielle Stelle machte. Hatten die Leute etwas aus der Geschichte, dem Wechsel der Jahreszeiten gelernt?

Sie kommt nicht, dachte er. Schließlich stand er auf. Es war kälter geworden, und es schien, als würde die Zeit langsamer vergehen, auf der Durststrecke bis zur Dämmerung herunterschalten. Er zog die Jacke an, knöpfte sie zu und stapfte durch den silberschwarzen Wald. An der schmalsten Stelle überquerte er den Bach und ging zwischen Eisenbäumen und Weiden hindurch, bis er zu einem Feld kam. Im hellen Mondlicht lag die Wiese reglos vor Winer, war sein gedrungener Schatten das Einzige, das sich bewegte, eine stygische und perverse Version seiner selbst, die ihm verzerrt vorauseilte und seine Bewegungen nachahmte.

Er umrundete den Hügel, bis er das Haus sehen konnte. Die Arme wegen der Kälte fest um sich geschlungen, setzte er sich auf einen Stein und beobachtete es wie ein Dieb, der die passende Gelegenheit für seinen Einbruch abwartet. Nach etwa einer Stunde bildete sich ein bitterer Kern der Wut in seinem Inneren, und er stand auf, doch in dem Moment kam jemand aus dem Haus und verschwand fast augenblicklich in den Schatten, die der Wald warf, sodass er kaum sehen konnte, wie die Gestalt sich der Quelle näherte.

Winer änderte die Richtung und schlich, so leise er konnte, durch das zunehmend dichtere Gebüsch. Vorfreude, so inbrünstig wie ein Gebet, überkam ihn. Verstohlen von Baum zu Baum bis zum Ufer; einen Augenblick später hörte er eine in Selbstgespräche versunkene Stimme. Ein Stein rollte unter seinem Fuß davon und fiel ins Wasser, und da sah er einen Soldaten, der in den Bach urinierte. Der Soldat hielt mit blutunterlaufenen Augen nach der Ursache dieser Störung Ausschau, stolperte rückwärts und machte sich an seinem Reißverschluss zu schaffen. Mondlicht spiegelte sich in seiner Brille, und er sah blass und ängstlich aus, als würde ihn eine jugendliche Version von Gevatter Tod heimsuchen, oder aber die Gespenster vergangener Gewalttaten, die sich vor langer Zeit hier abgespielt hatten.

Als Winer weder verschwand noch sich auf ihn stürzte, fasste sich der Soldat wieder und stolperte am Bachufer entlang. »Von welcher Einheit bist du denn?«, rief er Winer zu. Winer spuckte in den rauschenden Bach, gab keine Antwort und verzog sich.

Am Vormittag kam sie zu ihm und redete mit ihm, doch er gab sich kühl, distanziert und wortkarg. »Dann schmoll doch«, fuhr sie ihn an. Sie ging, aber er vermisste sie kaum. Winer hatte Kopfschmerzen durch den Schlafmangel, seine Arme und Beine fühlten sich schwer und träge an und wollten ihm nicht recht gehorchen.

Er schleppte sich durch den langen Vormittag; in der Mittagspause kam sie wieder. Etwas zu essen hatte er sich nicht geholt, aber einen Kaffee dabei, den er gerade trank, als sie auf das Gerüst stieg.

»Ich kann nur einen Moment bleiben, und wenn du mit mir streiten willst, gehe ich gleich wieder rein.«

»Ich hab dich nicht herbestellt.«

»Gestern Nacht hast du mich herbestellt, ob es dir klar ist oder nicht.«

»Klar. Hat leider nichts genützt.«

»Ich wollte es dir eigentlich nicht sagen, aber ich konnte deshalb nicht kommen, weil er mich gezwungen hat, bei einem Mann zu bleiben.«

»Wer denn?«

»Hardin. Dallas.«

»So, so, gezwungen hat er dich. Mit vorgehaltener Waffe?«

»Nein.«

»War wohl auch nicht nötig.«

»Halt einfach den Mund. Du weißt doch rein gar nichts.«

»Ich weiß, dass ich die ganze Nacht da drüben in der Schlucht gewartet habe, wie ein Idiot auf Spähposten. Mehr weiß ich wirklich nicht.«

»Ich konnte nicht anders.«

»Na klar. Und vermutlich konntest du auch nicht anders, als es jedem Soldaten da drin auf die Nase zu binden. Hoffentlich hast du es genossen, denn noch mal machst du mich nicht zum Gespött.«

»Nathan, ich wollte wirklich kommen. Ich schwöre es bei Gott. Aber er hat mich keine Minute aus den Augen gelassen.«

»Wie kann er dich zwingen, bei einem Mann zu hocken. Und wer war der Kerl überhaupt?«

»Ich weiß nicht, wer er war. Ein dicker Farmer. Hat gerade seine Kühe verkauft oder so, war auf dem Heimweg. Er hat mit seinem Geld rumgewedelt, und Dallas hat mich so lange bei ihm sitzen lassen, bis er keins mehr hatte. Ich dachte schon, dass der nie umkippen würde.«

»Wie hat er dich gezwungen?«

»Weiß nicht. Er hat mir einfach gesagt, dass ich muss.«

»Und was hätte er getan, wenn du dich geweigert hättest?«

»Ich weiß nicht.« Sie verstummte.

Als kleines Mädchen hatte sie versucht, in Hardin einen Vater zu sehen. Ein Vater war stark, und Hardin sah so unbarmherzig und unerbittlich aus wie der Gott des Alten Testaments und gab niemals nach. Der Mann, dessen Lenden sie entsprungen war, wirkte dagegen so nachgiebig wie eine Papierpuppe, die man aus einem Katalog ausschneidet, ein Vater, der seltsam durchscheinend wirkte, wenn er vor einer Lichtquelle stand. Durch Hardin schien kein Licht, und in einem Augenblick der Einsicht hatte sie denselben harten Kern der Sturheit auch in Winer gesehen. Man musste ihn nicht auf die Probe stellen, um zu erkennen, dass auch er niemals nachgeben würde.

»Du weißt es nicht. Wie kannst du das nicht wissen?«

Sie schwieg eine Weile. Sie dachte daran, wie Hardin sie im Laufe des vergangenen Jahres angesehen hatte, als müsste er sich erst noch entscheiden, was er mit ihr anfangen sollte.

»Machst du immer, was andere Leute dir befehlen? Was, wenn ich dir befohlen hätte, dass du dich mit mir treffen sollst? Was hättest du dann gemacht?«

»Bild dir ja keine Schwachheiten ein«, sagte sie. Sie schenkte ihm die Andeutung eines Lächelns und zuckte die Achseln. »Du bist ja kein Dallas Hardin«, sagte sie.

»Hast du dich je gefragt, was er machen würde?«

Was immer erforderlich wäre, dachte sie, da sie Hardin einfach alles zutraute.

»Du hast leicht reden«, sagte sie zu ihm. »Du packst jeden Abend dein Werkzeug zusammen und gehst nach Hause. Ich bin schon zu Hause. Ich kann nirgendwo anders hin. Du kennst ihn nicht.«

»Ich glaube, ich kenne ihn, so gut ich ihn kennen muss.«

Er sah ihr in die Augen und erblickte einen Sekundenbruchteil etwas darin, das älter war als er, älter als jeder, ein Wissen, das sich nicht in Jahren messen ließ.

»Du kennst ihn besser«, sagte sie.

»Ich kenne ihn so gut, dass ich weiß, er bezahlt mich nicht für Plauderstündchen mit dir. Ich muss wieder an die Arbeit. War ohnehin ein langer Tag.«

»Möglicherweise kann ich am Sonntag raus. Da ist kaum jemand da, und Dallas achtet nicht weiter auf mich.«

»Ich hab mich ein Mal zum Narren gemacht«, sagte Winer. »Ein zweites Mal passiert mir das nicht.«

»Wir treffen uns, wo immer du willst.«

Sie sah ihn an, und da ging eine vage Veränderung mit ihrem Gesicht vor sich, die ihm das Gefühl gab, dass sie eine Eigenschaft in ihm sah, von der er nicht einmal etwas wusste.

Er versuchte nachzudenken. Sein Verstand arbeitete träge auf halber Kraft und schien sich einem Punkt endgültigen Stillstands zu nähern. »Na gut«, sagte er schließlich. »Mir fällt nur ein Ort ein, wo uns wahrscheinlich niemand sieht, das ehemalige Haus von Weiss. Treffen wir uns am Sonntagabend dort.«

Winer hielt das Versprechen, das er Motormouth gab, und ließ ihn bei sich wohnen, bis er eine neue Bleibe gefunden hatte, doch Motormouth befand sich offenbar in einem Zustand, in dem er kein Obdach mehr brauchte, und verschwand schon nach drei Tagen wieder. Die Wände wirkten zu beengend auf ihn, das Haus zu stationär für seinen Geschmack. Er war zu sehr ans Fahren gewöhnt, die zufälligen und zugänglichen Strecken am Flussufer entlang, die prekäre Existenz, die ihn von Hardin zum Fluss und vom Taxistand bei de Vries zum Highway führte. Ein Geschöpf der Nacht, das, halb domestiziert, wieder auf eine Stufe der Wildheit zurücksank, immer längere Zeiträume wegblieb und schließlich überhaupt nicht mehr heimkam.

Dann blieb Winer allein. Er hackte Holz für den Winter und schichtete es auf der Veranda auf. An den ersten kalten Abenden entfachte er ein Feuer und setzte sich davor. Er beschloss, dass er sich keine Sorgen um die Zukunft mehr machen, sondern einfach in den Tag hineinleben würde. Im Licht einer Lampe las er vor dem flackernden Feuer und fand die Stille gar nicht so unerträglich. Inzwischen arbeitete er hart, damit er vor Wintereinbruch fertig wurde. Manchmal lag er in einem Zustand völliger Erschöpfung im Bett, ehe ihn der Schlaf übermannte, doch irgendwie dachte er, dass dennoch ein fairer Tausch stattfand, immerhin bezahlte ihm jemand Geld dafür, dass er diese Erschöpfung ertrug. Ich bin Zimmermann, dachte er. Er war etwas, jemand, es gab eine Bezeichnung, die er auf sich anwenden konnte. Und die Tage hatten eine Routine, eine Regelmäßigkeit, die ihn ansprach, es waren lange, bedächtige Tage, deren er in späteren Jahren als einer Zeit der Ordnung und Symmetrie gedachte, während der er alles mehr träumte als erlebte. Ich versorge mich selbst, dachte er, falle keinem zur Last, und in diesen letzten Tagen des Herbstes fand er etwas, das er bislang nie gekannt hatte, einen kalten und einsamen Frieden.

Als er sie endlich allein bei sich hatte, war Winer etwas ratlos, wie er jetzt weiter vorgehen sollte. Die klugen Gesprächsthemen, die er sich zurechtgelegt hatte, verschwanden auf Nimmerwiedersehen, die wenigen Bruchstücke, an die er sich erinnerte, wirkten unangemessen. Ihr klares Profil wirbelte in seinem Verstand, bis er die Gelegenheit den Bach runtergehen sah, während er mit trockenem Mund und verschwitzten Handflächen neben ihr saß. »Warum hast du die Schule geschmissen?«, fiel ihm am Ende als letzte Ausflucht ein.

»Ich hatte sie einfach satt. Und du?«

»Hab ich nicht. Ich geh nächstes Jahr wieder hin.«

»Ich nicht. Nicht für einen Tausenddollarschein.«

Unter ihnen tauchte ein Auto auf der kurvenreichen Straße auf. Sie verstummte und beobachtete es, sah ihm nach, bis es in der Nähe von Olivers Haus aus ihrem Blickfeld verschwand. Sie wandte sich Winer zu. »Kennst du das Auto?«

»Nicht persönlich«, antwortete Winer.

Sie stand auf und strich sich den Rock glatt. »Wir müssen ins Haus. Wenn mich jemand hier sieht, erzählt er es Dallas.«

»Für jemand, der einen Betrunkenen um sein ganzes Geld bringt, ohne eine Miene zu verziehen, bist du aber ziemlich auf deinen Ruf bedacht«, sagte Winer. Doch er bedauerte auf der Stelle, dass er es gesagt hatte, erhob sich, hielt ihr die Sturmtür auf und folgte ihr ins Halbdunkel des Wohnzimmers. Dort blieben sie stehen und sahen sich unsicher um, dann fühlte sich Winer plötzlich unwohl in dem leer stehenden Haus; er nahm sie am Arm und führte sie durch eine Schiebetür auf die betonierte Terrasse hinaus.

»Hier kann man sich nirgends hinsetzen«, beschwerte sie sich.

»Wir können eine Decke oder so aus dem Haus holen, wenn du willst.«

»Warum setzen wir uns nicht einfach rein?«

»Das finde ich nicht richtig. Das Haus gehört immer noch Weiss, auch wenn es zum Verkauf steht. Außerdem scheint mir, als könnte ich die alte Frau da drin atmen hören.«

»Das ist albern.«

»Vermutlich.«

Sie saßen mit den Füßen im ungemähten Gras nebeneinander an der Kante der Veranda. Unter der langen, dunklen Linie der Hühnerhäuser schwebte die Nachmittagssonne an einem wolkenlosen Himmel.

»Das ist ein echt schönes Haus. Mr Weiss muss wohl sehr reich gewesen sein.«

»Ich bezweifle, dass er reich war. Aber er hatte sicher ein ziemlich sorgenfreies Leben.«

»Das ist das hübscheste Haus, in dem ich je war.«

»Ich hab einen Vetter in Ackerman's Field«, sagte Winer. »Der wohnt in einem Haus, das würdest du nicht glauben. Samttapeten an den Wänden und überall schicke Kristallleuchter. Und er und seine Frau sind vollkommen verrückt.«

Sie saß nach vorn gebeugt, hatte die Arme auf den angewinkelten Knien verschränkt und war von dieser Aura der Gefasstheit umgeben, an die er sich schon so gewöhnt hatte. Als er die makellose Linie ihres Profils sah, fühlte er sich plötzlich unzureichend und konnte sich beim besten Willen nicht vorstellen, wieso sie zu diesem Treffen mit ihm gekommen war. Sie hätte jeden haben können. Und doch hatte die Situation etwas Unausweichliches, als wäre alles schon vor langer Zeit vorherbestimmt worden, als sie beide noch Kinder waren. Es gab nichts zu sagen und auch keinen Grund dafür. Auch sie spürte es, denn als er sie berührte, wandte sie sich ihm zu, als hätte sie auf die Berührung gewartet.

Er zog sie mit einer Art von verhaltenem Drängen an sich, bis ihre Wange seine Schulter berührte. So blieb sie einen Moment, dann blickte sie zu ihm auf. Ihre Zähne wirkten ganz weiß in dem braun gebrannten Gesicht. Die Augen sahen lila aus. Als er sie küsste, schloss sie sie, und ihre linke Hand war ein kühles und kaum erwähnenswertes Gewicht in seinem Nacken; mit der rechten Hand berührte sie ihn am Bauch.

Als er die Decke holen ging, holte er auch eine Flasche von Weiss' selbst gemachtem Erdbeerwein und zwei Gläser unter dem Tresen hervor und drehte den Wasserhahn auf, bevor ihm einfiel, dass ja alles abgestellt war. Er rieb die Gläser mit einem Geschirrtuch aus, um wenigstens den Staub zu entfernen, und hielt sie prüfend ins Sonnenlicht. Sie sahen sauber aus. Im Schlafzimmerschrank fand er einen Stapel Decken. Beim Spiegel erschrak er einen Moment vor dem eigenen Bild; er und das Spiegelbild sahen einander mit Verschwörermiene an, wie zwei Einbrecher, die ein Haus ausraubten und die Arme voll Diebesgut hatten. Ihre schmalen Gesichter wirkten wild, heimlichtuerisch und gequält.

Amber Rose lag auf seinem linken Arm und hatte das Kleid über die Hüfte gezogen. Beide hatten sie die Augen geschlossen, er spürte den roten Druck des Sonnenlichts auf den Lidern. Seine rechte Hand lag auf ihrem Unterleib. Die Haut ihres Bauchs fühlte sich kühl und weich an. Er glitt mit den Fingern unter das elastische Band ihres Höschens und weiter, und als sie keine Einwände erhob, noch tiefer, bis er die Wölbung zwischen ihren Beinen, wo das Haar strohig und lockig war, mit der hohlen Hand umfing, und dann drückte er mit einem Finger auf die Stelle, wo ihr Fleisch eine Spalte bildete, als sie die Beine spreizte. Er küsste sie; ihr Mund schmeckte wie der Wein, und als er die Augen aufschlug, beobachtete sie ihn. Es schien, als wäre ihr der freie Wille abhandengekommen, denn in der Sonne wirkte ihr Gesicht leer und leidgeprüft. Das Kleid hatte sie bis zur Taille aufgeknöpft, den Büstenhalter aufgehakt, im Vergleich zur braunen Haut ihres Bauchs sahen die Brüste weiß und empfindlich aus, wie Blüten, die nicht an die Sonne gewöhnt waren. Sie legte eine Hand auf seine, führte ihn und übte mit den Hüften einen zunehmenden Druck auf seinen Handballen aus. Dann nahm sie die Hand weg, und er spürte sie an seinem Reißverschluss. Sie nahm seinen erigierten Penis in die Hand und rieb ihn behutsam. Während sie damit beschäftigt war, staunte der Teil von ihm, der alles unbeteiligt beobachtete, ein wenig darüber, wie geschickt sie sich dabei anstellte, doch er machte sich keine nennenswerten Gedanken darüber. Sie ließ die andere Hand nach unten wandern und hielt ihn mit beiden. Dann gab sie ihn stumm frei, hakte die Daumen in den Bund der Unterhose und schob sie über die Hüften nach unten. Er sah ihr zu, wie sie das Becken von der Decke hochstemmte und das Höschen vom einen, dann vom anderen Bein zog. Sie öffnete seine Hose und schob sie nach unten, bis er aufstand und sie wegstrampelte, wobei er sich unbeholfen und absurd vorkam, wie er so mit entblößtem Unterleib in der Mittagshitze stand, während sie ihn ansah, und ihm schien, als würde es im ganzen Wald nur so von Leuten wimmeln, die ihn hinter Büschen auslachten, doch selbst in dem Fall hätte er nicht aufhören können. Nicht einmal, wenn Hardin sich mit einem Klappmesser auf ihn gestürzt hätte. Er zog das T-Shirt aus; als er es zur Seite legte, streckte sie ihm die Arme entgegen.

»Zieh dein Kleid aus.«

»Mach du es doch, wenn du willst.«

Sie hob die Arme höher, damit er ihr das Kleid linkisch über den Kopf ziehen konnte, doch als er es zusammenlegen wollte, sagte sie: »Nein, lass nur, ist egal.« Er legte sich auf sie und balancierte sein Gewicht auf den Ellbogen. »Du zerbrichst mich schon nicht«, sagte sie. »Ich bin nicht aus Glas.« Er spürte ihren platt gedrückten Busen an der Brust, sein Geschlecht, das er in voller Länge an sie drückte, als wäre ihr heißes Fleisch zusammengeschweißt.

Ihm schien, als müsste er etwas sagen, wusste aber nicht, was. Einen irren Moment überlegte er, dass er fragen könnte, ob sie warten wollte, bis sie verheiratet waren, denn in der vergangenen Viertelstunde hatte er genau daran gedacht. Doch ihr Atem an seinem Hals raubte ihm die Worte. »Mach schon«, sagte sie. »Ich will es.« Er fummelte mit einer Hand zwischen ihnen, bis sie nach einem Moment sagte: »Halt, lass mich.« Er stemmte sich gerade so weit hoch, dass ihre Hand zwischen sie passte, und sie führte ihn ein.

Sie war heiß und feucht und eng; er kam schwerer rein, als er gedacht hätte, daher zögerte er einen Moment und vergewisserte sich, ob er ihr wehtat, doch sie kniff die Augen fest zusammen und umklammerte seine Arme heftiger.

»Ich will dir nicht wehtun.«

»Schon gut«, sagte sie. »Mach weiter, ich will es.«

In dem langsamen, atemlosen Augenblick des Eindringens spürte er, dass er sie auf eine Weise verletzt hatte, die zu heilen nicht in seiner Macht lag, und wusste, er hatte sich für alle Zeiten an sie gekettet, hatte ihrer beider Schicksale auf untrennbare Weise miteinander verflochten. Ob sie es wollte oder nicht.

Amber Rose rüstete zum Aufbruch. Sie waren länger geblieben, als sie wollten, die Sonne verbrannte schon den bewaldeten Horizont im Westen, die ersten Falkennachtschwalben stießen lotrecht und steil herab, als wären sie in starren Röhren gefangen oder irgendwie mit Gyroskopen ausgestattet.

»Du hast mich für eine Hure gehalten, richtig?« Ihre Stimme klang gedämpft durch den Stoff des Kleides. Sie zog das

Kleid herunter und richtete sich das Haar, indem sie es mit beiden Händen nach hinten strich.

»Nein. Das habe ich nie gedacht.«

»Aber du hast gedacht, ich hätte es schon gemacht.«

»Das ja.«

»Vermutlich habe ich sie schon über alles reden hören, was zwei Menschen miteinander treiben können, aber selbst habe ich es noch nie gemacht. Ma hat mich nie aus den Augen gelassen, und Dallas, der ist noch schlimmer.« Sie stieg in das Höschen; der Rock verfing sich darin, sie zog ihn heraus. Er betrachtete versonnen die Haare, die über dem Stoff hervorlugten. »Sieh mich nicht so an«, sagte sie. »Du weißt, ich muss gehen.« Sie richtete sich auf. »Ich habe immer befürchtet, dass Dallas mich eines Tages verkaufen könnte, du weißt schon, an den Höchstbietenden. Ein Jungfrauenopfer.« Sie lächelte humorlos. »Ich schätze, wenigstens das hab ich ihm vermasselt.«

Als sie fort war, zog auch er sich an und saß mit der Decke über den Schultern auf der Veranda, denn es war kühl geworden. Blaue Dämmerung hüllte die Felder ein. Er überlegte sich, ob er den Wein austrinken sollte, der schal und abgestanden schmeckte. Er verkorkte ihn, stellte ihn beiseite und fragte sich, wie er je den Sommer darin hatte schmecken können. Ohne sie wirkte die ganze Welt trostlos und leer. Er bildete sich ein, dass er in der Stille immer noch ihre Stimme hören konnte; in seiner Detailversessenheit versuchte er, einen Sinn zu erkennen, wo es nur Worte gab. Er fühlte sich seltsam lebendig, alles vorher kam ihm grau und unbestimmt vor, alles, was er je gehört hatte, wie unverständliches Gestammel.

Er wusste, er sollte gehen, aber hier schien es immer noch zu passieren, es umgab ihn, und ein furchtsamer Instinkt sagte ihm, dass es vielleicht nie wieder passieren würde. Darum durfte er es nicht leichthin vergeuden. Jede Nuance, jede Empfindung musste absorbiert werden. Die Dämmerung rückte näher, der Horizont verschwamm vor der untergehenden Sonne, als er endlich aufstand, doch ihm graute immer noch davor, von hier fortzugehen, zurück zu dem dunklen Haus mit seiner tosenden Stille, dem schrägen Dachboden mit den Stapeln von Büchern, von denen er fälschlicherweise angenommen hatte, dass sie ihm alles über das Leben verraten würden. Er ging an dem ZU VERKAUFEN-Schild vorbei zur Straße und kletterte über das abgeschlossene Tor. Auf der Straße lauschte er den Geräuschen der Nacht, als hätte er sie noch nie vorher gehört. Er passierte Olivers unbeleuchtetes Haus. Doch der alte Mann war nicht da; als einziges Lebenszeichen hörte er die Glöckchen der Ziegen in der unruhigen Dunkelheit.

In den letzten Tagen des Indian Summer hatte das Licht die dunstige Aura blauer Ferne, als würde man die Welt durch Rauchglas betrachten. Es war windig in jenem Herbst, Laub wirbelte durch die Luft. Der Wind wehte von Westen, daher nahmen sie Decken mit hinter die Hühnerhäuser, wo eine Reihe Zedern den Wind brachen, und legten sich unter einer gelben Pappel in die Sonne. Welke Blätter schwebten vorbei und kollidierten sanft mit einer gedämpften Welt. Eine traurige Zeit des Sterbens, Veränderungen lagen in der Luft, doch welcher Art, vermochte niemand zu sagen. Es gab kaum etwas Beständiges in dieser Welt; was Winer davon sah, kam von zunehmend kahleren Ästen herabgeschwebt, die verbliebenen Zweige vor der blauen Leere sahen skelettartig und spröde wie Knochen aus.

Amber Rose lag mit einem Arm über dem Gesicht dösend in der Sonne. Er betrachtete ihren Körper fast verstohlen, die Symmetrie der Brustwarzen, die dunkle, geheimnisvolle Schnittstelle ihrer Schenkel. Er teilte das lockige schwarze Haar mit den Fingern, beugte sich hinab und küsste sie dort, bis sie sich verschlafen an seinem Gesicht regte. Ein unbestimmter Geschmack von Salz, von fernen Ozeanen. Und ein anderer Geschmack, etwas Elementares, Urwüchsiges, ganz und gar Ungewöhnliches. Er erforschte die komplexen Muster ihres Geschlechts mit der Zunge, hob den Kopf und studierte das Rätsel, das er dort fand. Sie wirkte zerbrechlich und verwundbar, schon im Augenblick der Empfängnis vom Leben mit der ultimativen Waffe verwundet, dem Fluch, dass sie immer und immer verwundet und mit der Kraft von Stößen gespalten werden würde.

Sie traf sich nachts mit ihm, wann immer es ihr möglich war. Er brachte Decken zur Schlucht von Mormon Springs, mummte sich darin ein und wartete im Windschatten der Kalksteinfelsen auf sie. Trockenes Laub bedeckte den Boden der Mulde, daher hörte er sie schon von Weitem. Unter den Decken war es warm, und die Nacht erfüllte Winer und das Mädchen mit einem verzweifelten Gefühl der Unmittelbarkeit, der Dringlichkeit; sie lagen ermüdet, aber nicht zufrieden nebeneinander und lernten, dass es Begierden gab, die niemals ganz gestillt wurden.

Lachend glitt sie an der gesamten Länge seines Körpers hinab und nahm ihn in den Mund. Die Decke rutschte weg, er sah ihren dunklen Kopf am Y seines Körpers wie einen geisterhaften Sukkubus, der sich gütlich tat, während die Bäume hinter ihr vom Wind gepeitscht und durchgeschüttelt wurden und das Wummern der Musicbox und die Rufe der Liebeskranken und Betrunkenen leise und traumgleich herüberhallten wie Schreie aus einem Irrenhaus in einem Geisterwald. Als er ihr die Hände ins Haar krallte und sie auf sich zog, spürte er durch ihre nackte Brust, wie ihr Herz schlug.

»Du hast Lipscomb um den Verstand gebracht«, erzählte er ihr einmal. »Ständig hat er Verrenkungen gemacht, damit er dir unter den Rock sehen konnte.«

»Ich weiß. Ich wollte aber, dass du druntersiehst.«

»Warum?«

»Weiß nicht. Ich wollte einfach nur, dass du einen Steifen kriegst, klar?«

»Ist mir recht«, antwortete er.

Im Mondlicht sah ihr Gesicht blass und gefasst aus. Die schwarzen Locken waren zerzaust, als schliefe sie in einem ewigen Sturmwind. Er strich die zarte Linie ihres Kiefers mit dem Finger nach.

»Briar Rose«, sagte er.

»Was?«

»Ich glaube, ich nenne dich Briar Rose – Dornröschen. Das gefällt mir besser als Amber Rose, und außerdem mag ich Rosen. Sie sind hübsch, und mir gefällt ihr Duft. Und du siehst aus wie jemand aus einem Märchen.«

»Wie eine böse Stiefschwester oder so?«

»In meinem Märchen kannst du die Prinzessin sein.«

Hier entführte sie ihn in eine neue, sanfte Welt der Sinne. Eine Welt unendlicher Vielfalt, von der er bis dahin nur Gerüchte gehört hatte. In diesen süßen, fiebrigen Nächten kam es ihm so vor, als würde er wahrhaftig in einem erotischen Märchen leben, als dunkler Prinz, der dem bösen König die Prinzessin gestohlen hat. Und wie die Helden in einem Märchen, so spielten auch sie ihre Spielchen in einem Land der Intrigen und geheimen Winkel und rauen, stürmischen Wetters, wo nichts so war, wie es zu sein schien.

»Du siehst aus wie ein Mann beim Baumwollpflücken«, teilte Motormouth ihm mit. »Nur stopfst du dir mit beiden Händen Ärger in einen Sack und wirfst nicht einmal einen Blick über die Schulter.«

»Was redest du da, Motormouth?«

»Hör dich nur an. Du bist nicht annähernd so schlau, wie du selber glaubst.«

Motormouth saß in Winers Wohnzimmer. Mit einem Glas 7UP und schwarzgebranntem Whiskey in der Hand saß er auf der Kante des Sofas. Das Getränk sah so rauchig und ölig aus wie Nitroglyzerin, und er hielt es auch so behutsam, als könnte er sie beide ausradieren, wenn er es fallen ließ.

»Ich war nie ein Freund von Gleichnissen und Sprichwörtern«, ließ Winer ihn wissen. »Wenn du mir was zu sagen hast, dann raus damit.«

»Du bildest dir ein, dass du gut mit ihm stehst. Aber wenn er es rauskriegt, und das steht völlig außer Frage, dann macht er dich kalt und verbuddelt dich irgendwo oder lässt es so aussehen, als ob er dich in Notwehr getötet hätte.«

»Ich tappe immer noch im Dunkeln.«

»Ein kleines Vögelchen ist geflogen gekommen, hat sich auf meine Schulter gesetzt und mir was gezwitschert. Es sagte: ›Du solltest besser den kleinen Nathan warnen. Der lädt sich den Ärger regelrecht auf und hat schon mehr, als er tragen kann.‹«

»Hat dieses kleine Vögelchen auch einen Namen?«

»Wenn man ein kleines Vögelchen gesehen hat, kennt man sie alle.«

Winer sagte nichts.

»Hardin wollte sie für sich«, sagte Motormouth.

»Du auch«, sagte Winer. »Aber gekriegt hast du sie nicht.«

Motormouth stand auf und streckte sich. Er sah sich in dem

Zimmer um. Es war von Zeit umflort, als wären Menschen hier aufgewachsen und gestorben. ICH GLAUBE AN DIE KRAFT DES ALLMÄCHTIGEN GOTTES stand auf einer Spruchtafel über dem Kamin. »Ich muss los«, sagte Motormouth. »Verdammt. Ich geh nach Chicago oder Detroit oder sonst wohin. In 'ne größere Stadt. Das Kaff hier hängt mir zum Hals raus.«

Das sagte er, aber an diesem Abend ging er nur aus Winers Wohnzimmer hinaus.

»Das bringt uns nur Ärger ein«, sagte Winer zu ihr. Sie schmiegte sich unter der Decke an ihn. »Irgendwie muss ich ein Auto auftreiben. Damit wir mobil sind und von ihm fort können.«

Ihr Haar war eine weiche, schwarze Wolke an seiner Wange. Sie lag warm in seinen Armen, er spürte die zierlichen Knochen unter der Haut. Sie glich einem kleinen Tier, das er im Wald gefangen hatte und zu fest gepackt hielt, sodass er das klopfende kleine Kaninchenherz spüren konnte. Er hatte Angst, wenn er sie weiter hielt, könnte er ihr wehtun, aber loslassen konnte er sie andererseits auf gar keinen Fall mehr.

»Schon gut«, sagte sie an seinem Hals. »Du nimmst alles zu ernst.«

»Es ist mehr als gut, aber wir brauchen trotzdem ein Auto. Wenn wir eins hätten, könnten wir in die Stadt fahren, wann immer uns danach ist.«

Anscheinend dachte sie über die Möglichkeiten eines Autos nach. »Oder wohin wir wollten«, sagte sie schließlich.

»Ich glaube, ich muss immer bei dir sein. Wenn ich es nicht bin, komme ich mir vor wie auf Alkohol oder Drogen oder so. Ich schleppe mich durch den Tag und warte darauf, dass es endlich Nacht wird. Alles andere erscheint mir wie tot.«

Sie antwortete nicht. Offenbar brachte alles sie näher an

eine Grenze, die sie nicht überschreiten wollte. Früher oder später mussten es alle erfahren, überlegte sie, aber im Augenblick wäre ihr später lieber gewesen. Es war einfacher, wenn sie aus dem Haus schlich, statt sich Dallas Hardin offen zu widersetzen. Das wusste sie aus Erfahrung. Wenn man sich Dallas Hardin widersetzte, dann besser aus größtmöglicher Entfernung.

Eines Nachts kam er dann hin, und die Decken waren aus dem hohlen Baum verschwunden, das Laub zertrampelt. Er setzte sich dennoch auf den Stein und wartete, und die Nacht schleppte sich dahin wie etwas fast bis zur Bewegungsunfähigkeit Verkrüppeltes, bis schließlich die Mondsichel hinter den schemenhaften Bäumen aufging. Die Musicbox spielte immer noch; als er sich vorsichtig näherte, sah er trübes, gelbliches Licht zwischen den Bäumen hindurchscheinen und hörte fröhliches Gelächter, aber sie kam nicht. Er hockte kauernd in der Dunkelheit, bis sein Verstand ihm Streiche spielte. Er hörte ihre Füße im trockenen Laub rascheln, hörte ihr leises Lachen, sah ihr Gesicht, verschwörerisch einen Finger an den Lippen. Er wurde nervös und bildete sich ein, dass ihn etwas mit gelben Ziegenaugen aus der Dunkelheit beobachtete, doch wenn ja, so gab es sich nicht zu erkennen.

Das war in der Sonntagnacht gewesen, und er staunte die ganze nächste Woche über ihre Gleichgültigkeit, über die Verstellung, zu der das Fleisch fähig zu sein schien. Wenn er sie gleichmütig über den Hof gehen sah, erkannte er das Mädchen kaum wieder, das in der Dunkelheit neben ihm lag, das seinen Namen schrie und sich an ihn klammerte wie eine Ertrinkende, die in einen Mahlstrom aufgewühlten Wassers hinabgezogen wird.

Das nächtliche Zärtlichkeiten flüsterte, die ihm das Tageslicht immer wieder stahl.

Als Hardin ihm am Freitag bezahlte, sagte er: »Winer, wir beide haben da eine ziemlich gute geschäftliche Vereinbarung. Du arbeitest, wie es mir gefällt, und ich bezahle dich, wie es dir gefällt. Und ich habe weitere Pläne mit uns, Pläne, mit denen richtig Geld zu machen ist.«

Winer fragte nicht, was für Pläne, eigentlich sagte er gar nichts. Er hatte die ganze Woche darauf gewartet und wusste, dass Hardins Ansage nur der Auftakt war.

»Ich will dich nicht ärgern. Aber du trittst mir auf die Füße, wenn du dich mit diesem Mädchen einlässt, und dem muss ich ein Ende machen. Ich hätte gedacht, dass gerade du mich nicht hintergehen würdest.«

Winer faltete das Geld zusammen und steckte es in die Jeanstasche. »Sie? Ich verstehe nicht, was das mit Ihnen zu tun hat.«

»So, verstehst du nicht. Ich sagte doch, ich habe Pläne. Junge, ich schmiede andauernd Pläne, aber nicht alle haben mit dir zu tun. Ich habe auch für sie Pläne.«

»Was für Pläne?«

»Die gehen dich nichts an. Ich will dir nur sagen, dass wir uns hier auf einer rein geschäftlichen Ebene bewegen und den ganzen privaten Mist außen vor lassen müssen.«

»Was für Pläne?«

»Wie schon gesagt, das geht dich nichts an. Aber hast du sie jemals richtig angesehen? Ich bin schon ziemlich lang auf dieser Welt und mir sind nicht viele begegnet, die so sind wie sie. Und lass dir weiter gesagt sein, ich bin auch lange genug auf dieser Welt, um zu wissen, dass sie nicht ewig so aussehen. Wie ein Pfirsich am Baum. Es ist Juli und heiß, und man steht da und überlegt sich, ob man ihn pflücken soll oder nicht. An einem Tag ist er kaum reif, dann kommt die Minute, wo er perfekt ist, und am nächsten Tag fault er, und die Wespen fressen ihn auf. Klar? Ich habe auf diesen Moment gewartet, und jetzt ist er gekommen. Damit kann man eine Unmenge Geld verdienen, und da kann ich nicht zulassen, dass jemand das Wasser trübt. Nicht einmal du.«

Er machte eine Pause und gab Winer Gelegenheit zu antworten. Da keine Antwort kam, fuhr Hardin fort. »Belassen wir es einfach dabei. Sagen wir nur, ich mache mir Sorgen um ihr Wohlergehen. Verdammt, ich hab sie großgezogen. Ich kannte sie schon als kleines Mädchen, als sie noch splitterfasernackt rumgelaufen ist. Sie ist wie eine Tochter für mich. Du sollst mir nur dein Wort geben, dass du sie in Ruhe lässt. Verflucht, sie ist doch noch ein Kind. Wenn einer Süßholz mit ihr raspelt und ihr den Kopf verdreht – wer weiß, was passiert.«

In dem Moment wurde Winer klar, dass er unmöglich etwas versprechen konnte. Jeder nachfolgende Augenblick schien vom vorherigen bestimmt zu sein. Alles war in Bewegung, im Fluss, und er konnte sich auf rein gar nichts verlassen. »Verschonen Sie mich mit dem Scheiß«, sagte er. »Ihnen ist doch vollkommen egal, was sie denkt. Oder?«

»Wie bitte?«

»Sie haben mich schon verstanden. Kommen Sie mir nicht mit dieser Vater-Tochter-Scheiße, heben Sie sich die für jemand auf, der sie Ihnen abkauft.«

»So redet niemand mehr mit mir, Winer. Das muss ich mir nicht bieten lassen. Also du und ich ... warte mal einen Moment.«

Winer hatte ihn stehen lassen. Er war nur einen oder zwei Schritte gegangen, aber er hatte ihn trotzdem stehen lassen.

Diese Nacht brachte kühles Wetter; da es früh dunkel wurde, holte Winer Fidibusse aus Zedernholz und machte Feuer. Er brühte eine Kanne Kaffee, trank sie vor dem Kamin und genoss die Wärme. Heute hatte er das Dach vollendet, und die Schultern taten ihm weh, weil die Dachpapperollen mit einem Seil hochgezogen werden mussten. Er schlief schon halb, als Hardin kam.

Hardin hatte getrunken. Er war nicht betrunken, aber Winer roch den Whiskey in seinem Atem, und sein Gesicht sah gerötet und tollkühn aus.

»Komm einen Moment hier rein, ins Warme. Ich muss mit dir reden.«

Winer stieg auf der Beifahrerseite ein, schloss die Tür mit einem gedämpften Klicken und lehnte den Kopf an das weiche Polster. Das Auto verströmte den warmen Ledergeruch von Geld.

»Winer, ich möchte nicht, dass wir beide uns entzweien. Ich glaube, wir haben uns vorhin auf dem falschen Fuß erwischt und sollten das klären.«

»Ich denke nicht, dass es etwas zu klären gibt. Sie verlangen etwas von mir, das ich nicht tun kann, und damit ist eigentlich alles gesagt.«

»Also du hast mich irgendwie mit dieser Sache in eine Ecke gedrängt, und mit einem Mann, der mit dem Rücken zur Wand in einer Ecke steht, sollte man sich nicht anlegen.«

»Wenn Sie in einer Ecke stehen, dann in einer, die Sie selbst gewählt haben. Sie tun ja gerade so, als würde ich sie misshandeln. Ich würde ihr um nichts auf der Welt wehtun.«

»Herrgott, Winer.« Im gelben Laternenlicht sah Hardins Gesicht fast gequält aus. »Du musst dich entscheiden. Was genau willst du? Eine Möse? Hübsche weiße Vorhänge? Ein kleines Häuschen mit Rankgittern, wo im Sommer Rosen blühen? Ich weiß, was du denkst, Junge, aber glaub mir, so ist das nicht. Und war es nie. Alles auf Gottes Erde ist zweigeteilt. Es geht immer nur um das Loch, und das haben die Hälfte aller Menschen auf dieser Welt. Und keine Einzige ist es wert, dass man ihretwegen stirbt. Wenn man die Augen zumacht oder ihnen einen Sack über den Kopf zieht, kann man eine nicht von der anderen unterscheiden. Glaubst du mir das?«

»Nein«, sagte Winer.

»Und zu allem Überdruss kennst du sie nicht einmal. Ich aber. Ich kenne sie, seit sie fünf ist, und du würdest sie nicht so kennen, wenn du den Rest deines Lebens mit ihr schlafen würdest. Du hast sie gesehen, aber du kennst sie nicht.«

»Ich kenne sie gut genug. Sie haben mich heute Nachmittag ausbezahlt, jetzt sind wir quitt. Belassen wir es dabei. Sie suchen sich einen anderen, der Ihr Haus zu Ende baut, und ich such mir eine andere Arbeit.«

»Du kleiner Narr. Glaubst du, ich hätte nicht ein Dutzend Zimmerleute finden können, die besser sind als du? Glaubst du, für den Lohn, den ich dir zahle, hätte ich keinen gefunden, der mir eine Scheißspelunke baut? Wach auf, Winer, du lebst in einer Traumwelt.«

Winer drehte sich um und betrachtete Hardins asymmetrisches Gesicht. »Und warum haben Sie mich dann eingestellt?«

Eine Millisekunde wirkte Hardin perplex. »Wenn ich das nur wüsste. Ich denke, tief im Inneren wollte ich dich nur verarschen.«

»Was soll das heißen?«

»Lass gut sein. Hat nichts damit zu tun.«

Winer stieg aus. Bevor er die Autotür zuschlug, sagte er

noch: »Ich hab vor, mich weiter mit ihr zu treffen. Und Sie können mich nicht daran hindern.«

»Verdammt, ich hab dich doch schon daran gehindert. Es war in dem Moment vorbei, als ich die Decken mit den Wichsflecken drauf aus dem hohlen Baum gezogen habe. Da war es vorbei, und du hast es nicht mal bemerkt.«

Deputy Cooper stand am Ende der Veranda und wartete, während Hardin las. Amber Rose saß an einen Pfosten gelehnt und hatte das Kleid an den braunen Schenkeln hochgezogen. Cooper gab sich große Mühe, nicht hinzusehen. »Zieh das Kleid runter«, sagte Hardin, der dabei nicht von dem Blatt Papier hochsah. Als er fertig war, gab er es Cooper zurück. »Gut. Ich habe gesehen, was darin steht. Jede Menge Inwiefern und Gegebenenfalls. Und was bedeutet es?«

»Hm. Also, das ist eine Vorladung. Das bedeutet, Sie müssen vor Gericht erscheinen. Es kommt zu einer Anhörung. Er hat sie in Franklin anberaumt. Blalock. Hat versucht, eine von Richter Humphries ausstellen zu lassen, aber der hat sich natürlich geweigert und Blalock gesagt, dass er sich wegen diesen Pferden mit Ihnen einigen muss. Blalock hat 'n regelrechten Anfall gekriegt und fast Schaum vorm Mund gehabt, dann ging er nach Franklin zum Bezirksrichter dort, und der hat eine erlassen. Sie kam heute Morgen, und ich hab sie gleich weitergeleitet.«

»Da hatten Sie wohl keine andere Wahl. Sie sind ein guter Kerl, Cooper, und Bellwether wird nicht ewig Sheriff sein. Vielleicht stellen wir was auf die Beine und lassen Sie bei der nächsten Wahl kandidieren.«

»Sie wissen, ich habe immer versucht, mit Ihnen zusammenzuarbeiten, Mr Hardin.«

»Na, klar doch. Aber dieser Bellwether, also … der wacht eines Morgens auf und hat keinen Job mehr. Oder er wacht überhaupt nicht mehr auf.«

Hardin setzte sich auf den Rattanschaukelstuhl, lehnte sich zurück, schloss die Augen. »Was würde passieren, wenn ich einfach nicht bei dieser Anhörung oder was auch immer erscheine?«

»Wenn einer von Ihnen nicht erscheint, wird das Urteil zugunsten des anderen gesprochen. Wenn Sie nicht erscheinen, entscheidet der Richter automatisch für Blalock. Er kriegt die Pferde zurück, Sie kriegen gar nichts.«

»Gottverdammt.«

»Ich kann nichts dafür. So läuft das eben.«

»Das weiß ich. Aber der bekommt die Scheißpferde nicht. Nur über meine Leiche. Jeder glaubt, dass er mich einfach herumschubsen kann, Cooper, aber das lasse ich mir nicht gefallen.«

»Kann ich Ihnen nicht verübeln, Mr Hardin.« Cooper drehte die Mütze in den Händen und blickte zur Tür. Das Mädchen hatte das Kleid nicht runtergezogen, aber Cooper sah überall hin, nur nicht zu ihr.

An einem kalten, klaren Tag Ende November brachen Winer und Motormouth auf der Suche nach einer einträglichen Arbeit Richtung Clifton auf. Die Aussicht, wieder regelmäßig zu arbeiten und den Tag mit einem festen Ziel vor Augen zu beginnen, auf das man hinarbeitete, munterte Winer auf, daher hörte er sich die Hirngespinste, die Motormouth beim Fahren von sich gab, durchaus vergnügt an.

»Wir schaffen uns ’n nettes Häuschen hier an, wenn wir genug verdient haben«, sagte er. »Kaufen todschicke Klamotten. Mann, die haben Bumslokale da unten, da geht's derart rattenscharf zu, dass man's kaum erwarten kann, endlich reinzukommen, wenn man 'n Blick durchs Fenster geworfen hat. Und Frauen? Ich hab da mal eine getroffen, und kaum bin ich zur Tür rein, da kommt sie zu mir und packt mich einfach so mir nichts dir nichts an meinem Ding und führt mich ins Hinterzimmer.«

Winer sagte etwas Unverbindliches und sah über den Fluss. Der Highway verlief jetzt parallel zum Wasser, das hinter der Grenze von Zypressen und Weiden kalt und metallisch und im windigen Sonnenschein aufgeraut aussah. Weit entfernt lag rechter Hand eine Insel, und darauf ein gewaltiges rundes Gebäude aus grauem Stein, wie ein Silo oder Leuchtturm, und noch weiter entfernt drei gigantische Säulen, die im Dunst aufragten wie die Stützpfeiler einer Brücke, die nicht mehr existierte. Er fragte nicht nach Sinn und Zweck dieser Anlagen, damit Motormouth nicht zu weiterem Schwadronieren ermutigt wurde, denn keiner hätte je gehört, wie Motormouth die Existenz von etwas zugab, das er nicht kannte, und er wusste stets auf alles eine Antwort, auch wenn er sich eine ausdenken musste. Winer sah sie verschwinden wie ferne Silhouetten vor einer fremden Küste, dann passierten sie Gebrauchtwagenhändler, deren traurige Wimpel an gespannten Drähten flatterten, alte, baufällige Lebensmittelgeschäfte und Scheunen mit Wellblechdächern, auf denen Werbung für Schnupftabak Marke Bruton und Popcola und Groves' Chill Tonic prangte, wie verblichene Hieroglyphen einer längst untergegangenen Zivilisation.

»Diese alten Kanalratten«, sagte Motormouth nachdenklich. »Die alten Jungs arbeiten auf Booten und bleiben manchmal eine oder zwei Wochen am Stück draußen. Glaubst du, die sind nicht auf alles vorbereitet, wenn sie in den Hafen einlaufen? Die schlitzen dir eher die Kehle mit 'nem alten, rostigen Taschenmesser auf, als dich auch nur eines Blickes zu würdigen. Neben denen sieht Hardin wie 'n Chorknabe aus. Du musst vorsichtig sein und leisetreten«, ermahnte er Winer. »Ein Junge wie du, der noch nicht weit rumgekommen ist, könnte hier draußen ziemlich viel Ärger kriegen.«

In Clifton frühstückten sie in einem Restaurant namens Mother Leona's und ließen sich den Weg beschreiben. Winer dachte, dass er bei einer Mother Leona sicher sein würde, bekam sie jedoch gar nicht zu sehen; ein mürrischer Mann in verdreckter weißer Kluft mit einer Kochmütze auf dem Hinterkopf servierte ihm stattdessen Eier und Fritten.

»Wir suchen Arbeit«, erklärte Motormouth unaufgefordert.

»Ich stell heute keinen ein«, antwortete der Mann.

»Nein, wir suchen die Kähne, die sie beladen. Wir haben gehört, dass dort Leute gebraucht werden.«

»Das wäre unten bei den Docks.«

»Wo auch sonst. Wir haben so was noch nie gemacht, wollen's aber mal versuchen. Wir können tüchtig zupacken.«

»Mich müsst ihr nicht überzeugen«, sagte der Mann und ließ einen Korb mit Kartoffelschnitzen in siedendes Fett sinken. »Für die stell ich auch niemand ein.«

Winer brach ein Brötchen entzwei und seine Hand mit dem Messer voll Butter erstarrte plötzlich mitten in der Bewegung. Eine vollkommen unversehrte Motte steckte mit zum Flug ausgebreiteten Flügeln in dem weißen Teig, wie ein Artefakt in Bruchstein. Er betrachtete sie eine Weile wie ein Archäologe, der grübelt, welche Bedeutung sie haben oder wie sie mitten im Flug dorthin gelangt sein könnte, bis er schließlich Brot und Messer weglegte.

Motormouth schob den leeren Teller weg, kaute und schluckte. Er nahm einen Schluck Kaffee und fragte: »Wo sind denn diese Docks?«

Der Mann hinter dem Tresen wandte sich von der sprudelnden Fritteuse ab, als könnte er diese Fremden doch einer gründlicheren Betrachtung unterziehen. »Im Allgemeinen sind sie am Fluss«, sagte er schließlich.

Ein Berg von Balken führte sie zu der Stelle, wo gearbeitet wurde. Männer ergriffen die Balken mit Haken und schleiften sie zu anderen Arbeitern, die sie in ein System von Rinnen luden, über die sie zu einem weiteren Arbeitstrupp im Rumpf eines Bootes rutschten. Eine Weile blieben Motormouth und Winer stehen, sahen den Arbeitern zu und bewunderten, wie reibungslos die Männer die Balken vom Dock anhoben, wobei der auf der flusswärts gelegenen Seite seinem Ende einen behutsamen Schubs Richtung Rutsche gab und der am anderen Ende entsprechend Druck ausübte, sodass der Stamm wie geschmiert die eingeölte Rinne hinunterrutschte und gegen das Schott des Bootes prallte. »Mann, das ist ja leicht«, sagte Motormouth. »Sieh doch nur, wie die Burschen das machen. Was meinst du, wen müssen wir fragen?«

Winer antwortete nicht. Er betrachtete die Balken. Es handelte sich um Eichenholz, fünfundzwanzig mal vierzig und drei bis dreieinhalb Meter lang, wie es schien, und sie sahen definitiv schwer aus, auch wenn die Männer sie scheinbar mühelos in die Rinnen verfrachteten.

Sie näherten sich dem Fluss. Das Boot schaukelte im kalten grauen Wasser, ein Windstoß von Norden wehte Papierschnipsel an ihnen vorbei und asymmetrisch über den Fluss, wie schmutzige Drachen ohne Schnur. Namenlose Vögel plünderten das aufgewühlte Wasser, dahinter sah das gegenüberliegende Flussufer verschwommen und unwirklich und nicht weniger trostlos als das diesseitige aus.

Dicke, an Böllern auf dem Dock befestigte Taue sicherten das Boot, das schwankend an eine Polsterung aus alten, zusammengebundenen Autoreifen stieß. Zwei Männer achtern auf dem Boot nahmen die Balken in Empfang, wenn sie die Rinnen hinuntergerutscht waren, und schichteten sie zu Stapeln auf. In ununterbrochener Folge rutschte stets ein Balken aus der Rinne, einer hinunter, einer wurde aufgeladen. Ein fast hypnotisches Ritual ökonomischer Bewegungen. Die Arbeiter waren große, muskulöse Männer und arbeiteten selbst im kalten Wind am Fluss hemdsärmelig.

»Da ist einer, den wir fragen können«, sagte Motormouth.

Ein Mann mit gelbem Bauarbeiterhelm und Notizblock kam über den Pier auf sie zu. Er machte gerade den Mund auf und wollte etwas sagen, als ein Schrei vom Boot ertönte und er sich umdrehte, wer da rief.

Winer sah es. Ein Balken hatte sich seitlich in der Rinne verkantet, ein hünenhafter Schwarzer wollte ihn gerade mit geübtem Griff befreien, als der nächste Balken mit einem lauten Klock dagegenprallte. Der Mann betrachtete einen Moment fassungslos seine Hand, deren vier Finger am zweiten Gelenk abgetrennt waren. Blut spritzte und lief ihm am Unterarm hinab in den Ärmel, er plumpste kraftlos in das Wasser, das in der Hülle des Boots plätscherte. »Gottverdammt«, sagte der Mann mit dem gelben Helm. Er legte den Notizblock auf das Dock, den gelben Helm darauf, damit die Papiere nicht vom Wind fortgeweht wurden, und schwang sich an einer Strickleiter in das Boot hinab. Der Schwarze hielt die Hand zwischen die Knie geklemmt und lehnte sich an das Schott. Er hatte die Augen geschlossen, das aschfahle Gesicht zeigte eine Miene stoischer Resignation.

Winer und Motormouth blieben einen Moment unsicher stehen. Die beiden Männer am oberen Ende der Rinne hatten die Arbeit eingestellt, holten Tabak aus den Taschen und drehten sich Zigaretten. »Natürlich müssen wir nichts überstürzen«, sagte Motormouth. Er hatte sich zaghaft einen oder zwei Schritte vom Fluss entfernt und den Geschäften und Cafés der Stadt genähert. »Ich denke, wir könnten noch eine Weile zusehen.«

»Ja, könnten wir«, sagte Winer. »Wir könnten noch eine ganze Weile zusehen.«

Er fror jetzt in den Nächten und fand am Morgen stets eine Frostschicht auf Scheiben und Blech des Chryslers. Auf dem Rücken liegend blickte Motormouth eine Zeit lang zu der zerschlissenen Bespannung hinauf, dann erhob er sich und sah sein verzerrtes Spiegelbild in den rostigen Chromleisten, das ihn verspottete. Eine krakelige Karikatur. An diesen kalten Vormittagen fuhr der Wind am Fluss entlang sanft in die verdorrten Unkrautstauden, und Motormouth hörte, wie er verspielt Laub gegen das Auto wehte. Durch das vereiste Glas sah er kaum etwas von der Welt und doch mehr, als er wollte. Er blickte in eine Welt im kalten Würgegriff des Eises.

Morgen wie diese brachten bittere Erinnerungen an vergangene Winter, und er musste an Wände und Decken und Kamine denken. An eine Veranda voll trockenem Holz und den Geruch von Rauch zwischen den Ritzen. An ihren weichen Körper, den sie in Dezembernächten an ihn drückte. Wie ihr Haar am Morgen aussah, so zerzaust, als wäre sie in einem Sturm eingeschlafen.

Er fuhr an dem Haus vorbei. Es sah still und unbewohnt aus, daher rechnete er gar nicht damit, dass er sie sehen würde, doch da stand sie mit einem um die Schultern gelegten Pullover an der Tür der Räucherkammer und sah hinein. Er bremste und sah sich um. Sonst war niemand da. Er hielt an. Etwas Hartes, etwas wie Furcht, lag in seiner Magengrube, und durch seine Adern strömten Vorfreude und Grauen wie Öl und Wasser.

Im Zimmer war es ebenfalls kalt, kälter als im fahlen Licht der Sonne, die stickige Kälte unbenutzter Zimmer und geschlossener Türen. Teile von Ofenrohren lagen kunterbunt durcheinander, ein Film aus Ruß und Asche überzog den Linoleumboden. Er blickte den Schornstein hinauf, sah nur den Himmel, grau wie ein Gewehrlauf, und die Hälfte eines Vogelnests, das unsicher auf lockeren Backsteinen saß. Er stand mitten im Zimmer und rieb sich die Hände, als sie zur Küchentür hereinkam. Auf der Schwelle blieb sie stehen und sah ihn an.

»Verschwinde. Du hast hier nichts zu suchen.«

»Wollte nur nachsehen«, sagte er. »Bist zurückgekommen, was?«

»Ja, aber nicht zurück zu dir. Das ist mein Haus, das weißt du. Daddy hat es mir gegeben.«

»Daddy kann mich mal«, sagte Motormouth. Er nahm eine Zigarette und zündete sie an. Dann verlagerte er das Gewicht von einem dünnen Bein auf das andere, als wäre er hin und her gerissen, ob er gehen oder bleiben sollte, ohne Rücksicht darauf, was sie wollte. Der Wind von dem Stück Feld erschütterte das Blechdach und sang im Kamin. Eine lose Glasscheibe klirrte in ihrem Rahmen wie ein Glöckchen. »Wird kalt, was?«

»Das ist um die Jahreszeit meistens so.«

»Ich glaube, dieses Jahr wird's ein schlimmer Winter.«

»Hab noch keinen guten erlebt. Du hast immer noch nicht

gesagt, was du hier machst. Weißt du, ich hab's schriftlich, dass du hier nicht rein darfst.«

»Ich will gar nichts. Ich bin nur zufällig vorbeigefahren und da sind mir die vielen Autoteile eingefallen, die ich in der Räucherkammer habe. Ich will nicht, dass denen was passiert.«

»Dann hol sie und hau ab.«

»Gleich. Sag mal, hast du wirklich vor, wieder hier einzuziehen?«

»Was interessiert dich das?«

»Ich mach nur Konversation.«

»Dann mach sie anderswo und mit jemand anderem.«

»Ziehst du hier ein?«

»Und wenn?«

»Nichts.« Pause. »Allein?«

»Nein.«

»Oh, Blalock auch, hm. Hat er in seinem großen, alten Haus nicht genügend Platz?«

»Ich sag dir, was wir machen, ist unsere Sache.«

»Noch bist du mit mir verheiratet.«

»In ein paar Tagen nicht mehr.«

Er dachte, es wäre vielleicht besser, wenn er das Thema wechselte. »Was suchst du in der Räucherkammer?«

»Ich wollte den Ofen aufstellen. Es ist kalt.«

»Mann, du kannst das schwere Ding doch nicht mal bewegen. Der ist aus Gusseisen. Warum stellt Blalock ihn dir nicht auf? Das ist keine Arbeit für eine Frau.«

»Er ist nicht hier. Bringt eine Wagenladung Vieh nach Memphis oder sonst wo.«

»Dann frag doch Clyde.«

»Er und Cecil haben sich zerstritten. Darum ziehen wir ja hierher. Sie haben sich meinetwegen zerstritten.«

»Na, bist du nicht die Ballkönigin.«

Sie sagte nichts.

»Und Cecil ist nicht hier?«

»Was hab ich denn eben gesagt?«

Er durchquerte das Zimmer, platzierte sich auf der Armlehne des Sofas, suchte nach einem Aschenbecher, fand keinen und schnippte die Asche in den Umschlag seiner Hose. Sie hatte sich nicht bewegt und beobachtete ihn misstrauisch von der Tür. »Mach's dir nicht allzu gemütlich«, teilte sie ihm mit. »So lange bist du nicht mehr hier.« Aber ihre Stimme drückte weder Vehemenz noch Drängen aus, sie hörte sich fast zerstreut an, als gingen ihr andere Sachen durch den Kopf. Sie verschränkte die Arme und schüttelte das lange Haar aus der Stirn, während er die glatte, milchige Haut ihres Halses bewunderte. »Vielleicht könnten wir's noch mal versuchen«, sagte er. Seine Stimme hörte sich seltsam an, ein trockenes Krächzen.

Sie schüttelte nur den Kopf. »Im Leben nicht«, versicherte sie ihm. »Ich will Cecil, und keiner kann mich daran hindern.«

»Cecil ist unterwegs nach Memphis«, sagte er. Sein Mund fühlte sich an, als wäre er mit Staub gefüllt. Die rote Strähne fiel ihr wieder in die Stirn; sie blies sie mit der eigentümlichen Geste weg, die er tausend Mal gesehen hatte. Die Vergangenheit schmerzte in ihm wie ein Messer, das herumgedreht wurde, scharf wie eine Glasscherbe. Alte, unausgesprochene Zärtlichkeiten schmeckten bitter und trocken wie Asche. Er dachte an Blalock, der lange fort war; Memphis schien ihm Tausende Meilen entfernt zu sein und im Nebel eines verlorenen Kontinents zu schweben. Der Wind pfiff durch die Ritzen der Fenster und erzählte ihm von einer leeren Welt, in der nur noch sie beide übrig waren. Er stellte sich vor, wie er die Hände um ihren Hals legte, sie mit seinem Gewicht niederdrückte, ihr mit einem

Knie die Beine spreizte, in sie eindrang. Dunkle und namenlose Gespenster erfüllten seinen Geist mit ihren Visionen. Er stellte sie sich auf dem Rücken in einem flachen Grab liegend vor, Erde auf den grünen Augen und dem mürrischen Schmollmund, die Wölbungen ihrer Brüste hart und weiß wie Elfenbein, Eiskristalle im roten Haar unter ihrem Bauch. Der Winterregen drang in ihr Fleisch ein, Frühlingsblumen wurzelten in ihren Körperöffnungen.

»Warum schaust du mich so an?«

»Mach ich gar nicht.«

»Dabei siehst du immer ein bisschen aus, als wärst du halb verrückt. Ständig hast du das gemacht.«

Die Zigarette verbrannte ihm die Finger, er sah sie staunend an. Er ließ sie fallen, trat sie mit dem Stiefel auf dem abgetretenen farblosen Linoleum aus. Er erhob sich. »Tja. Ich sollte besser los. Wollte nur mal sehen, wie's dir so geht.«

»So geht es mir.«

Er stand zwar auf, bewegte sich jedoch nicht weiter. Sie beobachtete ihn. »Das Ding wiegt fast hundert Kilo«, sagte er. »Viel Spaß damit.«

»Wenn du nicht so ein Arsch wärst, würdest du mir helfen, ihn aufzustellen. Er steht noch da, wo du ihn letztes Frühjahr hingeschafft hast.«

»Ja«, sagte er und versuchte, sich auf das Wort Frühjahr und seine Definition zu konzentrieren. Frühjahr, das schien Jahre her zu sein.

»Hilf mir nur, ihn zur Hintertür reinzuschaffen, den Rest kann ich allein.«

»Ich wette, es wird eine kalte Nacht. Vielleicht brauch ich ihn selber.« Einen garstigen Augenblick lang stellte er sich den Ofen am Flussufer vor und sich selbst nur von den Mauern der

Welt umgeben, den Elementen. »Vor ein paar Minuten hast du noch gesagt, dass ich verrückt bin«, sagte er zu ihr. »Mag ja sein, aber nicht so verrückt, dass ich 'n Ofen aufstellen helfe, nur damit sich 'n anderer Drecksack dran wärmen kann.«

»Es würde dir nicht schaden, wenn du mir hilfst. Würde dich keinen Cent kosten.«

»Ich hab dir mein Angebot gemacht. Komm zurück zu mir, dann fahren wir in die Stadt, besorgen was zu essen, und ich stell ihn auf und mach's uns richtig schön warm.«

»Vergiss es. Cecil kann ihn aufstellen, wenn er wieder da ist.«

Er atmete tief durch. »Na gut. Ich sag dir, wie wir's machen. Du besorgst es mir ein bisschen, dann stell ich das verdammte Ding für dich auf.«

»Hast du den Verstand verloren?«

»Wem schadet es schon? Ist Cecil nicht in Memphis? Sind wir nicht verheiratet?«

»Nur noch auf dem Papier.«

»Das genügt mir«, sagte Motormouth. Er ging durch das Zimmer und stellte sich vor sie. Ihr Kopf reichte ihm nicht einmal bis zur Schulter. Sie wich nicht zurück. Plötzlich wurde ihm mit einem freudigen Schock klar, dass sie es tun würde.

Sie zog sich am Fußende des Betts aus. Er kickte die Stiefel weg, schälte sich aus der Hose, legte sich hin und sah ihr zu. Sie schlüpfte aus dem Rock, der sich zu ihren Füßen bauschte. Als sie das Höschen ausziehen wollte, blickte sie auf und sah, dass er sie beobachtete. Sie strich sich das Haar aus der Stirn und zog das Höschen trotzig, mit harten und wütenden Augen aus. »Sieh dich nur satt«, fuhr sie ihn an. Er betrachtete das kühle, gewölbte Fleisch ihres Bauches, das lockige, rostrote Schamhaar. In der Kälte bildete sich Gänsehaut auf den elfenbeinfarbenen Schenkeln, wurden ihre Brustwarzen hart und lang.

Als er ihn einführte, veränderte sich ihr Gesicht nicht, auch dann nicht, als er sich in ihr bewegte. Er mühte sich auf ihr ab, als wollte er den ganzen Körper Zentimeter für Zentimeter in ihren pressen, mit ihr verschmelzen, zu ihr werden, er schwitzte an der Schnittstelle ihrer Körper, während sie unbeteiligt unter ihm lag und das Muster der Tapete an der Decke studierte, und da wusste er, sie hatte ihn schon wieder besiegt. Ihre weiße Haut sah makellos und unbenutzt aus. Er erinnerte sich an die zahllosen Male, die er in ihren Armen gelegen hatte, dachte daran, dass auch Blalock in ihr gewesen war, dass sie es mit anonymen Fremden getrieben hatte, die sie nur aus dem einen einzigen Grund aufgegabelt hatte, um ihm Hörner aufzusetzen. Und doch hatte keiner ihr wehgetan, sie gezeichnet oder auch nur eine Spur hinterlassen. Sie war unbenutzt.

»Warum hast du aufgehört? Bist du fertig?«

Er hatte es gar nicht bemerkt. »Ich hab nur nachgedacht«, sagte er. Halbherzig setzte er seine Bemühungen fort.

Sie lachte tief im Hals. »Du hast noch nie gleichzeitig denken und das hier machen können«, sagte sie.

Sie hatte den Ofen fast bis zur Tür der Räucherkammer gezerrt, die Füße hatten Rillen in dem unebenen Boden hinterlassen. Er betrachtete ihn. Der Ofen sah gottlos schwer aus. Sie beobachtete ihn von der Küchentür, wo sie die Bluse zuknöpfte. Er ging vor der Tür auf dem Erdboden in die Hocke und nahm Maß. Überlegte sich, wie er ihn am einfachsten transportieren könnte. Wie der Ofen überhaupt hierhergekommen war, daran erinnerte er sich beim besten Willen nicht mehr.

Er sah auf. Die Sonne näherte sich dem Zenit, doch das Licht besaß eine dünne, distanzierte Eigenschaft, die rote Kugel wirkte kühl und fern, und er gewann den Eindruck, als würde sie sich von ihm entfernen und die Erde für alle Ewigkeit in eine Eiszeit stürzen. Kahle Zweige raschelten leise und erzählten süße, uralte Geheimnisse, von denen er nie gewusst hatte. Er dachte an Blalock. Stellte sich vor, wie er die Ofenklappe öffnete, ein Scheit Holz hineinwarf, die glühenden Kohlen mit dem Schürhaken anfachte, es sich im Lehnstuhl bequem machte, seufzte, die Füße in der behaglichen Wärme hochlegte und seine Farmerzeitschrift aufschlug.

»Leck mich doch«, sagte er zu dem Ofen.

Er ging zum Auto.

»Du dreckiges Aas«, kreischte sie seinem gleichgültigen Rücken hinterher. Das hörte er nicht zum ersten Mal und ging weiter. Er setzte den Chrysler auf dem Hof zurück, dann fuhr er mit durchdrehenden Reifen an und bretterte auf die asphaltierte Straße. Er raste Richtung Stadt.

Winer ging durch einen kalten, grauen Nieselregen zur Böschung. Das Farnkraut war bereits nass; als er das Auto erreichte, war er bis zu den Oberschenkeln durchnässt und wütend. Motormouth hatte in dem für Camper gemauerten Grill ein Feuer entfacht und einen Topf darauf gestellt, doch das Feuer zischelte im Regen und qualmte nur, dichter Rauch wehte blau über das Flussufer. Winer hörte das leise Prasseln des Regens im Flusswasser.

Er öffnete die Autotür und stieg ein. Motormouth saß am Steuer. Er betrachtete den verschwommenen Fluss durch die regennasse Windschutzscheibe wie eine Landschaft, in die er mit Vollgas hineinraste. Winer schlug die Tür zu. »Du machst einem nichts als Ärger«, sagte er. »Du bist umgezogen. Hättest mir ruhig sagen können, wohin.«

»Wusste ich selbst nicht. Ist mir ganz plötzlich eingefallen.«

»Der ganze Mist, der dir ganz plötzlich einfällt, bringt dich irgendwann ins Kittchen oder unter die Erde«, sagte Winer. »Vergewaltigung fällt dir ganz plötzlich ein. Wie ein Irrer in einem Automobil zu wohnen, das im Gebüsch parkt, fällt dir ganz plötzlich ein. Du versteckst dich, aber nicht gut genug. Ich musste nur im Lebensmittelladen fragen. Vermutlich ist dir ganz plötzlich eingefallen, dass du Patton Bescheid sagen könntest, falls sich jemand fragt, wo du steckst, oder dir einen Haftbefehl oder so was zustellen will.«

»Ja. Ach, verdammt. Ich hab ihm gesagt, dass er's nur dir sagen soll.«

»Du bist ja ein argloses Herzchen. Die Überzeugungskraft eines Zehndollarscheins mag dir vielleicht nicht klar sein, aber Blalock oder Patton ist sie es auf jeden Fall.«

»Sicher, dass Blalock hinter mir her ist?«

»Darum bin ich ja hier. Er erzählt in der ganzen Stadt rum, was er mit dir anstellt, wenn er dich erwischt. Er sagt, dass du sie vergewaltigt und geschlagen hast und er einen Haftbefehl gegen dich erwirkt hat. Das mit dem Haftbefehl ist vermutlich nur Geschwätz, aber er hat so vielen Leuten beschrieben, wie er dir den Arsch versohlen will, dass ihm vermutlich gar nichts anderes mehr übrig bleibt, ob er es noch will oder nicht.«

»Glaubst du, er schafft das?«

»Hat eine Katze einen Arsch? Natürlich schafft er das. Verdammt, der würde es mit zweien von deiner Sorte aufnehmen, und dem Ringrichter obendrein.«

»Nein, ich meine das mit der Vergewaltigung. Glaubst du, das kauft ihm echt einer ab? Man kann doch seine eigene Frau nicht vergewaltigen, oder?«

»Weiß nicht.«

»Dass er mir den Arsch versohlt, damit könnte ich leben, weil er am Ende nix davon hätte, aber mir graut vor dem Gedanken, dass ich droben auf dem Friedhof Brushy enden könnte.«

»Da müsste ich jemand fragen. Könntest du vielleicht die Karre anlassen und die Heizung einschalten? Mir ist scheißkalt.«

Motormouth ließ den Wagen an und den Motor im Leerlauf tuckern. Winer drehte die Heizung auf, erschauerte im kalten Luftstrom, drehte sie wieder ab. »Funktioniert das Ding nicht?«

»Muss erst warm werden. Wen fragen?«

»Jemand, der was von Gesetzen versteht. Einen Anwalt, einen Richter, du weißt schon.«

»Ich weiß, dass man sich von solchen Typen besser fernhält. Damit bringst du uns beide in den Knast. Jedenfalls hab ich sie nicht vergewaltigt und ganz bestimmt nie die Hand gegen sie erhoben. Ich weiß genau, was mit dem los ist. Er ist wütend, weil er den Scheißofen selber reintragen musste.«

»Vielleicht. Jedenfalls sucht er dich.«

»Ich will sowieso verduften, sobald ich was gespart hab. Dieses Kaff kotzt mich an. Ich habe es satt. Ich will es nur noch einmal sehen, und zwar im Rückspiegel.«

Er verfiel in ein verdrossenes Schweigen. Winer schaltete die Heizung ein und hielt die hohlen Hände in den warmen Luftstrom. »Ich geh nach Norden«, sagte Motormouth. »Chicago. Das ist 'ne Stadt für 'n Burschen wie mich. In einer Stadt wie

Chitown könnte ich es zu was bringen. In einem Dreckloch wie dem hier hat man keine Möglichkeiten. Aber in ’ner so großen Stadt gibt’s Möglichkeiten bis zum Abwinken. Das brauch ich.«

»Du brauchst einen Wärter«, sagte Winer. »Und eine rund zehn Meter lange schwere Kette am Fuß.«

Ein trübes Licht ohne ersichtliche Quelle leitete seine Schritte von der Straße in Olivers Hof. Die Papiere hatte er unter dem Mantel, denn die Luft war feucht, ein kaltes Nieseln, mehr als Nebel, aber noch nicht ganz Regen. Kurz nach Tagesanbruch zeigte sich die Sonne noch nicht, und nichts deutete darauf hin, dass sie es tun würde. Er schritt unter den Bäumen dahin, von denen bleierne Tropfen fielen. Drei schmutzige Hähne waren schon auf und suchten Schutz unter einem alten, weißen Herd in Olivers Vorgarten. Sie sahen ihm untröstlich, mit Augen wie bunte Glasperlen nach.

Gelbes Licht leuchtete durch ein Fenster. Rauch stieg aus dem Schornstein des alten Mannes auf, und Winer wusste, dass er gerade aufgestanden sein musste, denn der Rauch sah blau und fettig aus und roch nach Kerosin. Er ging über die Veranda, klopfte an die Tür und wartete, zog die Schultern hoch und klopfte noch einmal.

»Es ist offen«, ertönte eine Stimme im Inneren.

Er betrat das Wohnzimmer. Drinnen war es fast so kalt wie draußen. Der alte Mann kauerte vor dem Ofen und stopfte Zeitungen in das orangerote Maul aus Gusseisen. Mit gequälter Miene sah er zu Winer auf. Das ganze Zimmer stank nach Kerosin.

»Junge, ich bin am Erfrieren und glaube, das Ding hier

streikt oder so was.« Oliver warf lange, gerollte Späne gelben Pinienholzes auf das Feuer.

»In der Nacht ist es plötzlich kalt geworden. Ich bin warm eingeschlafen, aber gegen vier Uhr aufgewacht und auch fast am Erfrieren gewesen.«

»Ich hab einen strengen Winter kommen sehen.«

»Ich glaube, jetzt haben Sie ihn«, sagte Winer. Er spreizte die Hände über der kümmerlichen Wärme, die von dem Ofen ausging.

»Schneit es schon?«

»Es ist zu kalt zum Schneien.«

»Wir machen uns Kaffee, wenn sich dieses Ding endlich entscheiden kann zu heizen.« Oliver pustete die Lampe aus, dann saßen sie schweigend im flackernden Lichtschein des Ofens und der geisterhaften grauen Dämmerung vor dem Fenster. Das Feuer loderte endlich hoch, der Bereich unmittelbar um den Ofen herum wurde langsam wärmer, aber es war immer noch unmöglich, auf der Couch des alten Mannes zu sitzen. Oliver füllte eine Kanne mit Wasser und Eis und stellte sie zum Kochen hin. Er sah halb erfroren aus. Das Gesicht wirkte grau und blutleer, er stapfte herum, damit seine Füße durchblutet wurden, und rieb heftig die Hände aneinander.

»Was machst du eigentlich schon so früh hier? Du arbeitest bei dem Wetter doch nicht, oder?«

»Nein. Ich arbeite nicht mehr dort.«

»Tatsächlich nicht? Wie kommt das?«

»Ich habe gekündigt. Eigentlich wollte ich in die Stadt. Ich dachte mir, ich wart mal ab, wie das Wetter wird.«

»Ich kann dir sagen, wie das wird«, antwortete Oliver trostlos. »Bei Gott, so kalt wie jetzt wird es bis zum kommenden Frühjahr bleiben.«

»Es wird wieder wärmer. Dies ist nur ein Kälteeinbruch.«

»Da würde ich mich nicht drauf verlassen.«

»Haben Sie genügend Holz?«

Oliver schüttete zerstoßene Kaffeebohnen in das kochende Wasser. »Jede Menge, aber immer noch Stämme«, sagte er.

»Wenn es nicht zu schlimm wird, komm ich bei Gelegenheit mal rüber und spalte Ihnen einen Teil.«

»Ach, nicht nötig. Ich kann mir ein kleines Beil kaufen. Du hast selbst genug zu spalten.«

»Hab ich schon im Sommer gemacht, als ich sonst nichts zu tun hatte. Jedenfalls bin ich gekommen, damit Sie das hier für mich unterschreiben.« Während Winer das sagte, zog er das getippte Blatt Papier aus dem Mantel und hielt es dem alten Mann hin.

Oliver schüttelte den Kopf. »Das musst du mir vorlesen. Worum geht es denn?«

»Das ist ein Kreditantrag. Ich hab bei Kittrel ein Auto gefunden, das ich haben möchte, und die haben mich zur Bank geschickt, aber es muss gegengezeichnet werden, und der Mann dort sagte, ich bekomme das Geld, wenn Sie den Antrag mitunterschreiben.« Winer machte eine Pause. »Sie waren der Einzige, der mir eingefallen ist und vielleicht unterschreiben würde.«

»Schau an, schau an«, sagte der alte Mann. Er nahm das Dokument, hielt es auf Armeslänge von sich und betrachtete die Schreibmaschinenhieroglyphen, die er nicht lesen konnte. Anscheinend erfüllte ihn ein seltsames Gefühl von Stolz, und als der Duft des heißen Kaffees durch den Raum zog und die Wärme des Ofens die Hitze vertrieb, wurde er munter. Er legte das Blatt vorsichtig auf den Tisch, nahm die Kanne vom Herd und füllte zwei Steinguttassen mit Kaffee.

»Hoffentlich ist das nicht wie der Wisch, den ich mal für Hodges unterschrieben habe«, sagte Oliver und grinste in sich hinein. Er gab Winer eine Tasse Kaffee. »Ich habe mich ein paar Jahre sehr für den Jungen interessiert. An sich wollte ich ihm hier und da ein wenig helfen, ihn behutsam auf den rechten Weg bringen, aber das hätte man vermutlich nicht mal mit einem Flaschenzug geschafft. Einmal kreuzte er mit einem Blatt Papier auf, das ich unterschreiben sollte. Er hatte auf eine Annonce in einer landwirtschaftlichen Zeitschrift geantwortet und wollte Vertreter werden. Also machte ich mein X, und zwei oder drei Wochen später gingen wir in die Stadt, das Zeug abholen, das eingetroffen war. Großer Gott im Himmel. So einen Plunder hast du dein ganzes Leben noch nicht gesehen. Stand in einem Güterwaggon am Bahnhof. Kisten über Kisten, die aussahen wie Waren für einen Lebensmittelladen. Pastetenfüllungen und Pferdesalbe, und du würdest nicht glauben, was noch für duftende Fläschchen und Tuben. Er musste einen Laster mieten, um das Zeug nach Hause zu schaffen, und ich glaube, er hat nichts davon je verkauft. Die haben mir ziemlich lange deswegen eingeheizt, bis ich schlussendlich Post von einem Anwalt in Chicago bekam, und da hab ich schließlich alles zusammengekratzt und die Rechnung bezahlt. Keine Ahnung, was Hodges damit gemacht hat, glaube aber, die Brillantine hat er selbst benutzt, jedenfalls hat er ein oder zwei Jahre ziemlich angenehm geduftet, und das war's dann.«

»Ich zahl es zurück.«

»Das weiß ich. Ich musste nur daran denken, wie Hodges dastand, als er das ganze Zeug gesehen hat. Die vielen Kisten, und er hatte nicht mal ein Fahrrad, um den ganzen Dreck zu transportieren.«

Dem Wetter gelang, was Blalock und alle anderen nicht geschafft hatten. Es spornte Motormouth an. Gegen Mittag kreuzte er bei Winer auf und beklagte sich bitterlich.

»Gottverdammt, ich bin so gut wie erfroren«, sagte er zu Winer. »Das nenne ich eine Hundskälte. Gestern Nacht hab ich mich fast zu Tode geschlottert, und als ich aufwachte, war der Fluss zugefroren, und im Wetterbericht hieß es, dass keine Änderung abzusehen ist. Im Radio haben sie gesagt, dass die gefüllte Temperatur bei zehn Grad unter null liegt.«

»Die was?«

»Die sagten, dass die gefüllte Temperatur zehn unter null ist und bräsige Winde herrschen.«

»Ich glaube, die haben *mäßige* gesagt.«

»Mäßig oder bräsig, jedenfalls ist es arschkalt. Bist du bereit?«

»Bereit? Bereit wofür?«

»Verflixt. Aufzubrechen. Nach Chicago, wie wir gesagt haben.«

»Großer Gott, nein. Noch weiter nach Norden geh ich in diesem Winter auf keinen Fall.«

»Also, ich gehe. Ich wollte Kittrel den Chrysler verkaufen, ihn dir aber zuerst anbieten. Willst du ihn?«

Sie gingen auf den Hof hinaus. Ein kalter Nieselregen fiel, das Auto glänzte stumpf. Winer betrachtete es aus jedem erdenklichen Winkel und versuchte sich vorzustellen, wie es unter der Batterie von Antennen und Lichtern und Waschbärschwänzen aussehen mochte.

»Ich will fünfundachtzig Dollar bar auf die Hand dafür, und wenn es keine zweihundert wert ist, leck ich dich am Arsch. Allein die Nebelschlussleuchten haben mich fünfundzwanzig gekostet.«

»Du scheinst mir ja fest entschlossen zu sein.«

»Das Schlimme ist, so fest nun auch wieder nicht. Ich wette, das ist 'ne verdammt große Stadt da oben. An sich wollte ich ja, dass du mich begleitest.«

Winer holte die Geldbörse heraus. »Ich geb dir fünfundachtzig, wenn du mir zeigst, wie man fährt. Außer dem Traktor von Weiss hab ich noch nie was gefahren.«

»Na klar, pflanz deinen Hintern rein, Junge. Du lernst von einem Meister.«

Später am selben Tag fuhren sie in die Stadt und parkten an der Bushaltestelle; Motormouth ging rein und kaufte seine Fahrkarte. Als er zurückkam, warteten sie gemeinsam auf den Bus und sahen über die regennasse Straße. Motormouth gab sich ungewöhnlich schweigsam und schien regelrecht deprimiert zu sein, als es dämmerte. Schließlich kam der Bus, und da erhob er sich mit seinem Pappkarton, den er mit Wäscheleine zugebunden hatte, lief entschlossenen Schrittes hin und erklomm die Stufen. Er drehte sich um und hob eine Hand. Die Bustür schloss sich mit einem leisen Zischen von Druckluft hinter ihm. Winer sah dem Bus nach, bis er verschwunden war.

Oliver hatte offenbar schon im Bett gelegen, denn er trug lange Unterwäsche, als er die Tür einen Spalt öffnete und herausspähte. Winer gab ihm den Kreditantrag.

»Den können Sie zerreißen. Ich glaube, ich brauche ihn doch nicht.«

»Hm. Ich hab ja schon von prompter Rückzahlung gehört, aber du schlägst offenbar alle Rekorde.«

»Ich habe gar keinen gebraucht. Ich habe Motormouths Auto gekauft, und das war viel billiger als alle, die Kittrel anbietet.«

»Und wo ist Hodges hin?«

»Auf seiner Busfahrkarte stand Chicago.«

»Chicago«, wiederholte Oliver mit ehrfürchtiger Stimme. »Großer Gott.«

Sie musste ihn am Fenster beobachtet haben, denn kaum hatte er das Auto zum Stillstand gebracht, ging die Eingangstür auf, und sie kam auf die Veranda. Grinsend lief sie die Stufen herunter und näherte sich dem Auto.

»Was machst du mit dem Auto von Motormouth Hodges?«, fragte sie.

»Es gehört jetzt mir. Ich habe es gekauft«, sagte er. Er stieg aus, ließ die Tür zufallen, ging um den Wagen herum und wies auf sämtliche Vorzüge hin. Sie beachtete das Auto jedoch gar nicht, sondern grinste ihn auf eine seltsam mütterliche Weise an.

»Schon gut, schon gut«, sagte sie. »Mir musst du es nicht verkaufen.«

»Willst du eine Spritztour machen?«

»Ich weiß nicht. Wie hast du so schnell fahren gelernt?«

»Motormouth hat's mir gezeigt.«

Sie lachte. »O Gott. Dann lieber nicht.«

»Er sagte, ich lerne von einem Meister.«

»Na, in dem Fall vielleicht. Mit einem Meister bin ich bis jetzt noch nie gefahren.«

Mormon Springs blieb zurück; auf dem Weg in die Stadt erfreute sich Winer bester Laune, Farben und Geräusche dieses trostlosen Wintertages wirkten fröhlicher, und ihn erfüllte die unerschütterliche Überzeugung, dass alles gut werden würde. Er wandte sich einen Moment von der Straße ab, betrachtete ihr helles Profil vor der dahinrollenden winterlichen Landschaft und fragte sich, wie jemals etwas schiefgehen sollte für einen, der so ein hübsches Mädchen hatte wie sie: Hier sah er makellose Perfektion vor sich, für ihn sah sie neu und unbenutzt aus, nichts hatte sie berührt.

»Weißt du, was ich gern machen würde?«

»Nein, aber du kannst machen, was du willst.«

»Ich möchte im Daridip essen. Das hab ich noch nie gemacht.«

»Wo steckt Hardin?«

»Weiß ich nicht, und ist mir auch egal. Er kann mich nicht aufhalten, wenn ich schon bei dir bin, oder?«

»Was hat er wegen den Decken zu dir gesagt?«

»Gar nichts.«

Winer sah sie an. Er glaubte ihr nicht, schwieg aber.

»Dann möchte ich zum Brushy, wo sie Daddy begraben haben. Ich war seit der Beerdigung nicht mehr dort und wollte immer mal hin. Geht das?«

»Mir egal. Ich sagte doch, wir machen, was du willst.«

Das Grab war ein Oval roter Erde. Herbstwinde hatten die Drahtblumen niedergedrückt und ausgebleicht. Sentimentale Klischees, verwittert und vergessen, billige in ihrer Künstlichkeit abgeschmackte Plastikblumen. Einen Grabstein gab es nicht, ein Stab aus Metall wies die Grabstätte aus wie eine Hochwassermarke. THOMAS HOVINGTON las sie. Als wäre man berühmt, dachte sie, den eigenen Namen in Druckbuchstaben zu sehen. So hatte sie ihn noch nie gesehen.

Sie kniete nieder, zog den Rock über die Knie hinunter und brachte die schäbigen Überreste der Blumen in eine Andeutung von Ordnung, die sie im Geiste vor sich sah. Berührte mit zarten Händen farblos und brüchig gewordenes Krepppapier.

»Viel geholfen hat er mir nie, aber das hätte er bestimmt, wenn er nicht so krank gewesen wäre. Ich war ein Kind, als sie ihn in die Erde gesenkt haben. Das war zwar erst dieses Jahr, aber jetzt bin ich kein Kind mehr. Ich habe den Leichenwagen kommen sehen, ganz neu und glänzend, und sie haben ihn in seinem Sarg rausgetragen und mitgenommen. Fahren zurück und holen den Nächsten, dachte ich mir damals. Ich hatte mir nie Gedanken darüber gemacht, dass Leute damit ihren Lebensunterhalt verdienen. Sollte ich je einen kleinen Jungen haben, möchte ich, dass er einer von ihnen wird.«

Ein alter Mann und eine alte Frau gingen zwischen den Grabsteinen dahin. Ein grauer alter Mann im schwarzen Gehrock. Winer betrachtete ihn. Potenzielle Anwärter, womöglich. Leute, die sich ihre künftigen Nachbarn ansehen kamen. Er wollte hier weg.

Sie richtete sich auf. Sie weinte herzzerreißend. Sie hielt sich an seinem Arm fest. »Die mussten ihm den Rücken brechen«, sagte sie. »Das hätten die nicht tun dürfen.«

Er legte den Arm um sie und zog ihr tränenfeuchtes Gesicht an die Mulde unter seinem Hals. Er wusste nicht, was er sagen sollte.

»Hast du Geld?«

»Na klar, hab ich Geld. Warum?«

»Halt dort an.«

Er fuhr in eine freie Parklücke. Es war das Cozy Court Motel. Sie blieben eine Weile im Auto sitzen, er trommelte nervös mit den Fingern auf dem Lenkrad, während sie seltsam gelassen über den Asphalt zu den nummerierten Türen sah.

»Wir tun so, als wären wir jemand anderes«, sagte sie. »Jemand richtig Nettes.«

Er sagte nichts. Er stieg aus, schlug die Tür zu und ging über den Asphalt zu dem blauen Neonschild, das die Rezeption auswies.

Später lagen sie im Bett, sie mit dem Rücken zu ihm und am ganzen Körper an ihn gekuschelt. Im Westen stand die Sonne tief und spiegelte das Fenster gelb und trübe an der Ostwand ab. Über ihre runde Schulter hinweg beobachtete er, wie die Spiegelung langsam über den limonengrünen Verputz wanderte, und wünschte sich, es gäbe eine Möglichkeit, sie aufzuhalten, doch die gab es nicht.

An der letzten Kurve vor Hardins Haus hielt er an, machte den Motor aus und zog sie fest an sich.

»Wir hätten nicht hierher zurückkehren, sondern einfach weiterfahren sollen.«

»Wohin?«

»Weiß nicht.«

»Tut er dir weh?«

»Das hat er noch nie.«

»Sag mir, wenn er es tut.«

Sie sah ihn verschlagen an. »Warum? Was machst du dann? Ihn töten? Meine Ehre verteidigen? Für dich ist es leicht. Du musst einfach nur wegfahren, dann ist es für dich erledigt.«

Sie schwiegen. Er dachte an den seltsamen Lauf des Schicksals und daran, dass die unebenmäßigen Kanten eines Ereignisses mit dem nächsten verzahnt waren, wie Teile eines Puzzles, kein einziges Teil unabhängig vom Ganzen.

»Es hätte nicht so sein sollen«, sagte er plötzlich.

»Was?«

»Wäre nur irgendetwas anders gewesen, wäre der Rest auch

anders gekommen. Wir könnten verheiratet sein. Tausend Meilen entfernt.«

Sie lächelte. »Wir könnten tot sein«, sagte sie.

»Vielleicht sind wir das bald«, antwortete er ihr.

»Du willst alles auf einmal sehen, Nathan. Du willst jedes einzelne Teil direkt vor dir haben, wo du es ansehen und Entscheidungen treffen kannst. So bin ich nicht. Ich hatte nie eine Entscheidung zu treffen. Ich tue einfach nur, was zu tun ist, und dann mache ich mir keine Gedanken mehr darüber. Es ist vorbei.«

»Im Augenblick wünsche ich mir nur, dass du nie aussteigen würdest«, sagte er.

Sie gab ihm einen Kuss auf die Wange. Dann stieg sie trotzdem aus.

Sie strich die Umrisse ihres Mundes mit einem rosa Lippenstift nach und presste die Lippen aufeinander, um ihn zu verteilen. Dann betrachtete sie ihr Gesicht prüfend im Spiegel. Als sie Hardin hinter sich im Spiegel auftauchen sah, riss sie erschrocken die Augen auf.

»Gehst du aus?«

»Nathan Winer geht mit mir ins Kino.«

»Mit Sicherheit nicht.«

»O doch. Ma hat gesagt, ich kann gehen.«

»Ma hat hier überhaupt nichts zu sagen, und soweit ich mich erinnern kann, war das immer so.«

»Bei mir hat sie was zu sagen. Du bist nicht mein Daddy.«

»Das bin ich sicher nicht«, sagte er. »Und habe es auch nie behauptet.« Er kam hinter sie, bis sie sich berührten, nahm ihr den Spiegel aus der Hand und legte ihn weg. Er umarmte sie von hinten und legte ihr dabei eine Hand auf jede Brust.

»Hör auf«, sagte sie und wandte sich ab, doch er hielt sie fester, und so blieb sie reglos und starr in seinen Armen stehen. Es schien, als würde er ihr mit seiner Berührung jede Willenskraft nehmen, ein schleichendes Gift aus seinem Körper in ihren übertragen. Sie blieb ganz still, gleich einer wundersamen, menschlichem Fleisch nachempfundenen Statue ohne den Funken des Lebens. So standen sie eine ganze Weile.

»Ma ist verrückt. Eines Tages bringt sie dich um.«

»Ich bin wie eine Katze«, sagte Hardin. »Ich habe neun Leben.« Er massierte weiter sanft ihre Brüste.

»Ich bin eine erwachsene Frau, Dallas. Ich kann jederzeit meine Sachen packen und fortgehen. Und wenn ich mir in den Kopf setze, dass ich zu Nathan Winer oder einem anderen gehen will, kannst du mich nicht daran hindern.«

»Das habe ich doch gerade«, sagte Hardin. »Und es hat gar nicht wehgetan, oder?« Er drehte sie zu sich um, doch sie wandte das Gesicht ab. »Hör auf«, sagte sie. »Hör auf, Dallas.«

»Glaubst du, ich kenne dich nicht? Glaubst du wirklich, ich lasse zu, dass du dich an ein dahergelaufenes Landei mit dreckigen Fingernägeln wegwirfst? Na klar. Von wegen.«

Er ließ sie los. Er zündete sich eine Zigarette an und betrachtete sie.

»Pack dir Sachen zum Wechseln in einen Koffer«, befahl er ihr. »Wenn du dich schon rausgeputzt hast, können wir auch ausgehen.«

»Wohin?«

»Das siehst du, wenn wir da sind.«

»Wenn du glaubst, dass ich mit dir komme, täuschst du dich aber gewaltig.«

»Pack was ein, oder ich nehm dich bei Gott ohne was mit.«

Hardin machte auf dem Absatz kehrt und ging durch das lange Wohnzimmer, als Pearl gerade zur Tür hereinkam. Sie trat beiseite und ließ ihn vorbei, dann sah sie Amber Rose an, und Amber Rose sah sie an, und keine sagte ein Wort.

Winer duftete stark nach Old Spice, hatte sich etwas ins Haar gerieben, sodass es glänzend an seinem Schädel klebte, und trug ein neues weißes Hemd. Ein langer Raum der Spelunke war verschalt, aber noch nicht verputzt oder gestrichen worden. Am schmaleren Ende des mit Tischen und Stühlen gefüllten Raums war eine Bar. Winer trat durch die Tür in den samstagabendlichen Trubel, als wäre er daran gewöhnt, und setzte sich auf einen der brandneuen Hocker an der Bar.

»Großer Gott, Winer«, sagte Wymer. »Du riechst, als hättest du beim Barbier 'n Zwanziger in Rasierwasser investiert.«

Winer lächelte ihm knapp und gepresst zu und klopfte geistesabwesend mit einem halben Dollar auf den Tresen. »Geben Sie mir eine Cola, Wymer.«

Wymer stellte ihm die Flasche hin, nahm die Münze aber nicht. »Pearl ist heute Abend in Geberlaune«, sagte er verschmitzt. »Alles geht aufs Haus.«

»Was?«

»Ja, verdammt. Sie ist wegen irgendwas sauer auf Hardin und hat schon genug Whiskey und Bier verschenkt, dass es für 'n Kater fürs ganze County reichen würde.«

»Warum ist sie denn wütend auf Hardin?«

»Da musst du sie schon selbst fragen. Die erzählen mir nichts von ihren Angelegenheiten.« Er blieb schwankend stehen und strich sich das Haar so zurecht, dass es die kahle Stelle verdeckte. Er sah sich trunkenen Blickes in dem Raum um, als könnte Hardin hinter einem Tisch hocken und zusehen.

»Ich sitz in der Klemme«, beschwerte er sich. »Er ist weggefahren, weiß Gott, wohin, und ich weiß nur eins, dass er 'n Anfall kriegt, wenn er wiederkommt. Vielleicht sollte ich zusehen, dass ich weit weg bin, wenn das passiert ... Ständig redet er von diesem Mexikaner, den er von Memphis herbringen will. Wahrscheinlich bin ich meinen Job eh bald los.«

Winer trank die Cola. »Wieso tun Sie, was sie sagt? Ich denke, Sie arbeiten für Hardin?«

»Ich weiß nicht, für wen ich arbeite. Im Augenblick arbeite ich für die Schrotflinte, die sie mir vor 'ner Weile unter die Nase gehalten hat.«

»Verstehe«, sagte Winer, der nichts verstand. Er erhob sich mit der Flasche. »Man sieht sich.«

»Du solltest trinken, solange es umsonst ist. Das passiert dir in diesem Leben nicht noch mal.«

»Ich muss gehen.«

Er ging auf die Veranda und klopfte an die Tür; das Fliegengitter wackelte lose in den Scharnieren.

»Wer ist da? Weg von der verdammten Tür.«

»Nathan Winer. Kann ich Sie kurz sprechen?«

»Was willst du?«

»Es dauert nicht lang.«

Kurz darauf hörte er sie mühsam aufstehen und mit sich selbst oder jemand anderem murmeln. Die Tür ging auf, und sie lehnte sich schwer an den Rahmen. Er roch Whiskey und Schweiß und den flüchtigen Geruch ihrer Wut.

»Was ist denn?«

»Ich wollte nur Amber Rose abholen«, sagte er. »Wir wollen in Ackerman's Field ins Kino gehen.«

»Die ist nicht da, Nathan. Sie ist mit Dallas nach Columbia oder sonst wo hingefahren.«

»Wir wollten ins Kino. Das hat sie gesagt.«

»Dallas hat nicht gesagt, wohin sie gehen oder wann sie zurück sind.« Sie trank aus einer Flasche, die sie kippte. Ließ sie sinken und hielt sie Winer hin. »Komm, trink einen Schluck.«

»Mir ist nicht danach.«

»Hier.« Sie nahm ihm die Colaflasche ab und füllte sie bis zum Rand aus ihrer Flasche auf. »Komm rein und setz dich eine Weile zu mir. Wir warten gemeinsam auf sie.«

»Nein. Vielleicht warte ich eine Weile draußen im Auto. Ich hab nämlich jetzt ein Auto.«

»Tatsächlich? Das ist aber schön, Nathan.«

»Wir wollten damit zum Kino fahren.«

»Ich weiß nicht, wo sie ist.«

»Was meinen Sie, bis wann dürften sie wieder da sein?«

Sie überlegte einen Moment. »Ich würde sagen, wenn ich sie kommen sehe«, antwortete sie.

Er saß er mitten in der Nacht auf dem Sofa von Weiss und trank Erdbeerwein. Er schwieg und balancierte den dünnen Kristallkelch auf dem Knie.

Die Stille kam ihm destilliert vor, rein, eine Stille, die sich selbst verstärkte. Die Wände lauschten, das Zimmer verharrte gedämpft und abwartend. In dieser Stille schien er empfänglich für die gesamte Welt der Erfahrungen. Empfindung multipliziert mit Empfindung strömte auf ihn ein, als wäre er auf einen enormen Strom von Daten eingestimmt, die ihn von allen Seiten bombardierten. Er trank aus dem Weinglas und schmeckte die Moschuswärme der Beeren, spürte den Druck der Sonne, kostete den Unterschied zwischen Sonnenschein und Schatten, roch die Erdbeeren und ihre Blätter und die Erde, die verdorrten Gräser, das winzige und dennoch enorme Leben, das dort gedieh.

Gelächter, Unterhaltungen, denen er in seiner Müdigkeit nicht folgen konnte, bedrängten seine Ohren. Er hatte alle Worte ohnehin schon gehört, nur die Reihenfolge änderte sich. Er hörte Hodges' Stimme, dieses halbdreiste Winseln zwischen Drohen und Einschmeicheln, er hörte die leise, ironische Stimme von Amber Rose, roch ihren reinlichen Seifenduft, hörte ihre Kleidung rascheln. Er vernahm die abgehackten, geringschätzigen Reden von Weiss. Die Dunkelheit bedrückte ihn. Dieses dunkle Haus der stehen gebliebenen Uhren und verwirkten Leben und beschlagnahmten Maschinen. Hier, in der erschöpften, tellurischen Dunkelheit gingen Vergangenheit und Gegenwart nahtlos ineinander über, und er sah, dass es keinen Anfang und kein Ende gab und alles Geschehene für alle Zeiten geschehen war und sich zunehmend schwächer und schwächer nach außen verbreitete; dass das Gesicht eines jungen Mädchens zugleich eine verbitterte und verbrauchte Xanthippe in sich trug, und jenseits davon die von einem Satinkissen umrahmte Totenmaske des Grabes. Er bettete den Kopf auf die Armlehne der Couch und hörte Weiss und seine Frau miteinander reden, hörte ihr ganzes Leben vorüberströmen wie eine Straße, die er ganz nach Gutdünken betreten und wieder verlassen konnte. Er hörte ihr asthmatisches Keuchen und die schlurfenden Hausschuhe und die Krallen des kleinen Hundes auf den Fliesen klickern, und er stand auf. Er leerte das Glas und stellte es neben die Couch. Und ging ohne einen Blick zurück in die kalte Nacht hinaus.

Die kalte, trostlose Zeit des Winters brach endgültig an, und es schien jeden Tag zu regnen. Ein kalter, niederschmetternder Regen aus einem bleigrauen Himmel, und er sah sitzend zur weinenden Fensterscheibe hinaus, doch es gab nichts zu sehen, außer trockenem Unkraut und dem frostigen, tropfenden Wald.

An der Wäscheleine gefrorenes Wasser, ein funkelnder Strang schwebenden Eises.

Es gab kein Ziel, das er ansteuern, keine Menschenseele, mit der er reden wollte. Er saß vor dem Kamin und versuchte zu lesen, doch die Worte wuselten von der Seite wie verspielte Mäuse, bis er dachte, dass er noch niemals grauere oder längere Tage erlebt hatte.

An diesem grauen, kühlen Sonntag lag eine beinahe pastorale Aura über Mormon Springs, eine Aura des Innehaltens, als müsste man der Zeit selbst Gelegenheit geben, über die Ereignisse der Samstagnacht nachzudenken, oder ihr einen Aufschub gewähren, damit sie die kommende Woche vorbereiten konnte. Eine gedämpfte Atmosphäre herrschte hier, eine Stille, die sich um den Abgrund zu drängen schien. Winer, der mit den Schuhen in Bierflaschen und Zigarettenschachteln und dem Treibgut der Samstagnacht herumstocherte, wirkte irgendwie resolut, gelassen, als hätte er eine Grenze überschritten, die er nie erwartet hätte, und eine Entscheidung getroffen, mit der er leben konnte.

Dunkle Fenster eines typischen verschlafenen Sonntags, niemand zu sehen, außer einem Betrunkenen, der auf dem Rücksitz eines parkenden Automobils döste. Kein Rauch aus dem Schornstein von Hovingtons Haus. Winer ging daran vorbei, ebenso wie an den Backsteinstapeln, zu der ungestrichenen Spelunke mit den nackten Wänden und trat ein.

Ein Trio schweigender Männer saß vor der stummen Musicbox wie Gläubige vor einem gefallenen oder diskreditierten Altar; sie blickten auf, als Winer eintrat und zur Bar stapfte, dann wandten sie sich ab. Sie verhielten sich, als würden sie einer Musik lauschen, die sonst keiner hörte.

Hardin saß auf einem Hocker an der Bar. Ein hünenhafter dunkelhäutiger Mann beanspruchte den Hocker daneben für sich, und offenbar bemerkte keiner, wie Winer näher kam. Winer stand linkisch neben ihnen und wartete, dass sie ihn zur Kenntnis nehmen würden, fühlte sich benommen und verschlafen und roch den Schweiß der Nervosität an sich. Hardin trank eine dunkle Flüssigkeit aus einem Glas mit Eiswürfeln; als er es leer hatte, stellte er es klirrend auf die Theke und sah hinein, als könnte er in der Tiefe die Konfigurationen seiner Zukunft oder der eines anderen erkennen, die ihn nicht erfreuten.

»Was willst du, Winer?«

»Ich möchte einen Moment allein mit Ihnen reden.«

»Was du mir zu sagen hast, kannst du ruhig hier sagen. Ich glaube nicht, dass du den Mann kennst. Winer, das ist Jiminiz. Ich habe ihn von Memphis herkommen lassen, damit er mir einen Teil der Arbeit abnimmt. Jiminiz hat im verruchtesten Hurenhaus in der Beale Street Köpfe eingeschlagen. Ich denke, meine Spelunke dürfte ihm dagegen wie ein Erholungsurlaub vorkommen.«

Jiminiz drehte Winer sein dunkles Mondgesicht zu, sagte jedoch nichts, und er hatte überhaupt keinen Ausdruck in den Augen. Das weiße Hemd trug er bis zum Bauchnabel offen, sodass man ein Netz alter Narben auf Brust und Bauch sah. Brillantine glänzte in seinem glatten schwarzen Haar. Winer bemerkte, dass der Kragen des weißen Hemdes schmutzig war. Der Mann hatte eine Aura unterdrückter Brutalität, die er unter dem Deckmantel einer leicht durchschaubaren und gespielten Trägheit verbarg.

»Winer war ein anständiger und guter Junge, bis er an eine Möse geraten ist«, teilte Hardin Jiminiz mit. »Das hat ihn völlig aus der Bahn geworfen. Weiß nicht mehr, wer seine Freunde sind. Kann einfach nicht von dem dünnen Eis runterbleiben.«

Jiminiz machte den Eindruck, als hätte er gar nicht zugehört, sagte jedoch nach einer Weile: »Mösen bringen einen Mann mehr um den Verstand als Kodein es je könnte.« Seine Stimme klang melodisch und hatte einen leicht lispelnden spanischen Akzent. »Ich muss zugeben, davon abgesehen, geschnappt zu werden, haben mich Mösen immer in die größten Schwierigkeiten gebracht.«

»Ich möchte mich draußen mit Ihnen unterhalten«, sagte Winer zu Hardin.

»Hier drin sehe ich auch nicht anders aus.« Hardin schenkte sich Jack Daniels in ein Glas ein, drehte es auf dem Resopal und betrachtete die Reihe verbundener Ringe, die das kalte Glas hinterließ. »Immer wieder dieselbe alte Scheiße«, sagte er. »Eine nach der anderen. Wohin ich auch gehe, überall schnappen Leute nach meinen Waden und gehen mir auf den Sack. Aber ich war nie einer von denen, die etwas aufschieben. Ich gehöre zu den Leuten, die meinen, wenn einem etwas sauer aufstößt, sollte man sich gleich darum kümmern. Damit man es hinter sich hat und sich wieder wichtigeren Dingen zuwenden kann. Jiminiz und ich werden ein paar Leuten zeigen, wo der Hammer hängt. Also warum verschwindest du nicht einfach wieder?«

»Ich will sie sehen.«

»Gottverdammt, Winer. Muss ich es dir etwa buchstabieren? Ich hab hier Geld investiert. Ich habe ihr Kleidung gekauft, sie ernährt und bei Gott großgezogen, und jetzt kommst du und setzt ihr Flausen in den Kopf von Geschirr und Kinderwägen und dem ganzen Mist, und alles geht den Bach runter. Von wegen. Die Leute hier glauben allmählich, sie können mich rumschubsen, wie es ihnen passt, darum denke ich, ich muss noch ein paar Kopfnüsse verteilen. Scheinbar glauben alle, dass ich weich werde. Man wird sehen. Und jetzt zieh mir nicht so ein Gesicht, und verschwinde aus meinem Haus. Ich hab es satt, verstanden? Du und dein Geld sind hier drin nicht erwünscht.«

»Ich sag Ihnen was, Hardin. Warum werfen Sie mich nicht raus?«

»Nein, du sagst mir gar nichts. Du sagst mir keinen Scheißdreck. Ich sag dir was. Ich muss dich nicht rauswerfen. Ich sagte doch, dass mir Jiminiz einen Teil meiner Arbeit abnimmt. Und der wirft dich so schnell hier raus, dass du dich anschließend nur daran erinnern kannst, wie weh es getan hat.«

Winer betrachtete Jiminiz. Der Mann hielt ein einziges Glas Bourbon in den Händen. Er schien gar nicht zu bemerken, dass sie von ihm sprachen. Aber Winer sah gar nicht ihn, er sah die langen, trägen Tage des Indian Summer, Tage eines verträumten Friedens, Dachbalken, die in der warmen Sonne hochgehoben wurden, das eiskalte Einmachglas an seinem Gesicht. Ihr ebenholzschwarzes Haar vor der geweißelten Wand. Wie seine Oberarme jeden Tag kräftiger wurden, weil er die schweren Eichenbalken hob, und wie das heiße grüne Holz in der Sonne trocknete. Ich kann es, dachte er. Die Anspannung fiel von ihm ab, er lehnte sich locker und arrogant auf Zehenspitzen an die Bar.

»Werfen Sie mich raus, Jiminiz«, sagte er.

Jiminiz ließ ein knappes, einseitiges Lächeln sehen. »Ich arbeite nicht für dich«, sagte er. »Der Mann, der mir am Freitag meinen Lohn bezahlt, gibt mir Befehle.«

Hardin betrachtete Winer, und etwas an der Haltung oder im Gesicht des Jungen erinnerte ihn an einen anderen, der vor langer Zeit nach ihm geschnappt hatte. Er erkannte an der Haltung des Jungen, was er vorhatte, sah den Umriss des Messers unter dem Jeansstoff und dachte einen Moment verwundert: dasselbe Messer. Eine Millisekunde lang schien die Vergangenheit ihn einzuhüllen, als wären alte Schandtaten niemals vorbei und müssten immerzu wiederholt werden. Als müsste er ein und dasselbe Messer immer wieder einem anderen abnehmen.

»Er hat ein Messer«, sagte er resigniert.

»Das benutzt er nicht«, antwortete Jiminiz unbekümmert. »Solche wie ihn hab ich Tausende gesehen.«

»Dann wirf ihn raus«, sagte Hardin.

Jiminiz kippte den Bourbon hinunter und stellte das Glas weg. »Leicht verdientes Geld«, sagte er.

Winer wartete. Als Jiminiz auf ihn zukam, holte er aus und schlug, so fest er konnte, nach dem gelassenen dunklen Gesicht. Jiminiz duckte sich, Winer spürte, wie seine Faust an dem eingeölten schwarzen Haar abrutschte und sein eigener Schwung ihn seitwärts riss. Jiminiz richtete sich auf, stemmte die Beine fest auf den Boden, und obwohl seine Faust nur zehn, fünfzehn Zentimeter zurücklegte, ehe sie Winers Rippen traf, entwich die Luft wie mit einer schmerzhaften Explosion aus Winers Lungen, und er taumelte rückwärts.

Eine Gruppe Betrunkener stob wie aufgeschreckte Wachteln auseinander, als Winer gegen ihren Tisch prallte. Der Tisch kippte und fiel in einem Wirbelsturm von Spielkarten und fallenden Gläsern um, während die Betrunkenen von ihren Stühlen hochschnellten und schlagartig ein kollektives Interesse daran entwickelten, was sich draußen vor der Tür abspielen mochte. Winer rappelte sich auf und schüttelte langsam den Kopf wie ein Bär, der an eine Hundemeute geraten ist. Er versuchte zu atmen. Sein Atem pfiff beängstigend im Hals, und der Raum schien in einen Winkel von fünfundvierzig Grad gerutscht und darin erstarrt zu sein; Winer wartete, dass die Möbelstücke verrutschen und sich an der linken Peripherie seines Gesichtsfeldes auftürmen würden. Jiminiz, der ebenfalls schräg ging, aber auf wundersame Weise der Schwerkraft trotzte, kam mit geballten Fäusten auf ihn zu. Hinter ihm beobachtete ein gleichfalls schräger Hardin alles, als ginge es ihn gar nichts an.

Winer stand auf und schnappte sich einen Stuhl, doch als er ihn warf, grinste Jiminiz nur, schlug ihn mit einer Hand beiseite und versäumte dabei keinen einzigen Schritt. Winer erstarrte, verpasste Jiminiz mit der Rechten einen Schlag in den Magen und setzte mit der Linken nach; ein leichter Schauer durchlief Jiminiz, dann schlug er Winer mitten ins Gesicht.

Lichter tanzten vor Winers Augen, er landete schlaff auf dem Boden, schlug sich heftig den Hinterkopf an und sah erneut Lichter. Möglicherweise hatte er einen Moment gedöst, denn als er die Augen wieder aufschlug, stand Jiminiz mit einem grenzenlos geduldigen Gesichtsausdruck über ihm. Winer lag auf dem Rücken, stützte sich auf die Ellbogen und sah an seinem liegenden Körper hinab. Nichts hatte sich verändert. Die Stühle standen immer noch verstreut, der Tisch lag umgekippt da, Hardin saß auf seinem Barhocker und trank. Winer war in Glasscherben gefallen, seine Arme bluteten.

Dann ergriff Hardin das Wort. Winer hörte ihn, obwohl ein Rauschen wie von einem Wasserfall in seinen Ohren dröhnte. »Erteil ihm eine Lektion«, sagte Hardin. »Polier ihm die Fresse und den zarten Kiefer. Er soll sich beim Rasieren jedes Mal daran erinnern, wie gut die Möse gewesen ist.«

»Dann soll er aufstehen«, sagte Jiminiz. »Ich schlag nicht gern Männer, wenn sie am Boden liegen, und schon gar keine, die erledigt sind und es nur noch nicht wissen.«

»Der steht schon auf«, sagte Hardin verächtlich. »Den würdest du nicht mit einer Eisenkette am Boden halten. Er hat nicht genügend Verstand, dass er unten bleibt und aufgibt.«

Winer versuchte es. Es tat weh, wenn er sich bewegte, wenn er atmete, wenn er redete. »Befehlen Sie ihm, dass er mich töten soll«, sagte er. »Denn wenn ich überlebe, dann überleben Sie auf keinen Fall. Sie sind ein toter Mann.«

»Die Leier kenne ich«, sagte Hardin. »Hab ich oft genug gehört.«

»Stehst du auf, oder bleibst du liegen?«, fragte Jiminiz.

Er musste einen hohen Preis dafür bezahlen, aber er stand auf. Blut lief ihm in den Mund, seine Augen glänzten wie Glas. Zunächst gelang es ihm, Jiminiz auszuweichen, doch der Mexikaner bewegte sich trotz seiner Größe anmutig wie ein Boxer, tänzelte, täuschte an und stieß, wie es ihm gefiel, durch Winers unzureichende Deckung. Winer ging heftig zu Boden, sein Gesichtsfeld wurde immer dunkler, und als Letztes sah er den dunklen Umriss von Jiminiz, der immer noch auf ihn einprügelte, obwohl er schon längst nichts mehr spürte.

Das Wasser wurde rot. Winer drückte den Waschlappen darin aus, wusch sich das Gesicht weiter mit dem rosa Tuch und betrachtete seine Verletzungen im Spiegel.

»Wer hat das getan? Hardin?« Oliver saß verkehrt herum auf einem Lehnstuhl und hatte die erloschene Pfeife zwischen den Zähnen klemmen.

»Er hat die Arbeit einem Mexikaner überlassen.«

»Mexikaner?«

»Ein Rausschmeißer oder so, den er aus Memphis geholt hat.«

»Großer Bursche?«

Winer tupfte sich das Gesicht zaghaft mit Alkohol ab. »Ich hoffe, dass ich nie einen größeren zu sehen bekomme«, sagte er. »Aber das hätte nicht viel geändert. Ich habe mich für stärker gehalten, als ich bin.«

»Ich hab dich ganz langsam am Haus vorbeifahren sehen, wie ein Betrunkener. Ich wusste, dass du nicht betrunken bist, daher dachte ich mir, ich geh mal nachsehen, ob du es überlebst. Was meinst du, überlebst du es?«

»Ich denke, ja.«

»Einen Schönheitswettbewerb wirst du jedenfalls so schnell nicht gewinnen.«

»Hätte ich sowieso nicht.«

»Siehst so aus, als würdest du ein oder zwei Narben behalten, als Andenken an diesen Mexikaner. Womit hat er dich denn gehauen? Einem Scheit Feuerholz? Oder einem Axtstiel?

»Ich glaube, er hat einen Ring gehabt und irgendwie jedes Mal die Faust gedreht, wenn er auf mich eingeschlagen hat.«

»Junge, ich weiß nicht, was ich sagen soll. Gottverdammt, es gibt einfach nichts zu sagen. Du solltest zum Sheriff gehen. Nach allem, was man so hört, ist Bellwether ein anständiger Mann.«

»Hardin würde einfach unter Eid aussagen, dass ich angefangen habe. Was ja auch stimmt. Er hat mir jeden Ausweg offen gelassen, den er konnte, und ich bin einfach nicht drauf eingegangen. Ich hatte das alte Messer meines Vaters und wollte einen von ihnen oder beide damit abstechen. Dann hat er mir fest in die Rippen geschlagen, und damit war es um meine Pläne geschehen.«

»Denkst du, es wird wieder gut?«

»Ich kann vor Schmerzen nicht denken. Ich muss eine gebrochene Rippe oder so haben.«

»Wir fahren zu Ratcliff.«

»Morgen früh geht es mir wieder gut.«

»Großer Gott, Junge. Morgen wirst du dich so mies fühlen, dass dir heute wie ein Zuckerschlecken vorkommt. Ich weiß noch, ich war mal in Nashville wegen Trunkenheit in der Öffentlichkeit eingebuchtet, und da haben mich zwei von den Blaukitteln ordentlich durchgeprügelt. Als ich ins Bett ging, hab ich mich ganz gut gefühlt, aber am nächsten Morgen bin ich beim Aufstehen der Länge nach hingefallen. Ich hatte Schmerzen an Stellen, die ich nicht mal kannte ... Sag mal, weshalb habt ihr euch eigentlich so gestritten?«

»War eben so.«

»Weswegen auch immer, du solltest Anzeige erstatten und ihn einsperren lassen.«

»Nein. Ich habe andere Pläne.«

Er bahnte sich einen Weg durch den spärlichen Montagmorgenverkehr, ein alter Mann mit Filzhut und grauem, an Brust und Schultern zu weitem Mantel, der einen Schuhkarton so fest unter den Arm geklemmt hatte, als enthielte er etwas von unschätzbarem Wert. Was immer er für ein Anliegen haben mochte, es führte ihn die nördliche Hauptstraße entlang und am General Cafe nach links und weiter zum Gerichtsgebäude, das inmitten eines Teppichs aus winterlichem Braun wartete. Eine Flagge an einem einbetonierten Mast flatterte und klatschte im bitterkalten Wind.

Die altbekannten Geräusche und Gerüche im Gerichtsgebäude und seine hallenden Schritte in der Grabesstille beschworen so deutlich frühere Zeiten herauf, dass er regelrecht spürte, wie man ihn am Ellbogen führte, Stahl an seinen Handgelenken kratzte, forschere Schritte seine eigenen begleiteten.

Tage, als ungestüme Wildheit ihn noch beherrschte und er sich Sekunden der Unbeherrschtheit erlaubte, die er mit Jahren bezahlen musste. »Ich habe geschworen, dass ich diese Schwelle nie wieder überquere«, sagte er bei sich. »Und wenn der Junge nicht wäre, wenn es eine andere Möglichkeit auf Gottes Welt gäbe, würde ich es auch nicht.«

Er ging die Treppe zum Untergeschoss hinunter und an der Bibliothek vorbei zum Büro des Sheriffs. Die Tür war abgeschlossen. BIN IN FÜNF MINUTEN WIEDER DA stand auf einem Schild. Der alte Mann setzte sich mit der Schachtel auf dem Schoß auf eine Bank neben der Tür und wartete. Er wartete geduldig, wie nur die Alten es können, weil sie gelernt haben, dass früher oder später alles zu Ende geht. Hinter der Betontreppe, die zum Innenhof des Gerichtsgebäudes führte, sah er ein graues Rechteck winterlichen Lichtes und die kahlen Äste von Bäumen. Müßig beobachtete er, wie Vögel von Ast zu Ast hüpften, als hätte er so etwas noch nie gesehen.

Es dauerte eine Stunde, bis Bellwether kam, und da hatte er Cooper im Schlepptau. Er nickte Oliver zu und sperrte die Tür auf.

»Wie geht es Ihnen, Mr Oliver?«

»Akzeptabel, würde ich sagen. Sie müssen Ihre Uhr stellen.«

»Da haben Sie wohl recht. Aber dann wäre sie als einzige Uhr hier pünktlich und würde allen anderen die Laune verderben. Haben Sie etwas mit mir zu besprechen?«

»Ich wollte ein paar Minuten mit ihnen reden.«

»Kommen Sie rein, und setzen Sie sich.«

Oliver nahm den Hut ab und setzte sich auf einen Stuhl mit kerzengerader Lehne. Er überkreuzte die Beine, hing den Hut über ein spindeldürres Knie und hielt den Schuhkarton auf dem Schoß. Bellwether sah den Karton ein oder zwei Mal an, sagte aber nichts. Er schenkte sich eine Tasse kalten Kaffee aus der Warmhaltekanne ein, trank, schüttelte sich und wartete darauf, dass Oliver das Wort ergriff.

Schließlich räusperte Oliver sich. »Was ich zu sagen habe, ist nur für Sie bestimmt«, sagte er. »Nicht für den jungen Burschen da.«

Bellwether sah stechend auf. »Er ist Hilfssheriff in diesem County. Ich nehme an, was Sie mit mir zu besprechen haben, hat mit dem Gesetz zu tun.«

»So ist es«, sagte Oliver. »Und eben darum wäre es mir lieber, der Bursche da erfährt es erst gar nicht.«

»Was mit dem Gesetz in diesem County zu tun hat, geht mich etwas an«, sagte Cooper. »Wie er gesagt hat, bin ich Hilfssheriff, ein Deputy.«

Oliver erhob sich und setzte den Hut wieder auf. »Wenn das so ist, geh ich wieder«, sagte er. »Sie hören es wahrscheinlich trotzdem, aber Sie hören es nicht von mir.«

»Einen Augenblick mal«, sagte Bellwether. »Setzen Sie sich wieder, Mr Oliver.« Er sah vom versteinerten Gesicht des alten Mannes zu Cooper und wieder zurück. »Läuft hier etwas, von dem ich nichts weiß, oder was?«

Cooper zuckte die Achseln. »Wenn ja, wäre es mir neu.«

»Wie ist es bei Ihnen, Mr Oliver?«

»Ich habe gesagt, was ich zu sagen habe.«

Cooper schenkte Oliver eine perplexe Unschuldsmiene. »Was haben Sie gegen mich, Mr Oliver? Ich bin Ihnen doch nie auf den Schlips getreten, oder? Verdammt, ich kenne Sie ja kaum.«

»Cooper, gehen Sie rüber ins General, trinken Sie einen Kaffee, und bringen Sie mir einen mit, wenn Sie fertig sind.«

»Verflixt noch mal. Ich habe nichts getan und werde mich auch nicht so verhalten. Wenn er etwas über mich weiß, soll er es offen sagen oder die Klappe halten.«

»Mr Oliver?«

»Mir ist egal, was er macht, schließlich arbeitet er nicht für mich. Aber der Mann, wegen dem ich hier bin, hat diesen Burschen in der Tasche stecken wie ein Taschentuch. Er lässt sich kaufen, und mir gefällt gar nicht, wo das Geld herkommt.«

»Also verflixt noch mal. Das sind nichts als Lügen.«

»Ich habe letztes Frühjahr gesehen, wie Sie zu Hardin rausgefahren sind. Ich habe gesehen, wie er Ihnen Geld gegeben hat und Sie es eingesteckt haben. Es war ein regelrechtes Rendezvous. Die brüderliche Liebe ist geradezu in Strömen an Ihnen runtergetropft. Nach einer Weile sind Sie weggefahren, und die haben Whiskey aus dem Haus geschafft, als würde es in Flammen stehen. Bis der Rest der Truppe dort eintraf, gab es in der ganzen Bude so viel Whiskey wie in einem Baptistentaufbecken.«

»Sie sind ein verdammter, verlogener Unruhestifter«, sagte Cooper mit vor Wut verzerrtem Gesicht. »Sheriff, er …«

»Gehen Sie den Kaffee holen, Cooper.«

Cooper ging zur Tür. Er öffnete sie und blieb einen Moment unentschlossen stehen, als wüsste er nicht, was er tun sollte. Er drehte sich um. »Verdammt, Sheriff«, sagte er. Dann ging er hinaus und schlug die Tür hinter sich zu.

»Wenn das wahr ist, hätten Sie es mir schon vor langer Zeit sagen sollen, Mr Oliver.«

»War mir egal. Ist Ihre Sache. Ich bin wegen Hardin gekommen, und wenn ich wollte, dass er erfährt, worum es geht, dann würde ich den Mittelsmann weglassen und es ihm direkt selber sagen.«

Bellwether sagte nichts. Er holte eine Packung Luckys aus der Tasche, klopfte eine heraus, roch versonnen daran, drehte sie in den Fingern und sah sie an, als hätte er etwas Ähnliches noch nie gesehen.

»Die andere Sache, also wegen der hätte ich wirklich kommen müssen.« Oliver schwieg einen Moment; als er fortfuhr, war seine Stimme fest. »Ich wusste, Ihre Leute würden es so hindrehen, dass sie mir die Schuld in die Schuhe schieben können, andernfalls hätte ich es gemeldet. Gott weiß, ich wollte das nie auf dem Gewissen haben. Aber ich wollte auch nicht mehr sitzen und schon gar nicht, dass der Junge glaubt, ich hätte seinen Pa auf dem Gewissen. Vermutlich hätte ich es doch gemeldet, wenn ich nicht auch Angst gehabt hätte, dass er Hardin selber tötet und sein eigenes Leben damit verpfuscht.«

Bellwether war aufgestanden. »He, immer schön langsam«, sagte er. Er berührte den alten Mann an der Schulter. »Ich versteh nicht ganz, was Sie mir da erzählen wollen.«

»Mir wäre natürlich egal gewesen, ob er Hardin tötet, wenn er sich damit nicht sein eigenes Leben versauen würde. Ich halte große Stücke auf den Jungen.«

»Von wem reden wir denn hier, Mr Oliver?«

»Hardin, Hardin«, sagte der alte Mann ungeduldig, als hielte er Bellwether für schwachsinnig. »Was glauben Sie denn? Jemand muss etwas gegen ihn unternehmen. Jemand muss eine Patrone für ihn verschwenden, und ich wünsche mir allmählich, ich selbst hätte es schon vor langer Zeit getan. Er atmet den anständigen Leuten nur die Luft weg.«

»Mr Oliver, haben Sie etwas, das ich gegen Dallas Hardin vorbringen kann, oder ist das einfach nur eine ganz allgemeine Beschwerde?«

Oliver stellte den Schuhkarton auf Bellwethers Schreibtisch. Bellwether ging hinter den Schreibtisch zurück und zog die Schachtel zu sich. Einen Moment blieb er sitzen, ohne sie zu öffnen.

»Da ist er«, sagte der alte Mann. »Er gehört Ihnen. Ich bin damit fertig, ich wasche meine Hände in Unschuld. Jetzt sind Sie am Zug.«

Bellwether öffnete den Schuhkarton und faltete das knisternde Papier auseinander. Er betrachtete die sterblichen Überreste von Nathan Winer. Seine Miene blieb unverändert. Er legte das Papier vorsichtig wieder über dem Schädel zusammen, nahm die Zigarette, die er weggelegt hatte, und zündete sie an. Er lehnte sich im Sessel zurück und verschränkte die Finger vor dem Bauch.

»Dann erzählen Sie mal, Mr Oliver«, sagte er.

»Macht mir nichts aus, die Katze im Sack zu kaufen«, sagte Hardin zu Cooper. »Wenn ich glaube, dass ich den Sack mal für was brauchen kann. Aber Sie wissen ja verdammt noch mal gar nicht, um was für einen Sack es sich überhaupt handelt.«

»Tja. Ist mehr so ein Gefühl. Ich weiß, er hat Bellwether was über Sie erzählt, und ich weiß auch, dass es was ziemlich Ernstes gewesen sein muss. Er hat Bellwether noch was gegeben, das er in einem Schuhkarton dabeihatte, aber ich weiß nicht, was das war.«

»Was hat er?«

»Ja. Und er wollte nicht, dass ich dabei bin, ist richtig frech geworden und hat Bellwether gegen mich aufgehetzt. Er hat uns beide im Frühjahr gesehen und mitgekriegt, wie ich Geld genommen hab.«

»Gesehen oder davon gehört?«

»Er sagt, er hat es gesehen.«

»Ja. Und das glaube ich ihm sogar. Hätte ich den alten Pisser doch bloß erschossen, als ich die Gelegenheit dazu hatte.«

»Und was machen wir jetzt?«

»Machen? Verflixt. Woher soll ich wissen, was wir machen sollen, wenn ich nicht mal weiß, was Sie mir erzählen? Ich weiß nur, seine und meine Wege kreuzen sich für meinen Geschmack ein bisschen zu oft, aber sie werden sich künftig nur noch einmal kreuzen.«

Motormouth fuhr mit dem Taxi von Ackerman's Field zu Winers Haus. Durch das Fenster betrachtete er die kalten silbernen Felder und fragte sich, was er Winer über Chicago erzählen sollte. Vermutlich spielte das ohnehin keine Rolle. Chicago war ganz anders gewesen, als er erwartet hatte, schnelllebige Zeitgenossen, die ganz mit ihrem eigenen Leben beschäftigt waren und keine Zeit für dich hatten. Und die ganze Zeit, während er dort war, wurde der Gedanke an die Frau, die ihn verlassen hatte, keine Erinnerung, sondern im Gegenteil immer stärker. In der letzten Woche in Chicago, als er auf seinen Gehaltsscheck wartete, blieb er in seinem Zimmer, vergaß zu essen und hörte schließlich Stimmen. Schritte näherten sich seiner Tür, jemand schlug mit der Faust dagegen, doch wenn er die Tür aufmachte, war niemand da. Er saß auf dem Sofa, als seine Mutter laut und deutlich sagte: »Clifford.« Er schlug nicht einmal die Augen auf. Seine Mutter war schon lange tot, daher wusste er, dass sie es nicht sein konnte.

Während der Busfahrt zurück träumte er von seiner Frau, doch als er erwachte, konnte er den Traum so wenig halten wie sie selbst. Verschneite kleine Dörfer in Indiana und Missouri zogen vorüber; er dachte sich, wenn er in einem davon aussteigen würde, würde sein Leben anders verlaufen, aber er stieg nicht aus.

Es war mitten in der Nacht, als er eintraf, aber er weckte Winer trotzdem. Er wollte den Chrysler leihen. Er sagte, er wolle ihn nur für zwei Stunden. Er versicherte Winer, dass er einen guten Job in Chicago und ein paar Tage bezahlten Urlaub habe. Winer glaubte nicht, dass man so leicht bezahlten Urlaub bekam, nicht einmal in Chicago, aber im Halbschlaf lieh er Hodges das Auto trotzdem. Vielleicht, weil er es nie als sein eigenes, sondern immer als das von Motormouth betrachtet hatte. Vermutlich lag es aber auch an der seltsamen Aura, die Motormouth umgab und die Winer nicht richtig einordnen konnte. Als Winer Motormouth am Dachfenster wegfahren sah, kamen ihm bereits Zweifel, doch die Heckleuchten wurden auf der Straße nach Mormon Springs immer kleiner und verschwanden bald ganz.

Motormouth fuhr zu dem Haus, wo seine Frau und Blalock wohnten, aber es war niemand daheim. Er überlegte sich, ob er zu Hardin fahren und ein Bier trinken sollte, während er wartete, aber er traf drei Tage, bevor Hardin entschied, was er mit ihm machen sollte, dort ein.

In diesen Tagen sah sich Hardin von allen Seiten in die Zange genommen, und Motormouths Ankunft hob seine Stimmung nicht gerade, sie war nur eine weitere Prüfung, die er ertragen musste, und er spürte, noch ehe dieser Winter vorüber war, wäre er entweder nicht mehr da oder aber so hart und drahtig wie die Eisenholzbäume, die auf den Klippen über dem Abgrund wuchsen.

Ein staatlicher Gutachter war hier gewesen, um das Land zu untersuchen, das die Morgans zerstört haben sollten, war gekommen und wieder gegangen, ein Mann aus Nashville mit Anzug und blauer Krawatte, der Anmerkungen in ein Notizbuch schrieb und es anschließend in einen Aktenkoffer legte. Es sah nicht vielversprechend für Hardin aus. Der Buchhalter stand mit schräg gelegtem Kopf da und begutachtete den Garten oder Nicht-Garten, dann sah er sich um, als wäre er nicht sicher, ob er die richtige Stelle hatte, und schüttelte nur den Kopf. Den Mann schien Hardins Behauptung nicht nennenswert zu beeindrucken, wie Hardin selbst offenbar auch nicht. Offenbar dachte der Mann, dass Nashville weit genug weg war oder dass er vorhatte, friedlich im Bett zu sterben, überlegte sich Hardin.

Hardin ging hinaus zum Pferch, wo der Hengst langsam zu ihm kam und die Zuckerwürfel knabberte, die er ihm auf der Handfläche präsentierte, und da regte sich etwas Altes und Namenloses in ihm, fast eine Andeutung des Schicksals: Er empfand eine ungeheure nostalgische Sehnsucht nach sich selbst. Ihm schien, als könne er sich auf magische Weise zurückversetzen nach Flint Creek, wo er aufgewachsen war. Nur er selbst und der Hengst, und dann ein gewisses Maß an Frieden erlangen. Plötzlich fühlte er sich wie ein alter Mann, der die Jahre seines Lebens zurückwirbelte, und entdeckte nur ein einziges Ding mit einem gewissen Wert: dieses Pferd. In seiner Vision sah er sich und den Morgan wie Phantome durch die unveränderbare Geografie seiner Jugend huschen, roch die klirrende Luft der Winter seiner Kindheit, spürte die wärmende Sonne, atmete das Aroma der gepflückten Baumwolle ein, die er in einem Sack auf der sandigen roten Erde hinter sich herschleifte. Seines Vaters Stimme sprach aus einer toten Vergangenheit zu ihm; um sie zu vertreiben, trank er aus einer Halbliterflasche, steckte sie ein und ging ins Haus zurück, zum Kaminfeuer.

Als er am Nachmittag die Spelunke betrat, saß Motormouth immer noch dort. Er trank ohne Unterlass, seit er hergekommen war, und davor möglicherweise auch schon, und hatte offenbar einen trostlosen Außenposten des Betrunkenseins erreicht, eine seltsame, verheerte Nüchternheit, und Hardin fand, dass er noch nie einen Menschen dem Tode so nah gesehen hatte, seinem eigenen oder dem eines anderen.

»Wollen Sie ihn raushaben?«, fragte Jiminiz.

»Nein«, sagte Hardin.

»Er geht mir auf die Nerven. Und gestern Nacht hat er wieder hier geschlafen, im Hinterzimmer. Da lag er, als ich heut Morgen reingekommen bin.«

»Ich weiß.«

»Ich denke, Sie wissen, was Sie wollen. Sie sind der Mann mit den haarigen Eiern.«

»Ja, der bin ich«, stimmte Hardin zu.

Mit seiner Tasse Kaffee begab er sich zu dem Tisch, wo Motormouth saß, und nahm ihm gegenüber Platz. Er stellte die Tasse auf dem Resopal ab, zündete sich mit dem goldenen Feuerzeug eine Zigarette an und atmete eine wabernde Rauchwolke aus, durch die er Motormouth betrachtete.

»Ich will dir einen Rat geben«, sagte er nach einiger Zeit. »Ich sag dir das ein Mal, und dann lass ich dich in Ruhe, dann kannst du dich zu Tode saufen oder dir einfach eine Pistole an die Schläfe halten oder was dir eben einfällt.«

»Verdammt, mir geht es gut. Ich hab vor, gleich rüber zu meiner Alten zu fahren und mit ihr zu reden.«

»Sicher nicht. Du hast vor, hier zu sitzen und zu trinken, bis deine Leber oder das Geld in deiner Brieftasche oder meine Geduld völlig aufgebraucht sind. Das hast du vor.«

»Ich lass das Trinken in dem Moment sein, wo ich entschieden hab, was ich wegen meiner Alten unternehme.«

»Weißt du, was dein Problem ist, Hodges? Du lässt dir von anderen Leuten auf der Nase rumtanzen. Du stehst nicht für dich selbst ein. Verdammt, kein Wunder, dass Blalock deine Alte fickt. Vermutlich denkt er, dass es dich nicht weiter stört. Du hast das nie mit ihm geklärt, oder?«

»Also, so direkt hab ich nie mit ihm darüber gesprochen.«

»Mit Reden schafft man auch nichts aus der Welt. Du musst ihm deinen Standpunkt klarmachen. Du lässt dich einfach von ihm verarschen, du fütterst das Weibsbild die ganze Zeit durch, und er fickt sie derweil und lacht sich hinter deinem Rücken kaputt. Und erzählt im ganzen Billardsaal rum, dass du sie vergewaltigt hast.«

»Stimmt, das hat er.«

»Und du hast es zugelassen. Wo ich herkomme, da geht man anders mit so was um. Letztendlich geht es nur um Schneid. Du hast ihn einen Fuß in die Tür stellen lassen und nie was dagegen unternommen, und darum hat er dir den Schneid abgekauft. Aber du solltest Schneid haben. Wenn du Schneid hast, dann kannst du ihn an der Leine rumführen wie ein Schoßhündchen.«

Motormouth sah zunehmend skeptischer drein. »Verdammt, Sie kennen doch Blalock. Wie herrisch der sein kann.«

»Niemand überreicht einem Schneid auf einem silbernen Tablett. Man muss ihn sich nehmen, wie alles andere auf dieser Welt. Wenn einer sich so auf das hohe Ross setzt wie Blalock, dann muss man ihn runterschubsen, ihm selbst den Schneid abkaufen. Und du wärst überrascht, wie unterwürfig die dann meistens werden. Wenn bei uns daheim ein Kerl so großkotzig und schneidig dahergekommen ist, dann haben wir ihn zu Patsy geschickt.«

»Was haben Sie?«

»Ihn zu Patsy geschickt, so haben wir das da gemacht, wo ich herkomme. Wenn so ein Bursche daherkam, dem die Hutgröße ein oder zwei Nummern zu groß geworden ist, dann haben wir ihm gesagt, dass Patsy ihn unbedingt kennenlernen möchte. Patsy war ein Mädchen, das scharf auf ihn war, eine, die er nicht kannte, die ihm aber schon aufgefallen war, weil sie ihm schöne Augen gemacht hatte. Das geht ganz leicht, ich hab noch nie einen Mann gesehen, der nicht sofort geglaubt hätte, dass irgendein Weibsstück scharf auf ihn ist.

Dann haben wir ihn zu einem Haus geschafft, wo keiner wohnte, und ihm gesagt, dass er zur Tür gehen soll, weil Patsy drinnen auf ihn wartet. Der war rausgeputzt und zu allem bereit, stolziert zur Tür wie ein Hahn mit gestelltem Kamm, und wir hatten einen Kerl drin, der mit der Schrotflinte auf ihn gewartet hat. Der sprang auf und brüllte rum, dass die geilen Böcke seine Tochter gefälligst in Ruhe lassen sollten, und hat mit der Streubüchse auf ihn geballert. Natürlich hatten wir die Patrone präpariert, das Schrot rausgenommen und nur Schießpulver und Zündhütchen dran gelassen, aber das wusste der Kerl, der vor lauter Patsy ganz liebeskrank war, ja nicht. Dem wurde ganz anders. Ich habe mit eigenen Augen gesehen, wie sich gestandene Sägewerkarbeiter vollgepisst haben und über Schösslinge und was ihnen eben im Weg war, weggerannt sind. Mit ganz verdrehten Augen. Die Flinte hat ihnen nichts getan, aber sie selber schon.

Und weißt du was? Danach waren sie immer vollkommen verändert. Die hatten keinen Schneid mehr. Und damit waren sie auch nicht mehr im Vorteil. Oh, ab und zu haben die immer noch einen Koller gekriegt und sich aufgeführt, als würden sie grob werden, aber wenn sie einen rumschubsen wollten, haben sie einem in die Augen gesehen und gewusst, dass man sie mit erhobenen Händen durch die Büsche hat flitzen sehen. Die hatten einfach keinen Schneid mehr.«

Er legte eine gewachste Schrotpatrone vor Motormouth auf den Tisch. Sie hatte eine dunkle, burgunderrote Farbe, und das Ende war mit einem Messer abgeschnitten worden. Er drehte sie zu Hodges und zeigte ihm, dass sie leer war. Nichts darin, außer Dunkelheit. »Ich habe einen Plan für dich«, sagte er. »Willst du meinen Rat hören oder nicht?«

Hodges antwortete nicht.

Hardin stand auf. »Komm mit«, sagte er. »Ich muss dir im Büro was zeigen und dir meinen Plan erklären. Ich denke schon eine ganze Weile darüber nach und möchte wissen, was du davon hältst.«

Motormouth erhob sich, schwankte einen Moment unsicher, dann folgte er Hardin auf dem neuen Hartholzboden zu dem Nebenzimmer, das dieser als sein Büro bezeichnete.

»Geh schon rein, ich bin gleich da«, sagte Hardin. Er drehte sich zur Bar um. Jiminiz sah ihn ohne die geringste Spur von Neugier an.

»Sieh zu, dass du Blalock ans Telefon kriegst«, meinte Hardin. »Sag ihm, er soll kommen und seine Pferde abholen.«

Jiminiz holte ein schmales Telefonbuch unter der Theke hervor, blätterte es durch und fuhr mit dem Zeigefinger die Liste der Namen nach.

»Wenn er kommt, und ich bin nicht da, dann gehst du mit Hodges raus und nimmst fünf von den Trunkenbolden mit. Hodges möchte Blalock gern einen Streich spielen.«

Jiminiz nickte, nahm den Hörer ab, wählte.

»Mir gefällt besonders an dir, dass du mich nie nach dem Warum fragst«, sagte er. »Wie kommt das, Jiminiz?«

»Ich habe Angst, Sie könnten es mir sagen«, antwortete Jiminiz.

In der hellen Wintersonne kam der Morgan aus dem Wäldchen, als sich Hardin dem Draht näherte. Ein paar Schritte von dem Drahtzaun entfernt blieb er stehen und betrachtete Hardin mit einem halb arroganten, halb fragenden Blick. Sein Atem kondensierte an der kalten Luft. »Sollen wir eine Weile ausreiten oder hier bleiben und eine tolle Vorstellung ansehen?«, fragte Hardin das Pferd. Er zündete sich eine Zigarette an, steckte das Feuerzeug wieder in die Tasche und spürte dabei die leere Schrotpatrone, die er eingesteckt hatte. Er nahm die Patrone heraus, betrachtete sie einen Moment und überlegte, wo er selbst die Geschichte gehört hatte, in deren Genuss Hodges gekommen war, und ob er sie überhaupt irgendwo gehört oder sich gerade selbst ausgedacht hatte. Er warf die Patrone in das trockene Gras und lehnte sich rauchend an das Tor. »Na gut, dann reiten wir aus«, sagte er. »Gleich. Wir warten nur noch auf einen Lastwagen.«

Zwischen dem Eintreffen des Lastwagens und der Explosion verging weniger Zeit, als er erwartet hatte. Eine Männerstimme ertönte, ein Aufschrei, und Hardin schwang sich in den Sattel, als der Schuss ertönte. In dem Moment zitterte das Pferd ganz kurz, tänzelte mit klirrenden Hufeisen auf dem gefrorenen Boden. Er trat ihm in die Seiten, da galoppierte es zum Tor hinaus Richtung Bachlauf. Sie überquerten den Bach und erklommen den Hang, wo das Pferd sich auf dem unsicheren Kalksteinboden abmühte, doch auf dem steinigen Riedgrasfeld ging es schneller.

Er sah erst zurück, als sie die Hügelkuppe erreicht hatten, und dort bot sich ihm die Gruppe der Männer dar, die sich um den Lastwagen scharten und die kurvige Schotterstraße, wo der Chrysler lautlos davonjagte. Er sah dem Auto nach, bis es verschwand. Die Männer sahen wie bewegliche Miniaturen aus, zeichneten sich unwirklich vor der stummen winterlichen Kulisse ab, in der sie sich zusammendrängten und ziellos um einen der ihren herumliefen, der gefallen war und reglos am Boden lag, eine Marionette mit durchgeschnittenen Schnüren, oder eine, die endlich den Klauen eines wahnsinnigen Puppenspielers entronnen war.

Die klumpfüßige Kellnerin sah über die hohe Vase mit den Plastikblumen und die abgenutzten Fliesen des Snow White Cafe hinweg zu Winer, der beim Schaufenster saß, die Straße beobachtete, hin und wieder einen Schluck Kaffee trank und eine Speisekarte offen, aber ungelesen vor sich liegen hatte. Sie hatte etwas seltsam Unentschlossenes an sich, doch nach einer Weile rang sie sich offenbar zu einem Entschluss durch. Sie nahm die Zigarette aus dem Aschenbecher und durchquerte den Raum.

»Was um alles in der Welt ist denn mit deinem Gesicht passiert? Man erkennt dich ja kaum wieder.«

Winer blickte auf, als sie näher kam, dann wieder zur Dunkelheit, in der die Straße nahe der Eisenbahnschienen verschwand. »Ich bin in eine Schlägerei geraten«, sagte er. »Hast du Buttcut Chessor gesehen?«

»Nein, und das werde ich auch nicht mehr. Der hat hier Hausverbot. Der war kürzlich abends hier und hat eine Schlägerei angefangen, und dann haben sie das ganze Lokal verwüstet. Ich hab ihm Hausverbot erteilen lassen.«

»Worum ging es bei der Schlägerei?«

»Oh, er war einfach nur wütend. Ollie Simmons von der Sägemühle hat ihn entlassen. Er hat Bäume gefällt und ist wegen irgendwas mit dem Säger aneinandergeraten. Dann hat er einen Baum mit 'nem Bienenstock gefällt, der oben und unten solide war, und ein Loch reingeschlagen und mit den anderen Stämmen zur Sägemühle geschafft. Als der Säger ihn durchgesägt hat, sind die Bienen rausgeschwärmt und haben ihn halb zu Tode gestochen. Da haben sie Chessor gefeuert.«

»Dann dürfte er unten im Billardsaal sein.«

»Keine Ahnung. Er hat Ollie und zwei andere zusammengeschlagen, die ihn aufhalten wollten, da habe ich den Sheriff gerufen. Die haben ihn eingesperrt, aber ich glaube, er ist wieder raus. Warum vergeudest du deine Zeit mit ’nem Spinner wie dem?«

»Ich habe mich nur gefragt, wo er war.«

»Wo immer er sein mag, er ist die Mühe nicht wert. Dein anderer Kumpel, der ist schon lange abgehauen, was? Motormouth?«

»Sagt man.«

»Glaubst du, er hat diesen Blalock wirklich erschossen? Ich habe gehört, Hardin soll es gewesen sein.«

»Weiß nicht. Ich weiß nur, dass Blalock tot und Motormouth mit meinem Auto auf und davon ist.«

»Heute Abend siehst du einsam aus.«

»Glaub ich nicht.«

»Was heißt das, glaubst du nicht? Du bist doch einsam, oder nicht?«

»Ich bin nicht einsam«, sagte Winer.

»Später bist du es vielleicht«, antwortete sie rätselhaft.

Buttcut sah Winer im grellen, weißen Licht des Billardsaals ins Gesicht. »Großer Gott, Mann«, sagte er. »Da hat einem deine Visage aber echt nicht gefallen.«

»Das höre ich andauernd. Ich bin mit dem Mexikaner aneinandergeraten, der neuerdings für Hardin arbeitet.«

»Hat er dich verprügelt?«

»Der hat mich ungespitzt in den Boden gerammt.«

»Wie groß ist er?«

Winer sah ihn an. »Etwa deine Größe«, sagte er.

»Dann war er dir sowieso über. Hättest es besser wissen müssen. Ich hab gehört, da ist einer erschossen worden.«

»Kann sein. Motormouth soll Blalock erschossen haben, aber ich weiß nicht. Er ist in mein Haus gekommen wie eine Furie, und ich hatte schon kein gutes Gefühl, als er mit meinem Auto weggefahren ist. Ich hab sein Gesicht ganz deutlich gesehen, und er sah nicht wie ein Mann aus, der vorhat zurückzukommen.«

»Er ist verrückt, aber ich glaube nicht, dass er den Mumm hätte, einen umzubringen.«

Winer trank seine Cola und verfolgte das Billardspiel. Roy Pace hatte ein Opfer gefunden. Roy war von der Hüfte abwärts gelähmt und saß im Rollstuhl. Sein Kopf war zu groß und kürbisförmig, sein Gesicht hatte ein seltsam mongoloides Aussehen, aber er hatte schon ein Vermögen von Handlungsreisenden gewonnen, die allzu sehr von Äußerlichkeiten ausgingen. Winer sah zu, wie er mit dem Rollstuhl geschmeidig zum anderen Ende des Tischs rollte. Er stieß aus einem Winkel, der ungünstig aussah, und die Spitze des Queues zitterte vor theatralischer Nervosität, doch er lochte alle Kugeln ein, dann die Acht und schüttelte erstaunt den Kopf, als könnte er so viel Anfängerglück nicht fassen. Auch das Opfer schüttelte den Kopf. »Mist«, rief es.

»Ich glaub einfach nicht, dass er Blalock erschossen hat. Jede Wette, dass die ihm eine Falle gestellt haben.«

»Ich weiß nicht. Er war völlig durch den Wind wegen seiner Alten, und die hat mit Blalock zusammengelebt.«

»He, willst du eine Weile rüber ins General?«

»Lieber nicht.«

Buttcut nickte mit dem Kopf Richtung Toilette. »Ich hab 'ne Flasche da drin. Willst du dir einen hinter die Binde kippen?«

»Nein, danke.«

»Verdammt, mit dir kann man rein gar nichts anfangen. Du bist ungefähr so spaßig wie 'n Pfingstprediger. Was machst du eigentlich hier?«

»Ehrlich gesagt habe ich es im Haus einfach nicht mehr ausgehalten. Die Wände haben schon mit mir geredet. Und ich dachte mir, ich geh besser, bevor ich ihnen antworte.«

Sie standen eine Weile vor dem Strand-Theater und warteten darauf, dass der Film zu Ende ging. Buttcut hatte das Auto am Bordstein geparkt, falls Damen nach Hause oder sonst wo hingefahren werden wollten. Aber solche Damen traten nur selten und vereinzelt auf. Mehrheitlich kamen Farmer mit stoischen, breitschultrigen Frauen heraus. Kinder mit großen, von den Technicolor-Wundern noch ganz verklärten Augen. Landburschen, frisch von der Farm, mit Mist an den derben Schuhen und behäbigen Mienen, wie Ochsen.

»Gottverdammt«, sagte Buttcut. »Mein Lebtag hab ich noch nie so 'ne Bande Landeier mit Haaren auf den Knöcheln gesehen. Man sollte meinen, wo so viele im Krieg sind, müsste man ab und zu mal über 'ne einsame Möse stolpern, aber nein.«

Zwei oder drei Leute drehten sich nach ihm um, verkniffen sich aber angesichts seiner Größe und Haltung jeden Kommentar. Winer packte ihn am Arm.

»Komm, gehen wir. Wir suchen uns anderswo Frauen.«

»Willst du immer noch nicht ins General?«

»Nein.« Winer grinste. »Wir könnten aber ins Snow White.«

»Da kann ich nicht hin. Hausverbot. Die haben gesagt, dass sie 'ne Verfügung erwirken und mich einbuchten lassen, wenn ich je wieder einen Fuß reinsetze.«

»Ich habe gehört, du hast einen Baum mit Bienenstock gefällt.«

»Diese hinkende Fotze musste ja unbedingt die Polizei rufen. Die ist sauer, weil ich nicht mit ihr ausgehen will. Für mich steht die auf einer Stufe mit dem elenden Ollie Simmons. Ich hab alles gemacht, was er gesagt hat, und er wollte mir dafür den Arsch versohlen. Auf die Idee kommt der nie wieder. Ich hatte ihn schon am Boden, und er japst: ›Lass mich los, ich hab genug.‹ Ich sag: ›Von wegen. Ich bin hier gerade am Arschversohlen. Ich sag dir Bescheid, wenn ich genug hab.‹«

»Wir könnten zurück zum Billardsaal.«

»Da finden wir keine Frauen. Gehen wir zu Hardin.«

»Ich mag vielleicht nicht der Hellste sein, aber dazulernen kann ich schon.«

Sie stiegen ins Auto ein. »Ich muss sowieso was trinken«, sagte Buttcut. »Ich hab meine Flasche auf'm Klo versteckt. So finden die keine Flasche bei mir, wenn sie mich schnappen. Die können mich wegen Trunkenheit in der Öffentlichkeit festnehmen, aber keine Beweise sichern.«

»Wo ist da der Unterschied?«

»Rund vierzig Dollar.«

Der lange schwarze Packard stand vor dem Billardsaal wie eine wartende Limousine. Winer verweilte einen Moment und betrachtete ihn, dann erst folgte er Buttcut ins grelle Licht. Sie waren zu dritt: das Mädchen sittsam im weißen Kleid an einem zerkratzten roten Tisch, daneben ein dicker Mann im blauen Gabardineanzug. Er trank Whiskey aus einer Flasche in einer braunen Papiertüte und spülte ihn mit Bier runter, das Mädchen sog geziert winzige Schlucke Cola durch einen Strohhalm ein. Als sie Winer sah, machte der Schock ihre Augen einen Moment groß und rund, dann schlug sie sie nieder und betrachtete ihr verschwommenes Spiegelbild in dem abgewetzten Resopal. Winer wandte sich ab und studierte den Rücken des dicken Mannes, den Umriss der Brieftasche, die sich deutlich unter den um die Hüften zu engen Hosen abzeichnete.

Jiminiz spielte Billard mit Roy Pace. Er sah einmal aus dem Augenwinkel zu Winer, dann wandte er sich wieder ab. Man sah ihm nicht an, dass er Winer erkannt hätte. Er rieb das Queue mit Kreide ein und beugte sich für den nächsten Stoß über den grünen Filz.

»Gehen wir wieder.«

»Nein, verdammt. Ist das ein öffentliches Lokal? Das ist er, richtig?«

»Das ist er. Woher weißt du das?«

»Ich glaub nicht, dass es zwei so große Mexikaner in Ackerman's Field gibt. Du hast doch gesagt, dass er groß ist. Der Dreckskerl ist ein Riese. Habt ihr euch wegen Rose in die Haare gekriegt?«

»Damit hat es angefangen.«

Buttcut betrachtete ihr gleichmütiges Profil durch die gesamte Länge der Bar hindurch. »Kann ich verstehen. Wenn die mich ein oder zwei Mal mit ihren langen Wimpern anklimpern würde, würde ich es auch versuchen. Wer ist der gottverdammte Vertreter oder was auch immer bei ihr?«

»Weiß nicht.«

»Ich hab sie schon das eine oder andere Mal hier drin gesehen, aber immer mit 'nem anderen Macker. Normalerweise war Hardin dabei. Sag mal, du wirkst ganz ausgedörrt, Mann. Willst du jetzt was trinken?«

»Warum nicht. Was soll der Geiz.«

»Ich geh zuerst rein und kipp einen, dann lass ich die Flasche für dich stehen.«

Buttcut blieb nur einen Augenblick in der Toilette. Dann kickte er die Tür so fest auf, dass sie gegen die Wand knallte. Er kam spuckend und würgend raus und wischte sich mit dem Ärmel den Mund ab. Außer Winer bemerkte es offenbar niemand. Buttcut nahm das Bier von Roy Pace, hob es hoch, trank, spülte sich den Mund und spie aus. Dann ließ er finstere, bedrohliche Blicke über alle Anwesenden in dem Billardsaal schweifen.

»Welcher Drecksack hat meinen Whiskey getrunken und dann in die Flasche gepisst?«

Niemand antwortete. Jiminiz beugte sich vor und stieß behutsam an, die weiße Kugel berührte drei und beförderte die vierte ins Eck. Er rieb das Queue mit Kreide ein und ging um den Tisch herum zur weißen Kugel, die nahe der Bande zum Stillstand gekommen war.

»Hast du in meinen Whiskey gepisst?«

Jiminiz sah ihn mit kalter, distanzierter Geringschätzung an. »Nein«, sagte er.

»Lass den Mann in Ruhe«, sagte Pace. »Lass ihn Billard spielen. Ich gewinne gerade einen Urlaub in Florida.«

»Du warst es, gottverdammt«, sagte Chessor zu Pace. »Du Hühner fickende Totgeburt. Das ist genau die Art von kindischer Gemeinheit, die du wahrscheinlich komisch findest. Wenn ich mit Sicherheit wüsste, dass du es warst, würde ich dir die Fresse noch blöder schlagen, als sie so schon aussieht.«

»Ich war es nicht, Buttcut, ehrlich.« Pace war die Unschuld in Person.

»Also irgendjemand war's«, sagte Buttcut. »Und demjenigen hau ich in absehbarer Zeit eine rein.«

»Komm mal wieder runter da hinten«, rief der Barkeeper. »Wenn du hier irgendwem eine reinhaust, ruf ich sofort die Polizei.«

Buttcut zögerte. »Jemand hat in meinen Whiskey gepisst«, sagte er mürrisch.

»Na, ich jedenfalls nicht«, antwortete der Barkeeper. »Es verstößt gegen das Gesetz, hier drin auch nur Whiskey zu haben, falls du das nicht gewusst hast.«

»Sagen Sie das dem Kerl mit der Papiertüte«, meinte Buttcut. »Aber ich nehm an, der hat ’ne Erlaubnis von Hardin.«

Der dicke Mann sah kurz zu Buttcut auf und hastig wieder weg. Das Mädchen hatte es offenbar nicht gehört, aber Jiminiz erstarrte einen Moment mitten in der Bewegung. Dann vollendete er den Stoß.

Buttcut bestellte ein Bier und setzte sich neben Winer auf die Bank. Schweigend verfolgten sie das Spiel. Buttcut trank einen Schluck des Biers, dann gab er es Winer und bestellte noch eins. Eine dumpfe, bösartige Wut schien von ihm Besitz ergriffen zu haben. Winer trank das Bier leer, bestellte noch eins und beobachtete derweil unablässig den dicken Mann durch den Raum hindurch. Jedes Mal, wenn der Mann aufsah, beobachtete Winer ihn, und er sah oft auf, als könnte er die Blicke spüren. Roy Pace und Jiminiz machten einen fast betrunkenen Eindruck. Jiminiz war immer noch am Verlieren. Der dicke Mann sah ein oder zwei Mal auf die Armbanduhr, stand auf und sagte etwas zu Jiminiz, doch Jiminiz antwortete nicht, reagierte nicht einmal darauf.

Schließlich meldete sich Buttcut wieder zu Wort. »Du hast kein einziges Haar am Arsch, wenn du nicht zu ihr gehst und mit ihr redest«, sagte er. »Du musst Stellung für dich beziehen. Wenn du dich von diesen Drecksäcken einfach überfahren lässt, dann wirst du den Rest deines Lebens überfahren.«

»Hab ich versucht. Ist nicht so gut für mich ausgegangen.«

»Verflixt. Du hast mit Hardin geredet. Hardin ist gar nicht

hier. Mach dir keine Gedanken wegen seinem Wachhund. Den übernehm ich.«

»Das ist mein Kampf, Buttcut. Nicht deiner.«

Buttcut zuckte die Achseln. »Früher oder später würde ich mich sowieso mit dem messen. Da kannst du ja auch was davon haben.«

Winer ging mit seiner braunen Flasche zu ihrem Tisch. »Hallo, Briar Rose«, sagte er.

»Kennst du den jungen Mann?«, fragte der Dicke. Als sie nicht antwortete, wandte er sich an Winer. »Die anderen Tische sind alle frei. Vielleicht setzt du dich lieber an einen anderen.«

Winer trank Bier. Spürte den bitteren Geschmack des Hopfens weit hinten im Mund. »Nein«, sagte er. »Mir gefällt es hier ganz gut.«

Der dicke Mann legte Rose eine Hand auf den Arm. »Wir überlassen Ihnen unseren«, sagte er.

»Ich muss mit dir reden«, sagte Winer.

Sie schüttelte den Kopf. »Ich will an keinen anderen Tisch«, sagte sie dem Mann. Sie sah aus, als müsste sie gleich weinen.

Der dicke Mann betrachtete sie gleichmütig. »Was geht hier vor?«, fragte er. »Ist mein Geld nicht gut genug für dich, oder was?«

Winer versank in den tiefen Wassern ihrer Augen. »Geh weg, Nathan«, sagte sie.

»Dann komm mit mir.«

»Ich kann nicht. Das weißt du.«

»Es ist ganz leicht. Du musst nur einen Fuß vor den anderen setzen.«

»Ich kann nicht.« Sie beugte sich vor und strich ihm über das Gesicht. Mit dem Zeigefinger fuhr sie an einer Schnittwunde entlang. Sie weinte.

Der Mann wandte sich wütend an Winer. »Ich habe ihr gutes Geld bezahlt«, sagte er. »Oder Hardin. Und ich will was dafür haben. Also, ich weiß nicht, wer du bist oder welche Rolle du hier spielst, aber du solltest dich schleunigst verziehen.«

Buttcut hatte sich lautlos wie eine Katze angeschlichen. Er beugte sich über den Tisch. »Haben Sie einen Disput mit diesem jungen Burschen hier?« Sein Atem roch nach billigem Whiskey.

Der dicke Mann drehte sich um. »Das geht dich nichts an.«

»Komisch. Also, ich sitz da auf der Bank dort hinten, und Sie sagen was von wegen, dass er sich schleunigst verziehen soll. Ich nehme an, Sie haben die Besitzurkunde für diesen Laden bei sich?«

Der Mann sagte nichts.

»Hab ich richtig gehört, oder nicht?«

»Ich sehe nicht, was dich das angeht.«

»Ich sag Ihnen, warum mich das was angeht. Sie sehen aus wie einer, der 'nem anderen den Whiskey wegtrinkt, reinpisst, den Deckel wieder draufschraubt, sich verzieht und irgendwo einen ablacht deswegen.«

Der Mann verdrehte nur die Augen zur wasserfleckigen Decke, als wäre er unter Idioten geraten, und sah resigniert drein.

»Stimmt's etwa nicht?«, beharrte Buttcut.

»Ich weiß nicht«, sagte der Mann schließlich.

»Dann denken Sie mal drüber nach. Sie überlegen sich gerade, ob Sie und der Mexikaner da drüben es mit mir aufnehmen können, aber ich sag Ihnen was, in meiner Gegenwart sollten Sie sich mächtig am Riemen reißen. Wenn Sie sich mit mir anlegen, dann mach ich Sie so platt wie eine tote Katze auf der Autobahn.«

Winer stand auf. »Es lohnt sich nicht, deswegen zu kämpfen«, sagte er. »Wenn sie ihn will, kann sie ihn haben. Wir gehen anderswo hin.«

»Gottverdammt, wir können nirgendwo anders hin. Und außerdem lass ich mich von keinem vertreiben.«

»Dann kannst du alle haben«, sagte Winer. Er wandte sich der blassen Rose zu. »Ich gehe. Kommst du mit, oder bleibst du bei diesen Leuten?«

Das Mädchen stand auf und nahm die Handtasche vom Tisch. »Tut mir leid«, sagte sie zu dem dicken Mann.

Der Dicke packte sie am Arm. »Von wegen. Ich hab eine Farm mit vierzig Morgen in dich investiert.«

Der Mann im blauen Anzug sah dem Mädchen wütend ins Gesicht, Winer stand über ihnen. Ohne zu wissen, was er vorhatte, schlug Winer dem Mann, so fest er konnte, ins Gesicht. Der Mann grunzte, Blut strömte an seinem Hemd herab, er griff mit den Armen ins Leere und kippte nach hinten um. Winer rieb sich die Knöchel, als er sah, wie die grüne Schwingtür explosionsartig aufgestoßen wurde, Jiminiz hereinkam, das Queue wie einen Schläger in die Höhe hielt und Buttcut Mann und Queue mit einem Stuhl zu Fall brachte. »Allmächtiger Heiland«, schrie der Barkeeper. Jiminiz prallte von der Musicbox ab, schlitterte über den Boden, stieß gegen die Barhocker und scheuchte Gäste auf, die in alle Richtungen stoben; dann richtete er sich auf die Knie auf und versuchte, die Finger in einen Schlagring aus Messing zu bekommen. Er hatte ihn fast übergestreift, als Buttcut ihm an den Kopf trat. Der Schlagring fiel klirrend auf den Fliesenboden. Buttcut kickte ihn, so fest er konnte, weg und wartete mit geballter Faust. »Jungs kannst du ja verprügeln«, sagte er. »Mal sehen, wie du dich gegen einen Mann schlägst.«

Jiminiz lag an die Bar gelehnt. Sein Mund sah zertrümmert aus und blutete. Falls noch Luft in ihm war, vergeudete er sie nicht. Er stand wachsam auf, hielt sich vorsichtig außer Reichweite von Buttcuts Armen und schleuderte mit einer unvermittelten und arroganten Kopfbewegung das schwarze Haar aus den Augen. Er hob die linke Faust zur Deckung und rückte vor. Seine Augen blieben dabei so ausdruckslos wie schwarzes Glas. Geduckt und mit gesenktem Kopf stürmte er auf Buttcut los, der in einer linkischen, plattfüßigen Verteidigungsposition stand, schlug dessen rechte Hand zur Seite und rammte ihn gegen den Flipperautomaten. Buttcut ging nicht zu Boden. Er schüttelte nur gelinde erbost den Kopf, als würden ihn Fliegen nerven, machte einen halben Schritt vorwärts und schlug Jiminiz ins Gesicht.

Der dicke Mann versuchte, an sein Taschentuch zu kommen. Winer stand neben ihm und wartete ab, ob er Jiminiz helfen würde, doch der Gedanke schien ihm gar nicht zu kommen. »Einen Arzt«, sagte er und betrachtete seine blutigen Hände. »Einen Arzt.«

Es war kein Arzt anwesend. Nur der panische Barkeeper am Telefon und eine Tür, die Meilen entfernt zu sein schien, und eine Musicbox, aus der tönte: »I have no one to love me except the sailor on the deep blue sea.«

Als die Sirenen ertönten, versuchte Winer, Buttcut von Jiminiz runterzuziehen. Buttcut schlug ihm immer wieder ins Gesicht. »Die Polizei kommt«, sagte Winer.

»Dir zeig ich's«, sagte Buttcut. »Und jetzt fleh mich an, dass ich aufhören soll.« Jiminiz flehte nicht.

»Leck mich«, sagte Jiminiz mit abgebrochenen Zähnen.

Die Ordnungshüter stürmten zur Tür herein und vergeudeten keine Zeit. Cooper schlug Buttcut mit einem Schlagstock an die Schläfe, während zwei Männer von der Highway Patrol Winer zwischen sich nahmen und zur Tür schleppten. Das Mädchen blieb bei ihm. Sie fiel ihm in die Arme. Ein junger Polizist mit kantigem Gesicht, der Steele hieß, ließ einen Moment von Winer ab und riss sie weg; das Gesicht, das er Winer dabei im Profil präsentierte, sah rot und fleckig aus, ein wachsames Gesicht. Es hatte den Ausdruck eines Mannes, der sich ganz auf seine Arbeit konzentriert, ein Chirurg vielleicht, der einen Tumor entfernt. Es war ein seltsam elektrisierender Moment, den Winer nie vergaß, ihre federleichte Hand auf seinem Arm, die sich auf seltsame Weise wie der Fuß eines Vogels anfühlte, und Steele, der eine Klaue nach der anderen wegbog, bis sie schließlich losließ. Als er Steele einen Kinnhaken verpasste, schlug ihn der andere Polizist mit dem Gummiknüppel, worauf Winer zusammensackte, als wären seine Knie zu Wasser geworden.

Er saß benommen auf dem Boden. Die Welt wurde dunkler, dann heller. Wie dazwischengeschnittene Standfotos, Zufallsbildern in einem schlecht montierten Film gleich, sah er das blasse Gesicht des Mädchens. Buttcut hielt Cooper verkehrt herum an den Knöcheln in die Höhe, Cooper schlug hektisch mit dem Schlagstock nach Buttcuts Knien. Dann ließ Buttcut ihn fallen, versetzte ihm einen Tritt in die Seite und stieg über die liegende Gestalt hinweg direkt in die Arme der Highwaypolizisten. Winer hörte sie keuchend atmen, und nach einer Weile meinte Steele: »Er sagt, er kommt friedlich mit, wenn er vorne sitzen darf.«

»Von mir aus kann der große Wichser auch selber fahren«, sagte Cooper. »Ich glaube, der hat was in mir abgerissen.«

Die kalte Luft der schwarzen Nacht, eisiger Frost am verchromten Türrahmen. Der Packard wartete wie ein Leichenwagen. Eine harte Hand an seinem Rücken, dann seine Wange auf dem vereisten Beton, und Sterne, die sich immer langsamer über den grellen Straßenlaternen drehten. So weit weg, so weit weg.

Dann zog Buttcut die Beine an, mehr sah Winer nicht, nur das, vollkommen fasziniert: die Knie, die wie in Zeitlupe in die Höhe kamen, sodass sich der Jeansstoff darüber spannte, bis man dachte, er würde reißen, Cooper, der sich halb umdrehte und den Mund aufriss, enorme Schuhe, die vorwärtsschnellten, und dann explodierte die Windschutzscheibe in einem Zeitlupenregen von winzigen Scherben, eiskalte Luft strömte herein, und das Lenkrad blockierte, als der Wagen gegen den Bordstein schlitterte.

Bellwether überbrachte Oliver die traurige Nachricht und wartete, während der alte Mann sie in völliger Stille verdaute, abgesehen vom lauten Ticken einer Uhr, die die Augenblicke zählte.

»Ich fragte ihn, ob wir jemandem Bescheid sagen sollten«, sagte Bellwether. »Zuerst sagte er Nein, aber dann nannte er Sie.«

»Was wirft man ihm vor?«

»Ungebührliches Verhalten und tätlichen Angriff.«

»Was ist mit dem jungen Chessor?«

»Dasselbe, plus Trunkenheit in der Öffentlichkeit. Widerstand gegen die Staatsgewalt und Angriff mit Tötungsabsicht. Zerstörung von privatem und öffentlichem Eigentum.«

»Großer Gott.«

»Inzwischen könnte noch was dazugekommen sein. Es treffen immer noch Meldungen ein.«

»Und Sie sagen, er hat diesen Mexikaner verprügelt?«

»Kann man wohl sagen. Er musste sich den Kiefer klammern lassen und hat einen ganzen Mundvoll abgebrochener Zähne. Ist ziemlich mitgenommen.«

»Was, meinen Sie, bekommt Chessor?«

»Der dürfte mit elf bis neunundzwanzig dabei sein.«

Der alte Mann stand auf und wandte dem warmen Ofen den

Rücken zu. »Ich sag Ihnen, was ich mache«, meinte er. »Wenn seine Kaution festgelegt ist, bezahl ich sie. Ich komm dafür auf, und dann sag ich ihm, dass er über die Staatsgrenze verschwinden soll. Was sagen Sie dazu?«

»Ich denke, Sie verlieren dabei Geld.«

»Ich hab zu meiner Zeit mehr verplempert und weniger dafür gekriegt.« Oliver öffnete die Ofenklappe und spuckte ins Feuer. Die flackernden Flammen überzogen sein braunes Gesicht mit orangerotem Schein. »Wissen Sie schon was über dieses Skelett?«

»Schädel«, sagte Bellwether. »Darauf wollte ich gerade kommen. Tja. Es war Winer.«

»Das wussten wir. Haben Sie es dem Jungen schon gesagt?«

»Nein. Aber das muss ich. Und ich bin nicht gerade erpicht darauf.«

»Ich wünschte, Sie würden noch einen oder zwei Tage warten. Er bringt Dallas Hardin um und sitzt dann lebenslänglich im Gefängnis von Brushy Mountain.«

»Nein, sicher nicht. Es gibt keinen Beweis, dass Hardin ihn erschossen hat, Mr Oliver.«

»Scheißdreck. Sie wissen so gut wie ich, dass Hardin ihn erschossen hat.«

»Wissen heißt nicht beweisen. Ich kann wissen, soviel ich will, die Geschworenen interessiert aber, woher ich es weiß.«

»So genau dürfte es der junge Winer nicht nehmen«, sagte Oliver.

Als Bellwether fort war, ging Oliver zu Bett, konnte aber nicht schlafen. Er lag in der Dunkelheit und starrte zur unsichtbaren Decke hinauf. Im Laufe der vergangenen Tage hatte langsam ein Plan in ihm Gestalt angenommen, Stück für Stück, wie ein Bild auf einer fotografischen Platte. Wenn ich es wirklich machen will, dann ist jetzt der einzig mögliche Zeitpunkt, dachte er. Der Junge weiß es noch nicht und sitzt wohlbehalten hinter Gittern. So eine Chance bekomme ich nicht noch mal. Weiß Gott, jemand muss es tun. Und es sieht ganz so aus, als wäre ich derjenige.

William Tell Oliver ging drei Mal zum Büro des Sheriffs, bis er Cooper dort mit Bellwether antraf. Er stieß die Tür ein wenig auf; Bellwether verstaute gerade Papiere in einer Schublade, Cooper drehte sich mit einer Tasse Kaffee in der Hand um, als er die Tür hörte. Cooper sah arg mitgenommen aus. Sein Gesicht war grün und blau und geschwollen, er bewegte sich sehr vorsichtig, als müsste er seine inneren Organe schonen.

»Großer Gott«, sagte Oliver. »Was ist denn mit Ihnen passiert?«

Cooper wandte sich nur ab, und seine höhnische Fratze betonte die Asymmetrie seines verfärbten Gesichts umso mehr.

Oliver wandte sich an Bellwether. »Ich habe die Strafe des Jungen bezahlt«, sagte er. »Aber der Richter behält ihn trotzdem bis morgen früh da. Die haben noch nicht mal eine Kaution festgelegt. Sie beratschlagen noch darüber.«

»Also, das ist eine Angelegenheit zwischen Ihnen und dem Richter, Mr Oliver. Damit habe ich nichts zu tun.«

»Ich weiß. Deswegen bin ich auch nicht hier.« Er stützte sich auf den Schreibtisch, umklammerte die Kante mit den Fingern, verlagerte das Gewicht darauf. Die Hände sahen dunkel und knotig aus, als hätte sie jemand mit unendlicher Geduld aus knorrigem Walnussholz geschnitzt.

»Als ich Ihnen das Ding gebracht habe, dachte ich mir, Sie würden ein bisschen rumschnüffeln und vielleicht was rausfinden. Aber offenbar nicht. Ich dachte, Sie würden es nach

Nashville schicken, damit die Bilder oder was auch immer machen und es von Ärzten mit Mikroskopen untersuchen lassen können. Seit zehn Jahren ist es aus der Erde, in die es gehört, keiner hat je ein Wort drüber verloren, und kein Ende abzusehen. Ich wollte mich aus allem raushalten, aber jetzt weiß ich, dass ich das nicht kann. Wenn Sie nicht von selber draufkommen, muss ich Ihnen auch den Rest erzählen.«

Bellwether hatte die Augen halb geschlossen und stellte eine nachdenkliche, geduldige Miene zur Schau. Er stützte das Kinn auf die Handfläche. »Na gut, Mr Oliver«, sagte er. »Holen Sie sich einen Stuhl, und rücken Sie auch mit dem Rest raus. Sie haben es lange genug für sich behalten.«

Sie saßen im Streifenwagen. Sanfter, kalter Wind von Norden, das Rascheln gefrorener Äste. Alles war dunkel, abgesehen davon, dass die Glut von Coopers Zigarette in unregelmäßigen Abständen aufleuchtete, dann loderte die Flamme von Hardins Feuerzeug empor, man sah sein unebenmäßiges Profil im Glas, dann wieder Dunkelheit und plötzlich eine krächzende Stimme.

»Was dann?«

»Dann sagte er, dass sie bei Einbruch der Dunkelheit beide in einen Diamond-T-Laster eingestiegen sind. Er sagte, seine Ziegen seien ausgebüchst, er hätte sie beim Bachlauf gesucht und nach ihren Glöckchen gehorcht, sich aber von dem Lastwagen ferngehalten. Er sagte, er habe den Laster direkt angesehen, als es plötzlich grell in der Fahrerkabine aufleuchtete, ein lauter Knall ertönte, und dann seien Sie ausgestiegen und hätten Winer zu dem alten, tiefen Abgrund geschleppt.«

Cooper sah Hardins Silhouette. Als Hardin grinste, bleckte er die Zähne. »Der alte Drecksack«, sagte er. »Der elende alte Drecksack.« In seiner Stimme schwang fast so etwas wie Bewunderung mit, als müsste er zwangsläufig Bewunderung für andere empfinden, wenn er sich selbst in ihnen wiedererkannte. »Sie wissen natürlich, dass das alles erstunken und erlogen ist.«

»Natürlich«, sagte Cooper automatisch.

»Glauben Sie wirklich, dass der alte Mann diese Informationen zehn Jahre lang für sich behalten hätte? Einen Dreck hätte er. Wäre er damit rausgerückt, hätte er mich in den Bau oder an den Galgen gebracht, das eine oder andere. Und wenn nicht, hätten ihn die Würmer schon längst gefressen.«

»Ich wusste die ganze Zeit, dass er lügt.«

»Wirklich? Irgendwie bezweifle ich das, Cooper. Sie wissen immer das, was Sie zuletzt gehört haben. Wenn Sie Oliver zuhören, dann wissen Sie das, und wenn Sie mir zuhören, dann wissen Sie das.«

Cooper sagte einen Moment nichts, als müsste er seine Gedanken ordnen. »Ich weiß eines«, sagte er. »Ich weiß, dass Bellwether Humphries am Montagmorgen als Allererstes so lange einheizt, bis der einen Haftbefehl ausstellt, und dann steht er vor Ihrer Tür, noch ehe die Unterschrift darauf richtig trocken ist.«

»Sagen wir, es kommt zu einer Verhandlung, Cooper. Nehmen wir einfach mal an, ich könnte meine Unschuld nicht beweisen, und sein Wort steht gegen meins. Was meinen Sie, würde dann passieren?«

»Hm.« Cooper fühlte sich geschmeichelt, dass er um seinen Rat gebeten wurde, daher dachte er besonders gründlich nach. »Ich sage Ihnen, was ich denke. Der alte Mann hat sein ganzes Leben in diesem County gelebt, und Sie werden nicht einen finden, den er je angelogen hätte. Er war in seinen besten Jahren ein harter Bursche und hatte seine Höhen und Tiefen, aber er müsste schon einen verdammt guten Grund haben, um mit so einer Geschichte rauszurücken.«

»Und den hat er. Diesen verdammten jungen Winer, der links und rechts nur Scherereien macht. Wer den alten Winer umgebracht hat, der hätte es machen sollen, bevor der sich fortpflanzen konnte.« Er verstummte und sah nach, was er in der Brieftasche hatte. »Ich dachte, Jiminiz könnte ihm eine Lektion erteilen, aber offenbar habe ich aufs falsche Pferd gesetzt. Nächstes Mal stehen nur wir beide uns Auge in Auge gegenüber, und dann kommt er mir nicht so leicht davon.«

»Was soll ich tun?«

»Bringen Sie mir Dr. Sulhaney. Fahren Sie heute Abend noch nach Clifton, und sagen Sie ihm, dass ich ihn morgen sprechen muss. Nicht am Telefon, sagen Sie ihm, er soll herkommen. Ich lass den alten Hurensohn so tief in die Klapsmühle stecken, dass er sich wünscht, er wäre bei seinem Ginseng und seinen Ziegen geblieben.«

»Sulhaney ist nicht billig.«

»War er noch nie. Ärzte sind nicht billig, nur Hilfssheriffs. Und schaffen Sie mir diesen alten, grauen Anwalt Hull her. Er sieht wie ein verdammter Senator oder Prediger oder so was aus.«

Cooper betrachtete die Brieftasche mit den hypnotisierenden Blicken einer Schlange, die einen Vogel ansieht. »Hull ist auch nicht billig«, sagte er. »Das kostet Sie eine Stange Geld.«

»Das lässt sich ersetzen«, sagte Hardin unbekümmert. »Der Strom versiegt nie.«

Bittere Kälte und bis ins Mark gefrorene Bäume hielten Simmons Holzfäller vom Wald fern und trieben sie zu Sam Longs wärmendem Kohleofen, wo sie sich zwischen die steinalten Müßiggänger auf ihren Colakisten drängten. Jenseits des roten Schriftzugs LONG'S auf der beschlagenen Fensterscheibe fegte der Wind harte Graupelgeschosse über die Bürgersteige und brachte Kinder um ihre Träume: Weihnachten hinter angelaufenen Schaufenstern verborgen.

Wie nicht anders zu erwarten, kreiste das Gespräch der Simulanten als Erstes um Dallas Hardin, und dabei blieb es.

»Na gut, nehmen wir an, er war es«, sagte Sam Long. »Ich weiß nicht, ob er es getan hat oder nicht, aber er sagt, er war es nicht. Glaubt Ihr, dass er auch nur einen einzigen Tag absitzt? Nein, verdammt. Die können nicht beweisen, dass er auch nur das Geringste damit zu tun hat.«

»Wer sagt das?«

»Verdammt, alle sagen das. Glaubt ihr, so was kann man unter den Teppich kehren? Dazu müsste man es schön verstecken und totschweigen, wie es der alte Oliver gemacht hat. Ich weiß nicht, wer als Erstes davon erzählt hat. Teed Nitens Frau arbeitet im Büro des Archivs und sagt, dass das gesamte Gerichtsgebäude von nichts anderem redet.«

»Also, mit einem hast du recht«, sagte Simmons. »Der sitzt keinen Tag ab. Steht denn wenigstens fest, dass es Winer war?«

»Das geht aus den zahnärztlichen Unterlagen der Regierung hervor. Er war im Ersten Weltkrieg. Es war Winer. Winer mit einem Loch im Kopf, so groß wie ein Dreier-Waschzuber.«

»Wisst ihr noch, als Hardin den alten Wildman erschossen haben soll? Er hat ihn mitten auf der Straße abgeknallt wie einen Hund und dann behauptet, dass es Notwehr war. Wildmans Ma hat es gesehen, aber Herrgott, die war alt, die muss mindestens neunzig gewesen sein. Im Handumdrehen hatte

Hardin einen Arzt parat, der sie für verrückt erklärte und sagte, sie hätte sich alles nur eingebildet. Hardin ließ sie in Boliver einweisen, wo sie, glaube ich, 1935 gestorben ist.«

»Ja«, sagte ein Mann namens Pope. »Hardin ging zu Ratcliff, damit der ein paar Papiere unterschreibt, aber Ratcliff hat ihn nur ausgelacht. Hat ihm fünf Dollar für eine Untersuchung berechnet und ihm gesagt, er soll sich zum Teufel scheren. Zwei, drei Tage später geht Ratcliff die Treppe rauf, um seine Praxis aufzuschließen, und sieht eine große braune Papiertüte offen vor der Tür stehen. Zuerst dachte er, es wäre Okra oder Brechbohnen oder so was, es war Sommer, und manche Leute haben ihn mit Gartengemüse oder was immer sie gerade hatten bezahlt. Dann bewegt sich die Tüte. Ratcliff haut mit dem Gehstock drauf, und da kommt eine große Klapperschlange raus. Er sagte, er hätte fast auf der Stelle einen Herzinfarkt gekriegt. Hat er gesagt, aber trotzdem konnte er sie mit seinem Stock totschlagen, nach Mormon Springs rausfahren und sie Hardin auf die Veranda legen. Das macht mich stutzig dabei. Warum hat Hardin ihn nicht getötet oder sein Haus angezündet? Vermutlich hat er immer gewusst, mit wem er so einen Bluff abziehen konnte und mit wem nicht.«

»Bluff, verdammt«, sagte Long. »Frag Nathan Winer nach seinem Bluff. Senior oder junior.«

»Der Junge ist ein komischer Kauz«, sagte Simmons. »Benimmt sich, als wäre er nicht ganz dicht.«

»Der Junge ist in Ordnung«, sagte Long. »Ich an Hardins Stelle hätte mehr Angst vor ihm als vor jedem anderen. Hardin muss ihn umbringen, um ihn aufzuhalten.«

In längst vergessenen Altmetallresten fand Oliver ein dünnes Stahlblech mit zwei Löchern darin, das, als er es ein wenig abgesägt hatte, genau auf die Pfosten der Eingangstür passte. Er nagelte es in den Löchern auf die abgeschlossene Tür und ging in die Küche.

Da er dachte, dass Hardin sich auf jeden Fall zur Hintertür reinschleichen würde, stellte er den ledergepolsterten Stuhl mit der hohen Lehne etwa sechs Schritte von der Küchentür entfernt auf. Ein oder zwei Mal wich er zurück, betrachtete ihn aus verschiedenen Winkeln und rückte ihn ein wenig zurecht, bis er zufrieden war. Dann nagelte er den Stuhl mit Achtpennynägeln am Küchenboden fest und befestigte die Browning mit Draht an der Lehne, indem er ihn fest um den Kolben wickelte, mit einer Zange straff zog, das Ende schließlich fein säuberlich abkniff und sich vergewisserte, dass das Gewehr nicht verrutschen konnte. Er band eine Schnur mit einem Knoten um den Abzug, zog sie an der Lehne und dem Stuhlbein entlang und über den abgenutzten Linoleumboden zur Tür, wo er einige Zeit stehen blieb und sein Werk betrachtete. Hier ergab sich eine Komplikation. Die Tür ging nach innen auf. Er dachte darüber nach, dann riss er die Tür ganz auf und band die Schnur am Fliegengitter fest. Er öffnete die Tür, schloss sie wieder, zog die durchhängende Schnur straff und knüpfte den Knoten neu. Diesmal ertönte ein trockenes Klicken, als die Tür halb offen war. Oliver machte die Tür zu, spannte die Flinte erneut und begutachtete sie. Er stopfte die Pfeife, zündete sie mit einem Haushaltsstreichholz an, ging hinaus und trat durch die Küchentür ein.

Wie er es sich gedacht hatte. Wenn der Hahn fiel, stand er auf der Seite, wie man eben zu einer Tür hereinkam; der Schuss hätte einem vielleicht den Arm abgerissen, aber auf Arme war Oliver in dieser Nacht nicht aus. Er trat ein und justierte seine Anlage neu, und danach ertönte das Klicken, als die Tür erst drei Zentimeter offen war und man frontal davorstand. Er nickte nachdenklich bei sich. Eine ordentliche, gewissenhafte Arbeit.

Oliver war ein von Natur aus vorsichtiger Mann, daher nagelte er jedes Fenster bis auf eines zu, damit man wirklich nur zur Küchentür hereinkonnte. Er besaß noch einen alten Revolver von Smith and Wesson, vergewisserte sich, dass er geladen war, steckte ihn in eine Tasche seines Overalls und füllte Kaffee in ein Einmachglas. Er nahm einen Karton vom Schrank, den Enten im Flug zierten, holte einen der gewachsten roten Zylinder heraus, lud das Gewehr und spannte es. Er schob das Küchenfenster hoch, stellte Hammer und Nägel und Kaffee in Reichweite, dazu eine zusammengelegte Decke, und manövrierte sich unter großen Mühen hinaus. Er nagelte auch dieses Fenster zu, nahm Kaffee und Decke und ging damit in die Scheune.

Die Dunkelheit kam und brachte einen kalten Wind von Norden, doch im Heu und in die Decke eingemummt war es warm. Er hoffte auf eine helle Nacht, denn er musste immerhin an der Tür Wache halten. Er rechnete nur mit einem einzigen Besucher, nämlich Hardin, hatte er sich doch vergewissert, dass Winer noch im Gefängnis saß, dennoch wollte er die Hintertür im Auge behalten, damit ihm genügend Zeit blieb, Leute zu warnen, die seine Küche betreten wollten.

Es wurde noch dunkler, die Welt verschwamm und verschwand in blauem Dunst, dann stieg ein kalter Dezembermond über dem Apfelhain auf und schwebte wie ein Totenlicht über einem verwunschenen Wald.

Es muss heute Nacht passieren, dachte er. Wir haben nur heute Nacht, ich und Hardin. Trotzdem dürfte ich bis zwei oder drei Uhr morgens hier sitzen.

Vereinzelt fuhren Autos vorbei, bis der Verkehr gegen acht oder neun Uhr dichter wurde; er betrachtete den Strom der samstagabendlichen Vergnügungssuchenden, trank den inzwischen kalten Kaffee und fragte sich, was die Leute denken würden, wenn sie wüssten, dass sie Gast eines toten Mannes waren. Er betrachtete im kalten, weißen Mondlicht das dunkle Rechteck des Fliegengitters, das eine seltsame Faszination auf ihn ausübte. Es sah aus wie der Hintereingang zur Hölle.

Der seltsam veränderte Zeitstrom um drei Uhr in der Nacht. Pearl beobachtete Hardin und das Mädchen. Hardin wirkte betrunkener, als sie ihn je gesehen hatte, und flößte dem Mädchen ständig Whiskey und Cola aus seinem Glas ein. Sie sah das alles mit einem Gefühl der Besorgnis, dem Gefühl, dass ihr allmählich alles entglitt. Hardin beugte sich zum Ohr des Mädchens und flüsterte ihr leise etwas zu, dann lachte er leise in sich hinein und berührte ihren Busen mit der Hand. Das Mädchen schüttelte heftig den Kopf. Sie zog an Hardins Hand. »Lass das«, sagte sie. Hardin ließ ihre Brust los. Er stützte beide Ellbogen auf die zerkratzte Tischplatte und betrachtete das Gesicht des Mädchens mit einer fast klinischen Teilnahmslosigkeit. Ihre Augen sahen schläfrig und umnebelt aus, das Gesicht wirkte übermüdet.

Schließlich sagte Pearl: »Das Mädchen ist es nicht gewöhnt zu trinken.«

»Dann wird es höchste Zeit, dass sie es lernt.«

»Was hast du sie noch gelehrt? Eine Hure zu sein?«

»Soweit ich gehört habe, könnte sie mir diesbezüglich noch was beibringen.«

»Ich lass nicht zu, dass du sie noch mehr verdirbst.«

»Tatsächlich nicht? Du hast doch dein halbes Leben mit

gespreizten Beinen verbracht, und jetzt kommst du mir wie ein Pfaffe daher? Scheiße. Was man will und was man kriegt, sind nicht immer ein und dasselbe«, sagte Hardin. »Aber es ist spät, ich hatte eine harte Nacht, die noch lange nicht zu Ende ist, und muss mich von dir nicht ankläffen lassen wie von einem verdammten Wachhund. Und du hast es gerade nötig, mir einen vom Trinken zu erzählen. Du torkelst doch selber hier rum wie eine fette Sau, die saure Maische gefressen hat.«

Eine seltsam erwartungsvolle Aura umgab Hardin, eine Stimmung, die sie nach den langen Jahren gut kannte, auch wenn sie sie nie richtig verstanden hatte oder identifizieren konnte, als befände er sich von Zeit zu Zeit in einer Welt, wo alles verstärkt wurde, die Geräusche klarer erklangen, die Farben mehr leuchteten, als würde er kurzfristig durch eine Welt halluzinatorischer Wunder schreiten. Als wäre er nur dann richtig am Leben, wenn er sich dem Abgrund näherte.

Plötzlich kam ihr eine Erkenntnis. »Du willst den alten Oliver töten und sein Haus niederbrennen, richtig? Ich hab mitbekommen, was der Hilfssheriff gesagt hat.«

»Du hörst nur, was du nicht hören sollst«, sagte Hardin. »Schleichst hier rum und spionierst mir nach. Ich glaube wirklich, dass du den Verstand verlierst und ich dich demnächst auch einweisen lassen muss. Du riskierst für meinen Geschmack eine zu dicke Lippe. Schleichst mürrisch und schmollend hier rum, als wären deine unbedeutenden Gefühle verletzt. Verschenkst genügend Whiskey, dass man ein verdammtes Motorboot darin fahren lassen könnte. Mir wäre es recht, wenn du einfach deinen Arsch ins Bett schaffen würdest.«

Unvermittelt wandte er sich wieder dem Mädchen zu und schien allein mit dieser Kopfbewegung Pearls Existenz zu leugnen. Er legte dem Mädchen die linke Hand auf die Brust.

»Du willst ihn töten. Du freust dich doch schon darauf.«

Hardin antwortete nicht. Er hatte die gelben Augen halb geschlossen. Er streichelte Amber Roses Brust, massierte sie sanft mit den langsamen, kreisenden Bewegungen seiner Handflächen. Sie sah ihm in die Augen, wehrte sich jedoch nicht. Hardin bewegte sich bedächtig und zielstrebig. Ihr Gesicht war jung und ausgesprochen hübsch, und plötzlich erblickte Hardin dahinter die Züge des Kindes, das er beobachtet hatte, wie es mit Steinen nach Thomas Hovingtons Hühnern warf, und er dachte einen Moment über die seltsamen Kreisläufe des Lebens nach, ging jedoch nicht näher darauf ein.

»Was ist los mit ihr? Was hast du ihr eingeflößt?«

»Ich hab ihr noch gar nichts eingeflößt, aber das mach ich vielleicht gleich, wenn ich deinen fetten Arsch lange genug aus dem Zimmer schaffen kann.«

»Ich schaff ihn sogar noch weiter weg«, sagte Pearl. »Ich hab mehr ertragen, als ich kann. Hat lange gedauert, aber ich hab dir was zu sagen. Ich kauf mir eine Fahrkarte, die so lang ist wie mein Unterarm, und dann fahre ich damit so weit weg, wie's nur irgend geht, und da steig ich aus. Und Amber Rose nehm ich mit.«

»Einen Scheißdreck wirst du.«

»Sie ist meine Tochter, und ich nehm sie mit.«

»Tochter, drauf geschissen. Säue haben keine Töchter. Sie haben Ferkel, und die Ferkel wachsen zu neuen Säuen heran.«

»Ich hab immer getan, was du verlangt hast, so schäbig ich auch von dir behandelt worden bin. Ich hab dich immer nur gebeten, dass du Rose in Ruhe lässt. Und das hast du mir versprochen.«

»Dann hab ich wohl gelogen«, sagte Hardin. Er stand auf und lehnte sich einen Moment unsicher an den Tisch. Er sah auf die goldene Armbanduhr. »Aber ich denke, sie kann noch ein Weilchen warten. Ich hab was Dringendes zu erledigen.«

Er ging durch den Raum ins Schlafzimmer. Als er wieder herauskam, hielt er ein Gewehr unter dem Arm und trat damit hinaus in die Nacht.

Schätzungsweise gegen vier Uhr am Morgen sah Oliver den Packard auf der Straße Richtung Stadt und erhob sich verwirrt. Er war davon ausgegangen, dass Hardin zu Fuß kommen würde, doch die Heckleuchten des Packard waren unverkennbar. Oliver wartete, dass er anhalten würde, doch er hielt nicht an. Er sah den schwindenden Heckleuchten immer noch nach, als die Schrotflinte knallte; er zuckte zusammen und schüttete sich kalten Kaffee auf das Hemd, spürte es aber gar nicht. Adrenalin sang in seinem Blut, und er hatte einen metallischen Geschmack wie von einem Geschwür im Mund. Linkisch kletterte er die Leiter herunter.

Oliver näherte sich den Stufen der hinteren Veranda mit einer Art von stolperndem Schlurfen. Er atmete keuchend und abgehackt. Das Fliegengitter wies ein riesiges Loch auf. Der feine Draht hing, von Schrotkugeln durchbohrt, nur noch an einem dünnen Faden. Verwirrt sah sich Oliver auf der Veranda um. Zum Teufel auch, dachte er. Kann er es ins Innere geschafft haben, bevor die Schrotflinte losgegangen ist? Auf keinen Fall, sagte er sich. Er verspürte einen kurzen Anflug abergläubischer Furcht: War der Dreckskerl überhaupt real, aus Fleisch und Blut? Hinter dem zerfetzten Fliegengitter wartete nur Dunkelheit.

Im Inneren riss er ein Streichholz auf dem Daumennagel an und schraubte die Kugel der Lampe ab, wobei ihm der Geruch des Schießpulvers auffiel, aber daneben noch andere Gerüche, das saure Aroma von billigem Whiskey, ein fast animalischer Schweißgeruch, dann erfüllte der gelbliche Schein der Petroleumflamme den Raum. Schließlich drehte sich Oliver um.

Hardin lehnte in der Hocke an der Wand gegenüber. Er hielt die Schrotflinte zwischen den Knien, sodass der Lauf an seiner Brust lehnte. Die gelben Ziegenaugen blickten nicht leer, wie der alte Mann, der den Lampenschirm noch in der Hand hielt, jetzt sah, sondern schlimmer als leer, nichts war darin zu erkennen, als würde man durch Löcher in der Maske eines Gesichts Impressionen einer kargen und leblosen gelben Landschaft sehen.

»Das habe ich schon einmal gesehen«, sagte Hardin. »Trotzdem sind Sie ein gerissener Dreckskerl. Aber wenn man sich einem Haus nähert, wo die Eingangstür und alle Fenster zugenagelt sind, während die Hintertür sperrangelweit offen steht, kriegt man ein komisches Gefühl. Und wenn einer mitten in der Nacht versucht, zur Tür eines anderen reinzuspazieren, dann macht er damit vermutlich einen Termin mit dem Totengräber.«

»Wie konnten Sie …«

»Ich habe sie mit einem Stock geöffnet, und das war mein Glück. Sie hätten einen Stolperdraht in Knöchelhöhe über die Tür spannen und den mit dem Abzug verbinden sollen. Dann hätte ich die Tür mit dem Stock aufgemacht und gedacht, ich hätte es geschafft, und schon hätte mich eine unangenehme Überraschung erwartet. So haben Sie dummerweise nur das eigene Nest beschmutzt, was?«

Olivers Mund war trocken. »Ich hätte mich schon vor langer Zeit ins Gebüsch legen und Ihnen einfach einen Schuss in den Rücken verpassen sollen.«

Hardin richtete sich auf. »Haben Sie aber nicht«, sagte er.

Er hörte sich amüsiert an, fast jovial, als würde die unmittelbare Nähe des Todes ihn selbst lebendiger machen. »Haben Sie nicht, und dazu kommt es auch nicht mehr, weil Ihr Arsch jetzt mir gehört. Sie haben versucht, mich zu töten, was nicht geklappt hat, aber aus meiner Sicht haben Sie damit den ersten Schritt getan. Den nächsten mache ich. Sehen Sie das nicht auch so?«

»Sie haben den ersten Schritt schon vor langer Zeit getan.«

»Das ist eine Sache zwischen uns beiden.«

»Nein. Eigentlich nicht. Früher vielleicht, aber Sie wissen einfach nicht, wann Sie aufhören müssen. Sie haben versucht, den Jungen in dieselbe Scheiße zu ziehen, in der Sie sitzen, und als das nicht klappt, lassen Sie ihn halb tot schlagen. Nicht mal selbst haben Sie es gemacht.«

»Also, in einem haben Sie recht. Wenn man will, dass etwas richtig gemacht wird, dann muss man es selbst machen. Genau aus dem Grund sehen Sie mich heute leibhaftig vor sich.«

Oliver drehte den Lampenschirm fest, worauf es in dem Raum sichtlich heller wurde. Er spürte das tröstliche Gewicht der Waffe in der Hosentasche, verlagerte das Gewicht und drehte diese Seite ein Stück weg von Hardin und Richtung Fenster.

»Ich schätze, Sie wollen reden«, sagte er. »Immerhin halten Sie alle Trümpfe in der Hand.«

»So ist es«, stimmte Hardin zu. »Und ich lege mein Blatt gleich auf den Tisch. Ich bin zu weich geworden, zu nachlässig und habe euch Schwanzlutschern zu viel Freiheiten gelassen. Ich hätte den jungen Winer gleich töten lassen sollen, statt ihm nur eine Lektion zu erteilen. Aber so ein Fehler passiert mir nicht noch mal. Wenn ich mit Ihnen fertig bin, bring ich ihn dorthin, wo sein Daddy schläft.«

Er hielt das Handgelenk ins Licht, sah auf die Armbanduhr. »Ich überlege mir nur gerade, ob ich es schnell machen muss oder ob ich noch etwas Zeit habe, mit Ihnen zu spielen. In letzter Zeit haben Sie mir hier ziemlich viele Knüppel zwischen die Beine geworfen, dafür würde ich mich gern revanchieren. Aber wie ich sehe, geht das leider nicht. Ich muss mich wohl oder übel hiermit begnügen.«

Unvermittelt kam er mit zwei oder drei großen Schritten durch den Raum und schlug Oliver brutal mit der Faust an den Hals. Der alte Mann taumelte mit trunkenen Bewegungen seitwärts, sackte mit weichen Knien gegen die Wand und rutschte daran herunter. Bittere, heiße Galle stieg ihm im Hals empor, und er dachte einen Moment, er müsste sich übergeben, schluckte es aber tapfer wieder hinunter. Er war auf die Waffe gefallen und hatte Schmerzen in der Hüfte, doch die Schmerzen erfüllten ihn mit einer fast erlesenen Wonne.

Hardin kam näher und stand breitbeinig über ihm. »Alles in Ordnung?«, fragte er spöttisch besorgt.

»Mit meiner Hüfte ist was passiert«, sagte der alte Mann mit belegter Stimme. »Ich glaube, sie ist gebrochen.«

»Gut möglich«, stimmte Hardin zu. »Die Knochen alter Männer sind brüchig. Aber das bringt mein Dr. Feelgood hier gleich in Ordnung, dann spüren Sie gar nichts mehr.«

Oliver verlagerte das Gewicht und rieb sich die Hüfte. Er überlegte, wie schlecht die Lichtverhältnisse waren, wie betrunken Hardin sein mochte, wie sicher er selbst. Er schob die Hand in die Overalltasche. Als er den kalten Beingriff zu fassen bekam, kam es ihm so vor, als würde er einem alten Freund die Hand schütteln.

»Helfen Sie mir hoch«, bat er.

»Sie müssen nicht hoch. Ihre Uhr ist abgelaufen, und als sie abgelaufen ist, da waren Sie eben da unten.«

»Helfen Sie mir hoch, damit ich mich an die Wand lehnen kann. Ich will nicht wie eine Schlange, die Sie totgeschlagen haben, auf dem Rücken sterben.«

»Na gut«, sagte Hardin großzügig. »Selbst wenn Sie eine Schlange waren, habe ich Ihnen, glaube ich, alle Giftzähne gezogen.«

Er lehnte das Gewehr an die Wand, Oliver streckte Hardin die Hand entgegen, Hardin nahm sie. Oliver feuerte den ersten Schuss durch den Jeansstoff ab; der kleine Raum wurde von einer Explosion erschüttert, Splitter und Mörtelstücke und tote Spinnen regneten auf sie herab. Selbst auf die kurze Entfernung hatte er zu hoch gezielt, in die Decke, daher zog er die Waffe heraus und schoss erneut. In Hardins Gesicht stand eine erstaunte Fassungslosigkeit. Er hatte eine Hand erhoben, als könnte er die Kugel mit Fleisch und Knochen abwehren; zwei Finger hatten sich in einer Gischt von Blut und Knochensplittern verabschiedet. Er hielt immer noch Olivers Hand. Als er Hardin endlich einen Stoß an die Brust versetzte, verschwand dessen Hand aus seiner wie die eines Flutopfers, das von der Strömung mitgerissen wurde. »Oh, lassen Sie mich«, sagte er, als ihn die vierte Kugel traf, aber Oliver fand nie heraus, was er wollte. Trotz des unebenmäßigen dunklen Lochs im Gesicht stand Hardin noch einmal auf, doch dann sackte er schwerfällig in sich zusammen.

Die kalten Wintersternbilder zogen ihre Bahnen und sahen vor Anbruch der Dämmerung noch blasser aus. Es war sehr kalt, die Nacht vollkommen still. Die Stunden verrannen, bis ein graues, trostloses Licht in die Welt einströmte. Im Osten wurde das blasse Band fahlen Graus noch blasser. Umrisse schälten sich aus den Schatten und wurden Form, dort verblasste ein

Stern und erlosch. Einer nach dem anderen verschwanden die Sterne. Weit entfernt im Osten funkelte der letzte wie ein Pünktchen weißen Feuers, bis auch er nicht mehr zu sehen war und Rosa langsam hinter den kahlen blauen Bäumen erblühte. Nebel stieg aus dem Abgrund empor, hielt sich hartnäckig und waberte blau im trüben Licht.

Nach einer Weile ertönten die Geräusche von quietschendem Leder und klirrendem Metall, und ein alter Mann mit steifen Beinen, der ein Pferd führte, tauchte auf. Der Atem von Mann und Pferd kondensierte in der bitterkalten Luft zu Dampf. Ein Seil war am Sattelknauf festgebunden, straff gespannt, da es einen Mann mit gespreizten Beinen über die gefrorene Erde schleifte. Der alte Mann würdigte das Haus nicht eines Blickes. Mann und Pferd und ihre merkwürdige Last verschwanden wieder in dem dichten Gebüsch, das den Abgrund säumte, so geisterhaft und wiedergängerisch und substanzlos, als hätten sie nie existiert. Sie blieben eine Weile im Gebüsch, schließlich kehrten nur der alte Mann und das Pferd wieder zurück und stapften den Weg entlang, den sie gekommen waren.

Nach einer Weile kam ein gelblicher Hund verstohlen aus dem Wald, beobachtete das Haus und näherte sich ihm schließlich misstrauisch. Er trottete an der Grundstücksgrenze entlang, verweilte, legte sich auf den Bauch und beobachtete das Haus, als rechnete er damit, dass jemand herauskommen und ihn mit Steinen verjagen würde. Da sich nichts tat, erhob er sich tapfer wieder, ging zur Rückseite des Hauses und wühlte in der Mülltonne neben den Verandastufen. Die Tonne fiel um und schepperte auf den gefrorenen Boden. Als der Hund sich gütlich getan hatte, hob er den Kopf, schnupperte, sträubte nervös die Nackenhaare, näherte sich geduckt dem angrenzenden Wald und verschwand darin.

Am Sonntagmorgen schloss der Gefängniswärter in aller Frühe die Zellentür auf und winkte Winer. »Der Gouverneur hat angerufen«, sagte er. »Deine Begnadigung ist im letzten Moment reingekommen.«

»Was ist mit mir?«, wollte Chessor wissen.

»Die haben mir nur gesagt, dass ich Winer rauslassen soll. Für dich haben sie noch keine Kaution festgelegt, und ich bezweifle, dass irgendjemand im County die bezahlen kann, wenn es so weit ist.«

»Verflixt.«

Sonntägliche Stille herrschte im Ort, eine Stadt unter Belagerung. Er lauschte seinen eigenen Schritten beim Gehen, sah sein blasses Spiegelbild, das ihm in den Schaufenstern folgte wie ein misshandelter Verwandter. Einzig und allein der Taxistand bei de Vries hatte offen, und da erfuhr Winer die Neuigkeit.

»Woher wissen Sie das?«

»Die ganze Stadt spricht davon. Ich hab's schon so oft gehört, dass ich mich gar nicht mehr an das erste Mal erinnern kann.«

»Und sie wissen, dass es Pa ist?«

»Soweit ich gehört hab, besteht kein Zweifel daran, und jetzt heißt es, dass der alte Oliver Zeuge gewesen sein und all die

Jahre geschwiegen haben soll. Die sagen, dass Bellwether einen Haftbefehl erwirkt hat. Kaltblütiger Mord. Hoffentlich landet der Dreckskerl auf dem elektrischen Stuhl.

»Weiß Hardin es schon?«

»Wenn nicht, dann wäre er der Einzige. Ich hab den schwarzen Packard bei Tagesanbruch wegfahren sehen. Vermutlich hat er sich längst aus dem Staub gemacht.«

»Jemand muss mir sagen, wohin.«

»Also ich jedenfalls nicht«, antwortete de Vries. »Ich hab dir gesagt, was ich weiß.«

»Wo ist er?«

»Wer? Bellwether?«

»Nein, verdammt. Mein Pa. Was haben die mit ihm gemacht?«

»Also, das war doch nur ein Schädel. Ich hab gehört, die haben ihn ins Labor geschickt. Vermutlich, um zu bestätigen, wer er war und so. Vermutlich wollten Bellwether und Oliver ganz sicher sein, dass er es auch wirklich ist, bevor sie es dir sagen.«

»Ins Labor geschickt«, sagte Winer erstaunt. Er drehte sich um, öffnete die Tür und ging hinaus.

»He, ich dachte, du wolltest ein Taxi«, rief de Vries ihm nach, aber Winer war schon fort.

Winer ging zum Snow White, bog dort um die Ecke und folgte einer Gasse an den müllübersäten Hintertüren von Händlern vorbei, bis er beim General Cafe herauskam. Er schien gar nicht zu wissen, wo er sich befand, und die Gesichter, die er unterwegs sah, registrierte er gar nicht. Er überquerte die Straße trotz roter Ampel, überquerte den Vorplatz vor dem Gerichtsgebäude und ging die breite Treppe zu der Doppeltür hinauf. Sie war abgeschlossen. Er kam die Treppe wieder herunter und ging seitlich um das Gebäude herum. Durch dunkles Glas spähte er in das unsichtbare Innere. Er drückte, doch auch diese Tür war verschlossen. Er setzte sich auf die Betonstufen und wartete. Ein kalter Wind heulte um die Kanten aus Stein und wirbelte Papierfetzen vor sich her. Winer hatte keinen Mantel dabei; nach einer Weile bibberte er und stand auf. Die Temperatur fiel weiter.

Zwei Löwen aus Stein hielten am Tor des Hauses Wache, das er nach einigem Suchen fand, doch sie hatten eindeutig schon bessere Zeiten gesehen. Das weiß gestrichene Fleisch fiel ihnen in großen Gipsfetzen von den Leibern; sie betrachteten den Eindringling aus rußverschmutzten Augen mit hilfloser Wut. Winer ging zwischen ihnen hindurch und folgte einem ausgetretenen Weg verblasster, ins Erdreich versunkener Platten bis zu einer Treppe aus Holz. Es handelte sich um ein unauffälliges weißes Holz, das dringend neu gestrichen werden musste. Ein Türklopfer im Maul einer Monsterfratze schien von derselben fragwürdigen Abstammung zu sein wie die steinernen Löwen. Er klopfte und wartete.

Als er sich schon abgewendet hatte und gehen wollte, ging die Tür auf.

»Ja?«

Er kam wieder näher. Eine junge Frau stand vor ihm, wenige Jahre älter als er. Sie wartete und strich sich eine braune Haarsträhne aus der Stirn. Sie hatte ein schlichtes, freundliches Gesicht mit braunen Augen, die ihn an Rehaugen erinnerten; und sie wirkten seltsam verletzlich, als würden sie stets alles sehen, das ihr wehtat.

»Ich suche nach Sheriff Bellwether.«

»Tut mir leid, der ist nicht da. Kann ich Ihnen irgendwie helfen?«

»Wissen Sie, wo er ist?«

»Er ist in aller Frühe nach Franklin zu Richter Larkin gefahren. Ich bin nicht sicher, wann er zurückkommt.«

»Hm.«

»Möchtest du reinkommen? Wolltest du wegen etwas Wichtigem zu ihm?«

»Ich wollte nur kurz mit ihm reden.«

Etwas in seinem Gesicht, das ihm gar nicht bewusst war, rührte sie offenbar, denn sie öffnete die Tür weiter. »Komm rein«, sagte sie. »Ich wollte gerade eine Tasse Kaffee trinken. Möchtest du auch eine?«

»Ich muss weiter«, sagte Winer, trat aber trotzdem ein. Sie brachte ihm schwarzen, dampfenden Kaffee in einer Porzellantasse, den er linkisch auf der Sofakante trank. Er sah sich in dem spartanischen Zimmer um. Alles wirkte behelfsmäßig, aber sehr sauber. Ein junger, rosa verfärbter Bellwether mit einer keck über der rechten Augenbraue sitzenden Überseemütze beobachtete ihn aus einem vergoldeten ovalen Rahmen an der Wand. Die Frau blickte von ihrem Nähzeug auf, Winer sah sie an.

»Hat er gesagt, weshalb er diesen Richter Franklin aufsuchen wollte?«

»Leider nicht.« Sie lächelte. »Mein Mann behält Geschäftliches meist für sich.«

Er stellte die halb volle Tasse weg. »Danke für den Kaffee«, sagte er. »Ich muss los.«

»Er müsste bald wieder hier sein. Wenn du willst, kannst du mir eine Nachricht dalassen. Ich sorge dafür, dass er sie bekommt.«

»Nein«, sagte Winer und stand auf. »Ich lasse sie bei jemand anderem.«

Sie sah ihn mit ihren feuchten braunen Augen seltsam an, und da wusste er, dass sie ihn missverstanden hatte. »Ich kann einfach nicht darüber reden«, sagte er. »Danke für den Kaffee.« Er drehte sich um und ging zur Tür hinaus. Sie wollte ihm etwas nachrufen, überlegte es sich jedoch anders.

Er ging den Weg entlang zur Straße und blieb zwischen den blinden Löwen stehen. Für einen Moment lehnte er sich an eine Schulter aus Stein, die so kalt war, als bestünde sie aus Eis. Verirrte Bestien, aus ihrem angestammten Klima in diese nördliche, seltsam dämmerige Welt ohne Sonne versetzt.

Ein alter Kummer, den die Zeit schon längst geheilt haben sollte, bohrte sich plötzlich wie ein Messer in ihn. Ein zehn Jahre alter Kummer, der längst unter den Sedimenten der Zeit begraben sein sollte. Zehn Jahre. Zehn Jahre wer weiß wo, und nur Schlechtes, das über ihn gesagt wurde. Eine bittere Erlösung kam über Winer, ein Gefühl, als wäre seine Treue doch noch belohnt worden, doch es brachte ihm keine Befriedigung, dass er recht gehabt hatte; mit Freuden hätte er sich nachweisen lassen, dass er im Unrecht gewesen war, hätte er damit den Lauf der Ereignisse ändern können. Verschwommenen Blickes wandte er sich ab und ging die Straße entlang. Sie sah ihm vom Fenster aus nach. Als sie ihn nicht mehr sehen konnte, ließ sie den Vorhang sinken.

Am Vormittag fuhr ein Taxi bei Hardins Haus vor. Es hielt im Hof, paffte im Leerlauf weiße Auspuffwolken in die kalte Luft, und Jiminiz stieg aus. Er bewegte sich steif, als würden seine Gelenke nicht richtig funktionieren. Sein Gesicht sah geschwollen und verfärbt aus. Er schlug die Tür zu und betrachtete nachdenklich den erloschenen Kamin des Hauses. Der Fahrer stieg ebenfalls aus. Der Fahrer war ein schmächtiger Mann mit Frettchengesicht und schwarzen Augen, die den Hof mit blitzschnellen, nervösen Blicken begutachteten. Er trug eine Lederbörse am Gürtel und gab Jiminiz das Wechselgeld für den Schein, den der ihm reichte. Dann stieg er in das Auto ein, das noch im Leerlauf wartete, und fuhr dahin zurück, von wo er gekommen war.

Jiminiz ging zu der langen Bierbar, hielt sich jedoch nur eine oder zwei Minuten dort auf, dann betrat er die Veranda. Er klopfte an der Eingangstür, wartete. Er lehnte sich an den Türrahmen und rauchte; als er heftiger klopfte und immer noch keine Antwort bekam, drehte er den Knauf und trat ein.

Er kam unverzüglich wieder heraus. Durch den Hof ging er zur Rückseite, verweilte kurz bei den verstreuten Papieren und Dosen und betrachtete den gefrorenen Boden. Offenbar fiel ihm etwas auf, denn er beugte sich mit auf die Knie gestützten Händen nach vorn, richtete sich wieder auf, ging zum Abgrund und verschwand zwischen den Farnen.

In einem linkischen Laufschritt kam er aus dem Gebüsch zurück. Erst auf der gestampften Straße verfiel er in eine langsamere Gangart. Nach etwa dreißig Metern blieb er stehen und lauschte scheinbar einem weit entfernten Geräusch. Er sah die rote Straße entlang. Er sah zu dem einsamen, stummen Haus zurück und betrachtete den schieferfarbenen Himmel. Namenlose Wintervögel plünderten den armseligen Garten und betrachteten ihn mit harten Achataugen. Sie schwangen sich in die Lüfte und flatterten ziellos über ihm. Er kehrte zum Haus zurück und trat ein, ließ aber die Tür offen. Als er wieder herauskam, hielt er eine vernickelte Pistole in der einen und eine Zigarrenkiste in der anderen Hand. Auf der obersten Stufe blieb er einen Moment stehen. Die Pistole steckte er ein, die Zigarrenkiste öffnete er. Sie war voller Geld. Er zählte, indem er die Scheine hastig durchblätterte, dann gab er auf und kehrte zur Straße zurück. Diesmal drehte er sich nicht wieder um.

Der Tag schleppte sich dahin. Im Laufe der Stunden wurde es weder wärmer, noch schmolz der Raureif. Die Sonne wirkte immer ferner und verhangener. Im Zenit war sie kaum mehr als eine kalte Kugel über dem Wald. Im Westen zog eine fahle Wolkenbank auf und hüllte den Himmel ein, dahinter hatte der Himmel ein dunkles und bedrohliches Aussehen. Wind kam auf. Er zerrte an den wenigen trockenen Blättern, die die Bäume noch besaßen, und sang unheimlich im losen Wellblech der Scheune. Der Hengst wieherte im Pferch, schritt den Stacheldrahtzaun ab und tänzelte mit klirrenden Hufen über Boden, der so hart gefroren wie Stein war. Es wurde noch dunkler. Die Sonne verschwand. Der Wind brachte eine beißende, schneidende Kälte, ein paar Hagelkörner prasselten auf das Blechdach wie Schrot. Die Graupel fielen herab und lagen, ohne zu schmelzen, auf den versteinerten Erdkrumen; Wind vom Abgrund wirbelte Papierfetzen in die Höhe wie schmutzigen Schnee.

Als Winer kam, kam er zu Fuß. Er nahm die Abkürzung über das Feld am Bachlauf entlang zum Haus. Ohne zu zögern, überquerte er den Hof, als wäre ihm vollkommen gleichgültig geworden, was die Welt ihm antun könnte. Er sprang auf die Veranda, hämmerte gegen die Tür und wartete. Klopfte erneut. Verweilte unsicher. Lehnte sich an ein Fenster mit Vorhängen, schirmte die Augen ab, blickte hinein, sah jedoch nur sein sepiafarbenes Spiegelbild in dem trüben Glas.

Er wandte sich ab, eine schlaksige und linkische Gestalt im steifen Wind. Er ging die Stufen hinab und ahmte entweder die Bewegungen von Jiminiz nach oder folgte einem vorherbestimmten Muster um das Haus herum, durch den verstreuten

Abfall zur Hintertür. Niemand kam. Er stand vor dem Rohbau der Spelunke mit den roten Backsteinbündeln davor, die auf einen Maurer warteten, der nie kommen würde, und versuchte sein Glück an der Tür, doch sie war abgeschlossen. Er ging zu der Stelle, wo der Packard immer parkte, und strich sich mit einer Hand durch das zerzauste Haar wie eine Zeichentrickfigur, die Verwirrung ausdrückt, und beugte sich über den gefrorenen Boden, als könnte er irgendwie erkennen, wie lange das Auto schon fort war und welches Ziel es hatte.

Er erklomm die Veranda wieder und versuchte es an dieser Tür. Sie ging auf. Er spähte ins klösterliche Dunkel, doch eine alte, seiner guten Kinderstube geschuldete Zurückhaltung hinderte ihn daran, einfach einzutreten, und so zog er die Tür mit einer Bewegung, der etwas Endgültiges anhaftete, wieder zu.

Eine Weile saß er auf der Treppe, obwohl er nicht damit rechnete, dass jemand zurückkehren würde. Der Graupelschauer hatte nicht nachgelassen, ging jetzt aber allmählich in Schnee über. Er umklammerte die Knie mit beiden Armen. Es schneite heftiger, der Schnee nahm zuerst am Rain des fernen Feldes an Dichte zu und hüllte die Reihe der Bäume in wirbelndes Weiß ein. Winer fühlte sich unwohl und wusste nicht, wo er sein oder was er machen sollte, bis ihn schließlich die Kälte zwang, von den Stufen aufzustehen und auf den Hof zu gehen. Er stapfte durch den Schnee und schlug den Kragen zum Schutz gegen den Wind hoch.

In der Dämmerung kam der gelbe Köter vom Bachlauf herauf, wühlte im Abfall, ohne etwas zu finden, schnupperte verdrossen in der Luft und legte sich hin. Eine dünne, pulvrige weiße Schicht bedeckte den Boden, doch es war feiner, trockener Schnee in beständig im Wind sich wandelnden Mustern. Die

Dämmerung nahm ihren Lauf, und das gelbe Licht im Schlafzimmerfenster trat deutlicher hervor; der Hund näherte sich ihm, als könnte es Wärme spenden. Im Licht schien es heftiger zu schneien. Schließlich machte der Hund mit zwischen die Beine geklemmtem Schwanz kehrt und folgte der Witterung zum Abgrund zurück.

Winer war fort, ohne Gepäck, abgesehen vom Messer seines Vaters in der Hosentasche, und ohne Ziel, abgesehen von einer vagen Erinnerung, dass Amber Rose einmal »Natchez, Mississippi« gesagt hatte. Er war seit sechs Monaten fort, als William Tell Oliver das erste Einmachglas voller Geld fand.

Das ganze Frühjahr über hatte er die Aasgeier beobachtet, die in Hovingtons Haus schwärmten, die Bodendielen herausrissen, splitternde Trümmer aus den Wänden herausbrachen und Steine unter dem Kamin lösten, bis er schließlich in einer Wolke aus Mörtel und Backsteintrümmern und Ruß in sich zusammenstürzte; das ganze habgierige Pack arbeitete in diesem Frühling vermutlich mehr als im ganzen Leben davor, und nicht einmal in der Nacht wollten sie weichen, da jeder befürchtete, ein anderer könnte Hardins Vermögen finden, sodass er auch nachts ihre Laternen wie Glühwürmchen durch Hof und Garten geistern sah, wie Irrlichter in den alten Gespenstergeschichten seiner Kindheit oder unheilvolle Vorwarnungen kommender Schrecknisse.

Als schwarze und reglose Silhouette vor der Sonne beobachtete er das Treiben, mehr Zuschauer denn Teilnehmer, ein unansehnlicher Prophet aus vergangenen Zeiten, der auf seinem Stock lehnte und mit einer nachdenklichen Arroganz das Treiben der gewöhnlichen Sterblichen verfolgte, bis ihm eines Tages der Gedanke kam, dass der alte, verrückte Lyle

Hodges nicht an der falschen Stelle gegraben hatte, sondern in der falschen Zeit; durch eine verschrobene Laune der Kausalität grub er wie ein Besessener fieberhaft nach Einmachgläsern, die erst fünfzig Jahre später dort vergraben werden sollten.

Als er Ginsengpflanzen im Schatten einer riesigen Birke begutachtete, fiel ihm eine Abweichung in der Landschaft auf, eine subtile Veränderung des Landes, das er sein ganzes Leben lang kannte. Er bückte sich an der Stelle, wo die Konturen des Hangs verändert schienen, grub mit der Spitze seines handgeschnitzten Gehstocks, kniete am Ende nieder und zog ebenso amüsiert wie verächtlich ein Zweiliterglas voll Hardins Geld aus dem Erdreich, schwere Münzen, abgegriffene Scheine, seltsamer Sommerproviant, für härtere Zeiten als diese beiseitegelegt.

Bis Ende August fand er vier weitere. Zuerst lagerte er sie in der Vorratskammer hinter alten Gläsern mit eingewecktem Gemüse und Obst, hinter uralten Dosen mit Traubengelee, das längst zu burgunderfarbenem Zucker auskristallisiert war. Dann wurde er nervös, stemmte Dielenbretter in verschiedenen Zimmern hoch, schaufelte schwarzen Löß heraus und überantwortete die Gläser abermals der Erde. Da ihm tausend kleine Vorsichtsmaßnahmen in Fleisch und Blut übergegangen waren, schlug er neben jedem Glas einen Stahlnagel ins Erdreich. »Wenn das Haus niederbrennt und ich nicht darin umkomme, muss ich nur in der Asche wühlen«, sagte er sich.

Denn das Geld gehört dem jungen Winer, dachte er, es steht ihm für ein vor langer Zeit geschehenes Unrecht zu.

Er wartete, und das Jahr brachte einen heißen, trockenen Sommer, in dem die einsame Landstraße weiß in der Sonne dörrte. Die Aasgeier blieben aus, dafür rankten sich Geschichten um Hovingtons Haus. Es sei verflucht, hieß es, heimgesucht, auf einem unfruchtbaren, für alle Zeiten vom Glück verlassenen Fleckchen Erde. Eines Nachts fackelten ein paar Jungs zuerst das Haus und dann die Spelunke ab; der alte Mann sah das glutrote Leuchten und die Funken, die der Aufwind emporwirbelte. Am nächsten Tag ging er zaghaft durch die heiße Asche und das verkohlte Gestrüpp zum Rand des Abgrunds. Spürte dessen kühlen, übel riechenden Atem. Jetzt gab es nur noch diesen Schlund, zeitlos, rätselhaft, durch und durch fremd.

Die Zeit verging, und er kam zu der Überzeugung, dass Winer nicht wiederkommen würde. Schließlich hielt er ihn gar für tot. Er wusste, die Welt war groß und voll von dunklen Gassen und friedvollen Wegen, an deren Ende Gefahren mit einer Geduld warteten, die nur die ganz Alten aufbringen können.

Ich habe nie jemand anderen gebraucht, sagte er sich. Keinen Einzigen, weder damals noch heute, und da endlich kam ein kalter und einsamer Friede über ihn.

Denn er hatte die weiße Straße, die heiß in der Nachmittagssonne brütete, die wabernde blaue Baumreihe, die ungestüme, plötzliche Gewalt der Sommergewitter. Nachts folgte der Mond seiner angestammten Bahn, traten die zeitlosen Ziegenmelker aus der Dunkelheit, und es hätten dieselben Ziegenmelker sein können, die in seiner Jugend nach ihm gerufen hatten.

Nur darauf kommt es an, dachte er. Ein karger, bitterer Trost. Das waren die Dinge, die einem die Zeit nicht wegnahm. Die einzigen Dinge, die Bestand hatten.

Dank

Der Autor bekennt, dass er in der Schuld seines Lektors Greg Michalson steht, und dankt ihm für sein Können und seine Geduld. Darüber hinaus möchte er Renée Leonard für ihre Hilfe danken.

Deutsche Erstausgabe
1. Auflage

Die Originalausgabe erschien 1999
unter dem Titel *The Long Home* bei MacMurray & Beck, Denver

Aus dem Amerikanischen von Joachim Körber
Umschlag: Christoph Krämer,
b3K Hamburg-Frankfurt a. M.
Umschlagmotiv: gettyimages
Satz: Greiner & Reichel, Köln
Druck und Bindung: CPI – Clausen & Bosse, Leck
Printed in Germany
ISBN 978-3-7160-2635-9

www.arche-verlag.com

»Hier ist wahrhaftig ein Meister am Werk, der den Beweis liefert, dass Mystery hohe Literatur sein kann – ich bewundere William Gay.«

Ken Bruen, Autor der *Jack-Taylor*-Reihe

Ebenfalls lieferbar:

William Gay

Nächtliche Vorkommnisse

Roman

Aus dem Amerikanischen von Joachim Körber

Arche

288 Seiten. Gebunden

19,90 € [D]/ 20,50 € [A]/ 35,90 sFr

ISBN 978-3-7160-2605-2

»Eine Moritat, die mit den Motiven Grimmscher Märchen spielt – mit viel Blut im Schuh.«

Der Spiegel